战国风云三十年

II

二犬争食

许倬云 ◎ 著

国际文化出版公司

· 北京 ·

图书在版编目（CIP）数据

战国风云三十年.2 / 许葆云著. —北京：国际文化出版公司，
2015.4（2023.1 重印）
ISBN 978-7-5125-0772-2

I. ①战⋯ II. ①许⋯ III. ①长篇历史小说—中国—当代
IV. ① I247.5

中国版本图书馆 CIP 数据核字（2015）第 084381 号

战国风云三十年 II

作　　者	许葆云
责任编辑	潘建农
统筹监制	葛宏峰　兰　青
策划编辑	耿媛媛　王　维
特约策划	好读文化
美术编辑	秦　宇
出版发行	国际文化出版公司
经　　销	国文润华文化传媒（北京）有限责任公司
印　　刷	天津画中画印刷有限公司
开　　本	710 毫米 ×1000 毫米　　　16 开
	23 印张　　　　　　　　282 千字
版　　次	2015 年 7 月第 1 版
	2023 年 1 月第 2 次印刷
书　　号	ISBN 978-7-5125-0772-2
定　　价	38.00 元

国际文化出版公司
北京朝阳区东土城路乙 9 号　　邮编：100013
总编室：（010）64271551　　传真：（010）64271578
销售热线：（010）64271187
传真：（010）64271187-800
E-mail：icpc@95777.sina.net

第二部

二犬争食

目录 Contents

一田单复齐

绝望的孤城

　　自被燕国大军攻破之后，齐国的城邑乡镇大多已经臣服于燕人治下，曾经逃散的百姓们又回到村落，和往常一样耕织过活，只是如今的日子比往年更艰难了，因为打下的粮食大半被运往燕国，留下的还要先用来供养占据着齐国的二十万燕军。

　　燕国是个偏远寒冷的小国，在战国七雄之中燕人最穷，虽然亦农亦牧，可贫瘠的土地打不了多少粮食，牧放的牛羊也填不饱百姓的肚子。而齐国却是最富的，这个大国依山傍海，占尽渔盐之利，国内土地肥沃，国人又善于经商，七百年来聚敛起数不清的粮食财富，这些财富如今都落入燕人手中，以至于燕军随便攻取一处城邑，所获之物足以让每个参战的燕人发一笔大财。最让燕人满意的是，享惯了福的齐国人已经矢去了野性，全都异常驯服，束手不动，任凭燕人抢掠，就算被宰杀之时也不敢抗拒，最多临死前哭嚎几声罢了。

　　齐国人原本并不是羔羊，这个建立在东夷故地的大国民风强悍，百姓们以刚烈好斗闻名，所谓"吴王好剑客，百姓多创瘢"，从太公姜尚破东夷、立齐国，到桓公九合诸侯一匡天下，至威王击败魏国，称霸东方，上下八百年，齐国在任何时候都是一个大国、一个强国。可自从威王、宣王称霸东方以来，齐国威震四边，富甲天下，土地越来越大，人口越来越多，物产日益丰富，巨商大贾富可敌国，百姓们衣食饱暖，贵族们风气奢靡，齐人曾经的刚烈血性也渐渐失去，雄风不再了。待到燕军破齐以后，燕人发现只用几千人就能控制一个大县，几百人就能占据一座城池，十几个人就敢到乡间去尽情掳掠，齐人的房舍被燕军将领们整街整坊地夺走，齐人的土地被燕国贵族们成千上万顷地圈占，富人一夜间财富荡尽，大夫、士人举家变成了燕国的农奴，即使如此，齐人还是不敢起来反抗。

这些没有血性的人，连上天也要来摧残他们。

齐国人本来就活不下去了，却又赶上一场旱灾，连着两年雨水不足，粮食产量大减，而燕国索求愈多，税赋日增，曾经富庶的齐国饿殍遍野，且越往东走饿死的人就越多。因为东边的仗还没有打完。有一座叫即墨的小城孤立于百城千邑之间，居然未被燕军攻克。

其实燕军东进之时也曾经攻打过即墨，却意外地未能攻克。其后，凶悍的燕军却再没有一人一骑去攻即墨，任由这座孤零零的小城被七千齐军控制着。

燕人在齐国过得太快活了，有那么多财富可以夺取，那么多羔羊般的百姓可以欺凌虐杀，又何必非要去打硬仗呢？所以燕军只对即墨发起了一次进攻，未能破城，就转去攻打其他城池了。随着即墨周围的棠邑、夜邑、夷维、莱西、平度、高密一个个被燕军夺取，士卒的私囊越来越鼓，而燕国的兵马却分得越来越薄，到后来，已经拼凑不出一支合适的队伍来攻打即墨，干脆就不再理会这座孤城了。

就这么过了整整两年，齐国的局面已被控制住，燕国的将军们开始禁止士卒任意杀人劫财，而即墨附近的燕将却以"即墨尚未攻取"为借口继续纵兵掳掠。士卒们把过村抢劫说成是"打仗"，军官们把屠戮城镇上报为"攻城"，有了借口，燕人在即墨四周到处烧杀抢劫，毫无顾忌，反正即墨守军也不敢出战。

其实燕人并不知道眼下的即墨危如累卵，弹指可破。

即墨只是一座方圆五里的小城，原有六千守军，燕军仅有的那一轮攻城，已经杀死杀伤两千多守军，最可怕的是，即墨守将也战死在城上了。现在即墨城中已经没有主将，守城的只是百姓们临时拥举出来的一个叫田单的临淄人。

即墨被围的第三年，老天爷还是不肯多下一滴雨。天时已经入夏，城外早被弃耕的田野里，半人多高的荒草都被太阳晒蔫了，即墨周围十里之内已尽数被燕人摧毁，看不到一间完整的房舍，也见不到一个人影。即墨城上的齐军士卒们在垛口的阴影里呆坐着，好像一群毫无生气的土偶。

远处隐约传来辚辚车声，小路上扬起一片尘烟，逐渐靠近城垣，一个军官从城楼里冲出来对着士卒们叫骂起来，当兵的好歹站起身，挺起兵刃，做出一副守城的样子来。

不大会儿工夫，荒草丛里走出几十个燕军，大概是刚从哪里抢劫回来，几辆马车上装满了抢回来的箱笼杂物，从城下两三里外经过。燕人兴致很高，纵声谈笑，甚至都没往即墨城的方向看一眼。

军官站在箭垛前眼巴巴地看着燕人走远了，回身进了城楼。他一走，守城的军士们像被人抽了筋骨一样，一个个又都坐回到地上去了。身后又隐约传来一阵嘈杂的人声，听声音是从城里传来的。于是当官的也懒得出来查看，军卒们更是动也没动一下。

这时在即墨城里，一队军士正挺着长矛沿街巡察，走在队伍前面的是个四十多岁的矮胖子，头戴一顶板帽，身上披的是和士兵一样的扎叶甲，大脑壳，宽肩膀，生着两只粗短的胖手，肉乎乎的圆脸上长着一双细长的眼睛，扁扁的鼻梁，丰厚的嘴唇，留着一副短须，和善之中略带点市侩气，实在缺乏武将应有的威武气概，若不是这一身盔甲，看起来倒像是个买卖人，此人就是即墨守将田单。

其实田单并不是即墨城的守将，也根本不是即墨人。

田单的祖上也是齐王的旁支远亲，一向没得到过重用，到田单这一世已经寂寂无名，只在临淄城里做个小吏。燕军攻克临淄的时候田单带着家眷逃难出来，一路向东到了即墨。在这里，齐国人好歹鼓起勇气和燕军打了一场硬仗，虽将燕军逐退，可即墨守将也阵亡了，眼看这座小城也将不保，危急之时总要有人站出来担负重任，而这次在即墨城里站出来挑头的就是田单。

田单一辈子没当过将军，没上过战场，只因出身贵族，幼时好歹学过些兵法，使得动剑戟，守即墨的时候也和燕军拼过命，在城墙上亲手杀过一两个燕卒，磨炼出一副胆量来。眼看燕国人像狼群一样在城下打转，城中百姓像吓破了胆的羔羊，田单咬着牙站了出来，自称是临淄城里的大夫，接了即墨的兵符印信。为了守城，田单从城里挑选了三千青壮日夜操练，每天早午晚三次亲自带着人在城里巡视，以壮士气，可他却从未领兵出战，甚至连出战的想法都没有过。因为齐国败得如此彻底，千城俱毁，四野狼烟，田单这个没打过仗的将军实在不知下一步该怎么办。只能每天在城上城下巡来巡去，等着有一天燕军杀到城下，就提着头颅和他们拼一场，死了也就算了。

在即墨城里和田单一样心思的人并不多。百姓们无论如何是不肯死的，他们宁愿苟且偷生，于是家家关门闭户，每个人都在屋里院里到处掘洞，埋藏金银，收集粮食，打算燕军一破城就钻进地洞躲藏起来，在他们想来，只要能把自己变成一只藏在洞里的老鼠，就可以避过燕人的掳劫虐杀。

在死气沉沉的街巷间穿行，听着各家房门后喊喊嚓嚓的耳语和忙乱的刨土声，田单又气又恨又是灰心，转过街角，却见当街摆着七八只酒坛，一群男人手里端着盛酒的陶碗，挤在一起听一个头发花白的老人说话，远远就闻见一股熏人的酒气。田单几步抢上前去，厉声喝道："你们在这里闹什么？"

给田单这一声吼，人群立时静了下来，那位正在高谈阔论的老者忙端着酒碗凑上前来笑着说："将军听说了吗？燕王职死了！百姓们都在这里庆贺，将军来得正好，也和百姓们一起喝碗酒吧。"

燕王职死了？此事田单果然不知，可只是这么一个消息还不至于让田单乍惊乍喜。他不接那老者手里的酒碗，冷冷地说："燕王职死了，燕国自然有太子继位，这有什么值得庆贺的？"

"听说燕太子继位后囚禁了相国邹衍，燕将乐毅听到消息，连夜逃到赵国去了。此二人一去，眼看燕国就要大乱……"

老者所言田单闻所未闻，也不知真伪，而此时他的心思更不在此。

这一年来困守孤城，内忧外患，早已把田单逼到急处，压抑烦躁，自己也控制不住自己的脾气，根本没把话听完，瞪起眼来厉声打断老者："邹衍被罢，燕国还有公孙操和剧辛！乐毅出走，燕国还有司马骑劫和栗腹！齐国的城池还被燕人占着，即墨还被燕人围着！你这老贼却在这里说什么'燕国大乱'？我看燕国并没有乱！倒是咱们齐国人一个个在街上发疯，好像燕王罢了一个乐毅，齐国就有了盼头？有你这样的人在，齐国怎能不亡！"

田单的几句怒责把一街百姓都吓得缩头缩脑不知如何是好。看着齐国

人这副没出息的样子，田单更是怒不可遏，一把推开挡在面前的老者，指着街上的齐人吼道："我看你们这群东西，简直连猪狗都不如！"

无缘无故被田单骂成猪狗，那老者也来了火气："将军这是什么话！"

"你想听什么话？偌大齐国竟被燕军一击而破，六百万子民被二十万燕人踩在脚下，几十万百姓做了燕人刀下的冤鬼，你们这些人勉强还有一丝活气儿，就聚在这里喝酒，以为没有事了？你们这些恬不知耻的东西不是猪狗是什么！燕王职死了你们在这里庆贺，齐国先王被楚人杀了，新君被燕人围在莒城，你们怎么不知道伤感？乐毅被罢了你们庆贺，可燕人在即墨城下烧杀掳掠，你们怎么不出城去和燕人拼命？庆贺？庆贺什么！难道齐国人都是这般毫无廉耻，毫无人心？燕人的刀没架在脖子上，你们就不知死，等燕人打破城池冲进来，那时你们这些东西无非束手而立，任人宰割！"田单一把从老者手里夺下陶碗，"啪"地在地上摔个粉碎，"都滚回去！哪个再敢当街聚饮搅闹，老子把他从城墙上扔下去，让他跟燕国人喝酒去！"

田单这一顿臭骂，顿时把一街的百姓全赶散了。

在大街上对百姓们发了一顿脾气，田单心里的怒气仍然难平，刚回到府里，下人来报，有两个百姓自称从莒城来求见。听说有人从齐王驻跸之地赶来，田单急忙唤他们进来，想不到走进来的正是刚才在街上向自己敬酒的那个老头子，身边还跟着一个健壮的中年人。

刚在街上被自己骂了一顿，想不到这个老东西毫不知耻，竟然又找上门来了，田单忍不住怒气勃发，厉声喝道："你这死不了的老畜生还敢来见我！"

见田单不问情由张口就骂，那老者也有几分恼火："将军为何如此詈骂老夫？若只是因为老夫当街庆贺燕王之死，这也过了。"

田单并不是个暴戾的人，一时气头上破口乱骂，被老人说了一句，自己也觉得不太合适，好歹把吾气放和缓了些："你受何人差遣，到即墨来有何事？"

同是亡国奴，小节上就不能计较了，既然田单收拾了脾气，那老者也就不再怪他："老夫鲁仲连，曾在稷下学宫任祭酒，但早已辞去官职，只是一介布衣，这次到即墨并非受人差遣，只是想与将军共守城池罢了。"又指着身边的中年人说："这位侯嬴先生是位墨者，专为拯救即墨百姓而来。"

鲁仲连早年曾在临淄城外稷下学宫做过祭酒，与同样担任过祭酒的赵国大儒荀况并称山东两大名士，天下知闻，田单自然也听过他的名字。而墨者助弱锄强，同样闻名天下，更不用说。这一下田单又惊又喜，忙向鲁仲连和侯嬴行礼："原来是鲁连子和墨家高士到了，即墨危如累卵，田单束手无策，还请两位指教。"

虽然一见面就挨了两顿责骂，可鲁仲连心里却很赞赏这位有血性的将军，脸上也有了笑容："将军困守孤城，可知外面的消息？"

"即墨被围已久，内外隔绝，只知先王被楚人所害，新君在莒城继位，燕军围困莒地，尚未破城，其余不知。"

国家危亡之际，唯血性之人可以救难，田单性情刚毅如虎，又能礼下于人，眼下齐国需要的正是田单这样的人。但不知此人谋略如何，于是鲁仲连故意问道："齐国全境俱毁，仅莒城、即墨未破，将军独守即墨也有年余了，燕人似乎并未来袭，将军以为是何故？"

"燕国是北地小国，大概无力灭齐，故意留下莒城、即墨，一在南，一在东，是给齐人喘息之机，待燕军巩固了在齐国的势力，再与我王订城

下之盟吧。"

田单能看透大势，确是可用之人，这样的人就值得鲁连子尽心辅助了。于是鲁仲连微笑点头："将军说透了天下大势，可你对外面的情况到底所知不多。燕国本来内有贤相邹衍执政，外有名将乐毅统兵，其势方强，非人力可破。侥天之幸，燕王重用成安君公孙操，罢了邹衍、乐毅。如今邹衍已逃往魏国，乐毅投赵国去了，此二人一去，燕国实力大损，加之自破齐以来，燕军占据齐国七十余城，而燕军总计不过二十万，散在齐国各地，大城多则千余，小邑只得数百，军纪败坏，不知守城，只是每日在乡间流劫，已成强弩之末。现在燕王命司马骑劫为上将军，急切想攻克莒城，彻底灭亡齐国，可自从新君在莒城继位以后，体恤百姓，与军民共患难，数月之间莒城已集结精兵六七万，人心大定，司马骑劫虽赶到沂南，却调不齐兵马，一共只招集了两万余人，仅凭这点兵力攻莒城未必能胜，若久攻不克，给齐国腾出时间向赵、魏求援，两国很可能发兵攻燕，来摘这颗熟透的桃子，所以骑劫不敢贸然攻打莒城。"

鲁仲连说这些话是想稳住田单的心，可田单是个心思缜密的人，略一沉吟，摇了摇头："长远来看，先生说的在理，眼下却又不对。燕军留莒城、即墨两处不取，是乐毅自知燕国不足以亡齐，想逼迫大王与燕国订盟，这是一步妙棋。可乐毅被罢，说明燕王起了兼并齐国之心，继任的燕军统帅一定会集结大军攻取齐国最后的城池土地，莒城兵多，急切难下，燕军必先取即墨，即墨城小兵弱，能不能守得住还未知……"略沉了沉，又说："即墨失守也只是小事。眼下齐国怕的不是燕国的吞并，而是赵、魏、楚三国的瓜分。即墨就算不被燕人攻取，早晚也会断送在楚、魏之手，亡国之祸在即，而齐国百姓却是一盘散沙，捏不到一起，在下才智拙劣，无计可施，先生有主意吗？"

田单心里的隐忧鲁仲连都明白，其实这位谋略深长的鲁连子对齐国也是一样的失望。

齐国承平日久，民风腐坏，这个根子在国君的身上。是齐王和权臣勋戚们首先腐化，自上而下，民气渐惰，民风渐奢，民心涣散，早已不复为强国。鲁仲连是齐国名士，早年在稷下学宫任过祭酒，久居临淄，这一切腐化败坏他亲眼所见，可腐烂的是整整一个国家，鲁仲连一个人又能做什么？

"将军刚才在街上骂齐国人是猪狗，骂得对！老夫从魏国一路行来，所见的齐国百姓也是这般毫无血性，任由燕军虐杀，这么下去齐国早晚要亡！两军交锋尚可用谋使诈以克敌，但民心如此，老夫也不知如何是好。"

听了这话，田单的脸色一下子变得灰暗了。

鲁仲连到即墨是来助阵的，不是来给即墨人泄气的。先把这些灰溜溜的话放下不提，站起身来背着手在房里走了两圈，稳了稳神："现在不是骂人的时候。司马骑劫无力进攻莒城，燕国大军必将攻打即墨。骑劫是天下名将，燕军虽不如前，毕竟是精锐之师，将军打算如何御敌？"

沉默半晌，田单咬了咬牙："即墨并非名邦大邑，只是五里之城，七里之郭，有民三万，兵只七千，田单原是临淄城中的小吏，从未上过战场，只有一腔热血罢了。先生是高士，若信得过田单，就请指点一二，纵是赴汤蹈火，田某亦当唯命是从。"

危难之时有田单这样的人，是即墨之幸，齐国之幸，鲁仲连暗暗心喜。侯嬴在旁说道："燕军剽悍，号称'熊虎'，司马骑劫是百战骁将，勇力过人，要是让他们顺顺当当到了即墨城下，攻城之时一定凌厉难挡。我的意思，田将军不妨领一路兵马出城一战，若击败前军，必能瓦解燕军士气。"

"何时出战？"

"我们来即墨时，司马骑劫的大军正从沂南出发，燕军骑兵多，行动快，数日内就可到达即墨，但这一路上都有墨者暗中监视，每日都有消息送到，将军应该抓紧时间做准备了。"

决定出城袭击燕军先锋之后，田单立刻准备起来，从四城守军里挑选了两千名精壮士卒，把这些人集中起来日日操练，以牛酒犒劳，却并不告诉他们要干什么。就这样操练了五日，鲁仲连带着侯赢找上门来，把一条细细的素帛递给田单："燕国人来了。前锋约有三千人，估计明晚可进至即墨城西的椎臼——将军准备好了吗？"

鲁仲连的话里略显犹疑，田单也明白鲁仲连为何支吾。

自从济水之战一败涂地，齐国人在燕军面前成了避猫鼠，从骨子里害怕对手，即墨城中半数是从百姓中招募的新兵，另一半是在战场上被燕人吓破了胆的士卒，虽然专门挑了些强壮有勇力的军士，可这些人临敌时有多少勇气，能打到什么程度，谁也不敢说。这个时候就要看他这个将军的胆量了。

"齐国都亡了，我们这些人还怕死吗？今夜就出城袭破燕军！"田单回身进了内室，片刻工夫，捧出一只大漆填金虎纹印盒，双手递到鲁仲连手里，打开盒盖，里面是一颗龟纽铜印，一枚青铜铸的虎符，"这是即墨守将的印信和调动兵马的兵符，本不归我所有，只因守将战死，即墨城中又无人愿意出头，百姓们强将此印信交与我。若我今夜不能回来，就请墨者替齐人守城。"

田单是下定必死的决心了。

齐国数百万子民中，至少有一个人下了必死的决心，只这一个人的勇气，就使得垂垂将死的齐国又有了一丝希望。

与熊虎搏杀

　　黄昏时分，即墨城里派出的哨探回来了，正如墨者递来的消息，燕军前锋已进至椎臼，于黄昏时就地扎营。只是燕军前哨并非三千人，因为进兵途中又有军马加入，司马骑劫帐下已有三万多人马，椎臼的燕军先锋合计有五千余人。

　　对一个下了狠心欲拼一死的人来说，敌手是三千还是五千并不要紧。田单已经从即墨守军中挑选了两千名精锐士卒——城中能抽调出来的也仅有这些人了，余下的人尽其所有，为参战的将士每人凑出一顶铁盔，一套扎叶甲，为了对付燕军骑兵，当先的一千人除应手的兵器外，每人再发给一支九尺长矛或者圆篓铜鈹，用来对付燕军骑兵，其余的人手中只有一件兵器，或是一条铜戈，或是一柄铁剑，另有几百面残旧的盾牌，运气好的士卒可以多分到一面盾牌护身。

　　那支曾经天下最富庶、装备最精良的齐国大军已经灰飞烟灭了，眼下这两千军士穿的用的简直像一群叫花子。这些士卒已经被燕军围在即墨城里太久了，现在让他们在黑暗中冲杀出去，每个人都不免有些紧张，眼看盾牌太少，每个士卒都想弄一面盾来防身，一个个互相争抢，在城墙下推挤吵骂起来。

　　听得吵闹声，田单从城楼里飞步走出，对城下喝道："你们吵什么！"

　　田单的一声断喝到把两千军士都镇住了，士卒们一个个偷眼看着别人，战战兢兢。

　　看着这群惶惶不安的将士，田单心里说不出是沮丧还是恼怒，走到众

人面前，顺手从一个军卒手中抢过一柄短剑，指着士卒们沉声问道："都说燕军是熊虎，他们军中有数不清的死士，这些人可以不穿铠甲，可以把自己的双腿绑在马背上，死了也不掉下马来。和燕军比，我们齐国人是什么？诸位说说，我们齐国人到底算什么？"

回答田单的是一片压抑的静默。田单用剑锋指着众人狠狠地吼道："齐人都吓破了胆！任由燕军烧掠我们的城邑，杀戮我们的父兄，奸淫我们的姊妹，宁可任人宰杀也不敢稍作反抗，猪狗，你等皆是猪狗一般的东西！"

骂了这几句狠话，田单只觉得胸中热血翻涌，抬手摘了铁盔，三两下扯开皮绳，剥下铠甲掷在地上，往甲叶子上狠狠啐了一口唾沫，冲着部属们咆哮起来："国破家亡，国破家亡！齐人都失了血性，如何不国破家亡！到今天你们还要披这铁甲，要争这盾牌，想干什么？无非是想着'打不过就退回城里'，还有退路吗？齐国都亡了，我们还往哪里退！今日一战有进无退，战死方休！凡有血性的都把盔甲卸了，盾牌扔了，跟我一起去和燕人拼命！"

田单这一通恶狠狠的叫骂，似乎把军士们都惊呆了。片刻工夫，忽然队伍里有人高声叫道："将军说的对，今日有进无退，战死方休！"队伍里开始有人摘盔卸甲，受同袍勇气的鼓舞，其他人也一个接一个动起手来，剥了铠甲掷在地上。

"这就像样了！"田单举起手中剑，用尽力气高声叫道："国破家亡，我辈义不容辞！今日之战不敢言胜，只与诸位争先，请先沥吾血，先断吾头！"

深夜，扎在旷野中的燕军大营静悄悄的，只有营门前燃着的几堆篝火被风吹得摇摆不定，木柴发出清脆的毕剥声，伴着远远近近的虫鸣，静得令人心惊肉跳。

椎臼是即墨城外一处有千户人家的大村落，可燕军并没有宿在村中，因为这座村子先前已经被燕人洗劫过多次，残破不堪，这次燕国大军远道而来，头一件事就是进村抢劫，可在这个穷村子里实在抢不到什么东西，一怒之下，燕人把村里的齐国百姓尽数屠杀，一把火将村落全烧毁了。

杀了一村百姓之后，燕军在村外找了一片空地，却并未竖起营垒，连帐篷也懒得搭，只用车仗绕成一圈，草草围出一片营地，生起篝火，把从村里抢回来的猪羊放在火上烤了大吃大嚼，酒足饭饱之后一个个倒头便睡，只在营门前胡乱摆了几架拒马，设了几个岗哨，可到后半夜，连岗哨也都自顾睡下了。

燕军在齐国横行得太久，骄横惯了，只以为大军一到，即墨立刻灰飞烟灭，根本没想过齐人会出城反击。等营门前的哨兵听到脚步声响勉强睁开眼来，黑暗中只见无数人影摸到跟前，这才叫喊起来，可已经来不及了。田单提着剑冲在最前面，三千齐军一拥而起，砍翻岗哨，推开营前的鹿砦拒马，顿时撞倒辕门直冲进去，黑暗之中也看不清对手虚实，只管一股劲向燕军营盘深处猛撞，挺起长矛对着面前晃动的黑影乱捅。

眨眼工夫，燕军营中火光冲天，从睡梦中惊醒的败兵残卒光着屁股四处乱窜。好在燕人没立营寨，到处都是出路，转眼工夫，一大半燕人都在旷野中逃散了。营盘内外尸横遍地，血肉狼藉，不到一个时辰的工夫，齐军已经袭杀了上千名燕军士卒。

想不到凶悍的燕军竟如土鸡瓦犬，一击即破，田单喜不自禁，略一点算，手下伤亡不过百十人，已是全胜之局了。此时三更已尽，田单下令收拢人马撤回即墨。两千齐军沿着大路凯旋而发，兵士们扬扬得意，纵声谈笑，谁也没注意到背后有什么动静。

忽然间，和田单并肩而行的侯赢站住了脚，一脸惊愕，又侧耳听了片刻，

冲队伍高叫："都停住！"士卒们不知出了何事，一齐止步。田单忙问："怎么了？"侯嬴没有回话，跑到路边伏在地上侧耳细听，紧接着跳起身来："大队骑兵自西向东而来！大概是燕人赶上来了！"

"不会吧？燕军刚被咱们打垮……"田单一句话还没说完，也已经听到身后黑暗中隆隆作响，地面隐隐震动，果然是大队骑兵赶杀过来了。

燕国这支大军是燕王姬职和上将军乐毅花了十多年心血练出来的铁军，刚才被齐军一个突袭打得措手不及，顿时全军逃散，可齐军一退，这些燕国人很快又聚拢起来。燕军都是北地之人，生在荒寒广漠之中，长于胡汉杂处之地，性情凶蛮如狼似虎，加之燕军训练有素，能骑善射，锐气极盛，这些年横行齐国，虐杀百姓十分顺手，对齐人打心眼里看不起，对自己的战斗力更是有很强的信心。现在吃了个亏，燕人反而被激得发起疯来，打了败仗的士卒们有些连衣服也来不及穿，就在被烧成灰烬的营地旁整顿队伍，骑兵各自上马，步卒收拾刀枪，为首将领一声令下，四五百名骑兵纵马持矛率先向即墨方向发起冲击，余下的步卒们也齐声呐喊，光着身子提着短剑矛戈，跟在骑兵后面追杀过来。

此时田单的部队正在回即墨的半路上，刚才的胜仗倒让他们有些松懈了，直到燕国骑兵赶到近前才发现，急忙挺起长矛回身迎敌。黑暗中只听得蹄声如雷，转眼工夫燕人已经冲到面前，狂呼怪叫，铁蹄踹踏，一阵风般从齐军队列中冲撞过去。这些燕军骑士身经百战，骑术极精，冲出两三里之后驳转马头，略一整队，又一起沿着大路冲了回来，顿时把齐国人冲成了两截。

这一下反而使齐国人陷于被动，叫这几百驰骋如飞的骑兵一阵蛮冲硬打，顷刻死伤了数百人，眼看就要被打散了阵势，田单到底没经过战阵，一时没有主意，好在墨者侯嬴还能临危不乱，冲田单叫道："别和燕人缠斗，快退入树林，让开大路，以弓箭射杀骑兵！"

听了这声招呼，田单才反应过来，忙传下令去，听到将令的士卒们飞快地退进树丛，取下弓箭，但仍有不少士卒在大路上乱跑，被燕人往来冲杀，死伤累累。

可惜，燕人虽然凶猛，毕竟是仓促集结起来的，卒伍之间未能协调，骑兵冲得太快，把步卒远远甩在了后面，现在只有一路燕军骑兵在大路上截杀来不及退开的齐人，这些骑士人高马大，在昏暗的月影下看着十分显眼，随着田单一声令下，树丛里的齐军弓弩齐发，大路上顿时惨叫连连，眼看着那些骑兵像秋天的树叶纷纷落马。

这一来情势又逆转了，燕军被弓箭射得乱作一团，已不能像刚才那样往来驰骤，行动迟缓了不少，黑暗之中，骑兵暴露在平旷之处，面对弓箭无处可避，不断有人中箭伤亡，后面的步卒却还没有赶上来。燕军乍败之后心里也有怯意，给齐人几轮攒射，已经死伤几十人，剩下的骑兵无心再战，一声呼哨，驳转马头沿着大路飞逃而去。

见燕军败走，一些齐国人回头要追，田单却知道燕人并未战败，后队步卒一到，骑兵们只怕去而复返。燕军如此勇悍，真在野外交手，齐人实在没有胜算，不敢恋战，急忙射出鸣镝，招呼士卒撤回。

这一次夜袭齐军虽然胜了，田单的手下也战死了四百多人，伤者更多，到天色微明之时终于退回即墨，远远看见路边停着辆马车，一个驭手站在车上往这边眺望，见田单他们回来了，驭手一句话也不说，跳上车往即墨方向飞驰而去。

一顿饭的工夫，田单的兵马已到了城下，忽听得前面大路上锣鼓喧天，

　　远远就看见城墙边万头攒动，刚才那辆马车又驰了回来，这次车上多了一个人，却是鲁仲连。

　　田单他们出发不久，鲁仲连就在即墨城里做了布置，安排了几百人，教给他们几句话，让这些人拿着铜锣到各处街巷坐等，一听官衙这边锣声响起，就一起鸣锣叫喊，让百姓们出城迎接田单，又派出墨者在大路上等候，见田单回师立刻进城报信。

　　一得信，鲁仲连立刻命人敲起锣来，一声锣响，顿时带动各处，早先布置下的那几百人沿街乱跑，即墨城里锣声震天，到处有人高喊："大军得胜凯旋，斩杀燕军过万！"顿时把全城百姓都惊动起来，互相一问，都知道田单率军夜袭燕军，已经得胜而回，百姓们顿时雀跃起来，一起拥出西门来迎接田单。

　　这时鲁仲连已经接着田单，把自己的布置说了，田单是个朴实内敛的人，对鲁仲连这个搞法很不以为然："昨夜不过小胜，田某有什么功劳？先生如此张扬，岂不惹人笑话。"

　　鲁仲连微微一笑："我知道将军不是贪功之人，今天这么做不为功劳，只为激发民心士气，从今天起，即墨城里的百姓就不怕燕人了。"

　　到这时田单才明白了鲁连子的心机，摇头苦笑，却也无可奈何，只能任人家摆布。鲁仲连让人拿来早就备好的彩绸红布给田单披挂起来，又拿过一条新磨亮的长戟让他持在手中，立于战车之上，后面的军士也重新整队，一个个昂头挺胸，拿出得胜之师的气势来，一路吹吹打打，在百姓的欢呼声中开进即墨城。田单等人登上城头高高坐下了，百姓们争着献上猪羊酒食犒劳将士，城里几位年高德劭的老人捧着酒登上城楼劝饮，田单连饮了几碗酒，在城头看着百姓们踏歌起舞，欢呼庆祝，一直到中午人群才散。

百姓们走了，田单脸上的笑容也散尽了，一个人坐在城楼里发起愁来。

鲁仲连已经从侯嬴那里知道了昨夜的战况，这些天相处下来，知道田单是个沉稳刚毅的人，用不着拿好话哄他，于是走上前来直话直说："将军和燕人打了一仗，知道这'熊虎之师'的厉害了吧？"

"燕人果然不畏死……"

"将军知道怎么对付这些不畏死的凶徒吗？"

田单低眉垂首沉思了好久，终于说："凶暴之徒凭的是一股不顾生死的浊气，对这样的敌手不但要下定决心与之死战，战胜之后还需穷追猛打，一鼓作气把他打垮！就像群狼，一定要撵得它夹着尾巴逃到天边去，永远不敢再回来。"

鲁仲连笑了："将军说的对。可要有逐狼的勇气，齐国人得比现在更凶猛才行。"

如何激发齐人的血性，这是田单最看重的事，忙问："先生有何良策？"

鲁仲连摇了摇头："还没有，咱们一起想办法……"话音未落，侯嬴从外面撞了进来："燕军！燕国大军到了！"

田单飞跑出城楼，扶着垛口往西边望去，只见一支数百人的斥候骑兵从西面飞驰而来，转眼冲到西门外，马上的燕军赤膊提矛嗷嗷怪叫着，一起策马围着即墨城团团打转，搅得城下尘土飞扬，马蹄踏得地动山摇，城上的齐军看着这些恶狼一样的燕人，不由得心惊肉跳。

在这支骑兵背后，一支庞大的军阵出现在旷野尽头，只见其首，不见其尾，但听铁骑萧萧，车声辚辚，铁甲步卒万头攒动，旌旗蔽野，刀枪映日，搅起漫天烟尘，像一股黑色的洪流往即墨城下汹涌而来。

看着城下海潮般翻滚的燕军，田单脸色郑重，皱紧眉头，好半天，忽然低声说道："我错了。原以为是在为齐国尽力，现在才明白，其实我打

这一仗，只为保全自己的性命。"

田单所说的话旁人未必懂，只有鲁仲连微微点头："将军能明白这点就好。可惜即墨城里的百姓很多还不明白这一点，等百姓们都明白了，即墨城才有救。"

"怎么才能让百姓明白'为自己拼命'的道理？"

鲁仲连微喟一声，摇头苦笑："老子云：'上士闻道，谨而行之，中士闻道，若存若亡，下士闻道，大笑之，不笑不足以为道。'孔子亦云：'唯上智下愚不移。'这两句话是一个意思，都以为天下只有智者才能懂道理，而百姓愚顽难以教化，对这些愚顽不化的人哪，我们心里爱他们，一心要救他们要护他们，却没有道理跟他们讲，到了急处，只能用谎言相欺，骗骗他们。只是用谎言骗百姓们奋勇，虽有善意，终非善行，我心里实在有愧……"

鲁仲连是个悲天悯人的智者，他责备百姓"愚顽难教"是真心，也是善意。对这个田单是能理解的，有心安慰鲁连子一句，就随口道："孔夫子有言：'民可使由之，不可使知之。'只让他们做事就好，不必讲道理给他们听。这话虽然残酷，却是个无可奈何的道理。连孔子尚且无奈，咱们这些人又有什么好办法？"

想不到田单妄引孔子之言，胡扯歪解起来，鲁仲连也顾不得田单的面子，急忙说道："将军此话大谬！'民可，使由之，不可，使知之'并非将军言下之意！孔子是说：百姓认同的，君王方可为之，百姓不认同，则应'声闻于天'，使君王知其行事之非而改过。此正应《道德经》中'圣人恒无心，以百姓心为心'一言，这是道、儒两家学说之根本，万万不可误解，否则遗毒千年，不可救矣！"

想不到随口一句安慰人的话，倒惹出鲁仲连的一顿责备。田单也知道论起学问，自己比鲁仲连差太远了，不敢与他辩论，挠挠头皮，讪讪地不吭声了。

齐人被激怒了

在即墨城下扎营已经三日，司马骑劫还没有下令攻城。

身为大将，骑劫心里知道燕国面临的危险，可眼下燕王只听公孙操的摆布，连乐毅这样的将军都被赶走了，他骑劫也是先王驾下旧臣，深受猜忌，在燕王面前不敢进言，所能做的只是与还在掌权的大夫剧辛、栗腹等人暗通声气，由剧辛在蓟城盯着公孙操，把他的一举一动报到齐地来，司马骑劫则放下莒城不管，亲率庑万大军来攻即墨，希望攻克即墨能给齐王田法章一些压力，然后回师莒城威逼齐王，尽快订个城下之盟。可怎么才能与齐王定盟，如何分割齐国领土，燕国又怎样和赵、魏、楚达成和解？却都毫无头绪。

现在的司马骑劫就像个医术拙劣的江湖郎中，面对一位患了痈疮恶疾的病人，不动刀则痈疮溃烂，病人迟早要死；盲目动刀，血崩肉坏，反而会让病人早死，真是左右为难，对攻打即墨根本就没有积极性，只想能拖一天是一天，所以大军虽到即墨，却并不急于攻城。

好在燕人粗鲁，不知道他们这位上将军的心事，眼看一时没有仗打，这些人就抽出空子几十人几百人地跑到乡下抢劫，将官们也对上遮瞒，纵容部下劫掠，司马骑劫自恃兵强，对齐人十分轻视，并不严厉约束部下。

　　就这么拖了几天，忽然在深夜中有人来报：从城墙上缒下一个人来，窜进燕军大营，自称是来投诚的。骑劫觉得有趣，叫手下把人带到寝帐，自己就在狼皮褥子上赤膊而坐。片刻工夫，几个军士押着一条粗壮的大汉进来了，骑劫问道："你是何人，乘夜到我军中想做什么？"

　　那人忙上前跪拜，战战兢兢地说："小人名叫侯嬴，是个魏国商人，常年在魏、齐之间奔走，做些粮食生意，想不到遇上战事被困在即墨城里，听说上将军亲自率兵攻城，小人知道城池难保，到时玉石俱焚，小人一家也难逃活命，所以特出城请降，只要将军破城后能饶过我的家小，我愿将这些黄金献出，以资劳军之用。"说罢从怀里掏出一个沉甸甸的布袋子直送到司马骑劫面前。司马骑劫接过袋子略掂了掂，觉得分量不轻，解开扎绳往里瞟了一眼，却是半袋子"郢爰"金饼，每块有拇指大小，规规整整的，估计能有四五斤重，在烛火之下耀眼生辉，忍不住眉开眼笑。

　　燕人出了名的勇而无谋，烈而无义，这样的人往往贪财。现在侯嬴一次就献给司马骑劫几斤黄金，这位傲慢的上将军也不由改颜相向，笑着说："你不用怕，燕人伐齐与魏国无干，破城后我会派人保护你的家小。"侯嬴忙打躬作揖千恩万谢。司马骑劫笑道："不忙谢，我问你，即墨城里的主将是谁？"

　　"即墨守将名叫田单，是从临淄逃来的贵人，听说他是齐威王的后裔，家世显贵，具体的却说不清了。"

　　田单确是齐王之后，但他这一族并非威王后裔，只是不足道的旁支远亲，田单在临淄时仅是一名小吏，也正因为此，司马骑劫反而不知道他的底细，当然任由侯嬴编造。

　　田单这种无名之辈，骑劫对他也不在乎："城中现有多少守军，囤了多少粮草，你知道吗？"

侯赢早算定燕人要问这些话，也早就打好了腹稿，假装皱起眉头想了半天，才慢吞吞地说："小人是个买卖人，城里的事不能尽知。听说即墨城里的守军原有六七千人，田单自临淄来时又带来五千人马，另外各处汇集来的败兵也有五六千，田单入城后，又在城里挑选了七千精壮日夜操练，都算在一起有两万两三千人吧。"

侯赢一番话，把城里守军的数量足足夸大了三倍，司马骑劫半信半疑，又问："几天前有齐军夜袭椎臼，那一仗田单动用了多少兵马？"

"好像有六千人，田单率众亲自出战，听说死伤了六七百人。"

说谎之时有个诀窍：七成谎话中夹着三成真话，寻常人就看不出破绽了。田单夜袭燕军其实只用了两千人，侯赢既然把城里守军夸大了三倍，也就把夜袭的人数同样夸大三倍，但伤亡之数却是真实的，真话假话掺在一起，就可以骗人了。

椎臼一战，齐军战死的有四百多人，伤者还不算在内，尸首都扔在了路上，所以司马骑劫心里是有数的，现在侯赢说"伤亡六七百"，司马骑劫当然认作实话，于是把侯赢说的话信了九成。又问："城里有多少百姓，还剩下多少粮食？"

即墨城里本有两万人口，燕军杀到之时，从各地逃进城里的乡民又有一万多，总计约三万人。侯赢却说："即墨城原来只有两万人口，可现在四乡八郡的人都逃到这里避难，足有六七万人，城里囤粮不足，田单就命士卒们将百姓之粮尽征入官库，以备战守所需，百姓们只能靠偷藏起来的一点粮食过活，穷苦人家绝食已有月余，城里的树皮草根都吃光了，因此对田单颇有怨言。但依小人估计，就是官库中的粮食也只能维持十日了。"

城中粮食将尽！这对燕军真是好消息，司马骑劫忙问："你如何知道？"

"小人是个粮商，自从即墨被围之后，齐人一次次到我店里搜抢粮食，前日他们把仅存的一点口粮都搜去了，小的与他们争吵，说粮食收去，一家老小要饿死了，那当兵的说：'饿死又怎样，老子们每天只有两顿粥吃，也不过比你们多活十天罢了……'所以小人斗胆推算，官库或许只有十日之粮了。"

侯嬴说的话一字一句都是仔细算计过的，说来说去，无非要让骑劫钻进他的套子里来。果然，听了这些话以后，司马骑劫立刻算出两条：即墨守军兵力与燕军相当，而城里的粮食已经不多。

齐军兵力较多，燕军若强行攻城，损失也大；齐人粮食将尽，一旦断粮，军卒百姓们为求活命必然闹动起来，内乱一起，破城就易如反掌了。既然如此，何必让燕人去冒矢石？不妨围定城池，等等再说。

骑劫本来就不急于攻城，现在更不着急了。心里不急，嘴里问出的也都是邪话怪话了："即墨城里，像你一样的富户多吗？"

司马骑劫问起"富户"的话来，分明是打算入城之后狠狠烧杀劫掠一番。

虽然自破齐以来，燕军每入一城都要闭城搜抢，杀人如麻，司马骑劫是燕国的上将军，位高权重，连这样的人都公然说出此等言语，燕军的凶残可见一斑。可骑劫的话却在侯嬴意料之中，立刻答道："将军，即墨东临大海，西达楚魏，是商旅必经之处，东边的商人要到燕、赵、楚、魏贩卖渔盐，又或从楚地买进绸缎，从魏地购进精铁，从燕地贩来牛羊，都在即墨城中集散，所以城里商贾很多，像小人这样的不过中等之家罢了。"

侯嬴一次就献给骑劫几斤黄金，而这样的富户还仅是"中等之家"，骑劫心中暗喜。可侯嬴接下来的话更让他惊喜："小人在即墨住了多年，知道城中百姓富裕，生活奢靡无度，而即墨本是东夷故地，当地人有厚葬

之风，常以珍宝重器为死者殉葬，往往一处墓穴就埋下数十金！如今城中百姓死战不降，将军何不命部下掘了齐人的祖坟，既坏城中风水，又使齐人畏怯，挖出的黄白之物又可用来劳军，鼓励燕人士气。"

侯嬴这个主意倒让骑劫一愣。不等他深想，侯嬴已经恶狠狠地说："不瞒将军，齐人可恶！这些日子小人在城里受尽他们的欺压，抢我财货，凌我家小，小人恳请将军，破城之后借我十几名军士，把那些仇人都杀了，以解小人心头之恨！"

看了侯嬴这张恶狠狠的嘴脸，司马骑劫知道这是一个凶恶卑鄙的小人。但敌人城中逃出来的小人远比君子可靠，也有用得多。何况骑劫自己也已经对齐人坟墓里的宝藏动了心思："好，城破之后我借给你一屯（五十人）兵，去杀尽你的仇人。"可盗挖齐人祖坟的话却说不出口，看了左右一眼，翻起眼睛望着天，对侯嬴摆摆手："你去吧。"

看了骑劫的脸色，左右已经心领神会，把侯嬴带出去了。

这天夜里，燕军的将领悄悄集合了一千多人，依着侯嬴指点在即墨城东的一处山岗下找准地方，立刻动起手来。不多时已经打开了几座坟墓。果然像侯嬴说的，即墨人十分富裕，墓葬之中陪葬品极多，燕人立刻开始搜掠财物，装上马车运回营地，为嫌麻烦，把齐人先祖的遗骨都刨出来胡乱扔在坟边。在这里刨了大半夜，弄出来的宝贝已经装了几十车，却还有很多坟墓未及挖开，而侯嬴极卖力气，又先后指出几块齐人墓葬集中的地方来，于是燕军在即墨城东、城南四五处地方同时大挖大刨，挖出的好东西人挑车载运回营地，直到天色放亮仍然不肯住手。

这一夜，守城的齐军已经听到城外有响动，可是燕军并未迫近城墙，他们也不知对方在做什么。随着天光大亮，城头的军士们终于看清楚了，只见城东、城南到处是燕军的散兵游勇，正在一股劲地挖掘坟墓，大路上

人来车往乱作一团，这些军士又惊又怒，立时叫喊起来，这一下引得军民百姓都登上城头来看，只见城下到处都是燕军，正在乱挖齐人的祖坟，顿时，城上的齐人叫骂的，哭喊的，乱成一团。

在一片哭喊叫骂声中田单走上城头。虽然事先已经知道会有这事，可看到燕人肆无忌惮地挖掘齐国人的祖坟，田单还是恨得咬牙切齿，即墨的百姓们更是怒不可遏，一大群人截住田单的去路，一齐叫喊着："燕人掘了齐人的祖坟！请将军下令打开城门，我们要和燕国人拼命！"叫喊声中，一大群青壮已经不顾一切地冲下城来，要去打开城门，田单忙叫军士："拦住他们，不可开城！"可军士们也都急了眼，并不阻拦百姓，甚至有人上前给百姓帮手，田单忙亲自上来拦住人群。

有田单阻止，百姓们好歹被拦下了，可怒气丝毫未减，在前头的几个人冲田单吼道："将军总说即墨人没有血性，今天我等要与燕人拼命，你为何不让我们出城！"

"与燕人拼命我不阻拦，可城外驻着三万燕军，你们这样冲出去只能白白送死。"

人群里有人高声喊叫："死就死了，祖坟都被人掘了，我们还活着干什么！"这一声吼更是引得群情激愤，一个中年人冲到田单面前指着他的鼻子叫道："你知道什么，你又不是即墨人！"

"我不是即墨人，可我也是齐国人，燕人挖的是所有齐国人的祖坟，所以田单感同身受！诸位要与燕人死战，田单也是这个心思，只是总要有个谋划，"田单回身指着城下的燕军大营，"燕国人就在那儿，他们走不掉！大家还怕没有拼命的机会吗？诸位若信得过田单，就先回去守城，等机会来了，我与诸位一起出城与燕人决战！"

破敌之期已近

费了半天工夫反复劝说，田单总算把百姓们都制止住了。

这天夜里，即墨城里火光闪闪，齐人摆出祭物，烧化纸钱，祭祀祖先之灵。城里到处哭声隐隐，叫骂之声不绝，眼看群情愤激至此，田单有些不放心，带着人在城里彻底巡视，直到天亮才回到住处，鲁仲连已经在这里等了一夜，张口就说："百姓们总算有些火气了，咱们也可以安排下一步了。"

整整操劳了一天一夜，田单累得骨头都快散了，脑子里一片混沌，什么也想不出了，只问鲁仲连："先生还有何计？"

"请将军下一道严令：燕军围城，为防细作，城中自即日起实行宵禁，日落之后百姓不得上街，各家不得点灯举火，有违令的当众责打五十鞭。"

"燕军来时我已下了宵禁之令。"

"不妨重申一下，最好能抓到一两个违令的，当街打五十鞭，使百姓们心生畏惧，不敢丝毫有违。"

鲁仲连的话让田单摸不着头脑，只好含糊答应。可鲁连子后面的话却更让人糊涂："请将军挑选一百名军士，要身体强壮、老实稳妥之人，这些人自即日起不回军营，另择居所，只听我一人之令，不得与旁人接触。另外从官库里调五百石谷米给我，还要革车十乘，救火用的木梯二十架，务必在两日之内备妥。"

"可城中粮食本就不多，先生一次要五百石……"

鲁仲连笑着问："一月之粮总有吧？"

"这倒有。"

"够了，破燕军只在这一月之内。"鲁仲连又一沉吟，抬起头来，"我刚又想到一个计策，要与将军商量一下：要破燕军，最好先使之麻痹大意，我想用一个诈降计，请将军写一封信给司马骑劫，只说要献城投降……"

"骑劫肯信吗？"

"信不信倒在其次，只是要助长他的骄横之气，燕人越骄横，防守就越松懈。"

听鲁仲连这么一说，诈降计至少有些用处，田单问："现在就写信吗？"

鲁仲连又想了想："不急，且再等几天。"

鲁仲连奇谋妙计一个接着一个，田单这里应接不暇，只得连声称是。

依着鲁仲连的嘱咐，田单在即墨城里张贴告示，重申宵禁之令，百姓有违令出行或在家中举灯火的一律重罚，又刻意多派军士巡城，果然捉了几个违令的人，当街打了一顿，之后连着几日严厉巡视，百姓们再也无人敢在夜里上街了。另一边，鲁仲连领了一百名军卒，五百石粮食，以及马车、木梯等物，就此没了下文，鲁仲连也一连几天没有露面。这些天燕军始终没有攻城，田单却丝毫不敢懈怠，昼夜巡城，安排防务，忙乱之中也想不起鲁仲连来。

然而渐渐地即墨城里的百姓们都感觉到一件怪事，城里的鸟雀似乎越来越多了。

即墨东临大海，南依崂山，林木重叠，水泽纵横，气候温和，所以各种鸟雀极多，可这些鸟儿平时或在山里，或在田野，或栖于泽畔滩涂，很少飞到城里来。但这几天城里的鸟雀越聚越多，城墙上、箭楼上、民房的屋顶上到处都是燕雀，斑鸠、鸦鹊之属到处乱飞，整日聒噪不已，野鸭野雁甚至鹳鹭之类的大鸟也飞了来，落在房顶上久久不去，鹰隼之类猛禽在空中盘旋，时时发出尖利的叫声。一开始即墨百姓哪有工夫理这些鸟雀，可几天下来，聚在城里的鸟雀越来越多，百姓们实在不能不注意到此事了。

到这时，几天没露面的鲁仲连又来找田单，一见面就笑着说："将军听说即墨城中鸟雀聚集的事了吗？这是咱们那五百石谷米引出来的好事。"

鲁仲连不说，田单还真想不到这上头，可鲁仲连说了这话，田单略一寻思，已经明白了，笑道："我说哪里来的这些鸟儿，原来是先生用粮食招引来的，怪不得禁止百姓上街，原来是怕百姓们撞破。只是这么做有何用意？"

鲁仲连嘿嘿一笑："老夫的用意将军马上就会明白。请在城上设一个坛，找人作法，问个吉凶。"

"找何人作法？"

鲁仲连嘿嘿一笑，手指着自己的鼻子："自然是我。将军快去设坛吧。另外要在城里发下告示，让百姓们都来观看才好。"

鲁仲连的计策田单无不听从，立刻命人在南城门里用木板搭起一座一丈多高的法坛，又发出告示遍告百姓：即墨城中百鸟齐集，不知是吉是凶，官府已请来高人作法，推知祸福。

半天工夫，高台已经建成，城里百姓也纷纷聚拢过来。鲁仲连头戴鹤冠，身穿羽氅，披发赤足登上高坛，设摆三牲，焚香祭天，洒酒祭地，杀雄鸡取血礼敬鬼神，在坛上指天画地，口中念念有词，然后左手摇一柄青铜铎，右手举着桃木椎，在烟雾氤氲中团团而舞，忽而狂呼疾走，忽而手脚乱抖，口中念念有词，接着浑身颤抖，僵立片刻，一头栽倒在台上。早有随从之人上前扶起，让他盘膝而坐，五心向天良久不动，接

着身子一颤，似乎如梦方醒，起身跌跌撞撞地走下坛来。田单急忙迎上来问："天兆是吉是凶？"

"大吉，大吉！"鲁仲连冲着人群高叫，"天意已明，此是大吉之兆！"

听说是吉兆，百姓们都松了一口气，人群里有人高声说："城里粮食将尽，我等正没有饭吃，却飞来这么多鸟雀，想来是老天爷可怜即墨百姓，送鸟雀来给我们吃！"

这一声吆喝立刻引来一片应和之声，田单却分明看到那喊叫的人是个墨者，知道此人喊这一声，是要引个话头儿出来。还没等田单回话，身旁的鲁仲连已经叫了起来："万万不可如此！这些皆是神鸟，冒犯不得！"

鲁仲连这一声喊把百姓们镇住了，人群一下子安静下来。田单也是满脸惊诧，忙上前深深一揖："老神仙可否说说，鸟雀齐集是何神迹？"

鲁仲连清了清喉咙，面对众人高声说道："诸位都是即墨人，或许也听老辈人说过，这东海之滨本是少昊氏的封地，少昊是黄帝之子，五帝之一，生有异能，可招引鸾凤，驾驭百鸟，其族人奉鸾凤为君侯，用鹰隼为将佐，以燕雀为士卒，相传少昊死后就葬于崂山之畔，然其葬处不为人所知，今燕军在城外掘毁齐人坟墓，即墨城中忽然百鸟齐集，飞鸣不去，如合军旅，老夫向天问卦，原来是燕国人误掘了昊皇之墓，引来天谴！神灵动怒非同小可，这一次燕人要遭报应了！"

鲁仲连这番话真是惊世骇俗，街上的齐国百姓们顿时交头接耳议论纷纷。田单在一旁听了心里暗笑，心知少昊之陵其实在鲁国曲阜，但市井百姓哪知道这些？见众人都信了，田单忙对鲁仲连拱手谢道："若非先生指点，百姓们误捕鸟雀充饥，就犯了大错。"回头吩咐手下，"在城内各处刷下榜文，告诉百姓们，城中所集皆是神鸟，任何人不得捕杀，违者立斩！"

田单一声令下，也就半天工夫，即墨城里到处贴满榜文，城中百姓无论妇孺都知道燕军掘毁齐人祖坟触怒了神灵，于是城里的齐国百姓更加愤恨起来，群情汹汹，成群青壮拿着锄耙刀斧聚拢了来，都要开城与齐军决战。田单又费了不少力气好说歹说，才把百姓们安抚住了。

这天夜里鲁仲连又来了："破敌之期已近，将军可以送出诈降书了。"

当晚，一个齐国人摸出城外，把一支没有箭镞的箭射进燕军大营，箭杆上绑着一封信，燕军岗哨急忙把信送到骑劫手里，骑劫打开来看，却是守将田单亲笔写就的降书，愿意在五日后向燕军献城投降，请求司马骑劫入城后饶过城中百姓。

想不到即墨守军竟投降了，司马骑劫也很高兴，可又拿不准田单献城是真是假，就把侯嬴找了来："田单送出信来，愿意献城，我写了封回信，命他五日后带着印信兵符亲到我营中来请降，这封信就由你送进城去，你愿意吗？"

侯嬴到燕军营中来欺骗骑劫，虽然未被识破，毕竟心里不踏实，一直在想着脱身之计。想不到司马骑劫竟派他回城给田单送信，这一下喜出望外，脸上却丝毫不敢露出来，反而装出一副愁眉苦脸："小人是从城里逃出来的，现在回去，若田单是诈降，小人一家老小都没命了！"

在司马骑劫眼里，侯嬴的一条命分文不值："不用怕，田单不敢诈降，你把这件事办成了，我有重赏。"见侯嬴还在犹豫，骑劫不由得沉下脸来。侯嬴这才硬着头皮说："小人愿为将军效力。"畏畏缩缩地上前接过信来。

天亮前，墨者侯嬴带着司马骑劫的信回到即墨。眼看燕人已经上当，田单也就此下定了决心，搜集所有军士，准备与燕军决战。

此时的即墨百姓们已经不再畏缩苟且，反而都盼着出城拼命。那些有钱人把早先埋藏起来的粮食好酒都挖了出来，一起献于军前，青壮之士都到军营来投效，愿意随军杀敌，官衙外挤得水泄不通，百姓献上的酒肉堆积如山，牛羊数以千计，投军的壮士也有三四千人。

眼看齐人总算有了打仗的样子，田单十分高兴，命令挑选一千精兵，穿上最好的铠甲拿着最锐利的兵器，自己亲自带兵巡城，以壮士气，所经之处百姓们纷纷喝彩。在城里转了两圈之后，忽然隐约听到城外传来一片呐喊之声，田单暗吃一惊，忙登上城头远远望去，只见燕军大营前的空地上有数千骑兵列成鹤翼之阵往来奔驰，骑射劈刺，吼声如雷。

原来司马骑劫对田单的降书半信半疑，也想出一个耀武扬威的主意，集结起全部精锐骑兵在营外操练，故意做样子给田单看。

燕军有三万之众，骑兵就有六七千人，这些骑兵个个都是以一当十的勇士，骑术精湛，弓马娴熟，列阵操演起来声势十分惊人。田单看着骑兵在城外来往驰骤，想起夜袭燕军之时与骑兵的恶战，心里不禁有些惶然，不想多看，走下城来，却见一群百姓迎面过来，都向田单祝捷，当先的一个人高声说："小人愿献二十头牛劳军，祝大将军旗开得胜！"田单连连道谢，看着那商人送来的一大群牛，忽然心里一动，若有所思。

回到衙门之后，田单又凝神想了半天，终于定下一个计策：命人在即墨城里张贴告示，宣称官府愿以重价收买耕牛，以为破敌之用。

告示贴出后，城里百姓们虽然不解其意，但是看到"破敌"二字，倒也拥戴，不管商人还是农夫，手里有牛的都献了出来，田单也如约用金钱收买，一下午工夫已经收集了上千头牛。

这时鲁仲连也得了消息，不知田单要这些牛做什么，和侯嬴一起来问。田单心里已经有了主意："即墨人虽然有了勇气，可毕竟兵少，燕军精勇，骑兵更是难以对付，真的厮杀起来，就算几千人个个拼死也未必能胜。我想用一个巧计，把这些牛拉到阵前，让它们头插尖刀，尾巴绑上引火之物，夜袭之时先以这些'火牛'冲阵，军士随后而进，这一仗大概好打一些。"

在田单想来"火牛阵"是个妙计，可鲁仲连和侯嬴听了却都摇头。侯嬴问："将军以为此计可行？"

"应该可行吧。"

"可是这些牛真的能一股劲冲向燕军吗？万一牛群受了惊四处跑散怎么办？何况牛这东西看着老实，其实也有心眼儿，你点火烧它，它急了眼就会返过身来撞你，这么一来岂不是把咱们自己的队伍冲乱了？"

侯嬴说的是非常实在的话。

墨者为了替天下"解战"，经常帮助弱国防御强国，为此他们研究过各种攻守之道，其中就包括用牛冲阵的法子。但试用之后却发现这一招根本行不通。因为牛性蛮蠢，又知道记仇，一旦被人逼急了眼，它们不是往前冲，而是回过头来往近处的人身上顶撞，不但不能克敌，反而冲乱了自己的阵脚。所以"火牛阵"是不能用的。

听侯嬴一说，田单的心里顿时凉了半截。

可燕人凶悍，齐军兵少，不用奇计难保全胜。除了用牛冲阵的奇计，田单实在想不出别的点子来。回到屋里关起门来整整琢磨了一夜，到第二天上午鲁仲连和侯嬴再来时，田单已经想出了主意："两位看这样行不行：先叫百姓们在城里搭起栅栏，每条栅栏间的宽度只能容一牛前行，却转不过身来。再在城墙上挖出通道，同样只有一牛之宽，后边与栅栏相连。把牛身上披了红布，头上插起尖刀，尾巴绑上火把，然后赶进栅栏里，一头牛接一头牛站成一排，这样一旦举火，火牛不能后退，只会向前。正如墨

者所说，牛性蛮蠢，一旦跑发了性子，就不肯回头了。"

田单边说，侯嬴和鲁仲连边想，觉得有几分道理，可还有个问题无法解决："咱们准备了上千头牛，都赶进栅栏岂不是……"

"栅栏当然不止一条，我想修起五十处栅栏，每个栅栏里只放二十头牛。"

侯嬴忙说："那岂不是要在城墙上挖五十个口子？"

"对，白天只在城里挖，入夜之后再与城外挖通，让牛从这些洞里冲出去。"

"如此一来城墙就毁了！万一夜袭不利，燕人就顺着城墙上的口子冲进来了！"

到这时鲁仲连已经明白了田单的主意，抬手拦住了侯嬴的话头儿："今夜一战是决战，若胜了，燕军溃败，则城池无忧；若不能胜，被燕军反扑上来，就算铁打的城墙也保不住即墨。"略一沉吟，点头道："将军之计可行。"

鲁仲连认为此计可行，田单心里就更有底了："火牛冲阵只能恐吓燕人，为了能彻底吓倒燕人，我想命军士们用红泥涂面，在身上画满龙纹鬼符，口中衔枚以免惊动火牛，遇敌之时不要呐喊，只管冲杀，这样燕军必然以为冲上来的尽是妖魔鬼怪。另外请百姓们准备锣鼓铜盆之类响器，听到城外传来厮杀之声，就在城里敲打响器呐喊助威，让燕人以为几万大军正从即墨冲杀出来，如此一来，燕军再凶悍也必然丧胆。"

拿定主意，田单立刻下令动起手来，也就半天工夫已经修好五十处栅栏，城墙上也打开了五十处洞窟，只与城外隔着一尺多厚的泥土没有挖穿。准备攻击燕军的火牛身披红布，角插匕首，尾巴上绑了火把，都圈进南城墙下一个巨大的畜栏里，参战的军士们全部披发裸身，红泥涂面，身上用白灰黑炭涂满了古怪吓人的纹饰，做好了进攻前的准备。

这天夜里闷热无风，星月暗淡，二更时分，齐军士卒们在城内列队待命。田单命人钻进城墙上挖好的窟窿，当着军士们的面挖穿了城墙，野外的凉风顺着凿穿的洞孔呼呼地吹了进来。

眼看城墙被毁，军士们一个个面面相觑。

"即墨已经不需要城墙了。"田单走到众人面前，尽量把自己的语气放缓和些，"人这东西最无用，天生就喜欢给自己找退路，可你退一步，人家就进两步，你跪下求饶，人家反而要杀你的头！弄到现在，即墨人已经断了退路，整个齐国也无路可走，该是决死的时候了。今夜出战，你等或是凯旋，或是死于阵前，谁也不能后退，后退的人，就是背弃了祖宗，出卖了父母妻儿！你们是为自己而战，为家人而战，之后才是为齐国而战。今夜之战不敢说一定能胜，但我会冲在你们前面！还是那句话：请先沥吾血，先断吾头。"

听了这些话，齐国人一个个咬紧牙关，握紧了刀枪。田单也觉得浑身热血如沸，忍不住拍着胸脯吼了起来："自从燕人杀进齐国，毁我齐国社稷陵寝，逼死先王，屠戮城池，杀我百姓，淫我妻女，当着即墨人的面把咱们的祖坟都掘了！咱们已经忍了几年了，忍得肚里长出牙齿，把心肝都咬烂了！你们这些人但有一毫廉耻，一丝血性，就给我闹出个动静来！"

回答田单的是一片几乎疯狂的吼叫，城下的将士们一个个挺起刀枪，喉咙里发出虎狼般的嘶吼，祖先传下来的刚烈热血，终于又在这些齐国人的胸膛中被点燃了。

看着眼前这七千被仇恨刺激得发狂的战士，田单知道，今夜一战已经有了胜算。

天，终于亮了

这一夜，即墨城里的七千将士像一千年前的东夷武士一样，披发赤身，口中念着昊皇大帝、姜尚太公和自家先祖的名字，喃喃祈祷，把性命交给上天和神灵去安排了。城里的三万百姓都走出了家门，青壮年手里提着棍棒，腰间插着短刃，准备和士卒们一起去与燕人拼命，老幼妇孺们拿着铜盘铜盆各种响器，要为出征的将士助战，几万人挤在城南方寸之地，鸦雀无声，静得让人心里一阵阵发紧。

今夜这一战，赌的是全城百姓的命，即将与这些战士面对面搏杀的是训练有素、器械精良、人数四倍于己的强敌，即使所有人都鼓足了勇气，下定了决心，又有精心准备的妙计，胜算仍然不高。到这时也没人敢去想胜负二字了，所有人都静静地看着第一头巨大的公牛被牵进已经树好的栅栏，田单亲自拿过一支火炬，点燃了绑在牛尾巴上的火把。

那头大公牛本来老老实实站在栅栏里，忽然尾巴上着了火，屁股被烧得生疼，立刻哞哞地吼叫起来，可挤在狭窄的木栅中却转不过身，一顿乱拱之后，终于还是推不倒栅栏。这头公牛已经被身后的火焰逼得发起疯来，把头一低，穿过城墙上的孔洞不管不顾地窜进了旷野之中。

田单和鲁仲连站在城头，只见黑暗之中一点火光笔直地往燕军大营冲了过去。侯嬴乐得大叫一声："成了！"

到这时，田单再也不必犹豫，立刻下令举火！齐人把公牛一只只推进栅栏，随即点燃绑在牛尾上的火把，发了疯的公牛一头接一头窜出城墙，往燕军营地冲撞过去。

不大工夫，一千头火牛全部放了出来，七千名扮成野人的齐国军士挺起剑戈跟在牛群后面从城墙上的缺口出了城。为了不惊动跑在前面的火牛，这些战士口中衔枚，散于队列，悄无声息地摸向敌营，旷野上只见牛尾上的火光星星点点，紧接着前面忽然传来一片惊人的巨响，发狂的牛群已经撞进了燕军的营寨。

此时的燕军并非全无戒备，哨兵们早就发现一片火光直向营地冲来，也听得蹄声动地，不知是什么东西发出一阵阵吓人的嘶吼，紧接着，隐约看到无数庞然大物蜂拥而来。燕军急忙击鼓鸣锣向大营报警，同时拿起弓箭对着黑暗中袭来的怪物猛射，可这些庞大的怪物十分结实，箭矢虽然射中，却不能把它射倒。

转眼工夫，成群的怪物己冲到营垒面前，黑暗中只见这些东西浑身赤红，身后拖着一束吓人的鬼火，不顾生死地猛撞过来，只几下就把营寨的木栅撞出一个缺口，直冲进营里，这些畜生早已发了狂性，也不管帐篷、望楼还是冲车器械，在黑暗中到处乱窜乱撞，见人就顶，被它撞中的燕人非死即伤。

面对这些不可理喻的凶蛮怪兽，刚从睡梦中惊醒的燕人吓得魂飞魄散，有胆大的挺着长矛冲上去乱捅，可这些怪兽却不避刀斧，横冲直撞，几十人也围它不住。燕人一时没了主意，只能四处乱跑乱钻，躲避怪兽。

在怪兽身后，又有无数黑影冲进营盘，挺起兵刃狠狠刺杀，举着火把在营中到处放火，火光照耀之下，只见这些冲上来的家伙个个赤身裸体，面色如鬼，真像是从地狱里冲杀出来的妖魔。

这还是第一次，燕国人被彻底打蒙了，凶悍的燕军已经没了斗志，士卒们扔下刀枪纷纷逃命。司马骑劫赤着身子从帐篷里钻了出来，放眼望去，

只见燕军大营里鬼哭狼嚎，火光冲天，无数妖魔鬼怪正迎面冲杀过来。

到此时，连骑劫也以为自己遇上了妖兵鬼卒。可身为上将，骑劫毕竟比军士们的胆子大得多，眼看一头巨大的妖兽迎面冲来，骑劫从兵士手中抢过一条铜戈向那怪物猛刺过去，正中肩胛，却听咔嚓一声，铜戈折成两断，怪兽一声狂吼迎面撞来，骑劫急忙躲闪，到底慢了一些，被那怪物迎头顶了一下，锋利的犄角一下子捅穿了大腿，骑劫整个人被挑得在空中翻了个跟头重重地摔在地上，不等他爬起身，一个赤面鬼卒已经冲到面前，挺起长矛直刺进骑劫的胸膛。

正在此时，远处的即墨城头忽然亮起一片火把，把夜空照得通明，接着鼓声如雷，喊杀震天，不知有多少兵马向燕军冲杀过来。

被鬼怪冲杀了一阵，燕军已经彻底乱了阵脚，骑劫一死，燕军更是没了抵抗的勇气，现在又见即墨方向火光遍地，战鼓声喊杀声响成一片，燕人最后的勇气也彻底崩溃了，几万军士弃了营寨向西面的旷野落荒而逃。

见燕军溃散，田单在队列中高呼："追上去，不要让他们走了！"

其实用不着田单发出号令，齐军士卒们已经不顾一切地追杀上去了。这些齐国人早被燕人欺侮得忍无可忍，上阵之时本就下了必死的决心，现在打了胜仗，更是一个个杀红了眼，尾随着败逃的燕军穷追猛打，一直杀到第二天黄昏，冲出即墨已有五十余里，在他们身后遍地都是燕人的尸体，三万燕军几乎全军覆没。

到这时候齐国人才算收起了狂性，满身血污的士卒们就地坐下歇脚，昨晚的狂杀恶战仍然令他们兴奋不已，一个个高声谈笑，身上带着酒食的都拿出来和同袍们分食。正在欢庆之时，却见远处树林里拥出一群人来，到了近前才看出，原来是一群蹬草履穿短褐的农夫，有两三千人，手里提着锄头棍棒，也有些人穿着不知从哪里弄来的破旧铠甲，拿着新磨亮的剑戟，当先一人上前冲田单拱手问道："是即墨城里的田大将军吗？"

这称呼倒让田单觉得有趣："你们从哪来的？"

"我等是四乡的百姓，给燕人逼得无法活命，只想有个人领着我们干起来，现在听说即墨人干起来了，我们就来参战，跟燕人拼命。"

看着这群虎彪彪的农夫，田单这才相信原来齐国人骨子里到底还有血性："好，就跟着我们一起干吧。"说到这里忽然心生一计，吩咐道："今日这一战夺了不少马匹，你们挑选一些会骑马驾车的人，骑上马，赶上车，到所有齐国人的城邑村落去传话，就说大将军田单奉齐王之命起兵抗燕，在即墨城下大破燕军，杀了燕国上将军司马骑劫，现在正要率十万精兵去攻临淄，愿意助战的百姓立刻到即墨来投军，那些离得远的，就在所居的城邑乡村动起手来，杀尽燕人，复我河山！"

天黑之前，无数军士百姓举着火把，骑着马驾着车向四面八方奔驰去，田单和他的部下退回即墨，守在城里静等回音。

接下来的整整一天，并没有人来投军。

虽然劳累了几日，田单却无法入睡。即墨兵马不足万人，凭这样的力量想收复临淄无疑是去送死。现在他要考虑的是：下一仗该怎么打。

司马骑劫被杀，燕军大败，他们一定不肯罢休，会再集重兵来攻即墨，即墨城下即将有一场恶战。要想摆脱这被动的局面，田单就应该率军攻打附近的城池，希望借着战胜的锐气能多攻下一些城邑，多招集些人手，再与燕国大军展开较量。

对田单的主意鲁仲连也很赞同："燕人兵力不足，大军散在各处，而且毫无防备，将军此时出兵攻下几座城池应该不难。不知将军想先攻何处？"

"我想先取棠邑……"田单一句话还没说完，身边的军士忽然叫了起来："将军快看！"

田单跳起身来，只见西边远处的旷野里出现了一条亮灼灼的火龙，迅速向城下逼近，隐隐听得人喊马嘶，这是一支上万人的大军正向即墨而来。

虽然估计燕军会来报复，可田单没想到燕军来得这么快！眼下即墨守军刚打了一场恶仗，士卒疲惫不堪，而最要命的是，城墙上挖出的几十个窟窿还没有堵住！侯嬴忙叫道："不能让燕军冲到城下！将军快集结军马出城迎敌！"田单也一连声向部下传令，顿时整个即墨城里都动了起来。田单立在城头，看着远处的大军向即墨迫近，却见黑暗中有几点星火疾驰如飞，不大工夫已经到了城下，原来是两乘马车。眼看到了城边，几个人跳下车跑到城墙边高叫："田单大将军在城上吗？"

"你们是什么人，从何处而来？"

"我们是从棠邑来的，听说大将军击败燕军，准备收复临淄，棠邑百姓都动起手来，杀尽了城里的燕人，占了城池，小人带了三千精壮赶来，听大将军调遣。"那人手指着身后，"来的路上又遇到这些人，从各处来的都有……"话音未落，身边的人已经叫了起来："我们是从平度来的，已经夺了城池，愿追随大将军去收复临淄！"

听了这些话，田单觉得自己如在梦里，半天才说道："诸位在城外休息，请几位首领进城来商议军情。"又吩咐手下："准备饭食给城下的人吃。"正在安排食宿，却见一辆马车飞驰而来，车上跳下一个人来，飞跑到城下："大将军，我等奉命到夷维传令，今天当地的百姓已经夺取了周边几处城邑，围住夷维，正在连夜攻打，我们来请大将军火速带兵西进，先取夷维，再夺临淄！"

混乱之中，田单也有些慌了手脚，只说："先进城来再说。"领着几个头目进了城，到府里坐定，正在询问各处消息，又有几个人跑了进来："大将军，我等从莱阳而来，得了大将军的将令，莱阳、莱芜以至夜邑一带的百姓都和燕人干起来了，现在已经夺了莱阳、夜邑，各处人马都来即墨听大将军分派！"

这一夜，不断有人驰来报信，只听得一座座城邑被齐人收复，一支支队伍连夜向即墨聚集，田单这里手忙脚乱，应接不暇。到天亮时分，即墨城下汇集的义军已有十几支，百姓推举出来的将领几十员。

天，终于亮了。

田单在众将簇拥下登上城墙，只见城下已经成了一眼望不到边的人海。一夜工夫，小小的即墨城真的汇集起了十万大军！

齐国复国了！这是个无法想象的奇迹，但这个奇迹真的发生了。

杀了司马骑劫之后，田单率领大军向西进发，所到之处攻无不克，很多城池甚至在齐军到达前就被齐国的百姓们夺取了。面对如此变局，远在蓟城的燕王和相国公孙操根本就没有时间做出反应，田单已经连克夷维、高密、安丘、淳于、胸邑、剧邑，穿过牛山夺取安平，集兵二十万，一战攻克临淄。

收复临淄后，田单命部将继续攻打燕军，自己亲自赶到莒城，把齐王田法章迎回临淄。面对这位立下盖世功勋的臣子，齐王真不知该如何赏他，车驾还在路上，已经传下诏命，封田单为安平君，将万户人口的夜邑赐给田单做食邑，又专门刻了两方金印，发下符节，拜田单为相国，上将军，命他统率全国军马。

接了王命，田单立刻赶回前敌，亲率大军一路北上，渡过徒骇河、商河、

马颊河,连取千乘、高青、禹城、盐山,所过之处如洪水漫地,百姓争相归附,燕人望风而逃。

此时田单手下的军马已增至三十余万,连续攻克七十余城,旗甲所指锐不可当。等燕王好容易凑集了五六万兵马,以剧辛为上将军准备攻入齐国时,从齐国败退回来的最后一路燕军已经退进了渔阳郡,齐国大军一鼓作气衔尾追击,北面直逼齐燕边境,西面甚至一战夺回了被赵国割占的平阴、茌平,收复东阿、阳晋、阳谷、昔阳、灵丘、高唐、麦丘,合围聊城,前锋直抵黄河东岸。

世上的事都是这样做起来的

时光如梭,转眼工夫齐国复国已经半年了。齐人回到故土修缮耕织,打烂了的店铺又开了张,也开始有齐国商人置办货物往魏、楚各国贩运,临淄城里的齐王已经坐稳了王位,重整六军,封赏功臣,在临淄内外大兴土木,给自己修筑宫室,为先王重建陵寝,诸多大事处处都要花钱,齐王的心思也更多地用在"钱"字上面去了。

此时的齐国确实安稳了。

新继位的齐王田法章是位明君,治国宽仁,听言纳谏;相国田单是位贤臣,待人和善,礼贤下士,尤其懂得"兵者国之大事,死生之地,存亡之道"的道理,半年来治军经武,将齐国大军恢复到近四十万众,虽然还不及当年的齐军装备精良,训练有素,但面对燕国这个世仇宿敌,已经丝毫不惧了。

确实，齐国不惧燕人了，齐王和田单甚至开始谋划对燕国用兵，夺回失去的齐国礼器。只是这件事一时还急不得，因为在齐国境内还有一座城池没有收复，这就是齐燕边境上的狄邑。

狄邑正当济水北岸，南有博兴、高宛，北有千乘、高青，向南可以威胁临淄，向北可以控制黄河渡口，原本就是齐国南北要冲，商货中转集散之地。燕人伐齐的时候也把狄邑当成一处战略要地，在这里加筑城墙，广集粮草，齐军反扑之时，各处城邑都一鼓而克，偏偏没能攻下这座孤城。

现在狄邑城里有燕军一万余人，囤积的粮食足够支用五年以上，对齐人来说，这座城池如鲠在喉，于是相国田单决定亲率大军收取狄邑。

入冬时节，齐国大军一路北上，开始攻打狄邑，本以为凭着相国的威名，齐军的锐气，小小狄邑一战可破，想不到从冬至春打了三个月，齐军在城下伤亡五六千人，狄邑却岿然不动。

齐国在狄邑城下的苦战给了赵国人一个机会，在亚卿廉颇率领下，三万赵军乘虚而入，又将齐人刚刚收复的阳晋夺了过去。衰弱的齐国无力和兵强将勇的赵国争锋，只好忍气吞声默认了阳晋的归属。

经过半年休整，齐国的宿敌燕国也逐渐恢复了元气，相国公孙操掌了燕国大权之后急着想建立功业，要想建功，最容易的办法就是向仍然衰弱的齐国用兵，而狄邑正好作为燕军侵齐的跳板。于是公孙操一声令下，燕国军队开始悄然向边境集结，准备对齐国发起突袭。

在狄邑城下苦战的田单敏锐地感觉到了燕人的动向，立刻催逼兵士加紧攻城。可狄邑竟如一块顽石，怎么也攻打不下。田单虽然靠着复齐之功

闯出了威名，却并不是一位身经百战的将领，胸中没有破敌的奇谋妙策，急得寝食俱废。正在忧急之时，下人来报：有位故人来访。田单出来一看，来的却是墨者侯赢，笑着对田单拱手：“多日不见，将军安好。”

原来是故人到了，田单十分高兴，忙说：“自即墨一别已有半年，先生到何处去了？”

“齐国复国之时，鲁连子担心楚人有异动，所以将军去取临淄时，我等跟随鲁连子到了莒城，好在楚国君昏臣庸，并无北进之意，我们这才放心，这几天刚从莒城回来。”

鲁仲连是个智谋深长的人，田单对他极为佩服：“鲁连子见识果然不凡。”到这时才想起，“天冷，先生进屋里坐，待我置酒再叙吧。”

侯赢笑道：“墨者都是寒酸之人，尊先师墨翟之遗命，不敢贪图酒肉美食，这顿酒就免了。在下来是和将军辞行的，齐国之事已毕，我等即日就要回魏国去了。”

见侯赢连饭也不吃就要走，田单哪能答应，一把拉住侯赢的手：“回魏国也不急在一时半刻，今天这顿酒一定要吃！”不由分说拉着侯赢就走，进了大门才想起来，“鲁连子没和先生一起来吗？”

听田单问起鲁仲连，侯赢脸上显出一丝窘意：“鲁连子本是道家隐士，性好清静，更不愿意结交权贵，所以不肯来见将军。另外鲁连子也让我对将军说：与将军只是萍水之交，如今贵贱有别，自当形同陌路，请将军不要再去见他。”

鲁仲连的话真让田单吃惊：“这是什么话？我与鲁连子结交于患难之中，如今田单虽做了相国，但在鲁连子面前仍是个后生晚辈，怎敢以‘权贵’自居？”低头一想，又说道：“鲁连子是高士，却这样责备于我，一定是田单行止不当，礼数有亏，惹前辈不快，才说出这样的话来，应该当面谢罪才是。请问鲁连子现在何处？"

"在高宛，离此百里，只是他不欲和将军相见……"

田单哪里听得进这些："先生请宽坐，先进些饮食，待我准备一下，立刻去高宛拜见鲁连子。"

田单也是个急脾气，当天就置办了一批礼物，足足装满了五辆马车，拉着侯嬴坐上相国所乘的驷马高车，又点起五百名骑兵随行，离开狄邑飞一般直往高宛城而来。第二天早上，车驾已到高宛，城里的官员听说相国驾到，急忙整装来迎，前呼后拥进了城，侯嬴在前引路，却走进城南的一条窄巷里去了。

鲁仲连本是个衣褐食薇、木冠草履的隐士，日常所居多在偏陋穷蔽之处，现在也依然如故。可田单却在半年之内平步青云，已成了大贵人，这次来拜访鲁仲连虽无炫耀之意，可是贵人出行，身边光是迎送之辈加起来就已有上千人，在陋巷之中齐作一团，吵嚷喧哗不绝于耳，田单倒也聪明，觉出这样不妥，再看侯嬴，脸色也不好看，急忙喝住众人，命军士们都退到大街上，不得吵嚷，官员们也在百步之外静候，自己只带了两个随从，提了一盒酒食，与侯嬴一起走进陋巷。

鲁仲连正在屋角的土台子上坐着，看田单走了进来，上下打量他一眼，只见田单戴着远游冠，穿着黑锦深衣，腰间系着一条金丝带，外罩玄狐皮裘，衣冠楚楚，贵气逼人，心里大为不满，连个招呼也没打。

田单是个谦恭的人，对鲁仲连丝毫不敢怠慢，上前笑道："自离即墨，在下每有难事总想请教先生，想不到先生却跑到这里躲清静来了。"说着自顾在鲁仲连对面坐下，从人忙提过大漆食盒，把酒肴一一摆了上来，点起一只精巧的炭炉煨酒，又取出两只纯金酒爵，一只摆在鲁仲连面前，

一只摆在田单面前，田单亲自拿起犀尊为鲁仲连倒上热酒，捧起爵来笑着说："先生请酒。"

田单这里十分客气，鲁仲连好歹也要给些面子，举起爵喝了一口，冷笑道："相国是千金之体，却屈身到这寒鄙之处，这都是老夫之过，心里不安呀。"

鲁仲连酸眉冷目，话里满是讥讽之意，田单摸不着头脑，心里也有点不快，强笑道："在下若有过失，先生尽可指教。"

"相国是匡扶社稷的能臣，百万生民的救星，哪会有什么过失？"鲁仲连又饮了一口酒，嘭的一声把金爵蹾在案上，"此酒酸涩难以入口！老夫近来学得一首歌谣，唱出来为相国下酒吧。"取一根银箸敲着铜尊，口中唱道："大冠若箕，修剑拄颐，攻狄不能，下垒枯丘……"

听了这歌谣，田单的脸色难看起来了。

原来鲁仲连唱的是狄邑附近百姓编出的民谣，意指田单高居相位，率众亲征，却不能攻克狄邑孤城，反而令士卒死伤累累。这样的歌谣田单入耳刺心，虽然当着鲁仲连不能发作，语气却也硬了起来："先生唱出此曲是责备田单无能，敢问先生有何良策可破狄邑？"

"齐国已经复国，田大人封了安平君，做了齐国的相国，峨冠博带，披轻裘，乘高车，到寒舍先置酒食寒暄，轻言缓语，到此时才问破狄邑之策？老夫蠢如猪狗，哪有什么妙计说给齐国的相国听？"鲁仲连懒洋洋地拱起手来对田单一揖，冷冷地说了句，"老夫困乏了，相国请自便。"转身进内室去了。

眼看鲁仲连拂袖而去，侯嬴在一旁也是低头不语，田单又羞又怒，枯坐片刻，站起身来怒冲冲地往外就走，侯嬴也不送他，只在背后叹了口气，口中念道："下垒枯丘几千重啊，下垒枯丘几千重……"

此时的田单真的恼火起来，大步走出门外，不与任何人说话，出了陋巷登上马车，下令回狄邑。转眼工夫马车已经驰出了高宛城，田单心里的怒火也渐渐平了，坐在车中，想着陋巷中鲁仲连与侯嬴说的话，忽然心中一动。

——刚才鲁仲连说他自己"蠢如猪狗"，而这正是田单在即墨城里骂齐国人的话。当年的田单浑身都是血性，可今天的安平君、相国、上将军，身上还有多少血性？"攻狄不能，下垒枯丘几千重"，死的皆是齐国将士。当年在即墨守城时，田单手里总共只有几千人马，面对数万燕军，每每身先士卒。可现在只攻一城就战死数千将士，田单心里却没有愧疚之意，反而因别人一言就恼羞成怒……

错了，错了！

田单急忙高叫一声："停车！"马车在大道上停了下来。从人上前问道："君上有何事？"

"回高宛去。"田单略想了一下，又嘱咐："叫随从在这里等候，我一个人回高宛。"

一个时辰后，田单一个人又回到了刚才的陋巷之中，走到鲁仲连的住处，却见大门已经关起来了。田单在门外整衣庄容，正色说道："后学田单拜见鲁连子。"说罢就在门外躬身肃立，静静地等着。

半天工夫，侯嬴从屋里出来："相国回去吧，鲁连子不会再和相国见面了。"

这时的田单已经没有半分骄气："请先生代禀：田单平庸之辈，侥幸建功而妄自尊大，如今已知错了。狄邑久攻不克，齐人死伤累累，皆是在

下一人之过，现在登门谢罪，还请先生赐教。"

见田单和顺谦恭，再没有一丝相国的架子，侯嬴什么也没说，转身进去了。

侯嬴这一去，屋里却再没有动静了。田单丝毫不敢懈怠，只在门外肃立等候。此时正是初春，刺骨的寒风里夹着雪屑，吹得浑身冰冷透骨，两只脚冻得又麻又疼，几乎站立不稳，田单只能咬牙忍住，动也不敢动一下。等了足有一个多时辰，侯嬴终于走了出来："相国随我来。"田单这才一瘸一拐地跟着侯嬴进了屋。

鲁仲连仍在刚才的土台子上坐着，那些金爵铜尊美酒美食也还摆在那里，只是早已冰冷了。鲁仲连看了田单一眼，淡淡地说："坐吧。"

头次来访之时，田单对这些酒食并不在意，可现在他的心境已不同，再看这些酒食礼器，却觉得十分刺眼，心里更是有愧，讪讪地说："田某实在是个不成器的人……"

听田单说出这样的话来，鲁仲连心里暗暗点头，也就不再苛责他了："老子云：'五色使人目盲，五音使人耳聋，五味使人口爽，驰骋田猎使人心发狂，难得之货使人行方。'将军本为朴实之人，初尝富贵，以至于心乱行偏，亦不足为怪，但老夫以言语讥刺，将军不盛怒，不讳疾，能知错，能改过，此是将军过人之处。"

鲁仲连说了这句抚慰的话，田单心里好过多了："在下愚鲁，想请教先生：齐人旬月复国，荡尽燕军二十万众，如秋风扫落叶，可一座狄邑为何久攻不克？"

田单问出这么句话来，说明他还是没有想透。鲁仲连知道要点醒田单，还需要说些重话："古来成事容易，守业艰难，齐国虽然兴复，可国力大不如前，齐军虽有三四十万，其实乌合之众，赵、魏、楚三国环伺左右，如狼似虎。且燕人焚齐国宫室，掠齐国重宝，杀齐国百姓，楚人手刃先王，此仇未报！而将军却先摆起相国的架子，享起清福来了。到现在一座狄邑久攻不克，这是齐军示弱于天下！那些虎狼之国怕早已看透齐国的虚实，正摩拳擦掌准备攻伐，田相国自问一句，你那三十万大军能否挡得住赵、楚、魏三国精兵！今日的危局比当年燕军攻即墨之时更甚！将军问破狄邑之策，我倒想问将军一句：还记得在椎臼夜袭燕军之时，你自己说过的话吗？"

鲁仲连的痛责像一盆冷水兜头浇了下来。田单发了半天愣，口中喃喃念道："国破家亡，我辈义不容辞，请先沥吾血，先断吾头……"

人在梦中，一喝即醒。

顷刻间田单已经明白了自己的过失，只觉得胸中火热，情难自已，站起身来对鲁仲连深深一揖："先生之教在下永不敢忘，受益终生。"

田单终于明白了自己的过失，鲁仲连的嘴角也挂起了一丝微笑，缓缓地说："将军心中但存此志，无坚不取，无往不克，又何惧小小一座狄邑？将军可以进兵了，老夫在此静候佳音。"

到这时田单已拿定了主意，拱手而退，出了陋巷登上高车向北而去，可出了高宛城不远，田单又命车仗停了下来。

"这身衣服穿着好别扭，"田单走到驭手面前，"把你的衣服和我换了。"

相国竟要和自己换衣服！驭手吓得目瞪口呆，不知如何回答，田单这里却已动手解下狐裘，脱去深衣，换上了驭手穿的一身旧棉袍，又从军士那里取了一顶铁盔和一套扎叶甲穿戴起来，自己上下看看，恍然又成了半年前那个即墨守将的模样，这才满意。吩咐驭手："这驷马高车我用不上了，你赶着它回临淄去吧。"也不管别人如何惊诧，回身登上一辆战车，吩咐一声："回狄邑！"

　　离开狄邑时，田单是一位衣饰华贵气派不凡的君上，可从高宛回来时，却立在战车之上，穿着士兵的甲胄，满脸都是灰土，像个刚回营的屯长，部下的将领们都觉得奇怪。田单也没时间和他们多说。此时天已过午，士卒们正在营中用饭，奔波了一夜的田单连马车也没下，倒是吩咐驭手去吃饭，自己亲自驾了车沿着狄邑城绕了三四个圈子，这才进入帷幄，手下献上酒食，田单只随手抓了一块饼胡乱吃了几口，立刻招集众将，对他们说："狄邑一座孤城，我军却久攻不克，是向燕国示弱，现在燕军已在百里之外集结，似有反扑之意，狄邑之战不能再拖，破城就在今天！"

　　此言一出，众将都愣住了。田单也不问他们，自顾说道："狄邑本是防备燕人的城池，所以北城、西城高大坚固，又有女墙屏护，难以攻打，东城、南城较为薄弱，现在士卒已用过午饭，事不宜迟，立刻集兵两万，从东、南两面同时攻城！"

　　随着将令，刚刚用过午饭的士卒被招集起来，田单手持长戈亲自登上一辆革车，率领两万齐军从东、南两面同时逼近城垣。眼看离城墙约有三箭之地，驭手问田单："相国，此处地势高，就在这里观阵吧？"

　　"不要停车，"田单用铜戈敲打车板，厉声吩咐驭手："向前去！我要走在所有人前面！"

　　在田单的严令之下，这乘革车超过众军，走在了队伍的最前面。

　　眼看相国亲自上阵，身先士卒，齐国将士无不感奋，又见田单的战车越众而出，知道这样十分危险，军士们哪能眼看着相国处于危险之中，于是其他战车也纷纷加速，紧紧追随田单的车驾，见当先的兵车越行越快，后面的步卒们也都加快了脚步。

　　狄邑城头传出一声螺号，垛口后面闪出成群的士卒，弓箭雨点般射了过来，驭手忙停住车子，田单在背后厉声道："为何停车！军士们不畏箭矢，我也不畏，快上前去！"驭手无奈，只好催动车马一直前行。田单立在车上，左臂挽一面盾牌遮挡飞来的流矢，右手挥戈冲军士们高叫着："冲上去！燕人已经力怯，破城就在今日！"

齐军队列中传来一片喊杀声，被田单的勇气激励起来的军士们扛起云梯向城墙下猛冲。几十面牛皮大鼓同时敲响，数百架云梯架上城头，冲到城下的士卒扔了长兵，口衔短剑冒着箭雨拼死爬城。

这时革车已经驶到城下十丈之内，田单跳下车，从鼓手那里夺过一对鼓槌，用尽全身力气擂响战鼓，在他身前身后，齐人吼声如雷，海潮一般蜂拥而上。身边的裨将们眼看离城太近十分危险，上前想劝，可田单执拗非常，劝也劝不动，拉也拉不住，反而指着攻城的军士瞪起眼冲着手下喝道："大家都是一条性命，你们只管护我，谁去护着他们！"

正在此时，一支城下射来的流矢"扑"地钉在了鼓架子上，箭镞入木数分，周边的将士们大惊，忙上前遮护，田单咬着牙推开众人，指着城墙高叫："战场之上，必死则生，幸生则死！今日有进无退，夺下城池，才是大家的生路！"更加用尽全力猛擂战鼓。

必死则生，幸生则死，打仗就是这么一回事。

有田单在这里做表率，齐军将士一个个都杀红了眼，城垣之下万头攒动，齐军将士蚁附蜂拥，冲在前面的不顾生死，跟在后面的士卒拼命推挤，都争着往城头攀登。

转眼工夫，已有成群士卒登上城头，冒着箭矢迎着刀枪奋身而进狂呼死战，同时，大群齐军顶着盾牌推着冲车直至城下，开始猛撞城门，城内城外到处是喊杀之声。

忽然间，狄邑城的东门从里面缓缓打开了半扇，原来登城的齐军已从

马道冲了下来，控制了城门。眼看城门已被攻破，数万齐军同声欢呼，各路齐起，顿时把两扇城门撞破，冲进了城池。

到这时田单才住了手，把鼓槌扔在地上，望着眼前冲锋的人潮和欢叫的士卒，口中喃喃道："原来如此。世上的事，都是这样做起来的。"

虽然知道田单必能攻克狄邑，可鲁仲连到底放心不下，自己也坐上马车悄悄跟了来，命墨者到阵前查探消息，直到墨者回报，狄邑已被攻克，鲁仲连才总算松了一口气，下了车一屁股坐在路边的田埂上，只觉得身心疲惫已极，连站起来的力气都没有了。

侯嬴坐在鲁仲连身边，笑着说："先生救了齐国，做成了一件连墨家也不敢想的大事。咱们下一步该做什么？"

是啊，天下事千头万绪，事事危急，下面该做些什么……

"齐国复国，东方之乱告一段落，但不能忘了，秦国才是天下公敌，没有了齐国，魏国就要独挡秦国。自从大梁败退以后秦人好久没有动静了，所谓'大音希声'，秦人不动，必是大动干戈的前兆，只怕魏国要有事了。"鲁仲连叹了口气，满脸都是倦容，语气却还像平时一样果决，"我在齐国待些日子，你们先回魏国，看看有什么地方能帮上忙。"

侯嬴答应一声转身要走，却又回过头来看着鲁仲连欲言又止，自己先笑了起来。鲁仲连见侯嬴笑得古怪，问道："你笑什么？"

"先生早前坚决不肯担任巨子，只说墨家已无存在的必要了，可现在先生做的分明就是巨子该做之事，依我看，先生不如接了巨子之令，领着我们这些墨者好好做一番事业吧。"

鲁仲连又深深地叹了口气："老子说过：'勇于敢者则杀，勇于不敢则活。'墨家虽有正气，然不合于此理，早晚会被人心中的私欲败坏，要是人心坏了，却还挂着'墨家'的名头四处害人骗人，反是害了墨子和历任巨子。还是放下'墨家'两个字，但凭咱们的心去做点事吧。"

眼看鲁仲连做成了这样的大事，却没有一丝欢欣之意，反而比平时颓唐得多，侯嬴实在不能明白这位智者的心思，却也不好再说什么了。

天下第一小人

狄邑失守之后，燕国已经尽失齐地，二十万精锐大军仅存七八万人，齐国视燕人如寇仇，赵国也虎视眈眈，燕国只能闭关守城，再没有了征伐之力。朝中又有公孙操蒙蔽燕王，执政弄权，打击异己，贤臣良将纷纷离去，朝堂之上万马齐喑。

军政废弛，民怨汹汹，内忧外患，天灾人祸，也就一年工夫，燕国从当初极盛的巅峰坠入了谷底。

真是其兴也勃，其亡也忽。

眼看国家陷于如此困局，燕王才真正知道害怕，瞒着公孙操向先王留下的两位老臣子剧辛和栗腹问计，剧辛立即提出：燕国有早先的强盛，半是先王纳谏用贤，半是上将名臣之功，要想让燕国复兴，必须请回乐毅、邹衍。到这时候燕王对曾任相国的邹衍仍有戒心，但拗不过众臣的意思，终于答应派人去劝说乐毅归燕。然而乐毅已经做了赵国的望诸君，想请他回燕绝非易事，这时剧辛又向燕王举荐了一个能臣，就是已被罢了官，在家里闭门不出的辩士苏代。

在燕国的几位大功臣里苏代的际遇还算不错，虽然不做官了，毕竟还吃着大夫的俸禄，手里又有燕王赏赐的大笔钱财，日子过得很舒服。这位狡诈精明的辩士对燕王又忠心，人又好说话，当燕王发下诏命，让他去赵国说动乐毅回燕时，苏代一句怨言也没有，立刻就答应替燕王到赵国走一遭。

就在苏代动身的前一天晚上，剧辛悄悄过府来拜，苏代忙置酒款待。两人对饮了几杯，剧辛放下爵问道："苏大夫觉得此番去劝说上将军回燕有几成把握？"

苏代苦笑着摇头："上将军威震天下，各国都愿以百万金求他为将！这样的人逐走容易，请回来就难了。"

"苏大夫以为上将军不肯回来了？"

"若只是上将军一人，凭苏代这条舌头，说动他回燕国也许不难，可赵国还有个平原君，那是何等人物？他绝不会放上将军走。苏代此番赴赵多半是白跑一趟。"

"那你还……"

"你我都是燕国臣子，无论如何都要为国谋划，可燕国的国事已经如此，谁有回天之力？不过是尽人事，听天命。"苏代喝了一口酒，翻起眼皮看着剧辛，"苏某不是糊涂人，知道剧大夫今晚为何而来，若我猜得没错，大夫就饮一爵酒，你我直话直说。若苏某猜错了，大夫就请回去吧，反正苏某到赵国以后，必定尽力劝说上将军就是了。"

听了这句话，剧辛半晌无语，终于端起爵一饮而尽。

苏代猜得没错，剧辛深夜来访，其实是打算和苏代一起逃命的。

和上将军乐毅一样，剧辛本也是个赵国人；和苏氏兄弟一样，剧辛也是早年不得志，跑来投奔燕国那位礼贤下士的先王——燕昭王。可自燕国新君继位以来，相国公孙操弄权，贤相邹衍被罢，名将乐毅出走，燕国政事日非，先王旧臣皆被冷落排挤。如今燕国的精锐大军又惨败于齐，这个北地边陲的小国已经不成气候，而燕王昏庸依旧，相国公孙操霸道日甚，对上奉迎燕王，献媚邀宠，无所不用其极，对下任用私党，逐渐把持了燕国朝政，眼看一场大乱就在眼前，像剧辛这样的前朝臣子在燕国已经待不住了。他这次来见苏代，其实是看出苏代要借着"劝说乐毅"的机会离开燕国，所以请苏代在赵王面前进言，给自己留一条后路。

既然剧辛表明了心迹，苏代也就没必要掩饰什么，心里的话直说出来也罢。

"实话对先生说吧：自大王继位以来，所作所为称得起'倒行逆施'，燕国已经不是昔日的燕国了。依我看，在齐国的这场大败还只是小祸，国内的权奸为患才是大祸。我是先王驾下旧臣，为燕国尽心尽力十几年，当此危局，本应替大王效力，可人都想活命，谁也不肯找死！连孔夫子都说过：'君子不立于危墙之下，焉可等闲视之？'君子尚难立危墙下，苏某不过屑小之徒，已失大王宠信，总不能引颈就戮吧？所以苏代这次去赵国有两重打算：若能说动上将军，就与他一起回燕国摒除权奸，重整大军，或许十年后燕国还有复兴的希望。若说不动上将军，苏代就留在赵国不回来了。"

苏代把心底的实话说了出来，剧辛也就直话直说了："不瞒苏大夫，眼下我也被公孙操暗算，在大王面前受到猜忌，苏大夫刚才的话有理，所谓：'邦有道，不废；邦无道，免于刑戮'大王信任我，我就为燕国效忠，可大王不信我了，我也不能留在燕国等死，打算离开蓟城回赵国安顿。可剧辛本是赵人，却弃赵归燕，如今想回故国，又怕赵匡不肯收留，苏先生能帮我在赵王面前说几句话吗？"

剧辛在燕国也十几年了，兼备文武之能，一心辅佐先王，兢兢业业，这样的人要离开燕国，绝非有意叛离，而是燕王实在对不起他。

——就像燕王对不起邹衍、对不起乐毅、对不起苏代一样。

这时候苏代能说什么："你我是旧交，苏代自当尽力。"

眼看剧辛去意已定，想起一个伐破强齐称雄东方的大燕国顷刻间土崩瓦解，星落云散，苏代忽然悲从中来，忍不住把酒爵掷在案上，捂着脸呜呜地哭了出来。剧辛忙要劝解，苏代却一把推开他，起身进了内室，再也不肯出来了。

世人都有一颗真心，就连苏代这些最无廉耻的狐鼠之辈也不例外，有泪不轻弹，只是未到伤心处……

十数日后，一辆不起眼的马车悄悄进了邯郸城，在望诸君府门前停下，穿着一身布衣麻鞋的苏代从车上下来，看看左右无人，急急忙忙往府门而来，守门的上来阻拦，苏代忙说："小人是望诸君的故友，麻烦通传一声。"从怀里掏出一个名帖，帖子底下却掩着一块沉甸甸的黄金，一起塞到看门人的手里。

金子的力量了不得，真能叫鬼推起磨来。那看门人收了金饼，二话没说拿着名帖飞奔进府里去了。

片刻工夫，那人从府里出来，一声不吭，领着苏代进了府，直入二堂，乐毅已经坐在几案之后等着他了。

见了乐毅，苏代立时号啕大哭，抢步上前跪倒在地，一把抱住乐毅的腿哭嚎着："上将军救命！"

苏代的这番做作把乐毅吓了一跳，赶紧扶住他的肩膀问："苏大夫，何人要害你？"

"没有人害我，是大王有难，想求上将军回燕国去救大王的性命……"

一句话说得乐毅沉下脸来："苏大夫说笑了，大王能有什么难？"随即又加上一句："我现在已经是赵国的臣子，与燕国再不相干了，'上将军'三字不必再提。"

乐毅会说什么话，苏代心里早就有数。对乐毅这样直肠直肚的汉子苏代也有一套办法对付，根本不理乐毅说了什么，只管自说自话："上将军去燕之后，燕军在齐国大败，二十万将士伤亡十之七八！先王三十年苦心经营尽付于流水，惨哪……眼下燕国疲弱，楚、魏虎视眈眈，齐国也正在重整军伍，日夜想要复仇，大王继位不久，施政操切，无识人之明，竟重用公孙操为相国，这公孙操性如狼虎，大王沉迷愈久，早晚必为所害！燕国上下都是昏庸之辈，除了上将军，还能指望何人？上将军不救大王，难道眼看着燕国江山易主，先王骨血荡尽吗？先王于我辈有知遇之恩，造化之德，我辈怎敢或忘？还请上将军救救燕国，救救大王！"说完这些话，连自己也觉得心肝颤动，酸楚难忍，跪在乐毅脚下，又呜呜地哭了起来。

乐毅是个刚直仁厚的人，天性凌强而惜弱，战场上刀斧相加毫不畏惧，可是见苏代哭成这副样子，乐毅却有几分动情，不禁叹了一声："我受先王厚恩，本当效忠燕国，可大王已经不用我了……"

"大王已有悔意！"苏代从怀里取出一个锦囊捧在头顶，"这是大王亲笔所书，上将军请看。"

乐毅接过锦囊打开，内中是一块素帛，上面是燕王亲笔手书的诏命："先王举国而委将军，将军为燕破齐，报先王之仇，天下莫不震动，寡人岂敢一日而忘将军之功哉！会先王晏驾，寡人新即位，左右无能者误寡人多矣。寡人之使骑劫代将军，为将军久战于外，故召将军且休，议事。将军听旁

人之言，以寡人与将军有隙，遂弃燕归赵。将军自为计则可矣，而亦何以报先王知遇将军之意乎？"

　　燕王逐走乐毅，而使伐齐之役功败垂成，集九州之铁，难铸此一大错！他自己心里全都清楚，也有愧疚，可燕王是个骄横的君主，到这时，他写给乐毅的信里七分是道歉，却也有三分责备之意，又用先王的知遇大恩来说乐毅，实在没有多少诚意可言。若是换成旁人，看了这样的信，纵有一颗热心也都冷了，可乐毅却是个性情中人，对燕王的歉意、责备都不放在心上，只看到"先王知遇"四个字，想起自己当年不容于赵，远遁燕国，穷途末路之际被燕昭王收留，拜为上将，把几十万大军和复兴燕国的重任都交给他，这份恩德实在值得用性命报效。

　　乐毅看信的时候，苏代一直在旁边紧盯着乐毅的脸，乐毅神色间每一个微小的变化都被苏代看在眼里，知道此人已经动了心，忙在一旁说道："人生如同草木，枯荣只在顷刻，身死名存，不与草木同朽，才算在这世上走了一遭。古人云'恩莫如知遇，义莫如救难'，先王对上将军有恩，大王又有急难向上将军求救，这正是报深恩、显大义的时机，上将军还犹豫什么？"

　　"可赵王待我实在不薄……"

　　"赵王厚待上将军，只因上将军破齐于反掌之间，威震天下，赵王要用君上的才能，借君上的威名，这并不是恩德，赵国实力方强，也不须上将军去救……"苏代直盯着乐毅的双眼又紧追了一句，"奉明主以安身，不过一场富贵，挽狂澜于既倒，才是英雄豪侠！上将军觉得苏代之言有理吗？"

　　沉默半晌，乐毅终于下了决心："我明日就去向赵王辞行。"

　　苏代忙说："赵王若知道上将军的去意，你我就都走不脱了！既然要走，只在今天，我与上将军共乘一车先离邯郸，等到了蓟城，再请大王派使者专程来向赵王谢罪。"

　　"这太唐突了吧？"

　　"事到急处，何拘小节？"苏代拉起乐毅的手就往外走，"车驾已经备好，上将军今天就随我出城……"一句话还没说完，却听门外有人高声问道："苏大夫和望诸君要到哪里去？"紧接着人影一闪，平原君赵胜飞步走了进来。

　　平原君是赵国的半个主子，尤其在这邯郸城里，来了哪些人，出了什么事，都逃不过他的眼睛。苏代虽然偷偷溜进乐毅府里，到底瞒不过平原君的耳目。听说苏代自燕国而来，赵胜立刻猜到此人的来意，急忙扔下手头的事赶了过来，正在望诸君府第的大门前堵住了苏代。

　　此时的苏代真是窘迫难言，紫涨着一张脸，头也不敢抬。赵胜沉下脸来冷冷地问道："苏大夫是燕王的使臣吧？到了邯郸怎么不来见我？"

　　"下官刚刚进城，本想明天过府拜见君上……"

　　见苏代吓得缩头缩脑像只老鼠，赵胜冷笑一声："明天？好，明天也好。苏大夫千里而来，累了，先到传馆歇息，有什么事咱们明天再谈。"

　　苏代一声也不敢言语，低着头溜出门外，上了马车飞驰而去。

　　赵胜冷眼看着苏代的马车走远，这才回头对乐毅笑道："望诸君和老友相见，想来心情不错，我也闲着没事，陪君上喝杯酒怎么样？"

　　在赵胜面前乐毅也觉得十分羞惭，忙把赵胜请进府里，摆下酒宴，赵胜脸色平和，对刚才的事只字不提，与乐毅饮了几杯酒，这才问道："不

知苏代来访君上所为何事？"

到这时候再绕弯子也没意思，乐毅干脆直话直说："燕国出了大事，燕王召我回国议事。"

"燕国有事，为什么召我赵国的臣子商议？这不是笑话吗？"

赵胜一句话说得乐毅满脸通红："君上不要取笑乐毅。"

赵胜满脸惊诧地望着乐毅："赵胜怎敢取笑君上？难道阁下不是赵臣吗？"

"乐毅是赵臣，也是燕臣。"

"望诸君这话不对！一臣不侍二主，一女不嫁二夫，君上怎么会既是赵臣，又是燕臣？"

乐毅心里知道自己今天这事做得不对，被平原君指摘几句也没什么，稳了稳神，平心静气地说："君上何必明知故问，乐毅受燕王厚恩，早就立志以死相报，现在燕国初遭大败，国势不稳，燕王下书召我，正是乐毅为燕国效死之时，怎么可以弃燕国而不顾？若赵国臣子如此待赵王，难道君上不寒心吗？"

乐毅说了一番动情的话，赵胜却完全无动于衷，捧起爵来饮了一口，笑着说："君上错了！孔夫子有云：'君使臣以礼，臣事君以忠。'君臣之道本该如此。燕王对君上全无情义，破齐之时命君上统兵，得胜之时就弃君上于不顾，命司马骑劫夺了君上的兵权，只怕当时还有害你性命之心！现在打了败仗却又想起君上，召君上回去，无非让你再为燕国练兵。若精兵练成，燕国复兴，燕王照样弃你如遗；若是打了败仗，君上必然身败名裂，以燕王的性情，又岂能容你活命？当年伍员在吴国练兵，吴国强而伍员被诛，商君在秦国变法，秦法成而商君车裂，难道君上要效法伍胥、商鞅，去寻这条死路吗？"

平原君所说的是实话，当今燕王虎狼一样的脾气乐毅岂有不知。可他一心想着"报恩救难"，已经钻进了牛角尖里，哪还听得进这些劝人的话，梗起脖子硬邦邦地说："乐毅是个糊涂人，只知效忠国主，不懂营役自保。宁可燕王负我，我绝不负燕王！"

听乐毅说出这样的话来，赵胜急忙高叫一声："这话说的好！君上刚才说自己只知道效忠国主，可君上分明是个赵国人！宗庙祠堂、兄弟子侄都在赵国，怎么不留在赵国效忠君主，反而一心要去燕国求死？"

"乐毅落难之时被燕王收留，拜为上将，此恩不可不报。"

乐毅这话说的十分决绝，可平原君却偏偏在等此言，一听乐毅说了出来，立刻揪住话茬不放，不由分说抢步上前，翻身拜倒在乐毅脚下。乐毅吃了一惊："君上这是做什么！"

平原君高声道："君上说出'落难'二字，是在责备赵国的先王了！可当年武灵王在位时并未亏待君上，若说知遇，武灵王之恩重于燕王！后来武灵王被奸臣谋害，奸贼李兑专权，君上为避'沙丘之乱'出走燕国，那时大王年幼，被奸臣压制，并不知君上威名，以至于亏负君上多年，这是赵国君臣碌碌，宗庙昏昏，天不佑我！今天赵胜替赵国先王、替大王、替赵国三百万子民向君上赔罪，求君上念武灵王知遇之恩，赵国宗庙社稷之重，不计前嫌，留在赵国，若君上弃赵而去，大王颜面尽丧，愧悔莫名，吾辈为人臣者俯仰难安，唯痛哭而已！君上忍让燕人笑，而使赵人哭吗！"说到动情处，自己也忍不住落下泪来，一把抱住乐毅的腿再也不肯放手了。

平原君一番话说得乐毅又感又愧，加上一条腿被平原君死死抱住，想走走不脱，想拜拜不倒，惶恐无地，只是伸手去搀扶平原君，嘴里说着："君上不必如此，不必如此……"

　　眼见乐毅已经乱了方寸，心也软了，赵胜更加不管不顾紧紧抱住乐毅的腿，嘴里叫着："君上一心为燕王白白送死，却不肯替赵国故老乡亲尽力，这是什么道理！君上要走也可以，你腰间佩剑还是大王所赠，就请用这柄剑杀了赵胜，从此割断与赵国的情义，否则赵胜决不放君上走！"

　　面对这样一个苦缠的痴人，乐毅忍不住双眼垂泪，仰天长叹一声："平原君害了我了！"

　　一番苦苦劝说，平原君总算留住了乐毅，心里颇为得意，陪乐毅饮酒到深夜才回府，第二天直睡到日上三竿，醒来之后便有下人来报：燕国使臣苏代已在府外候着。

　　此时的苏代在平原君眼里不过是个笑话，根本就不理他，自己梳洗了，不急不忙地用了午饭，席间又找清客来说了几段笑话，饭罢在园中赏景，晒太阳，和宠姬们说笑，直到天色晚了，才命人把苏代叫了进来。

　　若在旁人，此时此刻见了平原君，自然是脸上无光，羞愧得很，可苏代这位辩才无双的纵横名家早练得舌如钢锥、脸似铁盾，被平原君冷落一天，毫不在乎，进门就像个舍人一样拱着手，满脸谄笑："小人苏代拜见平原君。久闻君上豪爽宽厚，今日方知果然不假。"

　　见苏代这副没皮没脸的样子，平原君心里暗暗好笑，又开两腿倚榻而座，仰着脸淡淡地问："本君何处豪爽呢？"

　　苏代弯着腰凑上前来，笑着说："苏代在燕国时就听说君上府里有个厨子善烹羊腿，又有一人酿的米酒最美，现在阁下于黄昏时召见小人，必是要请小人食羊肉，饮美酒，苏代如何不谢？"

　　在贵人面前自称"小人"，于旁人不过是自谦之语，可苏代在平原君

面前自称"小人"，真是一点没错，这个苏某人，可算是列国之中第一号小人了。可这种厚颜无耻之辈，也自有他的有趣之处，一句话说得赵胜哈哈大笑，立刻吩咐下人去办饮食。少顷，酒食俱至，赵胜和苏代对坐而饮，高谈阔论起来。

其实苏代本是燕王使臣，可自见了平原君，他却不以使节之礼相对，而是口口声声自称"小人"。现在又绝口不提出使所为何事，只管东拉西扯，说起邯郸周遭堵山之秀，邯山之险，牛首水之清冽，降水之壮阔，称赞赵国宫室壮丽，丛台旖旎，既而称赏邯郸西有武安，东有列人，南有武城，固若金汤，夸赞赵国君明臣贤，民强国富，兵精将勇……话题越说越远，却没一句着调。赵胜明知苏代满嘴都是谎话，可这些话听到耳朵里还是舒服，满脸微笑，任他说去。

眼看酒足饭饱，奉承话也快说尽了，苏代抓了个空子，假惺惺地叹了口气："小人早年在齐、燕、秦、魏到处走动，风光的时候不觉得，过后一想，做梦一样，醒来却是两手空空。君上也知道，苏某本是洛阳人，在天子脚下长大的，可当今乱世诸侯争霸，天子之势已衰，小人离开洛阳三十年了，断了根，回乡也无处立足。"

苏代忽然说出这样的话，赵胜微微一愣："苏大夫一向在燕国得到重用，食邑丰厚，何故提起洛阳来了？"

苏代微微一笑："君上这是取笑小人了。小人早已被燕王罢了官，只是个闲居之士，这次燕王命小人入赵，做的事不大体面，亏得君上有海量心胸，也不与小人计较，只是办不成此事，苏代却不敢再回燕国了。"说完这话，满脸堆笑，像只等着主子赏赐的狗一样眼巴巴地望着赵胜。

到现在赵胜才明白，原来苏代已成丧家之犬，这是向自己乞怜来了。

平原君赵胜是个有贤名的人，招纳六国贤士，从来不惜高官厚禄。

可这个苏代人又奸滑，名声又臭，入齐则齐亡，赴燕而燕破，实在是个不祥之人。对这么一条被主子抛弃的丧家犬，平原君连块骨头也不肯扔给他："苏先生太客气了，你是当世名臣，我赵国地方不大，国家不富，容不下真龙，先生何不到秦国去？"

苏代像只起腻的猫儿一样把头直拱到平原君面前，一张脸笑成了菊花儿，声音像灌了蜜糖："秦王残暴不仁，寡恩无义，苏代岂肯追随？但请君上提携，让小人在赵国有个立足之处。"

赵胜饮了一爵酒，略缓了缓，这才淡淡地说："多蒙先生垂青，赵国虽穷，几间精舍还布置得起，一年几百石粮食还拿得出，就请苏先生在邯郸左近择一处山水胜景安居，只要选定居所，田舍之事不必费心，赵胜来办。"

苏代费了一番心思巴结平原君，其意本是想弄个官做，想不到平原君却不让他做官，只是许给他田舍，苏代心里自然沮丧，可在平原君面前丝毫不敢露出来，急忙道谢。两人又喝了一回酒，苏代这才告辞而去。

其后苏代就住在邯郸的传馆里，既没有离去之意，也没再来找平原君讨官。就这么过了十几日，这天赵王忽然把平原君召进宫里："听说燕国辩士苏代已离开燕王，欲投赵国效命，寡人素知此人本事，想给他一个中大夫的爵位，你觉得如何？"

怪不得苏代这些天毫无动静，原来是悄悄走别的门路，和赵王拉上了关系。现在赵王问起，平原君淡淡一笑："这事臣已知道了，苏代来效命未必是真心，臣以为只要赐他一处田舍，好生待他也就够了，至于官爵，倒不必封他。"

平原君一向爱才如命，门下养士三千，现在一个名闻列国的人才自己上门来投靠，他却毫不动心，这倒让赵王觉得疑惑："苏代是个人才，何不留他为赵国尽力？"

平原君缓缓摇头："一条好猎狗，一生只认一个主子，苏代已经选了他的主子，虽然燕王抛弃了他，可此人毕竟不会再像对燕国那样忠心侍奉别国了，用这种人做大夫，大王怎能放心？反正赵国不缺这点儿粮食，就养着他，以礼相待，苏代要来要去都任其自便，或许有一天用得上这份人情。"

平原君是个有主意的人，可他有时候主意太大，带着一股自行其是的味道，这让赵王不太痛快："苏代和乐毅都是能臣，也都一样自燕国而来，可平原君只看重乐毅，却不把苏代放在眼里，这是为何？"

"大王，臣听过一句话：'无麒麟用犬马，无犬马用狐鼠。'望诸君是人中麒麟，自然要当成麒麟供养；苏代之辈只是狐鼠，并无文武之能，全靠游说起家，浑身上下只长了一条舌头，卑鄙起来毫无信义，咱们怎么能用他？"

平原君的话并不能说服赵王："难道乐毅就一定忠诚可信？"

"乐毅本是赵国人，他的根在赵国。乐毅又是个武将，他的才能只在战场上，而战场上又只有'胜、败'两个字，如果败了，身死名没，在这上头是做不得伪的。所以乐毅这样的人赵国可信，可用。只要不让乐毅去伐燕国，别的事都可以信任他。"

平原君年纪虽轻，筹划起大事来却眼光如炬，心思细密，赵何实在挑不出平原君的错，只好由着平原君，把个苏代丢到一旁不理了。

虽然赵国不用苏代，可平原君赵胜毕竟是个以招贤纳士出名的贤君，早前又答应赠给苏代庄舍，当然也不食言，就在堵山脚下起了一处庄院，

置办了三百亩土地，又从自己的食邑中拨出十户送给苏代，代为耕作，好歹也是一份产业了。苏代自然感激不尽，但这只半辈子到处打洞的"狐鼠"终究过不惯隐士的日子，只在邯郸城外住了半年就悄然离赵，又到别国求官去了。

二 赵魏争霸

该把骨头扔出去了

周赧王三十三年，也就是秦王嬴则在位的第二十五年，秦王发布诏命，决定对魏国用兵。秦人随即从咸阳左近调集精兵五万，陇西、汉中各地征调军马十五万，一共二十万大军集结于函谷关，一场对魏国的攻伐即将展开。

这一年的冬天格外寒冷，北风似鬼，雪霰如烟，一队长长的车马从大梁出发，在刺骨的寒风中渡过黄河，迤逦北上往邯郸驰来，五百名挺着长戈的缇骑身后是一乘驷马高车，孟尝君的家宰冯谖裹着厚厚的棉衣亲自在前面赶车，马车里，孟尝君田文拥着一件黄金般闪闪发亮的猞猁皮裘缩作一团，虽然车厢里封得严严实实，脚边又生着旺旺的炭火，可田文还是觉得浑身冰冷，直透骨髓。

这华丽的皮裘和堂皇的高车都是魏国太子赐给田文的。自从那辆装饰着黄金美玉的安车被苏代骗去，田文已经好久没坐过驷马高车了。

当年发动五国破齐之时，孟尝君做的是一场清君侧、夺权柄的美梦，想不到强大的齐国竟真的被燕国伐破，临淄被焚，齐王被杀，江山板荡，到这时，田文忽然发现自己变成一棵掘了根的树，一条断了腿的狗，没有强大的齐国做靠山，"孟尝君"三个字在六国权臣眼中变得毫无斤两。

如今的田文，在魏国甚至已经不再被称为"孟尝君"，而以封地之名称他为"薛公"，虽然魏国还肯拜他为相国，可魏国自有重臣，国内大事多不与田文商量，田文也有自知之明，不敢随意过问魏国的军政大事。直到这次秦国集结军马扬言要攻打魏国，魏国太子才想起了田文和赵国平原君的交情，把他请去商议时局，想不到魏圉又当面说出"若非东方列国自乱阵脚，秦人哪敢攻魏"这样的话来，暗中讥刺田文毁了齐国，害得魏国孤立无援，成了秦人的口中之食。

东方列国虽然称为"合纵"，其实各怀鬼胎，从来就不齐心，魏国这些年不知被秦人攻伐了多少次，也没从"合纵"中得到多少好处，可田文在魏圉面前哪敢说这些辩解的话？只能下死心向魏圉保证，愿意出使赵国，借来大军救援魏国。

可田文也知道赵国君臣野心勃勃，欲图称霸东方，齐国败后，赵人最愿意看到魏国衰落，魏国想从赵国借兵？哪有这么容易。

果然，田文来到邯郸立刻求见赵王，一连等了三天，丛台那边毫无回音。

所谓"当局者迷，旁观者清"，太子魏圉也好，孟尝君田文也好，都陷在"秦人伐魏"四个字里头，把时势算错了，以为大祸将临，所以十分紧张。相反，赵王却是个局外人，坐在邯郸城里远远旁观秦国和魏国斗法，把双方的意图都算得一清二楚，已经猜到秦国伐魏八成是虚张声势。但是否出兵援救魏国，赵王一时还拿不定主意，于是把田文扔在一旁不理，先将平原君请到丛台问政。

平原君是赵国主政之臣，孟尝君一进邯郸他就得了消息，也把救魏之事从头到尾都想妥了。现在听赵王说起了此事，立刻问："大王觉得秦国何以伐魏？"

"破齐之后秦人必然大举东进，魏国居于中原，首当其冲，被秦人攻打也不奇怪。"

君王的可贵之处在于少说话，臣子可贵之处在于多说话，此乃君臣之道的精妙处。赵王是个精明的君主，他的精明就在于他知道君王再明决，毕竟是孤家寡人，所谓一人计短，二人计长，没有臣僚的主意，君王难免犯错，所以赵王有时候宁可不吭声，甚至装糊涂，就是要让臣子们畅所欲言，他再从中周旋算计，定大主意。现在他说出"秦人东进，魏国首当其冲"的话，就摆明了是在装糊涂，好让平原君无所顾忌，把想说的话都说出来。

而平原君正好是个话多的臣子。见赵王似乎没有看透时局，急忙说道："大王，孙武子有言：'善用兵者如常山之蛇，击首则尾至，击尾则首至，击其腰，首尾俱至。'若将三晋比作'常山之蛇'，则韩是其首，赵是其尾，而魏是其腰，如果秦国倾力伐魏，即是要断山东诸国之'腰身'，战端一开，六国必然一起响应，首尾俱至，秦国纵发兵百万亦难获全胜，若败，则秦军必狼奔豕突，一溃千里，秦王则、魏冉都是奸狡之辈，怎么会冒这样的险？臣以为秦国伐魏是虚，伐楚才是实，要伐楚，必先压服魏国，同时也要试探一下山东诸国的反应，若各国不动，则秦人必先以武力逼迫魏王与之定盟，然后伐楚。"看了赵王一眼，见他漠然而坐，毫无反应，又说："秦国伐楚虽然对赵国的霸业有利，但大王还必须先考虑时局，现在齐国刚破，东方不稳，咱们绝不能眼看着魏国失利，更不能让魏国与秦国定盟，臣认为赵国必须出兵救魏。"

齐国刚破，东方不稳，此时必得维护魏国，稳住时局，平原君这话说

的好，赵王心里打的也正是这个主意。又听平原君说出"救魏"的话来，也就顺势问了一句："你觉得救魏胜算如何？"

"依臣估计，秦人此番意在试探，未必会与赵国正面交锋，赵军一出，秦军就退了。纵使秦军真来交战，赵、魏两军也有数十万人，依坚城固守，待机破敌，胜则有功，不胜也只是拖延时日，我军不会有太大损失。"

到这时，平原君已经把整个计划和盘托出，处处都和赵王的思路相符，赵王这才把自己真正的顾虑提了出来："若赵国出兵救魏，秦国会不会放弃伐楚，转而伐赵？"

平原君虽然谋略深长，但百密也有一疏，偏没在这个问题上用过心思。现在赵王一问，平原君略显局促，沉吟半天才缓缓说道："秦王性情骄横，魏冉、白起皆虎狼之辈，秦军与韩、魏交锋十有九胜，可前次在大梁城下他们吃了燕、赵两军的亏，损失两万余人，若此番又被赵国挫其军威，以秦人的脾性，确有可能暂停伐楚，先对赵国用兵。但秦赵两国相隔千里，秦军远道奔袭，军马劳顿，后无援兵，粮草不济，所以秦军实在无力伐赵。"

"就算秦军不来攻赵，可赵军救魏，将使秦军不能南下伐楚，在这上头耽误时间，对赵国没什么好处……"

赵王这话着实让平原君一愣，才明白自己这位城府深沉的兄长对眼前大势其实看得很透，只是不肯明言，故意用言语探问，好在平原君头脑清晰，话里并无疏漏。现在赵王问这话，等于已经决定发兵救魏了。于是笑道："天下万物皆阴阳双生，有一阴，必有一阳，有一急，必有一缓。自商君变法，秦人立军爵二十级，大夫治国无功，百姓耕织无劳，专以军功为大，只有上阵杀敌才能立功得赏，现在秦国上自公卿下至庶民，举国皆兵，人人若狂，若经年不战，则秦王不能并地，大夫不能得爵，百姓无以立功，时日一久国内必然生变，所以秦国绝能不打仗，不打仗则亡国。现在急着伐楚的是秦国，根本不用赵国着急，至于何时伐楚，如何伐楚，这是秦人的事，让秦王自己去打主意吧。"

——秦国绝不能不打仗，不打仗则亡国。平原君赵胜在无意之中竟说破了几十年后大秦王朝瞬间倾覆的祸根。

世上那些穷兵黩武的军国全都一样，对内以暴政酷法压服百姓，对外掠别国财富以蓄养国力，这些疯狂的军国骨子里全是一回事，不打仗则亡国，永远打下去，最后也只有战败灭亡这一条路罢了，自古至今没有例外的。

与臣下商定主意后，赵王命人把田文招进宫来，却不在彰德殿上会见他，而是把他领到日常处置公文的偏殿会面。

田文是大国使臣，赵王本应在正殿会见他，现在却把他引入列观，也没有重臣陪伴，实在有些无礼。可俗话说"礼下于人，心常戚戚"，孟尝君田文就是如此。眼下田文不惜一切代价要保住的就是在魏国的相位，赵王虽然怠慢了他，田文却丝毫不敢计较，跟着宦官进了偏殿。

虽然是大白天，可殿内光线还是很昏暗，赵王坐在几案之后，身前身后点着几十盏灯火，照着案上堆积如山的竹简，大概是刚送来的文书。田文忙抢上前对赵王行礼，赵王却只抬手指了一下旁边的席位，示意田文先坐，自己又低头处置起公文来。田文只好在旁坐了，赔着笑等着赵王和他说话。偏偏赵王一心读简，头也不抬，田文有求于人，丝毫不敢失礼，伸着脖子觍着一张脸，笑意盎然，看上去倒像一条摇头尾巴等着主人赏赐骨头的狗。

田文的嘴脸赵王都看在眼里，心里又是好笑又是鄙夷，故意不理睬他，只管处置公事，足足过了半个时辰，把案上的竹简看完了一大半，这才伸了个懒腰，好似刚想起来一样抬头问："薛公来见寡人有何事？"

"秦人以重兵威逼魏国，下臣想请大王发兵救魏。"

赵王翻了翻眼皮，冷冷地说："寡人不能。"

这轻描淡写的四个字，在田文听来真像当头一棒，打得头晕眼花，急忙强打精神，脸上的笑容又添了十分："大王不要急，且听下臣一言：臣敢来向大臣借兵，实是忠于大王，一心替赵国的安危着想。"

战国乱世，天下的士人不指着刀剑糊口，就凭着诡计度日，列国之内多有巧舌如簧的辩士。可惜田文是齐国的大贵人，一辈子都在当主子，虽有文武之能，舌头却不灵巧，说的话并不十分讨巧。幸亏赵王早有算计，脸上虽冷，心里却想引出田文的话头儿，就顺势问了一声："赵国有何危险，寡人可得闻乎？"

赵王这一问，等于给了田文一个摇唇鼓舌的机会，急忙笑道："下臣以为赵国兵马虽强，未必强过魏国，可赵国这些年太平无事，百姓安于农桑，君臣其乐融融，而魏国年年战乱，百姓死伤以十万计，这是为什么？只因魏国在西，替赵国挡住了强秦，眼下秦国伐魏，如果赵国不救，魏国独力难支，恐怕要西向事秦，与秦王结盟，若是这样，就等于打开了秦人东进的道路，自此以后赵国年年战乱，生灵涂炭，大王也过不上安逸太平的好日子了。"

孟尝君果然是位权臣，就算求人的时候也不忘了威胁对方，赵王也就顺势做出一副紧张的样子来："薛公所言也有道理，可是秦魏在西方交锋，赵军要行进千里才能赶到战场，劳师以远，恐怕不利于战。"

眼看刚才的威胁之言似乎有了效果，田文暗下决心，干脆就一路威胁到底，于是正襟危坐，把脸上已经快要被晾干了的笑容也收了起来："大王此话不妥。赵军行军千里才能与秦军交战，这正是大王之福，魏国人可是一打开家门就迎面遇上秦军！这些年来秦军还未能战胜魏国，却已夺了魏国故城安邑，焚毁先王游观之台，尽占先王巡猎之地，魏国为东方列国与秦交锋，受到这样的损失，向谁诉去？"说到这里自己也觉得义愤填膺，不由得更把声音提高了些，"大王设想一下，若赵国不肯救魏，魏王情急之下必然割地于秦，请求和解，秦国得了魏国土地，也自会罢兵，可魏王吃了这样的大亏自然怪罪大王，待与秦国和解以后，魏国一定会联络韩、燕共同伐赵，秦国也会派兵马相助，那时大王只要坐在邯郸城头就可以看到四国联军的旗帜，赵军开出长城就可与四国军马交战，再也不必'劳师以远'，可这样一来对大王又有什么好处？"

田文虽然落魄了，毕竟曾是霸主之国的勋戚重臣，霸道惯了，说出话来自然与辩士不同，虽然恶声恶气的，却也有他一番道理，若换作旁人难免不被他唬住。可赵王早已胸有成竹，田文却唬不住他，反是赵王看着田文从进门时一张讨好的笑脸变成现在这副张牙舞爪的样子，真像做戏一样，忍不住就要笑出来了，忙用手掩住嘴假装咳了两声，好歹把这笑意压了下去，换上一副愁眉苦脸："薛公不要急躁，赵魏本是兄弟之邦，寡人怎能忍心不救？只是与秦国交战非同小可，只怕要动员兵马一万，粮食也要囤积数百万石，可赵国这两年连遭大旱，粮食歉收，百姓食不果腹，凑不出这么多粮食来，寡人不能因为救助魏国而眼看赵国百姓饿死吧？"

赵王说这话，其实是以出兵为借口讹诈魏国，可田文不明赵国的虚实，只听得赵王答应发兵，而上提到"兵马十万"，顿时大喜欲狂，忙抢着说："赵国若肯发兵救魏，所有兵马的一切粮秣资用全由魏国支付，大王不必担心。"

"薛公可否先送一批粮食到武城来？有了军粮，赵军就可以出发了。"

"下臣马上禀告魏王，先解十万斛军粮给赵国使用。"

眼看田文这么老实听话，大军未动，先送给赵国一批粮食，赵王忍不住嘿嘿地笑了出来，忙又收起笑容，正色说道："薛公厚意寡人领了，请告知魏王，赵魏本是同根，自当鼎力互助，若秦国敢进犯魏国，赵国立刻发精兵十万、战车三百乘救援魏国，绝不食言！"

赵王的慷慨真让田文感激涕零，忙顿首拜谢，赵王也摆出和颜悦色，又请田文吃了顿酒，谈了些闲话，这才由宦者令缪贤把他送出宫来。

办成了这件大事，田文志得意满，兴冲冲地走出王宫。北地朔风像一头猛兽直扑上来，利齿爪牙侵入肌骨，头脑顿时清醒了不少，再回想刚才与赵王的一番谈话，越想越觉得有什么地方不对路，可又一时琢磨不透。

这时天已黄昏，黯淡的夕阳只剩下最后一线，照出丛台之上红墙翊翊，铁瓦森森，压得人喘不过气来。田文猛地打了个冷战，成事后的那股子昂扬意气顷刻被冷风裹挟而去，只觉牙关震震，急忙一头钻进马车里去了。

这时秦国各路兵马已开始向东进发，摆出准备大举进犯的架势，魏国也举国动员，大战似乎一触即发，然而秦军却始终未出函谷关。

一个月后消息传来，赵国调兵十万囤于武城，随时准备南下援救魏国，魏国的十万斛军粮也已送到武城。眼看赵国救魏已成事实，秦王的试探达到了目的，于是一声令下，二十万秦军悄无声息地退出函谷关，回陇西待命。同时，秦王派使节带着国礼赶赴大梁向魏王示好，秦魏两军罢兵媾和。

赵国救魏并不在意料之外，可对秦王来说，这个结果却实在让人扫兴，压不服赵魏两国，伐楚的计划就要向后拖延，也让秦王心焦。好在身边还有一个能拿主意的穰侯魏冉，此人也早替秦王拿出了一个主意："大王不要急，七雄之中秦国独强，天下畏惧，所以秦国一动，六国必然合纵，但只要秦国不动，六国就会自相残杀。咱们干脆把伐楚的事放一放，暂时按兵不动，给六国一个喘息的机会，留出空子让赵国和魏国先斗起来再说。"

魏冉的话有理，可秦王对此却毫无头绪："如何才能使魏赵两国争执？"

"赵王的野心比天还大，而秦国的退让更助长了赵王的骄狂，所谓'狂心不歇，天必绝之'，现在的赵国就像一条恶狗，只要扔出一根骨头，他们就会立刻扑上来。"

"狂心不歇，天必绝之"这八字其实最该用在秦国君臣身上。可世人长着两只眼，只为了看自己想看的东西，那些不想看的，就一定看不到。听魏冉说得头头是道，嬴则不得不问一句："穰侯打算扔出什么样的骨头，来引出赵国这条恶狗？"

魏冉嘿嘿地笑了起来："臣早就准备好了骨头，也该扔出去了。"

赵国早该称霸

自从赵国精兵逼退秦军之后，转眼已经过了半年，函谷关城门紧闭，百万秦军偃旗息鼓，再无一兵一卒向东方进攻。魏国西面城邑的百姓们又大着胆子复垦荒地，种上了庄稼，几年前遭遇惨败的齐国、燕国也各自修补创伤，而赵国在连续两年旱灾之后，这一年春天雨水丰足，看来年收成也要转好了。

不打仗了，百姓们的日子一下子好过多了，于是天下修睦，耕织有序，庶民兴业，其乐融融。

周赧王三十三年，也就是赵王何在位的第十七年，初夏的一天，一辆简朴的轺车从西方驰来，一路穿过邯郸到了丛台之下，在王宫前停下，驭手打开车门扶出一位身穿黑缎银绣麒麟绛袍的先生来。此人年约五十，身材挺拔，轩眉朗目，鬓发中夹着几根银丝，蓄着漂亮的长须，看起来和颜悦色，言谈行止却有一股凛然威势，浑身上下满是堂皇的贵气，下车后略正冠袍，昂首阔步走到宫门前，对卫士说："请报进去：先王驾下旧臣楼缓自咸阳而回，特来拜见大王。"卫士记了他的名字，飞步进宫里去了。

片刻工夫，赵王身边的宦者令缪贤亲自迎了出来，老远就拱手笑道："是楼先生吗？先生赴秦一去二十载，老奴还以为先生把赵国忘了呢。"

楼缓赶忙还礼："大人取笑，楼缓是赵国臣子，这些年虽然客居异乡，无一刻敢忘故国，这次自秦国而来，一进赵国，只觉天蓝水绿，神清气爽，抓一把泥土闻着都是香的，真是故土难离呀！"笑着挽起缪贤的手一起进了宫门。

在赵国，楼氏一族是大贵人。

赵王的先祖曾是晋国的大夫，后来与魏氏、韩氏一起瓜分了晋国土地，自立一国。赵氏之祖赵衰早年在晋国做大夫的时候生有四子，分别是赵盾、赵同、赵括、赵婴齐，其中赵婴齐被封于楼地，其族成为赵氏的旁支小宗，为与嫡传大宗分出尊卑，赵婴齐的后人弃了赵姓，改以"楼"为姓。所以赵国的楼氏族人与赵王血脉相连，一向极得重用。到赵武灵王之时，楼氏一族出了楼缓、楼昌两位俊杰，都做了赵国的大夫。弟弟楼昌英勇善战，是赵之名将，声望仅次于廉颇、乐乘，兄长楼缓更是赵武灵王驾下重臣，足智多谋，名动列国。武灵王成霸业之时欲结好于秦，特地派楼缓赴秦国服侍秦王嬴则，此时赵国兵势极盛，秦国有心与赵结盟以分化东方列国，所以对楼缓格外器重，封他为秦国的相邦，成了显赫一时的权臣。

但武灵王去世后，赵国因"沙丘之乱"而衰落下来，不得不依附于齐，与秦国日渐疏远，楼缓也因此在秦国失势，罢了相，又因为赵国有李兑专权，迫害武灵王的旧臣，很多功臣名将或杀或贬，或逃亡他乡，楼缓不敢回国，只得隐居在咸阳郊野，从此默默无闻。这次楼缓忽然从秦国回来拜见赵王，缪贤这样的老臣子也还记得这位智囊，急忙报进内宫，赵王当即召楼缓觐见，同时派人去请平原君赵胜入宫。

不多时，平原君到了，赵王先把他召进大殿，将楼缓之事告之，略商量几句，也摸不清楼缓的来意，这才把楼缓召进殿来。

久别故土，廿载方归，楼缓这位赵国旧臣也动了真情，刚到彰德殿的高台下，已是承天拜地，一步一礼，待进了大殿，远远看见赵王，楼缓当即跪扑在地，膝行而入，对着赵王拜了三拜："大王安好！楼缓生于邯郸，食君俸禄，却僻居异国，十九载未践履赵地，实是死罪。今觍颜入朝，能得见大王一面，死亦甘心！"说到这里忍不住呜呜地哭了起来。

眼见这位旧臣如此眷恋故主，赵王也颇为感动。平原君忙上前亲手搀扶楼缓，安慰他道："先生奉先王使命赴秦，这些年也受苦了，请归坐吧。"楼缓又冲平原君深深一揖，这才在下位坐了，又抬起头把赵王打量个不停，口中赞道："大王英姿勃发，行止气度颇与先王相似……"说起先王，忍不住又落了几滴眼泪，稳了稳神，"先王晏驾之后，赵国受李兑这贼的毒害，国力日衰，幸得大王英明，重整社稷，数年之内伐破强齐，败秦军于大梁城下，赵国终于又兴旺了。臣在秦国听得赵国大胜，也是喜不自禁。"

赞美的言语虽然动听，但说来说去只是这几句，也有些腻了。平原君

在旁打断了楼缓："先生久居秦国，必知秦人虚实，可知此次秦国伐魏是何居心？"

"秦王伐魏是假，伐楚是真。"

楼缓一开口就说了句大实话，赵王和平原君对视一眼，都暗暗点头。但是当着楼缓的面，这兄弟二人却还要装糊涂，平原君故意急火火地问："秦王要伐楚？何以见得？"

"魏国曾是中原霸主，这些年国力衰弱，但早年积下的家业尚在，国中子民四五百万，雄兵三四十万，大县百余，城邑千余，魏人又善守城，秦军纵发数十万兵也占不到多少便宜。而楚国地方广大，林泽纵横，南北罔顾，东西隔绝，加之君昏臣庸，兵备废弛，容易袭破。一旦秦人破楚之上庸、黔中，南下可夺楚国膏腴之地，北上可袭击魏国侧翼，到时秦军从南、北、西三面齐攻，魏国自然招架不住。所以秦人必是先伐楚，后伐魏。"

秦国当下意在伐楚，这是赵国君臣的共识，楼缓能说出这番话来，说明这位二十年没有归国的老臣确实为赵国考虑，说的话诚恳可信，赵王对楼缓更加信任，平原君对楼缓的态度也更亲近了："秦人是天下公敌，眼看这虎狼之国就要东进，赵国虽偏居一隅，早晚也会受秦人之害，先生有什么办法使赵国免受其害吗？"

楼缓微微笑道："君上之言未免颓唐了些。秦国虽强，不过虎狼而已，赵国自有搏狼的勇士，打虎的英雄。自武灵王胡服骑射，赵国整顿军伍，击楼烦，破林胡，兼并中山，兵锋之盛远在齐、楚、魏之上，大王亲政以后又把赵国治理得蒸蒸日上，虽无霸主之名，却有霸主之实，只要得到三晋拥戴，再集楚、齐之力，何惧于秦？如今齐国已破，魏、楚也不复当年之威，韩国悬于秦人虎吻之下，朝不保夕，皆欲请赵国强兵以抗秦，大王何不趁此机会招各国君王赴邯郸会盟，共推大王为合纵约长，集六国之力以抗强秦？"

自苏秦发起六国合纵抗秦，齐国就做了六国盟主，号称"从约长"，这约长之位是赵王多年来梦寐以求——却又不敢去想的一件事。现在楼缓忽然提了出来，赵王不由得心里一动。不等他开口，平原君已经抢先发话："先生这话太急了，我以为赵国还不到争从约长的时候。"

在平原君面前赵王一向话短，现在平原君提出异议，赵王据案而坐，一言不发，两只眼睛却瞟向楼缓。楼缓忙笑着应道："君上认为不到争约长的时候？下臣且问一句：君上以为如何才是时机？"

赵胜心里早有一个计较：山东六国之中赵国实力居于中下，不及齐、楚、魏远甚，要想称霸，需破齐楚，弱韩魏，只是这个方略是国策，楼缓虽然是赵国旧臣，毕竟刚从秦国回来，赵胜当然不肯把国策和盘托出，想了一想，拱起手来对赵王慢慢地说："自秦王则亲政以来，处事英明，治国有方，又有魏冉、白起为羽翼，秦国政通人和，势力已达极盛，赵国远非其敌。老子有教：'吾有三宝，一曰慈，二曰俭，三曰不敢为天下先。慈故能勇，俭故能广，不敢为天下先，故能成器长。'臣以为大王治国当依老子之教，对内慈以护民，俭以励众，积蓄国力，对外不争为天下先，以待天时。"

楼缓向平原君发问，平原君却只对赵王回禀，隐约表现出轻视楼缓的意思。可赵王却又两眼微闭，似乎压根儿就没听见，这分明是对平原君之言不置可否，倒在鼓励楼缓。楼缓看出了赵王的意图，立刻探出身来提高了声音："君上之意，是要奉楚国为约长？"

"楚国地大兵多，楚军骁勇善战，当得约长。"

平原君这话言不由衷，楼缓当然听出来了，摇头笑道："君上何出此言？

楚国之势早已败了。当年齐宣王、秦惠王争强斗势之时，楚怀王首鼠两端，忽而联秦，忽而合齐，联秦则被张仪所算，合齐则被秦军所破，丹阳、蓝田、召陵三战皆败，不得已转而与秦媾和，却被齐、魏、韩联军击之，败于方城，宛、叶以北之地尽丧，于是转而依附于齐，却又惹怒了秦国，发兵攻破楚地，怀王又转而事秦，结果被秦王骗进武关，囚死于咸阳，当今楚王继位之后竟不思为先王报仇，只知享乐，君昏臣庸，腐化如泥，楚军虽有百万，不及秦军十万锐卒，一旦秦军出汉中，则楚之上庸、黔中岌岌可危！如此破落之国，纵是韩国这样的小国也不把它看在眼里，君上怎么会认为楚国可以做约长呢？”

　　楼缓虽然驳了平原君一顿，可他这番话倒正合平原君之意，脸上不由得露出几分笑意来，随即又正色说道：“就算楚国不可用，也还有魏国。魏国土地广大，兵力强盛，且三国分晋之时魏国就是三家之首，我赵国为合纵大计，当力推魏国为约长。”

　　“自魏惠王桂陵、马陵战败，魏国盛极而衰，东败于齐，西丧于秦，南辱于楚，不复为强国矣！至魏王遫继位，失襄城，败伊阙，折兵数十万，又被秦人破新垣、曲阳，夺了故都安邑，河西之地尽失，前年秦军克安城，围大梁，若非君上亲身救难，只怕魏国已亡！这次秦军二十万攻魏国，又是靠着赵国精兵才吓退了秦军，眼下不是赵国推举魏国为约长，倒是魏国要力荐赵国为约长，借赵国兵威挽救魏国的残山剩水才对。”

　　战国乱世，天下多有纵横之辈，其中有苏代这等咀嚼人性的狐鼠，有公孙龙这样以权谋害人的豺狼，可这些人都不及楼缓的本事。

　　楼缓这个人心胸很大，从他嘴里说出的必是天下大势，而此人的厉害之处在于，他眼高性刚，从不对人阿谀奉承，凡事都有自己的主张，说起话来气势强硬，言辞凌厉，可这些硬话说出来，却又总能让听到的人心里十分痛快，因而也就不会生他的气。

现在楼缓连连驳斥平原君，可他这些话一句句都说到赵胜的心坎里去了，听着说不出的畅快，忍不住想要拍案而起，顺着楼缓的话头儿大吼一声"赵国早该称霸"！可这句话毕竟说不出口，平原君端起爵来一饮而尽，把心气略按了按，转向赵王道："臣以为赵国自有国策，不必急于争锋。"

赵胜说的"国策"是破齐楚、弱韩魏之策，赵王当然明白他的意思。可赵胜与楼缓一问一答之时，赵王却一直双眼微合默不作声，也在想自己的主意。良久才缓缓说道："楼先生为赵国献计，甚好；平原君思谋亦深。合纵事大，可齐、燕战事未停，楚国闭国自安，皆不足与谋，寡人想派一介之使赴大梁、新郑，先与魏、韩商量，三晋合纵若成，楚国自然追随，卿等以为如何？"

赵王的意思是接受了楼缓之计，但话里也给平原君留足了面子。平原君虽然觉得此时争约长之位未免操之过急，嘴里却也不好再说什么，正犹豫不决，赵王已经发问："平原君以为派何人出使为好？"

赵王一句话问过来，大局已定，平原君再细想想，觉得倒也有理。赵国要想称霸，"破齐楚"是必需的，现在齐国破败，赵国满心想着借秦国兵马以破楚国，而依秦国态势，也正是要伐楚的，此时赵国只与魏、韩结盟，并不及于楚国，甚而三晋结盟更能凸显出楚国的孤立，反过来促使秦国下伐楚的决心，未尝不是一件好事。

这么一想，平原君也就不再争执，对楼缓笑着说："先生的一张利嘴可比刀斧，就劳烦先生替赵国走一遭吧？"

争合纵约长是楼缓提的，促成此事他责无旁贷，忙笑道："能为赵国谋事，是小人之幸，只是小人布衣之身……"

"先生本是赵国上大夫，早年赴秦是受武灵王所使，在赵国虽无职司，依然食大夫之禄，何言布衣？"

平原君说的也是实话，楼缓虽不在赵国为臣，楼氏在赵国却世袭大夫之爵。但楼缓也有自己的想法，当下也不再自称"小人"，而是改了个说法："君上美意下臣感激，只是魏国与秦国仇怨极深，臣在秦国十余载，刚自秦返赵，又赴魏出使，魏王难免生疑，不如命臣弟楼昌去见魏王，君上以为如何？"

楼缓所说的也有道理，毕竟此人在秦国当过一回相邦，身份与众不同。而楼昌是楼缓的亲弟弟，也是一位文武兼备的人才，赵王于是点头答应，楼缓拱手而退。

第二天一早，赵王把上大夫楼昌召进宫里，说了前后缘由，命楼昌出使魏国。

此番出使魏国所谈的是大事，赵国君臣对此极为看重，特备下轺车百余乘，载满金银礼物，除献于魏王之外，对太子、诸公子及魏国重臣各有馈赠，又挑选一千精锐骑兵扈从，以彰军威。五日后，出使魏国的车仗从骑备好，赵国大夫楼昌领一行人出了邯郸，往魏国都城大梁去了。

赵国使臣出发后第三天，赵胜正在府中闲坐，下人来报，楼缓求见。赵胜忙亲自迎了出去，见楼缓满脸忧色，进屋坐定之后，低着头半天不开口，赵胜觉得奇怪，忙问："先生有什么事吗？"

"楼缓是来辞行的。"

听了这话赵胜吃了一惊："先生刚回赵国，怎么要走？"

　　楼缓脸色灰暗，欲言又止，好半天才叹了一口气："我久居秦地，对赵国的国情所知有限，只凭着与舍弟的书信往来，自家关起门来臆想，以为赵国两代贤君励精图治，国势日强，合纵三晋水到渠成，可回赵国这些天才知道，原来赵国年景不佳，自伐齐之后一连两年都遭大旱，加之赵国军马伐齐救魏，多有损耗，仓廪已空。古人云'民无食不活，军无食不发'，此时赵国欲做六国约长，实在操之过急了。"

　　争约长操之过急，这正是平原君的想法，为此还和楼缓争过几句，却想不到只几天工夫楼缓自己改了主意，竟也说出这样的话来。平原君的脸色就有些不好看了："先生与楼昌大夫多有书信往来，怎会不知赵国遭了旱灾？"

　　"舍弟的来信中从未提及此事，想来他看我久居秦地，怕我于人前失言，走漏消息。也怪我心急，一进赵国就跑来给大王出主意，劝赵国争从约长之位，现在眼看约长无望，反要受辱于人，楼缓做了这样的蠢事，哪有脸面留在赵国？"

　　原来楼缓急匆匆地要走是为这事，也难怪，楼缓毕竟久居秦国，怕自己不能取信于赵王，难免有些战战兢兢。平原君淡淡一笑："先生过虑了，合纵是大事，单凭一介之使就想说动魏、韩听命于赵，哪有这么容易？内中不知有多少纠葛。我不急，先生也不要急，尽人事，度天时，顺势而为吧。"

　　赵胜说这些话是安抚楼缓，可楼缓听了却皱起眉头，不再提刚才的话，而是在平原君对面坐了下来："君上所言'尽人事，度天时'是道家的说法吧？我却不这么看。犀兕健壮过于猛虎，但猛虎可以执犀兕，犀兕不能执猛虎，何也？无非爪牙凌厉者善攻，而盾甲坚厚者孤守。魏国土地广大，物产丰饶，然兵不精将不勇，国主无谋，太子柔弱，公卿大夫尽是无能之辈，如同犀兕；赵国君明臣贤，勇将如云，民素知兵善战，恰是一头猛虎，

若赵国与魏国会盟，是两雄并立之势，赵国难以争先，但若凭爪牙之利引兵击之，一战破魏，则强弱立判，天下人都知道三晋之中以赵国为首，韩国、楚国必来依附，这样或许比'顺势而为'强些？"

战国七雄之间互相攻伐是平常事，但赵胜毕竟年轻，自他掌赵国相权以来，所见的始终是赵、魏结盟抗秦，从不曾与魏国相争。何况赵胜的夫人又是魏太子的亲姐姐，有这层关系在，赵胜对魏国更多了一分亲近。现在楼缓献计攻伐魏国，赵胜一时转不过这个弯子来："赵、魏是唇齿相依的睦邻，且又是姻亲，不便征伐……"

"当年魏国强大之时，年年伐赵，甚而攻破邯郸，几乎亡了赵国。魏国可以伐赵，赵国如何不能伐魏？且赵国伐魏一不为灭国，二不为并地，只是为了合纵，是要救东方列国千万百姓，心底无私，又有何不便？"

楼缓是个气魄十足的人物，几句疾言厉色的硬话说出来，赵胜早忘了此人今天来府上，是因为献错了计心中有愧，打算离赵而去，特来辞行的。

此时的楼缓也不再提"离赵"之事了："赵国伐魏又有一个缘故：赵国立国之时本来建都中牟，后来受魏国威逼不得不退往邯郸，中牟即被魏国夺取，魏人又不断兼并赵地，一路筑城，从此赵人尽失故土。君上不妨展开地图看看，故都中牟在何处？这些年来，魏国人到底占了赵国多少国土？现在他们的安阳大城距赵国长城不过百余里，而伯阳城与赵长城近在咫尺，临降水之险以塞武城之口，阻住赵人南下的去路！君上只说与魏国是'姻亲'，可魏人对赵国哪有半分亲情？"

听了楼缓的话，赵胜不由自主地站起身来，走到悬于殿内一角的那幅巨大的地图前，先找到赵国的故都中牟城，视线由此一路向北看去。

当年赵国在中牟建都三十八载，却因为韩、魏两国强兵环伺，不能久守，改迁邯郸，如今在中牟与邯郸之间所有土地早被魏国兼并，魏国的伯阳城就筑在降水南岸，锋芒直指邯郸，而伯阳城后百里之外，又是魏国在黄河以北最险固的要塞安阳大城，赵长城以东是魏国的几县，大名，西有魏国的房子大城，从三个方向把邯郸团团围住。

自平原君执赵国政事以来，他的目光只盯着东面的强齐，西边的强秦，竟把赵国眼前最危险的敌人忽视了。直到听了楼缓的话，赵胜面对地图，只伸出一只手掌，就同时盖住了伯阳和邯郸，这才恍然发觉，原来魏国的精兵就据守在邯郸城百里之外！

平原君赵胜顿时惊出了一身冷汗。

贵人们糊涂的时候多

进了八月，大梁城里的暑气消退了，两场急雨过后，风也变得清爽起来，如茵馆里静无人声，石玉穿着一件崭新的月白缎深衣，手指间拈着一朵金黄的夏菊花，在门廊下坐着，偶尔低头嗅一下手里的花儿，觉得百无聊赖。

菊花虽艳，却没有香气，就像石玉在如茵馆里的日子，处处都好，只是有点无聊。

巨子失踪之后墨家彻底散了，石玉身边最后几位墨者又跟着鲁仲连到齐国去了，石玉一个人住在大梁城里，既无亲人，也没故友，这样的日子本该很难熬，可偏偏这如茵馆是魏王宫的一角，就在一墙之外，东宫、南宫各住着一位贵人。这两位贵人太尊贵了，石玉打心眼儿里不敢把他们当

朋友看待，可这两位贵人又常常到访，此来彼去，有时还会碰到一起。

初相识那会儿，石玉以为太子魏圉话多，而公子无忌寡言，久处才知，原来魏无忌性情急躁，十分健谈，各种奇闻异怪，古书今学，诸子百家，无所不知无所不讲，有时喝了一点酒还会说起魏国的国事，每到此时难免批评时局，责备权臣，言辞凌厉偏激，让石玉觉得又惊讶又好笑。和多数女子一样，石玉对政事毫无兴趣，只觉得公子无忌胸中有大志，事事有主见，虽然未必明白他在说什么，也插不上话，却能一连听上几个时辰，不觉得厌烦。

和那些一心想做大事的人一样，魏无忌是个粗心大意的人，只知道石玉喜欢听琴，于是每每抱琴而来，但除了一张琴之外，魏无忌没有送给石玉任何东西，只知道有兴则来，兴尽即去。

太子魏圉在如茵馆里却出人意外的安静，他的见闻也广博，但不像魏无忌那么好谈论，很多时候反而愿意听石玉讲自己早年如何习武射箭，和父亲在外闯荡时遇到什么怪事，甚而童年的一件趣事，家乡的一草一木，只要石玉想说，魏圉总听得津津有味。和魏无忌相反，魏圉在如茵馆里从不谈论国事，有时候石玉把从魏无忌那里听来的事问他，魏圉就会显出愁闷的样子来，石玉也就留了心，不提这些。

魏圉是个细心的人，每来一次如茵馆都会发现这里缺少什么东西，从几案前摆的铜灯，到煮茶的铜釜，各种应用漆器，各色绸缎衣服，各种时鲜蔬果，甚而女子头上插的玉簪，脸上用的脂粉，太子什么都想得到，凡他想到的，东宫就有人马上送过来。两三年积下来，如茵馆里摆满了各种珍贵什物，华丽的新衣已经置办了几百套，园中空地开成了一片花圃，种满奇花异卉，池中养上了从东宫移来的金鳞鲤鱼，石玉身边的仆役也从原先的一家三口增加到了十几人。

不知不觉间，石玉已经习惯了这华服美食懒散悠闲的生活，虽然她的居所自有门户，随时可以换一身布衣到市井中游逛，可在如茵馆的绿竹荫下住久了，市井中的吵闹和俗气已经令她厌烦。

人的天性到底如何，其实自己很难明了。石玉从小和父亲行走江湖，以为自己天生是个豪侠，可一多年养成的侠气，却被如茵馆里的懒散日子不知不觉就消磨光了。在魏国住下的第一年，她曾在院里种了一畦菜蔬，打算自种自食，可第二年就改成种菊花，现在，连花圃也交给下人去种了。她会缝衣，却不懂刺绣，喜欢听琴，却不愿自己弹弄，屋里漂亮的檀木架上摆着魏无忌早先送来的弓。可那弓身的彩绘太美，又不能用它射箭，只是摆着看罢了。

住在如茵馆，石玉以前所学全都无用，现在用得上的，她又懒得去学，很多时候就在竹荫花廊边静静坐着，看着院墙顶上的一方天宇发呆，猜想今天会不会有个人来陪她说话，为她抚琴。到这时石玉才明白，原来自己天生就是个平凡女子，喜欢华服，贪爱美食，不喜吵闹，像炉火边的猫儿一样慵懒无用。

鲁仲连说墨家该消失了，初听这话石玉很气愤，可现在她却把鲁连子的话当成哄瞒自己的借口：是啊，传了百年的墨家都要终结了，一个无足轻重的女弟子，还能有什么了不起的作为呢？

这天过午，魏无忌从南宫走过来了。

今天的魏无忌和往日有些不同，脸色愁闷，话也少了，坐在那儿发愣，石玉知道魏无忌这副样子一定是为国事发愁，问了几句，魏无忌不愿回答，石玉只能想几个话题逗他说话，可魏无忌却心不在焉，也接不上话来。就这么坐了半天，魏无忌也有些坐不住，正要告辞，却见魏圉走了进来，身

后跟着两个宦官，抬着一只半人多高沉甸甸的黑漆礼盒，魏圉对石玉笑道："这是今年时新的蜀锦，刚送进宫，我叫人选了十匹送来。"见魏无忌也在，又说："正好，我有事和你商量。"

魏圉要和魏无忌说的自然是赵国争约长之事。魏无忌也早从别人那里打听到太子对此事的看法，他心里烦恼也正为这件事。现在魏圉说起，魏无忌也就重新归座："太子是要说约长之事吗？"

"正是。"

"太子打算推举赵国为从约长？"

见魏无忌已经知道，魏圉也就直话直说了："为政之道贵在务实，'从约长'不过是个虚名，赵国想做，不妨让他们做。"

"从约长号令六国，顷刻集结百万之众，怎么是虚名呢？"

"从约长之位，强国得之有益，弱国得之则有害。"

魏无忌点点头："太子说的对，从约长之位当以强国居之。但魏国称霸中原也有百年，赵国的国力难道强于魏国吗？"

"称霸中原，已是三十年前的事了。"说起魏国当年的强盛，魏圉忍不住叹了口气，"三家分晋之后，魏国率先成为霸主，在西方开疆拓土，把秦人赶过黄河，夺取了两千里土地，几十座城池。后来魏国都城从安邑迁到大梁，又击败楚国，夺取淮北，在东方也打下了千里江山。可魏国的疆域很不均衡，两端宽大，中间狭长，都城在安邑时，东边受齐楚威逼而不能顾，迁往大梁后，西边被秦国攻打而不能守，十二年前伊阙战败后，魏国兵势更弱，无力抗秦，现在安邑已失，齐国又败，情势更加危急，我觉得只有推举赵国为合纵约长，靠赵国精兵在背后支持，魏国西边的疆土才能保全。"

"赵国是个小国，疆域子民不足魏国的一半，虽然兵精，粮食却不够吃，这样的国家凭什么做约长！上次秦国扬言伐魏，赵国答应出兵，其实未发一兵一卒，却从魏国弄走了十万斛粮食，若推赵国为约长，以后赵国军队岂不全让魏国人养活？"

"若不是赵王答应发兵十万，秦军哪会退缩？在此事上我们省下的岂止十万斛粮食？更何况若推举赵国为约长，以后魏国有事，赵国义不容辞，倒不必给他们粮食了。"

太子一味说这些退让的话，魏无忌又有些急躁起来："市井俗话都说'求人不如求己'，可太子为什么总想依靠别人？"

眼看魏无忌嗓门越来越高，话也说得难听，魏圉有些不快，不由得也提高了声音："这是国策，与市井何干？你不要吵闹。"

被太子责备了一句，魏无忌也觉出自己语气太重，叹了口气："不是我吵闹，魏国要成强国，就不可示弱于人。"说到这里略稳了稳神，觉得与其一味顶撞，倒不妨顺着太子的话头儿来说："太子认为抗秦需借用赵国之力，这话也对，可不做约长，怎能调动赵国之兵？当年齐国为山东诸国约长，六国兵马都被齐人调动，今天魏国做了约长，自然可以调动赵军，若听命于赵，岂不是反被赵人调动？"

"赵国力量方强，怎肯居于人下？若魏国一意要争约长，只怕与赵国反目。"

听太子的话头儿越来越软弱，魏无忌又有些压不住脾气了："合纵是山东诸国的大事，若楚、韩、燕、齐都推举魏国为约长，赵国敢不从吗？"

"你怎知楚韩燕齐都拥戴魏国？"

"魏国独挡强秦，一年之内大小百战，此是魏国以一国而救列国，列国怎能不拥戴！"魏无忌越说越恼火，只觉胸中一口闷气堵着，坐也坐不住，起身直走到魏圉面前，"太子不必担心，这事交给臣办，我去出使楚韩燕齐，

最后去邯郸，若不能说动列国拥戴魏国为约长，臣从此不回大梁！"

魏无忌骨子里是个刚烈不屈的人，天生一副诤臣的脾气，魏圉自小就对这个弟弟又爱惜又倚重，凡事尽量不与他争吵。现在魏无忌恼了，魏圉反而收了性子，只说："此事不妨慢慢商议，你先坐下。"又扭头问石玉："你觉得如何？"

其实魏圉和魏无忌说的话石玉根本没有听懂，这是她第一次见到魏无忌与兄长争执，想不到这位平时只会弹琴的贵公子竟然性如烈火，谏争起来这么有气势，倒让石玉惊讶。现在魏圉突然问她，石玉毫无准备，正不知该怎么回答，不想正在气头上的魏无忌忽然转过身来指着石玉厉声喝道："太子，国家大事，问女人做什么！"

听了这一声断喝，石玉又羞又气，脸涨得通红，魏圉也沉下脸来斥了一声："怎么如此无礼！"

其实这句浑话一出口，魏无忌也惊觉了，又被太子责备，更是愧悔莫名，一时无言以对。见魏无忌低下头不说话了，魏圉也不想和他争吵，站起身气呼呼地走了。

魏圉走了，魏无忌却还坐着不动，偷看石玉的脸色，见她羞怒之情溢于言表，心里越发不安，半晌低声说："我是无心之言，别介意。"

石玉并未作答，只是低着头不吭声。其实她倒不是生气，只是碰到这等尴尬事，一个女孩儿家不知该如何圆场。却听魏无忌深深地叹了口气："我以前好静，总想着自己不问国事，国事也就不来问我，可眼看着魏国已经丢了半壁江山，百万子民成了秦人的奴隶，再不振奋起来，国家就要亡了，想躲也躲不过。可一问国事就弄成这样，整天患得患失，急火攻心，就像摔倒在荆棘丛里，不动就刺痛难忍，越动越疼得厉害……"

女人的心思很奇怪，当她们关切别人的时候，就会忘了自己。

看着满脸痛切哀伤的魏无忌，石玉觉得心里酸涩难忍，低声劝道："国事我不懂，在我想来，国事亡是人情吧？只要尽性尽情去做，是成是败也许并不要紧……"

魏无忌两条眉毛拧成一刃，眼睛里也失去了光彩："我幼年读书时看过一个典故，说权臣治国，如盲者独行于万仞崖巅，隅竭然不知其身将坠，如何敢尽情尽性？魏国有句歌谣唱道：'人间最乐是樵子，天下最苦是王孙。'我们这些王孙其实与百姓一样，聪明的时候少，糊涂的时候多。可我辈生在富贵中，平时说一句话，或是救人，或是害人，牵涉的都是几十万条性命。我不知道自己做的是对还是不对，心里害怕，寝食难安。我平日也想过，若'王孙'二字是衣冠，我脱了便是；若'王孙'二字是臂膀，我剁去便是；可这两个字是刻在骨头里的，推脱不掉呀。"

以前石玉只知道天下的公子王孙都是锦衣玉食、颐指气使之辈，手握生杀之权，被所有人奉承着，过的是神仙一样的日子，现在才知道，原来魏无忌和魏圉都是一样，他们肩上担着天大的责任，被国事压得喘不过气来。可石玉并不知道怎么劝慰他们，想了一会儿，细声细气地说："我父亲说过：'庄稼汉不敢问老天爷，只管低头种庄稼，这才能打下粮食来，若真的问了老天爷，知道一年中会有如此多的霜雹雨雪、虫害旱灾，谁还敢再种庄稼？天下人都要饿死了。'所以不知对错才敢做事，虽然做错了事要受苦，可就算受些苦，也总比不做事好。"

石玉讲的不是什么大道理，可魏无忌却把这些话听进心里去了，忍不住叹息一声："巨子说的好。当年孔夫子也说过：'道之不行，已知之矣。'都是一样不敢问成败，只管低头做自己的事。"

"公子很喜欢孔夫子？"

魏无忌点点头："孔夫子是个大贤人，他出身贵族，却提出一个'克己复礼'来，一门心思要教训天下的贵族，结果落得无处存身，到处流浪，有个道家高人劝他避世，孔夫子说：'君子之仕也，行其义也，道之不行，已知之矣。'意思是说，君子出来做官，是为天下正义原则献身的，像这样的正义原则其实行不通，孔夫子心里早知道了，可行不通也要做下去！"

石玉笑道："原来孔夫子的心思和庄稼汉差不多。"

听了这话魏无忌也忍不住一笑，愁容稍解。石玉又问："说完'道之不行，已知之矣'，孔夫子怎么样了？"

"他当时周游列国，去过卫、宋、郑、陈，都不成功，又去楚国劝说楚昭王，结果还是不行，只好回鲁国去了。其实孔夫子和墨子是一样的，都想逼着天下的君王们改过自新，以此搭救天下百姓，只是他们一个靠言语，一个靠行动。"说到这儿，魏无忌停了下来，挠了挠头皮，皱起眉头说道："我一直想不通，为什么前辈哲人宁可费尽心力劝说诸侯，却都不愿意直面百姓呢？"

"或许是因为百姓太糊涂了，又不学无术，讲道理也讲不通，你虐害他，他就害怕，畏服；你有心救他，他却不懂道理，反而恨你，杀你。人生匆匆几十载，不能把时间都浪费在和这些糊涂人讲道理上头，只好先把百姓们放下了……"石玉见魏无忌满脸惊骇的表情，自己心里也有点慌，忙说："这话也是我父亲说的。"

石玉的父亲石庚是墨家巨子，非凡之人，他这句话其实说透了中国上下几千年的黑幕，但石玉只隐约记住了父亲的言语，内中意思却丝毫不觉，反是魏无忌听了又惊又佩："巨子前辈说的极是！孔夫子有言：'唯上智下愚不移。'这话说得辛辣。百姓们本来糊涂，又不上进，不肯学，安于现状，守着糊涂，别人想救他们都无处下手……正是百姓的不上进，才使诸侯贵人越来越放纵欲望。孔子生在春秋，那时天下已出了几个霸主，楚国更是自立为王，可今天七国之君都自立为王了，几年前齐王和秦王还相约称帝，一称'东帝'一声'西帝'，后来怕天下人笑骂，又去了帝号，但总有一天这些人还会自称皇帝，以后'皇帝'的头衔也不够他们用了，大概就要自称神仙、圣人了吧。"说到这儿忍不住苦笑一声，"贵人越来越邪恶腐坏，百姓越来越冥顽不灵，天下如同鬼域，孔子要是生在今天，早就气死了。"

性情中人说话总是偏激些，魏无忌的话倒把石玉逗笑了："人哪这么容易气死？孔夫子就算生在今天，也还是要好好活着，这样才能为天下百姓奔走。人都一样，再苦再难也要活下去，往前走，只要往前走，自然就活出乐趣来了。"瞟了魏无忌一眼，故意说："孔夫子一生辛苦，其实他也有很多乐趣，只是你不知道罢了。"

在魏无忌听来，石玉每一句话都说的极对："孔子能琴善射，多才多艺，身边有子路、颜回，心里又有远大志向，活到七十三岁，年高德劭，日子过得比世人强。这位先生要是活在今天，我就抛下一切去追随他，也做一回南宫适、公良孺，此生足矣。"

石玉并不知道南宫适、公良孺是何人，但她知道，魏无忌心里的烦闷已经消了。

聪明的女子就像早春的雨，润物无声，不动声色间就把男人心里的烦恼愁苦抹去了。

千斤重的心事放下后，魏无忌觉得说不出的轻松，看着面前这个巧笑嫣然的楚地女子，不知怎的，忽然急切地想要报答她，或者说是急着想取悦她，于是笑道："我来弹一曲《文王操》吧，这是孔夫子当年最喜欢的曲子。"

"是说周文王的吗？"

"对，孔子当年从师襄子处学到此曲，叹道：'邈然远望，洋洋乎，翼翼乎，必作此乐也。黯然而黑，几然而长，以王天下，以朝诸侯，其惟文王乎。'一曲奏罢，令得师襄子避席而拜。只怕我弹得没有孔夫子好。"

魏无忌说的话石玉一个字也没听懂，更不知"师襄子"是谁，反正她也并不在乎，眼看魏无忌有说有笑，自己也觉得很开心，随口笑道："没关系，我也不是'师襄子'，好糊弄。"说着先笑了。魏无忌也笑了起来，却又呆头呆脑地说了句："你不是师襄子，只是钟子期。"

石玉是楚人，"伯牙子期"的故事她当然知道，不由得脸上一红。魏无忌也觉得这话不对路，不敢再说下去，取过琴来，深吸一口气，轻拢慢捻弹奏起来。只是他指下弹出的并不是什么《文王操》，而是一曲《流水》。

石玉不懂琴，不知道魏无忌弹的是什么。魏无忌虽是王孙，却也不想弄什么《文王操》，只愿做个徘徊于山水间的闲散人。

这世上每个人都是俞伯牙，只是大半找不到自己的知音。现在魏无忌知道了，面前这个墨家的女弟子，可以做他的"钟子期"。

左右逢源

为了与赵国争做约长之事，太子和公子无忌起了争执，很快，魏国的重臣们都知道了消息，也各自动起了脑筋。其中有一个人左右为难，举棋不定，这个人就是中大夫须贾。

中大夫官职不高，在朝中掌论议之职，上传下达，所以须贾的职司微妙，既能参加廷议，与闻国事，在重臣之中又是地位最低的，说不上什么话。现在须贾知道赵国派使臣来魏国，也知道为了约长一事太子与公子无忌两不相下，一时拿不定主意该奉承谁，回到府中就把舍人范雎叫来商量。

片刻工夫范雎已经到了。

范雎这个人面相不好，一张猴子样的小脸上长着个又长又尖的鼻子，一对向前扇的招风耳，瞪着两只金鱼眼，颧骨突起，嘴唇细如一线，脸色灰黄，印堂晦暗，眉心里拧着一条常年愁苦压出来的深汰，蓄着三缕细细的短须，两只手掌枯干如柴，整个人瘦得皮包骨头，一件半旧的黑袍穿在身上显得空荡荡的，看着像个风一吹就倒的病夫。

范雎的祖上也是贵族出身，却是旁支远亲，家道中落，到范雎这一代已经穷得房无完瓦，衣不蔽体，食不果腹，被族人歧视排挤，日子非常艰难，范雎身子又弱，从小就被别的孩子欺负，走到哪儿都抬不起头，磨出一副阴沉沉的脾气来。好在他的头脑聪明，又肯读书，学富五车，智谋过人，虽然手无缚鸡之力，却是个天生从政的人才，年纪稍长就四处钻营，可没有势力，家里又太穷，几兰也求不到一官半职，最后只能投到须贾门下做舍人，总算吃上了一口饱饭。须贾这个人十分精乖，善于逢迎，政事上却颇为庸碌，加上他只是个中大夫，家资不丰，养不起几个舍人，于是范雎在须贾面前常有说话的机会，渐渐得到了器重。现在须贾把朝堂上的事对他说了，范雎略一思索立刻说道：“主公，合纵之事我也算计过，只要魏国愿意出头，各国必然推举魏国为约长，赵国人无论如何也争不到。”

范雎的推论倒很新奇，须贾忙问：“你如何能断定？”

“天下大势非人力可左右，但看清大势却也不难。东方列国之中韩国西与强秦接壤，东面与魏国山水重叠，唇齿相依，而韩国弱小，必须借魏

国之力抗秦；楚国与魏国相邻，而与赵国无寸土接壤，这两国都愿意奉承魏国。燕国正相反，僻居北地，与秦国相隔千里，和魏、楚、韩也不接壤，单与赵国为邻，最要提防的也正是赵国，若赵国成了从约长，燕国岂不尴尬？所以燕人必拥魏而弃赵。齐国已经衰败，魏、赵、燕、楚都是它的邻国，齐国敢得罪谁？所以合纵这样的大事轮不到他们说话，不论哪一国做了从约长，齐国都只能附议。如此算来，只要魏国愿意出头，则六国合纵的约长非魏国莫属。"

范雎的话条条在理，须贾点头道："看来公子无忌是聪明人……"

范雎缓缓摇头："此是大事，须谋定而动，主公不要急，让我想一想。"说罢垂首而坐，双眼微闭，一张精瘦的脸绷得紧紧的，深思良久，终于睁开眼来："太子素来柔弱迟疑，这一次却让他说对了，魏国本不该争这个约长。"

范雎的回答大出须贾意料之外，但须贾知道范雎深沉多谋，言必有据，倒不急着问他，只等范雎自己说出道理来。范雎又沉吟片刻才缓缓说道："魏国虽大，却不及赵国兵强，且魏国在西，直面强秦，赵国在东，与秦国有千里之遥，若令赵国为约长，一则秦国必视赵国为劲敌，魏国的压力就减轻了；二则魏国若有事，赵国这个约长必须发兵来救，推辞不得。设若魏国争得约长，不但引得强秦来攻，还要遭赵人嫉恨，抗秦之时反而调不动赵国兵马，如此岂不是对魏国有害吗？"

范雎几句话说得须贾茅塞顿开："这么说'约长'只是个虚名，谁争得约长之位，就等于做了出头的椽子！"

"……魏国避之犹恐不及。"

到这时须贾已经明白自己该怎么做了："明日上朝议事，我当支持太子。"

听须贾说要支持太子，范雎忽地站起身来双手连摇："万万不可！"

这一下须贾又被弄糊涂了："先生究竟是何意？"

范雎这个人出身寒微，乞活贫苦，半生受尽了挫折，这样的人最务实。在范雎看来，天下事无非是一场买卖，讲的只有功利，谈不到什么大义。现在范雎虽然明白魏国的利益所在，可他要考虑的却不是家国大事，而是他的主子须贾在这件事上能得到什么好处："国政大计是一回事，切身利益又是另一回事，国事非主公一人可以谋划，主公的利禄荣辱却不能不计较，在这上头要多动脑筋。"

若说范雎是低贱生活磨出来的一块贼骨头，须贾这个人则天生就是个渔利的小人，把"利禄荣辱"当成天下最要紧的事，听了"利禄"二字就像狼见了肉一样，眼睛立时亮了起来："还请先生赐教。"

范雎一张精瘦的脸绷得紧紧的，眉间拧出一条深沟："魏国的政事虽由太子决断，可太子秉性柔弱，凡事多不能决，要听众臣的主意。朝堂上的重臣当然首推公子无忌，此人貌似恬淡，其实外和内刚，最不肯受人胁迫；上大夫范痤是魏王的宗亲，地位显赫，脾性与公子无忌相近，且两人又有深交，主意必是一样的；孟尝君田文稳重多谋，未必看不透内中关窍，可他是个齐国人，在魏国做相国本就根基不稳，田文又是五国伐齐的谋主，名声不好，若再提议赵国为约长，一旦范痤这些人质问于他，田文还怎么在魏国立足？所以于公于私，田文都希望魏国能得约长之名，好替自己助势；亚卿晋鄙是个武夫，自然要争做约长；上卿芒卯是个聪明人，最善骑墙，在这件事上必然依附众人以趋利。如此看来，重臣们都是要争约长之位的，主公一个人站出来反对，岂不成了众矢之的！"

范雎的一番推断透视人性，入骨三分，可给他这么一说，须贾已经彻

底没了主意："那我到底怎么办？"

"依小人之见，明天的廷议主公不要去，只说病了，上不得朝。"范雎沉吟片刻，自己又说，"躲起来也不是办法，终须表个态。"闷着头又坐了半天，到底想出一个主意来，"主公平日与公子魏齐私交甚厚，魏齐喜欢良马，一会儿小人去见魏齐，就说主公得了几匹好马，请魏齐过府来看。魏齐来时主公卧于榻上，就说骑马时摔伤了，然后与魏齐说些闲话，找个空子提起此事，对魏齐说：'赵国若争不到约长之位，必然恼羞成怒，派兵马攻打魏国，魏国应向黄河以南增兵，早做准备。'其他的不必多说。魏齐年轻，刚烈少谋，肯定听不进这些话，待日后魏、赵两国真的起了纷争，魏齐想起今日之事，必说与太子，那时太子就会赞叹主公有先见之明。如此，主公既不得罪众臣，又能得太子嘉赏，左右逢源，岂不美哉？"

范雎天生是个精明透顶的人，须贾虽然没这么聪明，可他贪功逐利的秉性却与范雎一样。现在范雎想出了这么个精妙的主意，须贾简直一刻也等不得，就叫范雎去请魏齐过府，自己这边也布置妥当。

片刻工夫，公子魏齐已经来了。

在魏国诸公子之中只有公子魏齐和太子魏圉是同母所生，所以魏齐的身份尊贵尤在魏无忌之上。魏齐已经十六岁了，脾气刚直暴烈，也有理政之才。眼下魏国情势困顿，人才匮乏，魏齐在诸公子之中也渐渐脱颖而出，帮助太子处置政事，虽然拿不得大主意，可说出话来太子也肯听他几分，由此渐渐被臣子们看重，其中须贾对魏齐巴结得最紧，魏齐有什么不明之事也向须贾请教，所以一请就来。却听说须贾堕马受伤，忙到榻前探视。

须贾别的方面未必有本事，可装起病来却是一绝，躺在榻上呻吟不止，貌似伤得不轻，魏齐倒也热心，立刻命人到宫里去请御医。须贾倒给吓了一跳，忙说自己伤势无碍，死拉活扯才劝住魏齐，两人就在榻边说起话来。说了些闲话，须贾渐渐把话题引到政事上来，这上面魏齐也正有难决之事："听说赵国派使臣来与魏国争做约长，此事大夫如何看？"

须贾并不急于回答，只反问一句："公子的意思呢？"

"魏国是天下强国，赵国不过弹丸之地，穷得像一群叫花子，凭什么与魏国争？"

魏齐年纪轻，脾气直，说的是孩子话。须贾笑着说："赵国虽穷，可是兵强马壮，数年之中两次救魏，力压秦国，若赵王真与魏国争闹起来，咱们恐怕争不过人家。"

须贾说的是实话，魏齐虽然毛躁，大事上也不糊涂，一时低头无语。

眼看这位公子脾气憨直，脾气发作得快，气也泄得快，须贾心中暗笑。在榻上侧起身来对魏齐说："公子不必担心，这六国约长必是魏国来做。六国之中韩、楚都与魏国为邻，要借魏国兵马抗秦，当然愿意奉承魏国。燕国和秦国隔着千里之远，只有赵国是他的敌手，燕人哪肯让赵国做合纵约长？自然也是要追随魏国的。有韩、楚、燕三国附魏，齐国也不敢不依从，如此算来，六国约长非魏莫属。"

须贾说这些话时范雎就在一旁相陪，眼看须贾脸皮甚厚，竟当面把自己刚才说的话原封不动地说给魏齐听，范雎心里冷笑，想到自己这样有本事的人没有出头之日，须贾这种货色却集富贵荣宠于一身，不由得暗叹天道不公，命数难测。

听了须贾的话，魏齐乐得站起身来在屋里转了几个圈子："魏国能做成约长就好！"

眼看时机来了，须贾缓缓说道："公子别急，魏国做约长不难，可赵

王野心极大，这次他争不到约长，只怕恼怒起来会对魏国用兵。与虎为邻，不得不防，魏国应该调一支兵马加强黄河北岸的防卫，否则赵国一旦发兵攻魏，咱们难免吃亏。"

魏齐年纪轻，脾气烈，又正在兴头上，根本就听不得这些话，把手一摆："大夫多虑了。魏国城邑千余座，戴甲数十万，连秦国也奈何不得，赵国难道敢攻打魏国吗？"

魏齐听了须贾的主意，却并不以为然，这正是须贾想要的效果，嘿嘿一笑，也就不再说下去了。

第二天一早，太子魏圉以魏王的名义招集群臣议事，公子无忌当廷提出：魏国不能奉赵国为约长，反而应该立刻派人出使楚、韩、燕、齐，邀请各国君王到大梁会盟，也请赵王一同来，促成五国共推魏国为合纵约长。

果如范雎所料，魏无忌提出要争约长，公子魏齐、相国田文、上卿芒卯、亚卿晋鄙、大夫范痤一起附议，魏圉犹疑良久，终于拗不过众臣的意思，也答应了。

顿时，大梁城门大开，使臣们蜂拥而出，冠盖纷纷，车声辚辚，往五国下书去了。

盟友成了仇敌

　　魏人不肯尊赵国为从约长，反而派出使臣劝说韩、楚、齐、燕，公开与赵国争做约长，甚至派使臣到邯郸来劝赵王，这一下就连城府极深的赵王何也给气得火冒三丈，立刻把魏国使臣逐出邯郸。

　　魏国不肯雌伏，反与赵国争雄，正中平原君下怀，忍不住暗暗冷笑，立刻把望诸君乐毅请过府来：“君上知道魏国与赵国争约长的事了吧？为此事大王十分恼怒，看来是要给魏国一点苦头尝尝了。”

　　乐毅是个厚道的人，想事每从大局着眼，没有那么多权术心计，追随燕王时一心为燕国着想，自从归赵以来，乐毅就把赵国的利益放在首位，而他最重视的正是三晋联合抗秦，忽然听说要给魏国“苦头”，心里隐约觉得不妥，忙说：“赵魏共为三晋，本应联手抗秦，若自家斗起来，恐怕于时局不利。”

　　赵胜摇了摇头：“这倒未必，孔夫子说：‘名不正则言不顺，言不顺则事不成。’眼下赵国想得一个从约长的名头以号令三晋，魏国就出来争执，闹到这般地步，合纵抗秦之事从何谈起？况且伯阳正在长城门口，离邯郸近在咫尺，早晚要拔除，不如就趁这个机会动手。”

　　乐毅是个武将，并不十分通晓政治，伯阳要塞威胁邯郸他也是知道的，听平原君说的头头是道，就不再争论，只说：“这样也好。”

　　见乐毅没有异议了，赵胜又说：“伯阳临降水而设，城防坚固，魏军又善防守，想破伯阳大概要用五万以上兵力，打上一年。”说完这话，脸上带笑，等着乐毅答复。

在用兵作战上头赵胜自知远不能和乐毅相比，他这话一半是自己的想法，也有一半是故意刺激乐毅，让他表态。乐毅是个老实人，没有那么多心计，听说赵国要发兵五万，攻城一年，忙说："孙子言道：'兵贵胜，不贵久。'又说，'善用兵者，役不再籍，粮不三载，取用于国，因粮于敌。'现在君上要调五万大军伐一座伯阳，而且准备打上一年，为此支用的军粮只怕数百万，赵国连遭了两年旱灾，粮食已经不足，若为了攻一座城而动用这么多粮食，于国于民都不利。"

既然说了这话，乐毅就把责任担在自己肩上了。走过来看着地图仔细分析，大约琢磨了半个时辰，已经拿定了主意："伯阳虽然坚固，但守军并不知道赵军要来攻打，防备较为松懈，若用兵得当，调一万骑兵，一万步卒，半月之内大概可以破城。"

乐毅是当世第一名将，战场上的本事了得，可半月之内攻克伯阳，还是让人难以置信。平原君忙问："君上有何妙计？"

"伯阳一战关键并不在伯阳，倒在北边百里之外的安阳大城。安阳是魏国在河北的重镇，驻军约有五万，距伯阳仅有百里之遥，我军欲袭伯阳，安阳军马必然来援。若能消灭这支援军，再拔伯阳就易如反掌。"乐毅手指着地图上弯弯曲曲的河道，"君上请看，伯阳与赵长城间是降水，与漳河相连，平时河面宽阔水深流急，两岸没有桥梁，摆渡也颇不便。可今年天旱少雨，降水比平时低了数尺，水流也不甚急，赵军可以调集船只顺流而下，在伯阳上游五十里处接应士卒渡河，所有骑兵一律下马，与步卒一起渡过降水，立刻攻打伯阳。如此，伯阳守军定会以为围城的是两万步卒，而伯阳一旦遇袭，守军就会向安阳大城求援。安阳以南三十里有一条洹水，魏军北上之时必须渡过此水，这里正是我军设伏之地。"说着在心里又算计了一下，"一万马匹渡河大约需要两昼夜，那么赵军围攻伯阳就只需三日，待战马过河后，伯阳城下只留一万步卒在降水上架桥，让魏人误以为赵军攻城不下，打算增兵增粮，骑兵立刻上马，绕过伯阳向南进发，在洹水北岸设下埋伏，先击破从安阳来援的魏军，再从洹水北上，趁夜直趋伯阳南城，伯阳守军定会以为这是安阳方面派来的救兵，此时赵军突然猛攻，当可一鼓而克伯阳。"

乐毅的计划十分高明，平原君打心眼里赞叹不止："两万兵马如何凑集？"

"可调武安骑兵五千，武城骑兵五千、步卒五千，我自率步卒五千出邯郸，各军在武城会齐。此战前后应不出十日，所需粮草有限，除各军自带五日干粮外，其余的尽可从武城官仓调拨。"

在乐毅的计划中，这一战以武城兵马为主力，而守武城的大夫正是乐毅的弟弟乐乘，于是平原君问道："是否命乐乘率骑兵出战，做君上的副将？"

平原君推荐乐乘辅助乐毅，倒是出于一番好意。乐乘是赵国名将，久驻武城，熟知军情。有他在身边，乐毅更容易约束部属。但乐毅知道自己回赵国时间不长，这是第一次亲率大军作战，如果一味任用私人，赵王难免多心，所以提出了自己的想法："武城重地，守将不可擅离，还是让乐乘留在城里吧，君上可以令上大夫贾偃为我的副将。"

乐毅的顾虑平原君也明白，就没多说什么。乐毅又想了想："此战出奇制胜，用兵不多，一定要做好万全的准备。请君上在武城集结一万精兵，万一前方战事不利，赵军宴渡降水而返，就以武城兵马接应。"

乐毅用兵果然稳妥，不思胜先思败，前后安排得十分周详，眼看已经万无一失，平原君立刻进宫和赵王商量。

这时赵王也正因魏国争约长一事恼火，听说要伐伯阳，近可解邯郸之

危，远可夺魏人之气，是件好事，也就点头答应了。

赵国伐魏必要出其不意，所以乐毅提出只用兵两万。但以如此少的兵马攻打坚城，又要长驱百里伏击魏国援军，这一仗务必算计精准，稍有差错，赵军就可能吃个大亏。乐毅虽然用兵如神，威名赫赫，可入赵以来还没立过战功，对眼下这一仗也特别重视，事无巨细，力图筹划稳妥，不出任何纰漏。

好在此番有平原君在背后支持，赵军众将皆听乐毅调遣，无人不服。上大夫贾偃也是平原君的亲信之一，辅佐乐毅十分尽心。赵军集结之地武城又由乐乘驻守，凡军中所需无不立刻备办，毫无差错，数日内已征调大小船只百余艘待命，粮草器械也都分拨出来随时听用，乐毅又让准备了十条百丈巨索，一起装在船上，准备渡河之用。

十日之后，两万兵马已经在武城会齐，须用的船只也已备妥，于是乐毅率军出了赵长城，在伯阳西北面的降水上游集结。天黑后，事先调集的百余条渡船从上游驶到，为了加快渡河的速度，乐毅命令将事先准备好的粗大绳索送过河面，两端固定，在降水狭窄之处搭起了十座简单的"绳桥"，赵军将铠甲兵器放在船上，士卒们解衣下水，扯着长绳泅渡过河，忙了一夜，到天亮时已经全军渡过降水，立刻向伯阳城下杀去。

自赵王何继位以来，赵魏两国已经多年没有大的冲突，对赵军的突袭魏人没有准备，只得仓促应战。好在伯阳城池坚固，赵军兵力又有限，而且轻装而来，没有携带足够的攻城器械，虽然攻势凶猛，终于不能一战破城。

到这天下午，赵军的攻势开始减弱，魏军也已缓过手来，急忙加固城防，并派人往安阳方面求援。

这一边，赵军围住伯阳连日攻打，一连攻了三天，并不能撼动城池，于是泄了气，大军退到降水岸边立起木栅，扎下一座坚固的营盘，士卒们在营中搭建楼车云梯，又有数千人拥在河边修建浮桥，从武安方向开来的船只也在降水上来来往往，给赵营送来大批军粮，似乎要做长久围困的打算。

魏国军队一向善守，城里粮草足可支用半年以上，弓箭檑石囤积如山，所以对攻城的赵军并不畏惧。眼看赵军兵力不多，又已失了锐气，而安阳方面的援兵已经出发，伯阳守军更是定下心来，也不出城反扑，一心等待援兵。

魏国人哪里知道，降水边的赵军营盘其实是一座空营，贾偃带着仅剩的一万赵军步卒在魏国人眼皮底下虚张声势，三千人在营前假装制造攻城器械，七千人乱糟糟地挤在河边装作架桥，而乐毅早就带着骑兵离营南下，伏击安阳方面的援军去了。

在战国之中乐毅算得上一员顶尖的名将，由于在赵国、燕国都训练过骑兵，所以深通运用骑兵之道。

骑兵作战往往以快打慢，以少胜多，其战法最要紧的是计划周密，配合细腻，时间掐算不能有半点差错。南渡降水之时，乐毅命贾偃率军佯攻伯阳，他自己先带了几十名轻骑深入魏境百余里，直至洹水北岸，在离河十里之处选定了一处战场，这里是一座四五里长三十丈高的小山岗，岗上林木茂盛，山岗前后都是平地旷野，岗后可以驻扎骑兵，岗前正是骑兵冲杀的好战场。

选定伏击点之后，乐毅并没有来伯阳前线，而是回到渡河之处，在降水边日夜督促船只，直到把所有战马送过降水为止。

也就是说，整个伯阳之战期间，赵军主将乐毅根本就没到过伯阳。

战马全部渡河之后，乐毅也得到消息，安阳守军已做好北上援助伯阳的准备，于是一万赵国骑兵乘夜在伯阳城西十里外上马，绕过伯阳飞驰百里，在早先选定的山岗后设下了埋伏，派哨兵登上山岗隐在树丛中瞭望，等安阳守军出城，就在洹河边打援。

对赵军的调动安阳守军毫不知情，听说伯阳危急，立刻调一万精兵星夜来援，天亮时到了洹水南岸，全军开始渡河，时至中午，一万人马已大半渡过洹水，过河的魏卒正在岸边坐着吃干粮，忽然身后射起一支响箭，接着喊杀声起，五千赵军自北向南冲杀过来，另五千骑兵分成两队，从东西两面同时向岸边的魏军发起了冲击。

赵国骑兵精锐天下无双，列阵巧妙，攻势凶狠，洹水北岸又是乐毅亲自选定的战场，地势开阔一马平川，正适合骑兵大队冲杀。由于骑兵们没有马镫，不能稳坐马上击刺劈砍，袭杀步卒，所以赵国骑兵分为两路，一路并不使用兵刃，而是把身子紧贴在马背上，只管策马疾驰，向魏军队伍里横冲直撞。另一路骑兵挽弓搭箭在外围来回奔驰，用弓箭射杀乱成一团的魏卒。

赵军精骑专为打援而来，兵力与魏军相等，但冲击之力远胜魏军，加之魏人毫无防备，突然被赵军从三面围在河边，几千匹战马铁蹄翻飞，冲撞踩踏，羽箭横飞，顿时把魏军的阵列冲散，不少魏军被撞倒踏伤，剩下的只能四散乱跑躲避敌人。

眼前魏卒阵势已乱，没了还手之力，乐毅一声号令，赵军骑兵一起下马，挺起铜铍铁矛四面围杀过来，魏军士卒无心接战，只略作抵抗就溃散了。可三面都是赵军，背后是一条洹水，逃无可逃，转眼工夫已经伤亡过半，勉强冲出包围圈的魏卒也被轻骑追上，一个个被射倒在河边，剩下三千多人已经断了生路，只能扔了兵器向赵军投降，仅有少数人不顾一切地跳下河，游过洹水逃回安阳去了。

在洹水击破魏军之后，天色已经昏暗下来，乐毅一刻也没耽搁，把三千俘虏剥了铠甲之后全部释放了，战场上的赵国人半数换上了魏军的衣甲，举起魏人的军旗，从伯阳城的背后杀了上来。

在这一战中，乐毅从头到尾一直仔细计算时间，骑兵在洹水破敌之后立刻疾驰而回，到伯阳之时正是天交四鼓，此时星月暗淡，城上的兵卒也最困乏，正好为赵军所乘。为了麻痹魏军，乐毅命令当先的五千人在伯阳城北十里之处下马，伪装成步卒，又故意点起火把，老远就能让魏军看清楚赵军身上的衣甲和手中的旗帜，结果伯阳守军立刻把赵军当成了安阳方面过来的援兵，不等赵军赶到，竟然提前打开了城门！等敌军到了面前，守城的魏军才发现不对，可惜已经晚了……

一日一夜间，赵国在漳水之南两败魏师，伯阳要塞一鼓而克，南向扩地百余里，大军直逼安阳城下。安阳守军大败之余无力接战，汲邑、荡阴、几县各处军马尽皆自危，紧闭城门不敢出援。一时间赵国雄师扬威六国，震动天下。

转眼工夫，安阳围城已经一月有余，好在这时已经入秋，旬月之间大雨不止，赵人攻城也并不甚急，安阳城里的魏军还支持得住，可一月之内始终没有一兵一卒渡过黄河来援，显然是魏国连年被秦军攻打，国力已疲，对赵国既不敢战，也不愿战，只好低头认输，默认了伯阳之败。

魏国之无能，赵王和平原君早已料定，伐伯阳只是立威，逼魏国就范，赵国好争做合纵约长。现在魏国无力反击，赵王见好就收，撤了安阳之围，

留五千人守伯阳，大军退回赵长城以北，等着魏国来求和。

果然，连天大雨之中，魏国的上大夫范痤到了邯郸。

魏国来使赵王是重视的，立刻在彰德殿设宴相迎。本以为魏国被赵国击败，使臣一定卑躬屈节，想不到这个圆头圆脑的范痤却没有半点奴颜媚色，昂昂而至，拜见赵王时显得傲气十足，献上方物，也仅有玉璧一双，十分寒薄。只看这使臣的脸色，赵王已经预料到，魏国并未被赵人压服。

果然，范痤坐定之后没有一句客气话，开口便说："我王命下臣来拜见大王，请问大王何故发兵伐我伯阳？魏赵两国是盟邦，又是姻亲之国，我王请大王交还伯阳，送回被掳之军士百姓，如此则两国交往依旧，不致反目。若不，亦请言明，下臣既回国复命，日后之事，请王自忖。"

想不到范痤如此张狂，开口就向赵国索要伯阳，而且言语中满是威胁之意，赵王也有些着恼，冷冷地说："既如此，你回国去吧，寡人倒想看看日后能有何事。"

赵国攻取伯阳之后，魏国的太子、重臣早已商量过，虽然无力夺回伯阳，但魏国自有尊严，绝不在赵人的威逼面前示弱。范痤本就是个刚强的人，现在又领了这样的使命，说出话来自然刚硬无比："臣在大梁时就听说邯郸是个好去处，有山有水，百姓富裕，大王宿于丛台，猎于堵山，听歌看舞，过的是悠闲的日子。可大王却不想想，若非魏国独挡强秦，赵人能有这样的好日子过吗？赵国的安宁是魏国军民百姓用头颅换来的！可赵人却从背后攻打魏国，此是要助秦人吗？若非臣知道大王和平原君都是武灵王的子嗣，铁铮铮的好汉，简直要怀疑赵国是不是已经北面称臣，做秦国的附庸了！"

范痤这话好生无礼，赵王大怒，啪的一声把酒爵躜在案上，顿时酒水四溅，恶狠狠地瞪着范痤。范痤却把脸高高扬起，看也不看赵王，只管自说自话：“自赵军攻取伯阳之日，天降大雨，至今三十日未停，此是上天见三晋手足相残而落泪！”冲赵王拜了一拜，把声音又提高了些：“暴秦为天下公害，抗秦才是首要的，魏国与赵国结兵抗秦，唇齿相依，一损俱损，大王怎忍伐魏？岂不令亲者痛而仇者快！”

赵国既然有意称霸，赵王当然也要摆出些霸主的威严来，眼看魏国使臣暴烈刚强，嗓门又响，赵王也不示弱：“你且住口！赵国与魏国同出三晋，一向交好，可魏国却在伯阳筑城，威逼赵国，不可不伐。”

“伯阳筑城已有数十载，并非新筑之城……”

赵王疾言厉色地打断了范痤：“自三家分晋始，魏国不断蚕食赵国疆土，连故都中牟也被魏人占去，魏惠王称霸中原以来，魏人沿着淇县、朝歌、荡阴、安阳一路筑城，最后把伯阳城筑到了赵国长城之外，迎面阻塞大路，使赵国商人不能南下贸易，甚而在伯阳驻兵万人，威逼长城，须知长城后面就是邯郸！上万魏国锐卒驻在邯郸左近，令寡人寝食难安！此是魏人不义在先。武灵王时赵国就曾伐过伯阳，现在寡人伐取伯阳，不过是成先王之遗愿，固长城之险要，解邯郸之危急罢了。”

范痤忙说：“大王何出此言？惠王、武灵王皆已作古，自大王继位以来，魏、赵两国定盟已久，十余年来相安无事，前年大王出长城狩猎，还在伯阳城内歇马，伯阳守将开城相迎，供奉殷勤，得到过大王的赏赐。不知大王何以认为伯阳城威逼赵国？”

赵王立刻从范痤的话里找到了借口，厉声道：“寡人出长城围猎，即被伯阳所阻，可见此城实不当筑！”

古往今来，那些强权在握的君主是从来不会讲道理的。范痤也并未幻

想赵王会和他讲什么道理，可他却有一番道理要讲给赵王听。

"大王说魏国故意在赵国长城以外筑城，是堵塞了赵人南下之路，但魏国居于中原，地势平坦，不筑城邑，何以守土？自我王继位以来，从未发一兵一卒攻入赵境，赵国商人南下经过伯阳，也从未受阻。"说到这儿，范痤不时地把身子往前探出，语气也尽量放得更柔和些，"这些年秦国屡屡东犯，魏国首当其冲，破城失地，损兵折将，尤其最近数年，靠着赵国的帮助才两次击退秦军，我王心存感激，哪里会起攻打赵国之心？如今大王发兵攻伯阳，下臣以为这必是中了别人的计！魏、赵合兵，则秦人不敢东进，如今两国交战，正给秦国一个伐赵的机会，下臣斗胆说一句：一年之内，秦军必犯赵境！"

说到这里，范痤把话停住，偷看赵王的脸色，见赵王满脸不屑，根本不把他的威吓放在眼里，就悄悄换了个话题："如今东方强国唯魏、赵而已，两国之内又各有一位俊杰，魏国是公子无忌，赵国是平原君，两人年纪相仿，名望相当，但魏公子深居南宫，不议政事，不蓄舍人，每日琴瑟诗酒而已；平原君府中却养食客三千，佩赵国相印，掌畿内兵马，结交臣僚，权倾朝野，想来平原君的智计才能必胜过魏公子百倍，不然如何能被大王如此器重？"

范痤这话真是弦外有音。

赵国为什么忽然攻魏？是因为楼缓献了一计，可魏国人是无论如何猜不到这一点的。平原君赵胜英明勇决，执赵国政事，实在太有名气了，这次赵国对魏国用兵，魏圉、魏无忌以至范痤等人都认定，必是赵胜在背后撺掇赵王，才闹出此事，所以范痤狠下心来要在赵王面前诋毁平原君。

　　果然，范痤这话一出口，赵王的脸色顿时难看起来。范痤是个机警的人，知道自己说的话赵王脸上虽然不喜欢，心里却是想听的，就从几案后移出身来，把声音又压低了些："下臣是个外人，不知赵国内政，更不敢妄论是非，只是下臣曾听人说起，前年秦人围大梁，平原君亲自提兵来救，继而从大梁派一舍人赴燕，不知用了何等妙计，竟说得燕王罢了邹衍、乐毅之职，后来燕国大败于齐，其根源在此。只是平原君私自派遣舍人赴燕，竟不与王商议，这破燕的功劳，岂不尽在平原君一人身上吗？"说到这儿，也不等赵王反应过来，自己就先转了口风："哎呀臣又错了，大王是一国之君，但求强兵富国，岂在乎些许功劳？只是又有人说，当时乐毅被迎回赵国，大王本想封他一个上卿的爵位，平原君却极力争执，结果封乐毅一个望诸君，领观津之地，位极人臣，与平原君相伯仲。其后赵军攻伯阳之时，平原君又力主乐毅出战，果然一战而胜，从此赵国的将军们谁敢不敬重乐毅？平原君如此厚待乐毅，臣想来，他与望诸君必是私交深厚，情同手足……"

　　范痤说的尽是挑拨的话，赵王心里已经十分恼火，只是他城府甚深，一时倒没有发作出来。到此时范痤已经不管不顾，硬着头皮说道："下臣听说当今天下有四位君侯最是多智，一是秦国穰侯魏冉；二是齐国孟尝君田文；三是燕国成安君公孙操；四是赵国平原君……"

　　范痤所说的"四位君侯"，魏冉是势压国君的权臣，田文是发起五国伐齐的佞臣，公孙操是蛊惑燕王败了国势的奸臣，范痤竟将这三人与平原君比较，实在是胆大包天！话还没说完，赵王已经忍无可忍，猛地抓起案上酒爵向范痤掷了过去！范痤急忙缩头，虽未被掷中，到底还是淋了一身的酒水，忙避席拜伏于地。

　　赵王挺起身来指着范痤厉声喝道："竖子无礼！平原君是寡人骨肉至

亲，赵国柱石之臣！你是何人，竟敢说出这样的话来，你若是赵国臣子，寡人顷刻叫你骨肉为泥！即日滚出邯郸，不得在赵境停留！"气呼呼地走了出去。

赵王走远了，范痤才从地上爬起身来，抹了一把脸上的酒水，望着赵王的背影，嘿嘿地冷笑起来。

一个人会暴怒，往往是因为旁人说中了他的短处。尤其赵王这样城府极深的人，若不被人戳到痛处，他是不会暴跳如雷的。范痤也知道赵国伐魏是野心使然，靠自己一张嘴劝不动赵王，现在他这番大胆的言论竟然激得赵王大怒欲狂，正可看出赵王平日对平原君猜忌之深，范痤说破的，正是赵王心中的隐痛。

魏国是一只掉光了牙齿的老虎，面对赵国的进犯只能被动防守，已经无力反扑，若想扭转被动局面，只能寄希望于赵国内乱。

在赵王面前诋毁平原君赵胜，激起赵国君臣互斗，借机挫败赵国之势，这就是范痤此次出使的目的，现在他已经达成了目的，也该走了。

赵王瞒不过鬼神

赶走了魏国来使，赵王怒气难息。虽然范痤的话他一个字也没听进耳朵里，可不知怎么，这些想法却像一根刺，在他心里扎来扎去，说不出的烦躁，连饭也吃不香，正一个人关起门来生气，楼缓又进宫来了，一见赵王就高声笑道："大王威武，赵军威武！一日之内两败魏师，坚城险塞戟指而收，大王果然是成霸业的明主，望诸君也不愧当世名将，身为赵臣，与有荣焉！"

楼缓说话做事总是这么有激情，赵王对这位赵国的旧臣子也有一种说不清的亲近感觉，尤其现在心情压抑，又找不到一个可以说话的人，见了楼缓越发觉得亲切，打起精神笑道："先生一回赵国，赵国就打了胜仗，可见先生应该早回来几年才是。"吩咐摆下酒宴，两人对坐而饮。喝了几爵酒，楼缓偷眼打量赵王的神色："赵国虽胜，大王却无喜色，反而神思恍惚，是有心事吗？"

"寡人性情如此，难得有大忧大喜的时候。"赵王话是这么说，可心里的郁闷却压不住了，忍不住问楼缓，"先生久居秦国，觉得穰侯魏冉是何等人？"

"魏冉是个能臣，秦国大事一半是他筹划的，只是此人眼高于顶，威压秦王，又好结党，与华阳君芈戎、高陵君嬴悝、泾阳君嬴芾以及白起、司马错、胡阳等人为伍，其姊宣太后又时时问政，内外勾结，上下罗织，盘根错节，已成尾大不掉之势，日久恐非秦国之福。"楼缓看了赵王一眼，笑着说："有这种人在也是好事，若秦国出了内乱，于赵国有利。"

秦国要是乱了，对赵国当然有利，可赵王要听的并不是这些，换了话题："都说齐国的孟尝君田文是个极有心胸的人，辅佐齐王十余年，内修政事，外主攻伐，又能招贤纳士，这样的人怎么忽然与齐王反目呢？"

"孟尝君父子两代得齐王恩宠，把持权柄二十余年，在齐国做大，难免生出邪心，大王看此人割据薛邑，养舍人三千，死士数万，也不难猜度他的心思了。臣远在秦国，不知齐国内情，可也听说齐王先后两次罢免田文的相位，可见对此人猜忌之深。不管怎么说，田文毕竟是齐国人，只因失了权柄，就引五国之兵伐齐，狼子之心为人所不齿，这样的货色魏国居

然用为相国，可见魏王昏庸已极。"楼缓饮了一口酒，漫不经心地说，"自古乱政多权臣，秦国有魏冉，燕国有公孙操，韩国有公仲朋弄权，齐国有田文之祸……"说到这儿，自己也觉得话题太沉重，不好再说下去，问了一句，"大王拔了伯阳，下一步打算怎么办？"

赵王心里本就不痛快，又被楼缓说了这些话，脑子里更是乱作一团，哪有心思去想别的，半天才反问了一句："先生觉得呢？"

楼缓进宫就是给赵王出主意来了，可他是个有心计的人，肚里的主意不肯轻易拿出来，先试探着问了一句："魏王不肯推举大王为六国约长，大王数日之间就调动军马攻取了伯阳，魏国也该知道赵国之威了吧。下臣听说魏国派使臣来了？"

"来个了大夫，言语无礼，被寡人逐走了。"

"魏王不识进退，还敢无礼，看来要多给他些教训才好！大王何不就势攻取安阳大城，以迫魏王就范。"

楼缓脾气急，赵王却是个理智的人："抗秦是大事，争约长也只是为了抗秦，对魏国不可逼得太急。"

楼缓忙说："大王说的极是。但臣知道一个故事：当年商汤欲伐夏桀，伊尹想出一个主意，让商汤停止对夏桀进贡，以试探虚实，商汤依计停贡，夏桀盛怒，欲调九夷之兵伐商，于是商汤知夏桀势力方强，乃继续朝贡以取悦于桀。数载之后，商汤又停上贡，夏桀欲引兵伐之，然暴政日久，民心已叛，无兵可调，于是商汤知其虚实，乃伐桀矣。今大王伐取伯阳，魏王只遣一介之使来说，却无一兵一卒渡黄河北上，韩、楚、燕、齐也都作壁上观，可见魏国其实色厉内荏……"

不等楼缓说完，赵王已经拦住他的话头儿："魏国是赵之盟邦，又是抗秦中坚，征伐过急会惹来众怒，对赵国不利。"

赵王是个英明之君，此时心意已决，话说得十分干脆。楼缓却不是个知难而退的人，沉吟半晌又笑着说："对魏国用兵或许不便，但赵国不能为合纵之约长，如何称霸？臣有个主意，不必动用一兵一卒就可以威逼魏王，大王愿意听听吗？"

"愿闻其详。"

"上古传言，共工与祝融相斗，怒触不周山，以致天倾西北，地坠东南，后来女娲炼石补天，但地倾如故。大王知道这个典故吗？"楼缓说了几句不着边际的闲话，见赵王满脸疑惑，就把身子从几案后挪出来，一张嘴直凑到赵王耳边，压低了声音，"天下因黄河而分南北，河北高，河南低，今年天时不利，暴雨连下三十余日，黄水大涨，万一决岸而下，只怕会灌进大梁城里。"

楼缓这话让赵王眼睛一亮，随即连连摆手："不妥不妥！"

"黄水之祸古已有之，且决口之处又不在赵国境内，与大王何干？"

楼缓这句话说得大有深意。

赵国的版图自北而南分别与燕、齐、魏三国相连，其中与燕、齐两国都是以黄河为界，但魏国的国土却深入黄河以北，以赵长城为界与赵国对峙，所以赵国人要想决开黄河以灌魏国，除非派军马深入魏国疆土，那样显然不可行，又或者……

在赵国与魏国之间还夹着一个弹丸小国——卫国。这个小国如今只剩濮阳一城，筑在黄河岸边要冲之地，北边是赵国的刚平，南边是魏国的垝津，东边是齐国的范县，正好成为三个强国之间的缓冲之地，所以赵、魏、齐三国虽然都有夺取濮阳的心思，却谁也不能出手，小小的卫国就这样在

强国的夹缝中生存了下来。从地势来看，赵人若是从濮阳附近决开黄河，大水就会奔腾南下，直灌进魏国去了。

正如楼缓所说，"决口之处不在赵境"，赵何这个精明的君王一下子就对楼缓的话心领神会。但赵王却无论如何也不愿承认自己想通了这个阴损至极的主意，忙端起爵来喝酒盖脸，楼缓那里也不吱声了。

正在这时，宦者令缪贤走了进来，凑到赵王耳边低声说："大王，丽姬娘娘说和氏璧放在庄姬娘娘那里已有两个多月，想要取去，可庄姬娘娘说大王准她再收藏两个月，现在两位娘娘争吵不休，想请大王说一句话……"

君王身边离不开姬妾美人，可后宫争宠的闲事却也让人心烦。当着楼缓的面赵王更不想说这些，皱起眉头冲缪贤摆手，不让他说下去，楼缓却隐约听见了，随口问道："什么和氏璧？"

"廉颇伐齐之时从齐国得到一块玉，说是楚国的那块'和氏璧'，也不知真假，就放在宫里。这些日子不知从哪里传出个话来，说这块玉是从石头里生出来的宝贝，妇人时常揣在怀里就能……"赵王觉得这个话题无聊，嘴里"嘻"了一声，也不再往下说了。

见宦者令来说后宫之事，楼缓知道不便，也就告退了。

周赧王三十四年，也就是赵王何在位的第十八年，是个多雨的年份，自攻取伯阳之后一连两个月大雨时断时停，好容易雨过天晴，赵王心情大好，忽然起了郊游的念头，于是带着儿子赵丹和弟弟赵豹出了邯郸，点起一千军马，由大夫楼昌护卫向东而去，在黄河滩上狩猎数日，打到无数猪鹿狐狼和数不清的雁鹤水禽，赵王游兴更浓，渡过黄河进入刚平要塞，住了两日，又出来围猎，不知不觉间兵马已进入了卫国疆界。

　　卫国仅余一城之地，夹在赵、魏、齐三国之间，整日战战兢兢不能自安。现在赵王忽然提兵进入三国，卫君大惊，急忙调集军马备战，同时派大夫来拜见赵王，询问缘故。赵王倒很随和，将卫国大夫迎到帐里对座饮宴，只说出来打猎，并没有别的意思，又命人取一双玉璧献给卫君做礼，卫君这才放下心来，又命人送上牛酒礼品，等使臣再来时，才知道赵王已经领着人回刚平去了。

　　其后赵王又在刚平住了些日子，时常出来打猎，随从少则十余，多至两三千名，偶尔接近卫境，却也不扰民，不生事。卫君对赵王的行止不敢过问，只能把卫国所有军马都调入濮阳，闭城自守以备不测。转眼过了一两个月，什么事也没发生，卫国人这才渐渐松懈下来。

　　这一年是个多雨的年份，赵王南渡游猎时赶上了几个晴朗日子，随后大雨又紧一阵慢一阵地下了起来，赵王也待在刚平城里不再出游，卫国人不断派出哨探打听消息，看这位大王何时回邯郸，又过了十多天，终于得到消息，赵王已经渡河北去，卫君这才放下心来。

　　又一场大雨连着下了好几天，眼看左右无事，濮阳城里的卫君早早睡下了。可到了后半夜，卫君忽然被什么声音惊醒，侧耳细听，透过哗哗的雨声似乎隐隐听得远处雷声卷地隆隆作响，紧接着宫墙外传来一片惊呼喊叫，似乎有无数百姓在街上乱跑，卫君忙翻身起床，刚走出寝室，一个宦官从外面飞跑进来，吓得面无人色："君上，不好了，黄水决了！"

　　"什么！"

　　"黄河决口了，现在大水已漫进濮阳城西门，百姓们正在堵塞城门！"

　　听了这话，卫君也吓掉了魂，连衣服也没穿好就飞跑出来，只见王宫高台下水深已半尺有余，濮阳城里的房屋全都泡在黄水之中，卫君急忙登

上马车往西城驰来，西城门已经被军士和百姓用麻包土袋堵了起来，河水不再涌入，顺着马道登上城头往下看去，只见浑浊的大水从东南而来，漫天盖地，声如牛吼，浪头拍打城墙汩汩有声，黄水中裹挟着无数百姓挣扎呼救，牲畜在浊水里翻滚哀鸣，城上的人却救不得他们。卫君急得直跳脚："这是怎么搞的！"

"今年雨水多，黄河已经暴涨，臣等派人日夜巡视，并未见有决坏之相，想不到今夜忽然崩决！看这水势，只怕决口甚宽。好在决口之处在东南方，洪水并非直冲濮阳而来，濮阳城又建在高处，水患还不重，可城外全完了。"

"忽然崩决？"卫君一惊，不由得扭头向南望去，此时天色微明，但见滔滔黄水已流过天际，如万马千军扫荡原野，所经之处尽成泽国。

"这是往魏国去了？"卫君似乎明白了什么，顿觉心惊胆战，眼望天南，口中喃喃道，"原来是往魏国去了……"

这场滔天大水真的往魏国去了。

由于魏国土地一马平川，黄水滚滚而下，无遮无掩，顷刻淹没了垝津、平阳、桂陵、桃人、燕邑、虚邑、平丘、封丘、酸枣、阳武、黄池，漫堤而过顺着城北夷门直入大梁！横扫城池之后，从大梁西南泻进了鸿沟。

一夜之间，半个魏国垮了。

黄河决口淹了魏国，一时间天下为之震动，平原君赵胜知道这个消息却是又惊又喜。

权术霸道，说穿了不过"恩威"二字，前面伐伯阳是立威，如今魏国遭了水患，赵国正可向魏人示以恩好。于是赵胜急忙进宫去见赵王，请派使臣往大梁慰问，另囤积一批粮食以备魏国之需，赵王即刻应允，当天就派使臣南下大梁。赵胜回到府里刚坐定，魏夫人阴沉着脸走了进来。赵胜

忙要对她说赵国救济魏国之事，还没开口，魏夫人却抢先问道："君上知道魏国的事吗？"

"我知道了，已经禀明大王，今日就派使臣去大梁……"

"去干什么？向魏王赔罪吗？"

到这时赵胜才看出夫人神情不对，忙问："这是什么话？"

"我听人说，是你们赵国人掘开了黄河！"

"决口之处在濮阳以东，那里是卫国地界，关赵国人什么事？"

见赵胜死活不认，魏夫人哪肯罢休，瞪着眼质问道："那你告诉我，这些日子大王到什么地方去了？"

"大王是去刚平巡狩，可黄河决口之时大王回宫已有数日……"赵胜的话说到一半，忽然说不下去了。

黄河决口，凡是不经意的人都会把它当成天灾。在这件事上赵胜也并没有动过脑筋。现在给夫人一问，回过头来再一琢磨，赵胜心里猛地一跳，暗暗觉得不对。

可决黄水灌魏国是天大的恶行！不管赵胜心里怎么想，嘴上却死也不能认。莫说承认，就连略微犹豫一下也不行！情急之下跃起身来指天画地高声说："这样的事赵人绝不会做！我若瞒你，日后神鬼共怒，众叛亲离，吐血而死，你看如何！"

虽然心里有七成认定黄河决口是赵王做的，可魏夫人与赵胜毕竟多年夫妻，对他颇为信任，见丈夫发下这样的毒誓，一时竟有些吃不准了，只冷冷地说了一句："你们做的事瞒得过世人，可瞒不过天！没有做最好，否则赵国必与魏人结下累世深仇，对你们有什么好处？"不再理赵胜，自顾走了。

魏夫人闹了一顿，没闹出名堂来，可夫人走后，赵胜坐在府里越想越

疑惑，终于坐不住了，立刻进宫来见赵王，可走到半路又一想，以兄长的城府，问也问不出什么来，不如去问公子丹。

　　赵王的长公子赵丹这年已经十二岁，生得聪明俊秀，头脑清晰，性急如火，颇不似乃父之风，倒与平原君很对脾气，所以公子丹与赵胜极为亲近，听说赵胜来了，公子丹亲迎出来，赵胜没工夫与他见礼，急火火地进了内室，刚坐定就问："公子这次和大王去刚平游猎，玩得开心吗？"

　　"还不错。"

　　赵胜是个绝顶聪明的人，从公子丹的语气中已经感觉到他心里有怯意，于是直截了当地问了一句："黄河决口的事公子知道吗？"

　　"我听说了……"

　　公子丹回话的时候，赵胜两只眼睛一眨不眨地盯着他看，赵丹毕竟年轻，心里虚了，不由得低下头来。赵胜顿时明白了真相，只气得五内如焚，一拍几案叫了起来："怎么不与臣下商量！可知仇怨有可解，有不可解，伐伯阳不过一城之地，立威而已，可水淹魏境是灭国害族之举，要结累世之仇！若魏人得知真相，君臣百姓必恨赵国入骨，三晋还能结为一家吗？！这是何人给大王出的主意，实在该死！"

　　赵王决黄河这事公子丹是知道的，心里也隐隐觉得如此虐害百姓实在不妥，可还没有赵胜想得这么深远。现在给赵胜一说，赵丹心里更虚了，情急之下忙为赵王遮掩："叔父不要会错了意，父王带我等去刚平巡狩，遇雨而返，并没有别的事。"

　　"你不要瞒我！"赵胜站起身来气呼呼地往外走，公子丹忙在背后叫道："叔父哪里去！若是进宫见父王，不去也罢！"

　　这时的赵胜怒火填胸，哪还听得进赵丹的话，立刻登车往王宫而来，可马车走到半路，赵胜却渐渐想明白了。

事已做下了，追悔莫及，何况赵王未必有悔意。自己进宫去质问兄长，反而把这件事闹大了，惹赵王恼怒，给赵国扬丑，使魏国憎恨，于己何利，于国何利？不妥，不妥……眼下只有赵国君臣上下一心，众口一词，尽力遮瞒，无论如何不能承认此事是赵人所为。至于天下人是否肯信？赵胜已经不敢再想了。

想到这里，赵胜只能仰天长叹，垂头丧气地转回府邸，刚在府门外下车，却见左师触龙和邯郸令韩徐等在门外，一见赵胜回来，触龙疾步赶了过来："君上到哪里去了！出了大事，漳水决了！"

赵胜此时心不在焉，竟没听清，随口说："我知道了。"又往前走了几步才猛然醒觉，"你说什么？漳水？"

韩徐疾步抢到跟前："君上，今早得到急报，漳水决了！现在洪峰已入牛首水，直奔邯郸而来！"

就在黄河之水冲进大梁城的时候，赵国境内的漳河也在大雨之中溃决了，洪水分两路而下，西边淹没了涅邑、武乡、铜鞮、屯留，东边经涉县、武安直入牛首水，又漫堤而过淹了番吾、葛孽、肥乡，赵长城外的降水、潞水同时暴涨，从三面将一座邯郸城困在滔天洪水之中。

赵人做的事，到底瞒不过鬼神。

三 赵王吞了鱼饵

和氏璧，秦王投下重饵

在东方，赵魏两国像抢骨头的狗一样咆哮着撕咬起来，在西方，秦王嬴则却在日夜筹划南下伐楚的大计。这天又找魏冉商量国事，片刻工夫下臣回报：魏冉一早就入宫了。嬴则略想了想，已经知道魏冉去了太后宫中，也带了几个随从乘辇而至。到了才知道，原来不止魏冉在太后处，嬴则的两个弟弟高陵君嬴悝、泾阳君嬴芾也在宫里。

高陵君、泾阳君同是宣太后之子，是嬴则的亲弟弟，宣太后对自己这三个儿子也同样疼爱，可嬴则性情刚毅，威势太重，高陵君和泾阳君对他都很畏惧，平时和嬴则比较疏远，却与两个舅舅华阳君芈戎、穰侯魏冉关系密切。这一天三个人是相约入宫与太后密谈，话说了一大半，嬴则忽然来到，打断了话头儿。

见兄长到了，嬴悝、嬴芾就像避猫鼠一样缩头缩脑很不自在，说了几句闲话，就向嬴则和太后告退，出宫去了。

宫里只剩秦王、太后和穰侯，倒像个议论国事的样子了。于是嬴则和魏冉说起了伐楚的大计。

在嬴则看来，赵、魏相争对秦国是件大好事，秦国大军南下的机会已经到了："楚国是大国，疆域之广超过齐、燕、韩、赵、魏五国总和，黔首七百余万，号称带甲百万，实则有七十万众，伐此强国，秦国也当调动四十万以上的兵力。寡人已经算过，南边的巴郡、蜀郡、汉中郡可征兵十余万，陇西郡可调兵十万，咸阳左近可调兵五六万，但这几年羌胡有犯边之意，北地、上郡诸处却动不得，河东郡是魏韩故地，设郡不久，民心未附，也不可用，其余尚需十万之众，该从何处凑集呢？"

嬴则是个气魄十足的君主，掌握着一个空前强盛的大国，所以他把伐楚看成了一场铺天盖地的大仗，其实这个想法不太现实，四十万大军伐楚也毫无必要。可嬴则是大王，就算说的话不对，魏冉也不能随意指责，必须先恭维一番，之后才能提出异议，于是拊掌赞道："大王说的极是！秦国欲并吞天下，伐楚是关键之役，只要破了楚国，六国之中就再无对手！如此十年之内当可扫清寰宇，一统江山。"说到这里却把话头儿一转："伐楚是大战，秦国要动用倾国之兵，万一不成，后果难测。秦国欲伐楚，必先看清大势。楚国是南蛮，与赵、魏、齐、燕诸国貌合神离，若在三十年前，秦人伐楚，诸国未必肯救。然而大王理政这些年势力日壮，战则必胜。秦国越强，诸国越怯，他们越害怕，就越会联手与秦国对抗。所以伐楚之前必须有十足把握，令山东五国不能出兵牵制。"

魏冉是秦国真正的权臣，秦国的文臣武将、国策大政尽掌于他一人之手。对于伐楚这样的大事魏冉早已有了清晰的计划，并且与白起、司马错、胡阳诸将反复商讨过，决定把整个计划分成三步，先攻楚之西南，牵制楚国兵力，再以奇兵入楚，远路奔袭攻打郢都，破郢都之后又回过手来攻楚之黔中郡，把楚国西边的地盘全部兼并过来。依此计，所用兵马前后不过二十余万众，根本用不着什么"倾国之兵"。可伐楚的时机还没到，所以这个计划还装在魏冉和他那"三足鼎"的脑袋里，并没有报知秦王。现在魏冉顺着嬴则的话头儿，只说戈楚要用"倾国之兵"，其实是在给嬴则下套，让秦王跟着他的思路走。

魏冉订下的伐楚之策秦王不知道，可居中而坐的宣太后却是知道的，见穰侯当面说谎，糊弄嬴则，心里不满，白眼瞪他，魏冉扭过头去假装不知。

果然，魏冉的几句话切断了秦王"伐楚"的话头儿，把他引进了魏冉设置的话题之中："戈楚之前，秦国自然要压服列国。依寡人看来，齐、赵、燕、韩不必提了，惟魏国不可轻忽。"

魏冉忙说："大王说的对。魏、赵皆是秦人劲敌。可这几年魏国被秦国打得抬不起头来，又被赵国取了伯阳无力夺回，正是腹背受敌，无招架之力，大王攻楚之前不妨先引兵伐之，夺它几座城池，让魏人知道厉害，不敢妄动。眼下最要提防的到是赵国。"

魏冉表面上奉承秦王，其实他的话却与秦王的意思完全相反，认为魏国不足道，反而应该提防赵国，这就是阳奉阴违了。

魏冉这个态度让嬴则心里很是不快，语气也变得生硬起来："赵国是个小国，又不与楚国接壤，秦国伐楚，赵人能有何作为？"

"赵国虽小，但其势强，赵军英勇不让秦军，前番秦国假意伐魏，赵国就引兵助魏抗秦，使秦军不能出函谷关，如不先压服赵国就贸然伐楚，倘若赵王联合魏国引兵西进威逼秦国，又以精兵穿越魏境入楚参战，秦军必然被动。"

秦王是个英明的君王，凡事必有主意，对魏冉所见并不十分赞同，淡淡地说："未必吧，赵国野心勃勃想称霸东方，楚国强大对他有什么好处？"

嬴则的想法极有道理，但远非无懈可击。魏冉皱着眉头说："大王所

言极是，可换一种说法：秦击楚，则楚国已弱，此时赵国正好从中取利，若赵军趁着秦楚两军互不相下的机会挥师入楚破了秦军，既扬威天下，又有救楚之名，顷刻便成就了霸业。虽然赵王未必有此魄力，可大王不能不做这样的准备。"

魏冉一语说中要害，驳得嬴则无话可说，满脸悻悻，可魏冉满脑子都是国策大计，没心思去讨好秦王："眼下要紧的是弄清赵国的态度，看他们究竟是要与秦国争强，还是愿意示弱。若赵国争强，大王就应该发兵攻赵，给他些厉害尝尝；若赵国有心示弱，欲引秦军攻楚以获利，大王就可与赵王会盟，签订盟书之后，伐楚再无后顾之忧了。想试探赵国，就需有一件事做引子，只是臣一时想不出办法来……"正在发愁，坐在一旁的宣太后忽然说："听说赵国伐齐时发了一笔财，弄到了楚国的和氏璧？"

魏冉忙说："有这事，派往赵国的细作已将此事报回。"

"我听人说和氏璧是个宝贝，妇人怀之即可生子，也不知是不是真的。"

女人家想事情的方式和男人不同，往往不从大局着眼，只从细节下手。魏冉和秦王正议国事，太后却说起这些不相干的话来，魏冉有些不耐烦，随口道："市井闲话太后不必当真。当年楚文王得了此璧，也没听说他生了多少个儿子。何况这璧失传数百年，忽然在齐国现身，本身就靠不住，赵王咬定他手里那块玉就是'和氏璧'，其实是在糊弄天下人罢了。"

宣太后是魏冉的姐姐，所以魏冉在太后面前说话随意些。可他这副不耐烦的劲儿太后却不喜欢，白了他一眼："你管它真假！刚才不是说试探赵国需要找个'事引子'吗？这和氏璧就是个引子。"

宣太后是个非比寻常的女人。嬴则继位之时年纪尚轻，太后临朝称制，治理国家，剪除政敌，心狠手辣，谋略胆识比男人们还强得多。如今嬴则已成一代贤君，又有魏冉辅佐，太后这才退回后宫享福，很少过问政事了，可她理政的才能却仍然不可心觑。现在太后随口一句话，说得魏冉茅塞顿开，忙笑着说："太后说的对，大王就向赵国索要和氏璧，以此探知赵王的底细。"

太后的意思魏冉明白了，可嬴则却没弄懂魏冉的意思："一块玉能值几个钱？堂堂大国索取如此细小之物，岂不让天下人笑话？"

"大王，一块玉是不值什么，可和氏璧是个'宝贝'，所谓黄金有价，宝贝无价，王说它值多少钱，它就值多少钱。"魏冉笑呵呵地冲嬴则拱拱手，"就请大王给和氏璧定个价钱吧。"

到这时嬴则还没弄清魏冉的意思，无法回答。宣太后见嬴则被问住了，忙插进来："大国相争无非土地城池，大王就以土地城池论价好了。"又补上一句："赵国是鱼，玉璧是饵，要钓大鱼，鱼饵下得越重越好。"

被太后这么一开导，嬴则总算明白了。

赵国是条大鱼，想钓如此大鱼必下重饵。如果鱼上了钩，鱼饵就不值什么了，若鱼不上钩，它也就吃不到饵，于秦国一无所损。这么看来和氏璧的定价果然是越贵越好。

嬴则起身走到地图跟前，把秦国的版图看了看，很快就盯住了新近并入秦国的河东郡。

河东郡本是魏国疆土，并入秦国才几年工夫。这里距赵国西部边陲有数百里，说远不远，说近不近，赵人看得见，却又吃不到。

"就以此处为饵吧。"嬴则把手指向河东，魏冉忙凑过来看。

"河东郡有临漪、皮氏、命瓜三城，三城之间又有大小市邑共十二座，此地在安邑以西，是离赵国最近的秦国城邑，土地也还算肥沃，寡人就以

这十五城做饵，来钓赵国这条大鱼。"

以十五连城换取一块玉璧，这个价码开得实在很高。魏冉笑道："如此重饵，赵国无论如何也吐不出来，大王这个饵下得好！"

给魏冉夸了一句，嬴则也高兴起来。眼看国事已经议妥，宣太后倚在几上对魏冉做个眼色，魏冉知道其意，略一沉吟，对嬴则说道："大王深谋远虑，已决定先压服赵、魏再兴兵伐楚，只是对楚国的战事也该预先谋划起来，兵马，粮草，将领，进军路线，都必须做到心里有数才好。"

"依穰侯之见该怎么办？"

"大王应在巴、蜀两郡征集兵马，此两地原为巴国、蜀国，到惠文王十四年才被秦国兼并，设为两郡。巴蜀之地多有土著，自号'白虎之蛮'，椎髻纹身，持短刃，用药弩，勇悍矫捷，不惧生死。且巴山汉水与楚地相连，巴蜀土人与楚国之间相互攻伐已有数百年，战死者数十万，积下了累世深仇，秦人攻楚之时，'虎蛮'必愿为我军前驱。然虎蛮之族虽勇，却不习阵法，不知军律，应先将他们集结起来整训一番，使之成军。另在当地建起大仓，两年之内当存储粮米百万斛以供军需。司马错是善战之将，早先平定巴蜀皆其之功，蜀人对他极是畏服，大王可先命司马错南下蜀郡建仓筹粮，约定两年为期，训练士卒十万人以备伐楚之用。"

魏冉说的都是早先计划好的事。可嬴则对这个伐楚的大计毫不知情，见魏冉侃侃而谈，又惊讶又佩服。至于建军筹粮确是必要的，命司马错去练巴、蜀之兵，这个主意也妥当，于是点头道："就依穰侯吧。"略一沉吟，又想起一件事来，堆起一张笑脸，非常体贴地问魏冉："巴蜀之地潮湿炎热，司马错年纪大了，寡人放心不下，穰侯有什么主意吗？"

嬴则不愧是个有德之君，很能体恤臣子。现在他忽然满脸笑容，说出如此关爱臣下的话来，倒让魏冉觉得意外，又很感激。

巴蜀之地确实偏远炎热，司马错年已六旬开外，也确是老了，可要说有什么办法让这位老将军在巴蜀待得舒服些？魏冉却一时想不出主意。

见魏冉无话可回，嬴则笑道："寡人有个主意：司马错之子司马梗正在咸阳任中尉，统率屯兵，我看就命司马梗为副将，随他父亲一起去巴蜀练兵，将来伐楚之时也是父子二人一起上阵，有儿子在身边照应着，老将军还能舒心些，穰侯觉得如何？"

怪不得嬴则笑得如此温和，原来他这话里大有深意。

司马错有两个儿子，长子司马梗沉稳干练，次子司马靳矫捷多谋，都是军中名将，穰侯魏冉对这两人十分看重，早前特意将司马梗调到咸阳担任中尉，专门职掌咸阳城里的禁卫屯兵。现在嬴则忽然找个借口要将司马梗调离咸阳，这么一来，中尉之职就空出来了，魏冉的脑子也快，立刻就猜出嬴则打算让什么人来担此要职。

果然，嬴则见魏冉没有说话，就自顾说道："至于中尉一职，就由五大夫王龁接任吧。"说完这话，才瞟了魏冉一眼，淡淡地问了句："穰侯觉得如何？"

嬴则要用王龁统领屯兵，已在魏冉意料之中。

屯兵是秦国的京畿禁军，最为精锐，统率屯兵的将领必是秦王亲信之人。现在秦王信不过司马梗，只信一个王龁，而秦王信得过的人，别人谁敢信不过？所以魏冉连一句多余的话也不敢说，急忙避席拱手高声笑道："大王真是仁厚之君，爱惜功臣，臣在这里替老将军谢过大王。"冲着嬴则拜了三拜，又满怀深情发自肺腑地叹了一句："有君如此，是臣民之幸，社稷之福！"

魏冉这个人平时主意太大，话又多，难得有这么乖巧的时候，嬴则被他哄得十分高兴，忍不住微笑起来。

其实魏冉说这些献媚的话，也有他自己的一番算计。

嬴则要撤换中尉，把禁军掌握在自己手里，这事魏冉管不了，所以他干脆不管。而魏冉也正有事要求嬴则，就决定先哄秦王高兴，再说自己的主意。

今天魏冉被宣太后召进宫来，其实是因为太后受了两个儿子高陵君、泾阳君的摆布，让他想办法在秦王面前进言，给高陵君、泾阳君谋取一块更丰美的食邑。

高陵君、泾阳君都是宣太后所生，嬴则对太后虽然孝顺，可身为大王国事繁杂，平时很少到太后面前奉承，高陵君、泾阳君却时时在太后膝前承欢，老太后对这两个儿子十分喜爱。于魏冉而言，太后的要求不能不照办，高陵君和泾阳君更是值得加意笼络，于是一口答应下来。现在魏冉先顺了秦王的心意，答应让王龁执掌屯兵，讨了个好儿，哄得嬴则高兴起来，这才把真正想说的话说了出来："大王，楚国地方广大，强兵多在东边的鄢、郢之地，西面之兵薄弱些，秦军伐楚当从西边下手，往东方攻打。伐楚之前，应该加强对鄢陵、郢都、夷陵等地的监视，臣有一个想法和大王商议。"

魏冉在秦王面前说话向来不避讳，可这次却似乎有些气短，言语支吾，嬴则立刻听出来了，心中暗暗留意，嘴上只淡淡地说："穰侯请讲。"

"臣以为秦楚边界有两处要害，一是邓地，此处扼汉水咽喉，从汉中郡乘船沿江而下可直入楚国腹地，将来伐楚之时，此处必是进军的重要通道；另一处是宛地，正当秦、楚、韩三国交界之处，与楚国长城对峙，伐楚时也需有一支军马镇守此地，迎面扼制楚人。此两处重镇都需要筑坚城，集粮草，屯兵马，且边疆重地也必须有妥善之人坐镇为好，不知大王怎么看？"

说到这里，魏冉更显得气短了。嬴则是个聪明人，已经感觉出魏冉话里有话，再想起刚才自己两个弟弟那畏缩的样子，前后一琢磨，已经有几分明白了魏冉的意思。

嬴则的两个弟弟高陵君、泾阳君的封地都在秦国腹地，虽然十分富庶，但高陵、泾阳和邓、宛相比要小些，物产也少些。尤其邓地、宛地以前都是被楚人并吞的诸侯小国，邓地是邓国，宛地是申国，都是周天子分封的诸侯，如果高陵君和泾阳君能把自己的封邑从高陵、泾阳换到邓地、宛地，这两位君上就真的成了一匡之君，威风凛凛，比现在这个只有食邑的空头君侯强得多了。

战国时的君侯分为三等，第一等君侯所得的封邑，都是周天子分土建国时分封的诸侯小国，此等君侯的地位等同于一国之君；第二等君侯的封邑是诸侯国内的富庶之地，虽然尊贵，地位却比"一国之君"低了些；第三等君侯是"指地封君"，就是把敌对之国的重镇大城给他做"封邑"，只是虚指而已。高陵君、泾阳君和穰侯魏冉一样，都是第二等的君侯。

秦国自商鞅变法以来，把军功之赏放在首位，臣子要想封为君侯，必须在阵前立下克敌首功方能得赏，纵是白起、胡阳之辈立功无数，杀敌百万，离君侯之爵也还差着一步。高陵君、泾阳君在秦国并未建功立业，只是因为出身尊贵，又靠着太后的恩宠才得封君上，食邑万户，富贵荣华享之不尽，可两人还不知足，还要谋取更富庶的封邑、更显赫的爵位，怪不得他们自己都显得有些心虚。

但大秦国是秦王嬴则一家之天下，而高陵君、泾阳君是秦王的至亲骨

肉，虽然嬴则平时与两个弟弟不太亲近，可心里对这二人还是比旁人看重得多。何况这两个弟弟深受太后宠爱，这一次魏冉出来替高陵君、泾阳君谋换封地，嬴则并不去看魏冉的脸色，而是悄悄打量太后的神色，心里也早已明白，这其实是太后的意思。

宣太后是个刚烈强势的人，想要的东西必要搞到手才罢，就连嬴则也拦不住她。

在宣太后眼里，眼下的秦国日益富强，二十年间单是从韩、魏两国就夺取了百余座城池，扩地何止千里，太后为两个儿子谋些好处，嬴则给两个弟弟换处更丰美的食邑，甚而就让他们做个一国之君，都是应该的。现在这个头顶珠玉身披锦绣的老女人挺直腰杆坐在一旁，双目灼灼，威势凌人，若嬴则不答应魏冉所请，宣太后一定会公开与嬴则争执。

宫廷之内到处都是心机，到处都是利益。眼下嬴则已经看透了太后的心思，也知道太后与穰侯、华阳君是一体，虽居后宫，在朝堂上却一言九鼎，若为封赏高陵君、泾阳君的事与太后争执起来，整个秦国没有一个人会出来说他嬴则一句好话，只会闹得母子失和，兄弟衔怨，倒不如顺着母亲的意，把封邑换给两个弟弟算了。

可讨厌的是，这个话头儿偏是魏冉提出来的。嬴则对自己这位舅舅说不出是敬重还是厌烦，若直接应承下来，将来两个弟弟必会承魏冉的情，这是嬴则不愿意看到的。

与其把一个天大的面子给了舅舅，不如直接送到太后手里去吧。

于是嬴则假装皱起眉头想了一会儿，才慢慢地说："邓、宛两地果然要紧……哦，此处离穰侯的封邑不远吧？"

邓地、宛地果然离魏冉的封地穰城不远，邓在穰城之北，宛在穰城之南，相隔不过百里而已。嬴则坐在王位上二十多年了，心里什么事都明白，早看出这一点，现在轻描淡写地说出一句话，却着实点在了魏冉的软肋上。

其实魏冉只是秉承太后之意为两个外甥换取封邑，自己倒没有什么私心杂念。却想不到嬴则忽然问出这么一句话来，倒好像是他刻意安排，想把高陵君、泾阳君的封邑和自己的封地连成一片，内中有什么图谋似的。这一下把魏冉吓了一跳，顿时哑口无言。宣太后赶紧出来打圆场，笑着说："大王没有记错，这三座城邑各自相距百余里，同是防范楚、韩两国的重镇，需要亲信之人坐镇才稳妥。"

嬴则用话吓唬魏冉，不过虚晃一枪，好堵住他的嘴，等的也就是太后这一句话。听母亲这么说，立刻笑着说："邓、宛皆是重镇，需要妥当之人坐镇，太后执国政多年，最懂用人之道，就请太后推举两个可用之人吧。"

宣太后精明过人，只看了一眼嬴则的笑脸，已经知道他已经同意将两处地方封给两个弟弟，既如此，也就用不着自己多言了，于是故作清高之态，把身子往腰枕上一靠，懒洋洋地说："国事是你们男人操心的，我不过问。"

嬴则忙赔笑道："太后不问国事，秦国哪有今天？该问还是要问的。"

到这时只有秦王和太后言来语去，越说越亲近，早把穰侯挤到了一旁。见母亲被哄得十分高兴，嬴则知道自己尽孝心的时候到了，就笑着说："寡人觉得边疆重地需王公贵人坐镇才妥当，不妨把邓地封给高陵君，把宛地封给泾阳君，也让他们两个多为国事操些心吧。"

嬴则一句话说得太后眉开眼笑，看着这个懂事的儿子，心里说不出的疼爱，轻轻叹了口气："大王国事忙，也不怎么进宫来了，今天就陪我这个老太婆多说几句话儿吧。"嬴则忙说："只要太后高兴，儿子有的是空闲。"

眼看太后和大王母子亲近，自己这个做舅舅的倒成了外人，魏冉这个老头子倒也知趣，行礼告退了。

蔺相如愿做死士

十数日后，秦国使臣到了邯郸，告知赵王：秦王愿以十五城换取赵国的和氏璧。

秦王的要求真是出人意料，且不合常理，赵王一时摸不透秦人的意图，忙把平原君找来商量。听说此事，平原君也觉得不可思议，沉思良久才缓缓说道："此是秦王的诡计，表面似乎无理，实则心机极深。君王之德在守土护民，漫说只是一块玉璧，就算万镒之宝也不能换到一城一地，这是秦人在试探赵国。"

"试探赵国？秦王想干什么？"

"秦国要以十五座城池换取和氏璧，若献璧于秦，秦王得璧之后绝不肯把城池土地交给赵国，那时赵人束手无策，任人耻笑，示弱于天下。赵国正欲称霸东方，为此已与魏国失和，一旦示弱于秦，威风扫地，魏国很可能举兵来争夺伯阳，燕国一向蛮狠，也可能起伐赵之心，甚至塞外的胡人都可能蠢蠢欲动。如此一来赵国三面受敌自顾不暇，不但失去了称霸的机会，一旦秦军南下伐楚，赵国也没有能力插手秦楚之争了。"

赵国本来就有意纵秦伐楚，当然也无心插手秦楚之争。但平原君在这里说的是个大势，赵国拥有一支强大的军队，当然要保持一个"插手"的态势才好。对此赵王心领神会："这么说，赵国不理秦王的要求就行了。"

平原君深深吸了一口冷气，摇了摇头："也不妥。秦人以十五城换一璧，就如同以万镒之金购一泥丸，若赵国不肯交换，天下人会笑大王昏庸，只爱珍宝不惜城池，士人们也认为大王没有王者心胸，必弃赵而走，赵国同样威风扫地，且遗患深远，这对赵国太不利了。"

秦王给赵国下的鱼饵果然厉害，吞不下，吐不出，赵王不禁忧形于色，平原君也发起呆来。这时已到中午，宦者令缪贤见赵王和平原君都在思索，也不敢送来酒食打扰，只好在殿前探头探脑地观望。

好半天工夫，平原君终于说道："臣想了个主意：秦人以城换璧是想试探赵国，赵国何不将计就计，干脆把璧送到秦廷，反过来试探一下秦王的虚实。"

"该怎么做？"

赵胜眉毛一轩，提高了声音："秦王想要和氏璧，咱们就把璧送到秦王眼前，然后找个因头当廷撞碎玉璧，面斥秦王之非，使天下人知道赵国为了抗秦不惜重宝，如此天下人必赞叹大王的气节，而天下抗秦之士皆归于赵。同时也试试秦王的意思，看他敢不敢因此与赵国决裂。"

"若秦王恼羞成怒……"

不等赵王问完，平原君把手一摆："东方列国的国策是合纵抗秦，而秦人的国策是步步为营，个个击破。眼下秦赵相隔甚远，以重兵伐赵国只会虚耗兵马粮草，也破坏了秦国的国策。所以臣认定秦王不敢与赵国决裂！既然秦王不敢决裂，则赵国借献璧之机碎璧于廷，面斥秦王，威压强秦，称雄天下，再回过头来谋从约长之位，山东各国谁敢不遵？"

赵胜这个主意倒是出奇。

秦王以十五连城换取和氏璧，是想试探赵国是争强还是示弱，但秦王和魏冉都认为秦强赵弱，赵国不敢与秦抗争。可秦王却没有料到，赵王和平原君都是不到三十岁的年轻人，勇气有余而城府不足，不能忍辱，不肯吃亏。且这两人都觉得赵国实力方强，足以抗衡秦国，所以一心要与秦王争强斗胜。

在此处，秦人的主意高明，赵人的见识却短浅了些。

至于和氏璧，虽然名贵，可赵王手里这一块未必是真的，就算是真，也不过只是一块玉罢了，赵王倒不把它看在眼里。既然碎璧于秦可以扬赵国之威，进而谋得六国约长之位，赵王也就不再犹豫，颔首说道："这个主意不错。可秦国是个狼窝，若在秦廷碎璧，使臣的性命堪忧。"

其实赵王分明知道派至秦廷的不是什么"使臣"，而是一名死士，可他偏要说这么一句多余的话，这是作为君王的精明之处。

君王与臣子虽然谋划同一件事，可他们的心思却是完全不一样的。臣子一心想把事办成，说话做事可以不择手段，而君王却不论何时也不能忘了彰显自己的"仁义"，哪怕只是假仁假义，也一定要伪装到底。

现在赵王已经接受了平原君的主意，却又故意说这样的话，就是想让平原君把"派遣死士"的话说出来。如此，则仁义归于赵王，而使臣入秦之后若有闪失，其责在平原君，与赵王无关了。

天下大事平原君多能看透，可王者的权术心机他却未必看得透，立刻说道："大王贤明，爱惜臣下。可臣子食君之禄，为国而死，是得其所哉！只要能折秦王气焰，赵国有的是慷慨赴死的臣子。"略一沉吟，又说："臣觉得此事未必要用朝臣，或可从邯郸城里的士人中挑一个有担当的人，授他一个大夫之爵，派往秦国。不论完璧而还，或是死于秦廷，此人都算是赵国的功臣，大王可赏其家人永食大夫之禄，亦不算亏负了他。"

确实，既然派出的是个敢死之人，那么地位尊卑就无关紧要。朝臣们虽有文武之能，但俸禄吃久了，富贵享多了，未必舍得去死，此事找一个士人来做更妥当。要说养士，平原君自然是赵国第一人，他这样说，意思就是要推举自己的舍人担当大任，平原君自己也能借机逞名。于是赵王顺势问道："你那里有合适的人选吗？"

平原君门下有舍人三千，从中选一两个出众的倒不难。但具体用谁，却不是一言两语可以定下的。正想请赵王宽限些时间，让他回去细想，想不到宦者令缪贤忽然猫着腰走了进来："大王，老奴家里有个舍人叫蔺相如，或可担此重任。"

说真的，赵王并不想把面斥秦王扬威天下的功劳全算在平原君身上，所以打心眼儿里不想用平原君的舍人。只是这计策出自平原君，而舍人之选又舍此无他，不得不如此。可缪贤是个极知赵王心意的人，在这时候插进话来要举荐自己的舍人，正合赵王的心意，立刻说道："此事重大，你举荐之人必要能担重任才好！"

赵王这话分明是在给缪贤搭架子，引着他往下说。缪贤忙笑道："老奴深知此人能担重任。"

赵王还没说话，平原君在旁冷冷地问："你怎么知道？"

举荐贤才为王所用，不但是为国家效力，又能为自己争名，对扩大平原君在王廷的势力也有好处。平原君正在推荐自己的舍人，却被缪贤抢了过去，心里很不痛快，故有此一问。缪贤也知道平原君不乐意，但自己说了话，就得说到底才好。于是对赵王笑道："大王还记得前年老奴做的糊涂事吗？"

两年前缪贤做了什么糊涂事，赵王真是一点也想不起来了："是何事？"

"两年前老奴为了家里盖房子，从王宫里私取了一笔钱，后来眼看事发，心里害怕，一时糊涂起来，竟想离开赵国逃到燕国去，向蔺相如问计，蔺相如就问我：'怎么知道燕王会收留你呢？'我说：'有一次大王和燕王会盟，燕王曾私下拉着我的手说愿与我交往，所以我现在想投靠燕王。'

蔺相如劝我说：'赵国强而燕国弱，你又是大王身边亲近之人，燕王才想与你结交，如果弃赵奔燕，不但势力尽失，而且得罪大王，那时燕王必不肯收留，会把你送回赵国来，如此则死无葬身之地。不如找个机会向大王请罪，大王仁厚，或可赦免你。'后来老奴听了蔺相如的话，来向大王请罪，而大王也真的赦了我的罪，所以老奴觉得蔺相如这个人有见识，可以用他。"

缪贤是宫里的宦者令，平时经历的大事少，他说的蔺相如这些本事，在平原君听来平常得很，正要说话，赵王却抢着对缪贤说："既是你信得过的人，见见也好，命蔺相如即刻入宫吧。"

片刻工夫，宦者令缪贤门下的舍人蔺相如被领进大殿。只见蔺相如穿着一身布衣，高高的个子，身体健壮，粗手大脚，高额头方下颏，粗眉大眼，抃着两腮，坚着一对招风耳，其貌不扬，看着偏头偏脑有些土气，若不是缪贤引荐，平时在街上遇到，准把他误当作庄稼人了。

但这么一个倔强朴实的人，倒适合做眼前这件事。赵胜问道："知道找你来有何事吗？"

虽是初次面见赵王，蔺相如却一点也不紧张，庄容答道："知道，秦王愿以十五城换取和氏璧，大王欲命小人出使，献璧于秦，换取十五城之地。"

蔺相如的谈吐和他的相貌一样，朴实得很，但言语明确洗练，态度不卑不亢，倒也合乎使臣的身份。不过出使之臣一定要头脑清醒，反应机敏，了解时政，于是赵胜又问："你可知天下大势？"

"小人知道秦国欲伐楚，怕三晋合纵抗之，乃用计试探赵国的虚实。而大王不畏暴秦，想将玉璧击碎于秦廷，以彰赵国正气，灭秦人的威风。"

想不到这个土头土脑的士人倒有见识，赵胜暗暗点头，觉得此人倒也合用。又问："可知此行危险吗？"

　　到这里，蔺相如已经知道自己中了赵王和平原君的意，只要再表个态，这使臣的差事就可以到手了，于是向赵王行礼，抬起头来高声说道："小人是赵国人，自幼承父母师长教化，但知宽柔以敬尊长，慈心以待妇孺，却从不畏惧强暴，秦人想奴没天下，天下人皆视暴秦如寇仇，若小人能得机会当廷詈骂秦王，为天下人争一口气，虽百死亦无憾。"

　　蔺相如心里果真是这样想的吗？也未必。

　　天下虽有"死士"一说，然而出使之臣却代表着一国的尊严体面，所以使臣绝非"死士"。这次出使秦廷，赵国使臣身当大任，处境危险，可话说回来，使臣献的是赵国的璧，碎的也是赵国的璧，无论献璧还是碎璧，道理都在赵国一方，秦王再恼怒，毕竟没有杀人的道理，除非他真是一心要与赵国决裂。

　　今日之秦国会与赵国决裂吗？不但赵王与平原君认为不可能，就连蔺相如也认定：大概不会。

　　也就是说，蔺相如此番走秦有六成把握全身而返，遇害的可能只有四成。

　　对一位使臣来说，遇害的可能性有四成，实在太高了。可蔺相如只是个舍人，且又是宦者令门下的舍人，身份本就卑微，若能出使秦国，他会立刻被封为大夫，只要碎璧于秦廷，不论生死，都能显名天下，而家人可以得富贵，加之出使成功的机会毕竟占到六成，对蔺相如而言，这是很高的胜算了。所以蔺相如愿意出使，甚至急着要出使，他觉得用自己的性命搏这个晋身之阶，很值。

　　大事已定，赵王发话了："蔺相如，寡人封你为大夫，赐予采邑，子孙永食，命你携和氏璧出使秦国，若能办成大事，寡人另有赏赐。若事不成，

失璧辱国，其罪甚重，你知道吗？"

蔺相如忙俯身而拜："臣愿为大王尽忠，百死不辞。"

领了王命，蔺相如走下大殿，早有宦官在殿外等候，立时替他戴起大夫之冠，换上深衣博带，挂起青玦白珮，又捧来一柄镶金嵌玉的长剑悬在腰间，顿时从贫寒落魄的舍人变成了一位神采飞扬的贵人。宦官捧过一只掐丝金嵌大漆盒来，揭开盒盖，黑锦缎上放着的就是那闻名天下的和氏璧。

见了宝璧，蔺相如感到心里一阵发热，眼前一阵阵发黑，两只手僵硬得不听使唤，拼命稳住神儿，从宦官手中捧过玉来，脚下如履薄冰，颤颤巍巍地走出王宫，只见宫门外已经备好安车。蔺相如有生以来第一次被别人搀扶着坐进安车，把盛玉的木匣紧紧抱在怀里，只觉得心跳如鼓，浑身瑟瑟直抖，也不知是激动还是害怕。

赵王宫的大门缓缓打开，一百名头插雉羽身披铁甲头手挺长戈的卫士在前开道，驭手一声鞭响，马车隆隆地驶出了邯郸城。

听说赵国真的派使臣把和氏璧送到了咸阳，嬴则和魏冉相视而笑。魏冉说道："看来赵王真的上钩了，现在就请大王亲手来钓这条大鱼吧。"

嬴则随口问："穰侯觉得赵王献璧，是示弱还是争强？"

魏冉心里认定赵王献璧于秦是示弱，但这次来的赵国使臣显然不懂规矩，并未依惯例先到穰侯府上来拜，而是直接面君，其意未明，魏冉不敢肯定，只能说："臣一时还看不出赵王之意。"

见魏冉也有吃不准的时候，嬴则心里好不痛快，忍不住哈哈大笑："穰侯怎么看不出来？赵王分明是示弱！放心，寡人早已想好主意，明天就当廷收取和氏璧，只要在这件事上压服了赵王，明年春天就可以安排与赵国会盟了。"

　　嬴则这么有把握，魏冉这个当臣子的还也能说什么？只能连声奉承。于是嬴则传下诏命：赵国使臣到章台面君。

　　接了诏命，蔺相如带了一名随从，捧着那只盛玉的木匣进了章台。

　　蔺相如是赵国的国使，依例秦王应该在咸阳宫的大殿里接见他。可秦王却有意辱慢赵使，故意在章台行宫接见赵使。蔺相如虽出于贫寒，但也是个饱学之人，熟知礼法，单听到"章台"二字，已经看透了秦王的心思。

　　然而天下事贵在知己知彼，眼下秦王只知己而不知彼，蔺相如却是既知秦王之心，也知赵王之意，反而占些优势，抱定了一个拼命的主意，心里也就踏实多了。跟着宦官一路走进章台，来到大殿上。

　　到此时，蔺相如连那套深衣都没穿惯，总怕被衣裾绊住摔个跟头，如今他手里捧着天下第一宝贝，真要摔坏了怎么得了？所以走起路来颤颤巍巍，一副慌张的样子。走进大殿，只见秦王南面而坐，未着衮冕，也不佩剑，只穿了一套大红绣麒麟纹直裾深衣，生得粗眉重眼，隆鼻厚唇，身材魁伟，仪态庄严，目光炯炯，在他下手坐着两位贵人，左边是华阳君芈戎，右边是高阳君嬴悝，宦者令康芮在身后侍立。秦王身侧立着一扇宽大的屏风，隐约看得有人影闪动，鼻中嗅到一股脂粉香气，看来屏风后似乎坐着秦王后宫的姬妾。

　　秦王接见赵国使臣，却不在正殿，不着朝服，身边没有大夫相陪，只有两个贵戚在堂，身后又坐着姬妾，实在是简慢至极。可蔺相如对此毫无办法，只能上前行礼。秦王抬起眼来打量这个使臣，见他其貌不扬，举止粗陋，慌里慌张，简直是个乡巴佬儿，更是把蔺相如看轻了。淡淡地说："贵使辛苦了。所献之宝何在？"

　　蔺相如指着面前的木匣："和氏璧在此。"

"与寡人一观。"

嬴则话音刚落，早有宦官走上来，不由分说从蔺相如面前取过木匣，躬身上殿把木匣交给了宦者令康芮，康芮打开木匣，把和氏璧捧到嬴则面前。嬴则拿起玉璧在手里把玩片刻，点点头："果然是宝物。"顺手递给坐在一旁的华阳君芈戎："你也看看。"

芈戎忙捧过来细看，嘴里说："确是一块好玉。"

这时屏风后传来妇人的笑声，叫康芮过去低声说了几句，康芮走到秦王身边附耳说道："都说和氏璧是宝贝，几位贵人也想看看……"嬴则胡乱点了点头，芈戎忙把玉璧交给康芮，康芮捧着璧退到屏风后面去了。

和氏璧连着蔺相如的心肝，被宦官接过去的一刹那，蔺相如就觉得好像自己的心给人摘走了一样！可是总不能跳起身把玉抢回来。眼看秦王、华阳君把和氏璧来回传看，已经隐约觉得不对，到宦者令捧着和氏璧退入屏风之后，蔺相如的两只眼睛看不到璧了，心里顿时慌乱起来。

这次入秦，蔺相如什么也不怕，唯一怕的就是这块璧莫名其妙被秦人收去。现在璧已不在，蔺相如浑身冷汗直流，知道章台深如海，宝物一旦失去，再也拿不回来，情急生智，冲着秦王笑道："大王看这璧玉质如何？"

"柔似凝脂，温润无瑕，不错。"

蔺相如紧张得浑身微微发抖，却又拼命控制情绪，脸上赔着笑，尽量不让自己的声音有任何异样，以免被秦王察觉："世人都说和氏璧是天下至宝，完美无瑕，其实不然，若对着光亮细看，当可看到璧上有一点瑕疵。"

蔺相如的话倒引起了秦王的好奇："瑕疵在何处？"

秦王这一问，蔺相如顺势起身走上几步："臣指给大王看。"

嬴则回头看了康芮一眼，康芮忙一溜小跑到屏风之后，片刻工夫又把和氏璧捧了回来，嬴则先捧起璧对着光亮照看了半天，似乎看不到什么瑕疵，只得把璧递给蔺相如，问道："贵使所说的瑕疵在何处？"

手一碰到璧，蔺相如觉得被打散了的魂魄又回到了自己身上，心知已经到了与秦王反目的时候，于是一个箭步跳到廷前，倚着一根粗大的檀木柱，双手举璧做势要往柱子上砸落。这一下把殿上众人都吓了一跳，芈戎站起身来叫道："贵使这是何意？"

眼看到了拼死之时，蔺相如只觉得浑身热血如沸，双手紧紧攥着和氏璧，厉声叫道："大王要以连城换取和氏璧，赵王与群臣商议，都认为秦王无信，不可奉璧入秦。是臣认为天下人皆有信用，何况一国之君，反复奏请，赵王才答应献璧于秦，此于赵国，是敬重秦王之名而已。可臣到咸阳以后，大王不在咸阳宫朝见，不置大夫相陪，礼节倨傲，得璧之后传于美人之手，戏弄臣下，臣觉得大王并无以城换璧之诚！现在臣已收回和氏璧，若大王必强之，臣唯有头与玉俱碎而已！"

头与玉俱碎，正是蔺相如此番赴秦的使命。

人人都想功成名就，都愿荣华富贵，但在"功名"二字面前，有人惜命，临危辄止；有人不惜性命，不顾一切，蔺相如是后一种人。作为一个出身卑微的舍人，蔺相如一辈子大约只有这么一个机会，用性命来搏取一场富贵，成了，立功得爵，显名天下；即使不成，头与玉俱碎，死在秦廷，同样能显名天下。

人生是一场大快乐，也是一场大痛苦，苦乐又如何？最终不过葬于蓬蒿，没于尘埃，只要能成就英名，早死三十年也没什么。

眼看那块璧已经被骗到了手，只要交给身边的人捧进内宫随便收起来，秦王就在天下人面前戏耍了赵王，这一番布置所要的目的也达到了。却想不到这个看起来朴素老实的赵国使臣如此狡诈，只说了一句话，又把到手的玉璧骗了回去！

其实说到底，都是因为秦王太傲慢，错看了赵王的心思，以为赵国必向秦国示弱，才会发生这样的疏失。现在蔺相如倚柱而立，双眼血红，捧璧欲碎，嬴则这才明白，原来赵王是有心与秦国争强！

到这时嬴则也知道，赵国使臣根本就是来和他拼命的，说得出就做得到。若给这个不要命的家伙当廷毁了和氏璧，杀他，则是"强夺不与而杀之"，与赵国决裂，伐楚之事难行，并被天下人诽谤诟病，咒骂秦人；不杀，大大的秦国就被这小小的赵国使臣压倒了，嬴则在天下人面前颜面无存。

嬴则毕竟是个有魄力的君主，进退两难之际没有意气用事，而是在最短的时间里做出了一个最明智的决定：扔下脸面，顾全大局。

顷刻之间，嬴则已经换上一副夸张的惊讶表情："贵使这是何意？以城换璧是两国的国事，寡人岂能强夺你的宝贝？你这也未免太小气了。"

嬴则捣的鬼蔺相如全明白，好在和氏璧已经回到自己手里。如今碎璧只是顷刻之事，自然不可莽撞，若能护得玉璧周全，自己也全身而退，当然更好。抬眼扫了下左右，殿前武士和宫中的内侍们都离得远，也没有上前强夺之意，这才慢慢退回席上，嘴里说道："大王无此意便好，是下臣多心了。"说完，两眼一眨不眨地盯着秦王。

心里有鬼的人，脸皮再厚，终究还是有羞惭之意，给蔺相如像盯贼一样盯着，嬴则的脸也不由得红了几分。

看着秦王的窘迫样子，蔺相如心里十分痛快，又觉得僵持下去也没意思，就笑着说："大王欲以城换璧，是赵国之幸，但有诚意，下臣必然从命。"

蔺相如这么说，倒是给了秦王一个台阶下，也笑道："寡人是一国之君，言出必行。"回头吩咐宦者令："取图来，请使臣近前观看。"

虽然知道秦王要顾及脸面，还不至于无耻到亲手来抢夺的地步，蔺相如还是加着十二分的小心，把璧紧紧抓在手里，又缩回手用衣袖掩住，略拧着肩，全身使劲，只要秦王有意强夺，就把和氏璧掷在地上。有了这一番准备，才缓缓走到秦王身侧，相隔有六七步就不肯再近前了。

这时宦者令康芮已经捧过地图展开，嬴则又招手叫道："贵使上前来看。"见蔺相如满脸戒备，知道今天这块璧无论如何骗不到手了。嬴则好歹是一国之君，耍无赖也有个底线，干脆不再动骗人的心思，走上两步握住蔺相如的左臂，半拖半拽地把他拉到图前，指着地图上的河东之地："此番割给赵国的土地在命瓜、临漪、皮氏之间，计有大邑三座，城池十二，共十五连城，你看清了吗？"说到这儿又笑嘻嘻地补了一句："秦国乃仁义之邦，寡人重信守诺，绝不相欺。"

秦国仁义？秦王守信？这根本就是秦王自嘲自讽，不但天下人听了要笑骂，就连嬴则自己说出来也觉得有意思，忍不住嘿嘿地笑了起来。

无耻之人说无耻之事，有时候自己会觉得有趣，可旁人听了却只有厌恶。秦国虎狼之邦，不仁不义；秦王轻诺寡信，毫无廉耻，莫说在当时，就算过了两千年，天下人提起"秦国"二字来，还是满心鄙视。

这时蔺相如已经可以断定，刚才秦王果然是借着后宫妇人之手，想以卑鄙诈术骗走和氏璧，身为一国之君，竟在王廷之上公然使出这样的手段，其恃强凌弱、寡廉鲜耻令人发指！

　　蔺相如出使之前，本来就知道秦人绝不会以土地城池换取一块玉璧，现在嬴则的诡计又被他识破了，对这个卑劣下流的老东西更是既不敬又不畏，干脆也笑道："孔子有云：'人而无信，不知其可'，以为言而无信者，不复为人亦。又云：'为政之道，足食，足兵，民信之矣。必不得已而去，先去兵，复去食，而不可失信。'所谓：'自古皆有死，民无信不立。'其意是说：国可以无兵，民可以无食，而君不可无信，无信者，其国必亡。大王是英明之主，谈吐豪迈，重信守礼，不屑诡道，不以势凌人，有如此贤君，是秦国之福，黔首之幸也。"

　　秦王虽然人品卑劣，可他是一国之君，掌生杀之权，天下从没有人敢公开讥讽他，想不到今天遇上了这个不怕死的蔺相如，齿似铁戟，舌如钢锥，说得秦王面红耳赤又羞又恼，却偏偏发作不得。宦者令康芮忙在一旁插话："大王已将十五连城向贵使指明，贵使何不将玉璧献与大王？"

　　秦王只是把城池位置向蔺相如"指明"，却立刻想夺蔺相如手中之璧，这又是在耍无赖。但这个花招实在不高明，又出自宦官之口，当不得真。蔺相如冷笑着问："敢问大王何时将城池交割给赵国？"

　　"寡人今日就传诏命。"嬴则回头吩咐康芮："马上拟出诏命和交割文书，待寡人用玺后一并交给赵使。"

　　虽然是花招，可嬴则毕竟说了这些话，蔺相如若再硬顶，反而显得失礼。眉头一皱已经有了主意："大王诚意如此，下臣自当奉璧。可和氏璧是神物宝器，当年我王得璧之时斋戒沐浴，迎而藏之，此番献璧时又斋戒五日方取璧授臣。臣今献璧于秦，也请大王斋戒五日，设九宾之礼于廷，臣才敢献上宝璧。"

　　蔺相如说这些话无非是在拖延时间。可嬴则早就打定了主意，即使写下文书交给赵国，也绝不肯如约撤兵，让出城池。河东郡离赵国尚有数百里，安邑大城又驻有秦军重兵，赵国兵马绝不敢到河东与秦军相争，赵国手里虽有文书，到底还是水中捞月，照样受辱于秦。

想到这儿嬴则微微冷笑："也好，寡人就斋戒五日，到时设九宾之礼迎取宝璧。"看着眼前这个惹人厌的蔺相如，心里说不出的别扭，故意吩咐宦者令："送贵使往广成传舍，好生款待。"

秦国是天下第一富强的大国，来往的各国使节重臣很多，为此特建行馆十余座，专司接待各国礼宾，其中广成传舍建在南门内，是专门招待来秦国谋官的士人以及各国使三驾下驭手、门客的下等馆舍，房舍狭小，住客混杂，三餐只是黄米，不见荤腥，居所无随从，出入无车马。蔺相如是赵国使臣，地位颇尊，可秦王却故意把他安排在广成传舍居住，这既是羞辱赵国，更是要挫一挫蔺相如的气焰。

眼看秦王一边答应设九宾之礼来迎和氏璧，却又在行止居处这些小事上耍弄花招折辱自己，蔺相如暗暗冷笑，表面却还是装出那副老实糊涂的样子，木呆呆地任凭秦人摆布。

送走蔺相如，康芮回到殿里，秦王已经埋头案上处置国事了，康芮立在一旁，想问话又不敢问。好半天秦王才注意到他："有何事？"

"大王真的要为一个赵使而设九宾之礼吗？"

"不为赵使，只为和氏璧。欲钓赵国，需用重饵……"见康芮一脸茫然，嬴则也没工夫和他解释，摆摆手，"九宾之礼，五日之内必须备妥，你去办吧。"康芮这才领命而去。

小胜与大败

秦王嬴则白天日理万机，夜里宫中无数美人相伴，哪有工夫为了迎一块玉璧而斋戒？但他知道借献璧之事压服赵国是件大事，若不能办成，秦国想收服赵国就要大费周章，伐楚之事也要往后拖延，于国不利，所以在迎璧之礼上也做足了文章。

蔺相如在广成传馆享了五天清福，咸阳宫里，宦者令康芮整整操劳了五日，奉秦王诏，约请秦国九宾入宫参与典礼。

所谓"九宾"是指一国之公、侯、伯、子、男五等名爵贵族，以及孤、卿、大夫、士人四级官员。秦国是天下大国，咸阳城里有爵禄的贵人多达三百余位，上卿、亚卿十余位，大夫五百余位，有名士人一千七百余位，又请坊间寿高德昭的老人进宫观礼。王宫内外共设盛宴两千三百余席。殿前一百席是以华阳君芈戎、穰侯魏冉为首的一班重臣；左右廊下各一百席，坐着秦国的公子和有爵禄的贵人；廷前设三百席，公乘、五大夫以上官爵者列座；此六百席皆秦国股肱，社稷梁柱，在秦王驾前相拥相护，取尧、舜、禹、汤、文、武六代贤王之征。殿阶之下设六百席，坐的是公大夫、官大夫、大夫以及将军、军侯之属，此皆治庶之臣工，克敌之锐士，襄助朝廷，正合易理"六爻"之数。殿外廊庑间又设六百席，供士人学子列座，以赞秦王敬贤举士之诚，又合礼、乐、射、御、书、数六艺之能。其余散列五百席，遍请咸阳城中耄耋老人千余名共瞻大礼。

自嬴则继秦王位以来，这是首次设办九宾大礼，为了彰显秦王之能，国力之盛，大礼极尽铺张之能事，所用猪羊酒食不可胜算。为了办这场九宾大礼，咸阳城里的肉食酒水采办一空，以至于肉价贵至旧日五倍，宫中一切食器尽敷其用，仍然不够，又从君侯、公子处临时借来大批食器礼器，把个王宫大殿布置得金山银海、美酒佳肴，内外拥塞，水泄不通。

到第五日，天刚放亮，咸阳宫里钟鼓齐鸣，大秦国的王公贵胄、公卿将相、名臣高士千乘齐聚，拥街蔽巷，引得全城百姓都出来看热闹，万头涌动，人声如沸。王宫中七层大殿层层设宴，处处笙歌，公侯士人挤在一起高谈阔论，喧闹之声犹如市井。

既而景阳钟鸣响九声，站殿武士顶盔披甲，持金瓜挺铜戟鱼贯而入，群臣肃穆，内外庄严。秦王嬴则头戴平天冠，前圆后方，垂九旒白玉珠，身穿黑锦深衣，上绣凤翔鹤鸣，九曜七宿，金龙逐日，腰悬长剑，在宫人搀扶下稳步登上大殿，居中而坐，华阳君芈戎、穰侯魏冉各出朝班向前行礼，群臣依序随后而进，列于王廷叩拜山呼，外殿的大夫、士子见不到秦王的面，却也一同起身南向而拜，几千人齐声高呼万岁，声如雷霆，整个咸阳城的百姓都听见了。

受过群臣朝贺，嬴则稳了稳神，摆出十分威严，沉声吩咐："赵国使臣觐见。"康芮忙上前三步亮堂堂地叫了一声："大王有诏：宣赵国使臣觐见。"左右廊下侍从高声传唤，声声不绝。好半天，才见蔺相如顶大夫之冠，深衣博带，揣着两只手儿慢腾腾地走了进来。

九宾之礼是朝堂中最盛大的典礼，寻常臣子一生也见不到一两次，何况秦国是当世第一强国，又一心要借九宾之礼扬其国威，恫吓赵使，所以这场大礼办得辉煌气派，百年罕遇。蔺相如本是个出身卑微的人，穷居陋巷，没见过世面，这一次走进咸阳宫，满耳乐声钟鼓，满眼瑶席琼珮，面前是望不到头的玉栋金廊，脚下跪伏着数不清的文臣武将，蔺

相如目眩神摇，恍在梦里，走一步看两眼，足足小半个时辰才进了大殿，见秦王高高在上，脸上已有些不耐烦的神气，蔺相如也不管他高兴不高兴，走上前依礼叩拜。

秦王嬴则不是个心胸宽大的人，何况这些年称孤道寡，只有他欺人，无人敢欺他，这一次倒被蔺相如戏要了，嬴则心里深恨此人。眼看九宾之礼已备，千人万众齐集，这个奸诈的赵国使臣无论如何也滑不过去了，等蔺相如献璧之后，就可将他逐出咸阳，回到赵国，自有赵王灭他的族！

想到这儿嬴则心里十分畅快，脸上也挂起一丝笑容："贵使歇息得好？"

嬴则的阴险心思蔺相如是猜得出的，但暴君恶棍如同虎狼，心存畏惧只会被他吞食，要想死里求生，必须奋身与搏。况且蔺相如早准备好了一副"刀斧"，要与嬴则这头猛虎斗上一斗，见嬴则笑得险恶，也抬起头来笑道："多谢大王，下臣在传馆一切皆好。"

"寡人已写下诏命，将河东十五城割与赵国，换取和氏璧，诏书和交割文书已齐备。"秦王说完，一旁的宦者令康芮忙捧出一札绢帛文书，交与侍从送到蔺相如面前。蔺相如双手捧过，俯身再拜，郑重说道："下臣谢过大王。"

眼看蔺相如接了诏书，康芮在秦王背后亮起嗓门高声唤道："赵使献上方物！"

康芮所说的"方物"就是那块和氏璧了。

听了这一声吆喝，蔺相如脸上不由得闪过一丝笑容，急忙又收拾起来，仍然是一副郑重其事的表情："下臣并无方物可献，请大王恕罪。"

蔺相如这一句话把所有人都弄糊涂了，嬴则忍不住问了一句："和氏璧在何处？"

"三日前下臣已派手下将璧送回赵国，依时日算来，大约已离秦境了。"

其实蔺相如进殿之时既没带随从，自己也是空着两只手儿，只不过秦国人做梦也想不到蔺相如敢搞什么花样，所以没人注意到这点。现在听蔺相如说这话，嬴则气得浑身直抖，厉声喝道："竖子敢欺寡人！"

随着秦王的一声怒吼，殿上的秦国重臣们个个挺身而起，芈戎、白起这些脾气暴躁的已经拔剑在手，只等秦王一声令下，立刻要让赵国使臣血溅王廷！

此时此际，若说蔺相如泫然不惧，却也未必。可蔺相如本就是个死士，对"死"看得淡些，何况他在将玉璧送回赵国之时也曾反复掂量，心里自有计较。眼看秦国君臣如狼似虎，吼声连天，蔺相如并不吭声，直等他们吼得累了，这才冲秦王一拱手："大王听下臣一言：秦国自穆公以来，并地扩土称霸西方，然言出未必有信，天下人亦知之。臣草芥之辈，胆小如鼠，倘若献璧于秦而赵国不得秦地，臣罪甚重，所以不敢冒此危险。秦是天下大国，威加海内，赵国偏远小邦，岂敢与秦相抗？所以臣请大王先割城池，待赵国得到城池，岂敢不献璧于秦而得罪大王？"

蔺相如是个能臣，和其他的能臣一样，此人有诚实仁厚之处，也有诡计欺人之心，他的与众不同之处在于，总是先诚，后欺。现在蔺相如实话实说，先把秦人的诡计揭了出来，让秦王先泄了气，秦国的臣子们也闹得不那么凶了，这才用诡辩为自己开脱。笑着说："下臣入秦以来，深感秦风淳朴，秦人仗义，又知大王宽仁厚爱，体恤臣子，连我这微不足道的人也得大王恩泽眷顾，亲自问臣起居，下臣感激涕零。臣想：献璧若有疏失，归赵必死，而得罪大三，或有一线生机，故尔斗胆相欺，若说欺瞒，乃是欺大王之仁，瞒大王之宽尔。如今臣自知死罪，亦不敢申辩，若大王肯赦臣之罪，臣不胜感激，若不能赦，臣请就鼎镬而死，亦无怨也。"说完目

不转睛地盯着秦王，等他发落。

所谓礼下于人，必有所图。现在蔺相如厚起脸皮拼命奉承秦王，连拍带哄，说了一大堆好听的话儿，又故意抢着说出"臣请就鼎镬而死"的话来堵秦王的嘴，秦王就是再想杀人，手也有点儿软了。

秦国拿和氏璧做饵，是想以强势压服赵国，钓这条"大鱼"。可和氏璧已被蔺相如送走了，也就是说赵国已经脱了钩。秦国的计划落了空，现在杀一个蔺相如实在毫无意义。而秦国压服赵国，长远来说是为伐楚做准备，用政治上的策略不能制服赵国，秦人还可以对赵国用兵。但两国交兵不斩来使，若杀了赵使，就等于彻底同赵国决裂，眼前秦国的头等大事是伐楚，所以大势也不允许秦王杀害赵国使臣。

蔺相如这个东西把秦国耍得好苦，可正像蔺相如自己说的，他不过是个"草芥之辈"，杀之无益，也不能杀……

到这时，嬴则忽然又想起一事：本来各国使节进了咸阳，一举一动都会被秦人暗中监视，可蔺相如却能在不动声色之间把和氏璧送出咸阳城，其实都因为自己一时兴起想折辱蔺相如，把他安排在广成传舍，那个破传舍里住的都是些下人，又乱又杂，住客们进出都无人过问……

忽然间，嬴则把手一拍脑门儿，嘿嘿地笑了起来。越笑越觉得这事可笑，到最后忍不住哈哈大笑。一摆手，暴怒的群臣一个个收了刀剑躬身而退。嬴则略沉了沉，平定心气，换上了一副宽仁慈爱的面目，和颜悦色地说："贵使言之有理，秦是仁义之邦，今日特设九宾之礼，只为迎接赵国使臣，别无他意。"吩咐康芮："在寡人身边为赵使设一席。"

嬴则是个明决的君主，大事上不任性，能屈能伸。现在他的一声笑，几句宽厚的话，把迎取和氏璧的大典变成了"迎接赵使"，既为自己遮掩，也把眼前的事缓和下来，做得极为得体。康芮忙亲自上前引着蔺相如在秦王身侧就座，正好坐在穰侯魏冉和大良造白起两人之间。

到此时，蔺相如知道自己算是脱险了，这次为赵国立下大功，回国之后功名富贵也都到手了，喜不自胜，眉开眼笑，拱着手冲魏冉、白起作礼，两人都扭过脸去不理他，蔺相如也不在乎，又举起爵来向秦王敬酒，秦王只得端起爵来饮了一口。

秦王一举爵，盛宴就算开席了。康芮忙冲身后做个手势，两廊下乐声响起，殿内外的臣子士人们有的知道殿上的情景，大多却根本不知，既然已经开席，也就一个个推杯换盏吃喝起来了。

一时间咸阳宫里丝竹笙管百乐齐作，轻歌曼舞笑语欢声，君臣和谐，其乐融融。

既知和氏璧已经归赵，嬴则也就绝口不提献璧之事。秦王不提，蔺相如自然更不会提。九宾之礼已毕，蔺相如回传馆歇息，等候封传文书，就可离秦归赵了。可蔺相如哪里知道，他还没有回到传馆，穰侯魏冉和大良造白起已被秦王召进内廷，商议对赵国用兵。

正所谓实则虚之，虚则实之。伐楚是秦人的国策，于是秦人反而不提伐楚；压服赵国只是为伐楚做铺垫，所以秦王铁下心来必要压倒赵国才罢休。

既然赵王仗着国力强盛，不惧秦国，一心与秦王争强斗胜，对赵国用兵就势在必行。嬴则问魏冉：“穰侯觉得秦国对赵用兵当在今冬还是明春？”

嬴则的性子急，哪想到魏冉比他还急：“赵国在北地，冬季酷寒，士卒马匹必多损伤，而春季多雨，地面化冻，又困顿难行，粮草难以接济，臣觉得伐赵就在当下，即日征兵筹粮，十日后大军即向北开拔。”

虽然对伐赵已做了考虑，但魏冉的话还是让秦王一愣："是不是太仓促了。"

魏冉略想了想，缓缓地说："大王，凡我有备而敌无备，就当以快打慢，吴子有言：'善将者，如坐漏船之中，伏烧屋之下，使智者不及谋，勇者不及怒，受敌可也。'现在秦国进兵之心已决，而赵国毫无防范，秦国自当急战速胜，令赵国智计之臣不及谋，勇武之将不及怒，拔取城池当在反掌之间。"

"赵国虽然无备，毕竟胜在近战，秦军远路奔袭，不做万全准备，怕不稳当吧？"

"话不是这样讲。吴子说过：'师既淹久，粮食无有，百姓怨怒，妖祥数起，上不能止，诸如此者，击之无疑。'赵国连遭两年大旱之后，今年的天时忽然逆转，连续几个月大雨不停，漳河大决，半个赵国都泡在洪水里了。现在赵国的百姓都在饿肚子，正是'粮食无有，百姓怨怒，妖祥数起，上不能止'，可秦国今年却是大丰收，仓廪充盈，且今年秦国并未对外用兵，将士激越，锐气十足。眼下秋收已毕，战马正肥，粮草堆积如山，正是攻坚克锐之时，趁此时机伐赵，必可一鼓而定。"

天下谋略之士不分文武，都喜欢引经据典以证其博学。但这些引经据典的人有时候也惹人厌烦。现在魏冉在嬴则面前背起《吴子兵法》来，嬴则觉得好不烦人，皱着眉头问："秦赵相隔千里，道路崎岖难行，若随带的粮食不敷支用，就算夺取了赵国城池也难以久守……"

"大王不必担心，攻楚是大事，伐赵只是个引子，所以攻克赵城不必久守，只要赵王屈膝求和，秦军就可退出赵境。"

"山东列国向来合纵抗秦，使秦兵不能长驱直入。现在赵、魏两国为争约长之位已经起隙，此时攻赵，赵王必设法与魏国和解，若因此促使赵魏两国修好，于秦国东进大业不利。"

　　嬴则的这些顾虑都有道理。但魏冉是个治世能臣，把一切细节都想到了，任凭秦王动问，无不对答如流："伐楚是当下事，东进是将来事，所以臣觉得赵、魏就算一时和解，从当下看也于秦国无害。早前臣也曾对大王说过，赵王野心勃勃，一定要做东方盟主，犹如一条红了眼的饿狗，眼下迫于秦国的压力，或许一时与魏国讲和，但只要'约长'这根骨头还在，赵国一定不会罢休，早晚必与魏国反目，那时秦国已从楚国抽回兵力，正好伐魏，不会误事。"见嬴则低着头不说话，魏冉就只当他接受了自己的主张，于是转身问白起："大良造觉得伐赵之役该怎么打？"

　　魏冉急着谋划战事，嘴快眼快脑子快，却没注意到，其实秦王的话还没有说完……

　　魏冉是个能任事的臣子，可他的脾气也实在太直了些，尤其年纪越老，权柄越重，性子也就越直。现在他一个人自说自话，左右张罗，硬是把个秦王扔在了一旁。嬴则是个做主子的人，一辈子众星捧月颐指气使，只有在魏冉面前话也说不尽，事也做不全，心里说不出的别扭，脸色也难看起来。

　　此时若是个有眼色的巨僚，能看出秦王不悦，赶紧打个圆场也好，可惜魏冉这个直肚肠的相邦，重用的也都是直肚肠的部属。白起虽在秦王面前，却不懂得看秦王的脸色，只是两只眼睛都盯着魏冉，一片心思都放在打仗的事上。听得魏冉动问，当即起身走到挂起来的羊皮地图前，嬴则、魏冉也跟了过来。白起伸手指向地图："大王，赵国的国土面积不如秦楚，而与齐魏相当，看似广阔，其实仅是个小国。北方代郡、云中皆苦寒之地，城少民寡，土地不能耕作，南方好些，却也天寒地冻，山多土瘦，没有如秦国关中、汉中这样的千里沃野，多年来国力困窘，加之去年、前年连遭

大旱，今年又遭水患，国内无粮，民不足食，虽有三十万精锐士卒，却无久战之力。且赵国疆域狭长，易攻难守，邯郸城三面被魏国领土包围，东面隔黄河与齐国对峙，北方又与燕国疆土犬牙交错，云中、代郡与林胡、楼烦相接，也时常受到袭扰，真正是一个四战之地！自立国以来，赵国最大的敌人一向是魏国，甚而被魏军攻克邯郸，占据三年之久，几乎亡国，所以赵国人修了两座长城，南长城在邯郸、武城，北长城在云中、代郡，多设关隘，赵军精锐约十万集中在邯郸周边的武安、武城、列人三处，拱卫邯郸，与魏、齐两国对峙；另有约十万人部署在云中郡，依托长城与胡虏相抗，桑丘、夏屋也有精兵防备燕国，而西面兵少，防备薄弱，这正是兵法上讲的铜头、铁尾、草腹，我秦国偏就在赵国西面。臣以为秦军当直取赵国重镇石城，给赵国拦腰一击，切断南北通道，使赵国首尾不能相顾，此战若胜，足以震慑赵国。"

白起一路说，嬴则的眼睛一路循着地图上的山川地势看过去。

石城正处在赵国的中腰部，在它前面是蔺阳、离石两座小城，附近有井陉塞，周边又有灵寿、蔓葭、封龙、元氏诸城，近的只数十里，最远相隔也不过二百余里："此是赵国防守纵深，只怕不易攻打。"

对这场战事白起充满了信心："孙武子有言：'出其所不趋，趋其所不意，行千里而不劳者，行于无人之地也；攻而必取者，攻其所不守。'石城在赵国腹地，路远地险，偏僻闭塞，正是'行于无人之地'；石城防守薄弱，仅驻兵四千，周遭城邑兵马加起来不过两万，我军拔石城，正是'攻其所不守'，只要起一支精兵出肤施，经汤水，过羊肠山，沿呼沱水东进，先取蔺阳、离石，再拔石城，如囊中取物。"

"赵军十分精锐，若大集军马来救石城，秦军是否被动？"

"兵法有云：'先处战地而待敌者佚，后处战地而趋战者劳。'从邯郸到石城有三四百里，道路崎岖难行，粮草接济不易，赵军从邯郸出发，一个月之内绝到不了石城，等他们到了，石城早已被秦军攻克，那时我军坐守坚城以逸待劳，尽可再和赵军打一场硬仗，此正应孙武子'善战者，致人而不致于人'的道理。"

白起是个奇才，用兵百无一失，此番计划也安排得滴水不漏，嬴则挑不出什么毛病来，又问："攻石城需用多少兵马？"

白起连眉头也没皱，立刻答道："需出兵十万，五万精兵先发，轻装疾进，至则急攻，以求速胜，另五万兵马携十万大军三月之粮继进，入石城固防。有这批粮食在手，就足以和赵人周旋三个月。"

"三个月之后又如何？"

"有三个月时间，秦国可以再往石城增运半年之粮。"

"石城太远，粮草转运不便，损耗也大……"

嬴则的顾虑极有道理，可魏冉早想好了这一节。在旁边笑着说："大王，赵国缺粮，又是四争之地，要同时防范魏、燕、齐和胡人，若赵王敢集重兵与秦国相持半年，则四疆皆废，举国疲蔽，民无食粮，军无战心，此时咱们若再增兵石城，长驱大进，赵国就被打垮了！所以赵王不敢与秦国长期对峙，半年之内必来求和！"

白起谋划之时，秦王听得津津有味，连那引经据典的毛病也不觉得很讨厌。可魏冉的态度却总让嬴则觉得说不出的别扭。故意不理魏冉，只问白起："大良造觉得以谁领兵为好？"

白起还未答话，魏冉已经说道："左更胡阳擅长攻城，由左更领兵较为妥当。"

胡阳，又是胡阳……从魏冉嘴里说出来的不是白起就是司马错，再不

就是胡阳，来来去去就是这三个人罢了。

嬴则抄着两只手立在地图前，好半天，终于沉声说道："寡人以为伐楚才是大事，万事皆应以伐楚为重。"抬起眼来扫视臣子，魏冉和白起都不知嬴则为何有此一问，忙躬身道："大王说的是。"

"左更是秦之名将，当用于伐楚之役，让他奔袭石城是大材小用。寡人的意思，命王龁去攻石城吧。"

魏冉和白起互相偷望一眼，心里都很清楚，王龁是嬴则一手提拔的亲信，上次嬴则想让此人担任左庶长，被华阳君芈戎搅了，嬴则对此事一直耿耿于怀。不久前他借着派司马错去巴蜀练兵的机会解了司马梗之职，把咸阳城里的屯兵交给王龁统领，现在他又借机提起王龁来了，此人若立了功，自然要提拔升迁，而魏冉若敢在这件事上稍存异议，就等于又在和秦王作对。

魏冉进宫是来商议国事，不是来和秦王做对的，白起则一心只看魏冉的眼色行事，穰侯想要如何，他便也如何，于是两人一齐道声"遵命"，弓着身退下去了。

秦国，是个全民皆兵举国唯战的强大军国；秦王，是个恃法抠众说一不二的寡人独夫，这独夫的野心与军国的疯狂配在一处，却也恰当得很。如今秦王意欲伐赵，一声令下，整个秦国立刻动起手来。郡守、县令发下文告，傅籍男子闻战欲狂，家家赶烙锅盔干粮，青年人穿起黑棉布袍，穿起从父亲手里传下来的甲胄，到衙门领取兵刃，听候差遣，等着上阵杀敌，为自己的家族挣来土地和奴隶。

为了节省时间，伐赵的十万大军全部在咸阳以东的轵道、戏邑、丽邑、高陵、芷阳、栎阳、槐谷、蒲城、重泉各县征集。为了强化战力，特意从咸阳调遣了一万名最精锐的"屯兵"，而这一万兵马正是五大夫王龁的部属。

王龁是秦王嬴则亲手提拔起来的臣子，勇力过人，治军之能不在白起、胡阳、司马错这"三足鼎"之下，虽然因故未能升任左庶长，却被嬴则调到咸阳担任中尉，专门执掌屯兵，拱卫京畿。这一次王龁又得到秦王的提携，得以亲率十万大军攻赵，喜悦之余，也抖擞精神，把全部精力都放在这场战事上。为了打好这一仗，王龁又举荐自己的部下公大夫张唐为先锋，另一个亲信之人公大夫王陵做自己的副将。

王龁是秦王要提拔的人，他的请求，秦王自然照准。

伐赵之役重在速胜，为了节省时间，王龁打破常规，命自己部下的屯兵先发，芷阳、丽邑、高陵、栎阳调集的两万步卒隔日进发，所有步卒每人只带三日之食，在秦国境内不得食用，而是传令沿途县邑为大军设食。

王龁、王陵、张唐都是新进的青年将领，锐气极盛，立功心切，为了催逼士卒行军，王龁又下令，为大军设食有时间限制，士卒们不按时赶到设食地就没有饭吃，只有赶到设食地才能略歇歇脚，吃一口饭，喝一碗水。受了这道严令，秦军三万步卒为了填饱肚子，不得不拼命赶路。为了激励士卒，先锋张唐又下令所有百将、五百主、二五百主皆不得乘车，必须与士卒一起步行，张唐自己率先弃了战车，与军士同行。

步卒出发七日之后，从蕞城调集的两万骑兵备齐军粮随后出发，王龁、王陵都弃车换马随军进发。

骑兵比步卒晚发七日，这是王龁设的巧计，如此则步卒进发之时只需带三日之粮，轻装疾进，而骑兵们除带自己的口粮外，还要额外为步卒携带粮食。步卒从咸阳周边出发，到开出秦境需要十天工夫，靠随身的干粮

仍可急行三日。而骑兵行动迅速，正好在出发的第七天赶上步卒，这样当骑兵自后赶上之时，步卒已经出发十四天，正好粮尽，便以骑兵带来的肉干和锅盔充饥，如此一来，秦军的进兵速度大大加快了。

秦人伐赵蓄谋已久，本就果断迅速，王龁的巧妙计算又把进兵日程缩短了七八天，结果在蔺相如回到邯郸的第九天，秦军先锋已经突入了赵国边境，骑兵在前，步卒继进，渡过呼沱水，穿越白马山，狂风一般呼啸而至，顷刻之间攻取蔺阳、离石，直奔石城而来。

石城是赵国西面的重镇，城西有太行山天险可恃，又有沙河、磁河、洨河、金河、槐河、羿河诸水环绕，附近有井陉、元氏诸城邑为依托，是个易守难攻之地，可惜赵国人把精力和心机全用在与魏国对抗，自以为秦国相隔遥远，不足为患，所以石城城垣低矮，箭垛不全，守军仅有四千，且对西面的秦人毫无防范。直到秦军取了离石，骑兵已到了石城的西门，赵人才急忙闭城死守，同时派人向邯郸告急。

真如白起所说："攻而必取者，攻其所不守。"赵军防务松懈，石城城防不修，而秦军凶悍似虎，锐利如刀，五万军马顷刻齐至，架起长梯四面环攻，屯兵健卒赤膊登城，奋身敢死，城里的四千赵军莫说招架之功，就连逃跑的机会也失去了。

只一昼夜，王龁大军已经拔取石城，城中守军尽数被戮，无一生还。

蔺相如回邯郸的第二十日，石城告急的文书和石城已失的消息，在同一天传到了邯郸。

大敌当前，不可自乱阵脚

秦国十万大军攻入赵境，石城失守，南北腰断！得到这个消息，正为"完璧归赵"而喜悦的赵王魂飞魄散。

赵国人真像一条抢骨头的饿狗，全部心思都放在了魏国身上，浑不记得西方还有一个强秦。直到石城失守，赵国君臣们这才如梦初醒。赵王急召平原君赵胜、望诸君乐毅、亚卿廉颇、上大夫乐乘、楼昌和刚刚因功得封大夫的蔺相如进宫议事。

转眼工夫，赵国重臣们慌慌张张地走上彰德殿。赵王这里已有些乱了方寸，急火火地问："诸卿以为赵国该如何夺回石城？"

听了这话，臣子们一下子都不作声了。

魏冉险诈，白起绝狠，一个审时一个度势，把赵国的虚实全猜透了，趁着大水刚过，赵国缺粮这最要命的关头猛击赵国的软肋，一击得手。而被秦军攻占的石城正在拦腰之处，赵军不救，则南面的邯郸与北面的代郡、云中断了联系，首尾不能相顾，态势极其不利；若救，就需要从邯郸左近调兵十万，劳师以远，粮草不济，胜负难料。若十万大军再被秦军败于石城，则邯郸兵力空虚，门户大于，秦军挥戈南下，赵国君臣只有束手就擒了！

纵然赵军不败于石城，面对已占据坚城的秦军精锐，这一仗也必旷日持久，邯郸精兵尽数北上，防务空虚，若魏国从安阳、几县进犯赵长城，赵国首尾难顾，又是一条死路。

赵国人错了！错就错在不顾一切兴兵伐魏，急于在诸国面前立威，想不到作茧自缚，反被秦国算计了。

伐魏一战是平原君提的，是望诸君打的，责任都在这两人身上，与廉颇、楼昌等人毫无关系。当此两难之际，赵王问下话来，平原君说不得话，廉颇、楼昌不肯说话，眼前这个残局，只有望诸君乐毅出来收拾了："大王，赵军北上未必能胜，大军一动则邯郸空虚，恐被魏国所乘，臣以为石城难救。"

石城难救，这是乐毅一辈子说出的最窝囊的话。赵王阴沉着脸问了一句："望诸君以为该当如何？"

其实眼下赵国只剩一条路走，就是与秦国媾和，以求秦王退兵。但与秦订盟极伤赵国的体面，说出这话的人将被赵人唾弃，被天下耻笑，再无面目立于王廷。若赵王有心维护乐毅，他就当在此处打住，好歹给乐毅留点脸面。可赵王却毫不客气地追问下来，这摆明了是让乐毅说出"媾和"二字，一个人把这黑锅背起来。

乐毅是个敦厚的人，虽然伐取伯阳的主意其实是平原君提的，可毕竟他当时未曾劝止，而且亲自统兵上阵，现在赵王把错都算在他一人头上，乐毅心里虽然委屈，却还是下决心担这个责任，绝不让自己的朋友平原君为难。于是抬头直面赵王，一字一句地说："臣以为眼下只有与秦国媾和，使其退兵。"

乐毅这一句话，已经断送了他在赵国的前程。听了这话，平原君赵胜满心愧悔，垂首无言，乐乘心里觉得赵王把国事尽归罪于兄长一人，实为不公，可是不敢当廷辩解，只能低头不语，坐在他身侧的亚卿廉颇却已经勃然大怒，手指乐毅高声斥道："望诸君何出此言！山东诸国合纵抗秦，赵国却单独与秦媾和，失信于天下，在魏楚齐韩面前当如何解释？"

亚卿廉颇是赵王驾下的亲信将领，自赵武灵王去世，他就一力辅佐赵王，极尽忠诚，有廉颇在，权臣李兑才不敢对赵王无礼。李兑死后，赵王把廉颇提拔为亚卿，成了赵国的柱石之臣。但廉颇这个人性情有几分骄横，除了赵王，旁人都不放在眼里 平日就与上大夫乐乘不睦，自乐毅归赵以来，廉颇对这个从燕国归来的望诸君更是满心厌恶。在他看来：乐毅虽然是伐破强齐的旷世功臣，威名赫赫，但他叛燕归赵，不忠不信，品行令人不齿，且又于赵国无尺寸之功，却倚着平原君的势力取宠于赵王，居然拜为君侯，位压群臣。这次赵国伐取伯阳，与魏国争强，从头到尾都是赵胜和乐毅一手操弄，结怨于魏，兵败于秦，丧师辱国以至于斯，更让廉颇觉得乐毅可憎可厌，对这么一条落水狗，实在是不打不快。

这时候的乐毅真的是一条落水狗了。听廉颇声色俱厉地问他，知道无可回避，干脆稳下心来平静地说："赵国与秦结好只是权宜之计，联合魏韩才是长远之策。待退去秦军之后，大王不妨把伯阳还给魏国，以修旧好。"

乐毅说的全是实话，把伯阳还给魏国以修旧好，这个主意赵王也早想到了。

伐伯阳并非乐毅一人之过，这个所有人都清楚，现在乐毅担下所有罪责，诚心实意，连赵王也不好再说什么。偏偏廉颇却不肯罢休，在一旁冷冷地说道："既然要还，当初伐取伯阳做什么？劳师动众，夺而复还，徒惹人笑。"

眼看廉颇毫不客气地威逼乐毅，乐乘在一旁恨得咬牙切齿，赵胜脸上也有了几分恼羞成怒的意思，但乐毅既然担了罪责，就下决心一担到底，推开几案向赵王拜了一拜："大王，伯阳之战是臣思虑不周，行事鲁莽，酿成大祸，请大王收回印信，罢黜臣爵，以示薄惩。"

乐毅所说的印信，是当年他在燕国任上将军统率五国大军伐齐之时，赵王颁给他的那颗相国之印。几年来乐毅先在燕，复归赵，这颗赵相国之

印始终在他手上，到今天才被赵王收了回去。

到这时，乐毅的下场已经注定了。

赵王缓缓说道："望诸君为赵国拔坚城，拓疆土，是个功臣，这一向太操劳了，暂且回府休养吧。"

乐毅名满天下，赵王当然不会因为一战之失而褫夺他的爵禄，但话里的意思还是等于收了他的相印，夺了乐毅之权。此时的乐毅自然无话可说，平原君虽然心里想帮着乐毅，却插不上话。赵王缓了缓，又补上一句："石城方面亦不可不防，乐乘，你从武城调精兵一万进至封龙，监视秦人动向。武城暂交楼昌驻守。"

武城是赵国南长城的门户，拱卫邯郸的要塞，一向驻扎精兵，自权臣李兑死后，赵王亲政，平原君执相权，乐乘就掌管了武城兵马，想不到赵王忽然把他调往封龙，削了乐乘的兵权。

伯阳之战或许是个错误，可乐毅已经把罪责全担了起来，也受了责罚，乐乘是乐毅的弟弟，在此事上却无过错，赵王削夺乐乘的兵权实在没有道理，尤其是所有人都知道，乐毅、乐乘背后站着的是平原君赵胜。显然，赵王这是想借伯阳之事清理朝堂，排除异己，其矛头所指实是赵胜。

到此时赵胜实在不能不说话了："大王，攻取伯阳是臣的主意，是臣请望诸君谋划战略，也是臣向大王举荐望诸君出战，若要论罪，皆是赵胜之罪，臣自请罢去臣位，贬为庶人，以儆诸臣。"

赵胜是赵国的第一号勋戚重臣，一人之下万人之上，可现在他把话说的十分冲动，竟是不留丝毫余地，殿上的臣子们个个都懂得疏不间亲的道理，见赵胜和赵王争执，没有一个人敢说一句话。

眼看赵胜仗势骄横，竟然当廷与自己争执，赵王也十分懊恼，沉声说：

"大敌当前，伯阳之事不必再提了，今天先到这里，众卿回去就石城的战事拿个主意出来吧。"说完就要起身离席，不想赵胜怒气不息，站起身来高声道："王且留步！臣还有一事要问：赵国伐魏当真错了吗？"

见赵胜纠缠不休，赵王心里更加气恼："依你看呢？"

"果然是错了。"

平原君的回答倒让赵王摸不着头脑，冷冷地说："那还问什么？"

"臣想问的是，伐伯阳只在一城一地，若伯阳之战是错，那么水淹大梁又做何解？"

赵胜这话把殿上众臣全都吓了一跳。

黄河决口淹了魏国，重臣们都隐约知道这场大水是赵王亲赴刚平，调兵马入卫国掘了黄河，可此事关系太大，赵国君臣百姓讳莫如深，无人敢提。想不到赵胜急怒之下竟以此事当廷质问赵王，可真是闯了弥天大祸，话一出口，连赵胜自己也吓愣了。

城府极深的赵王这一下也被气得脸色青黑，忍不住要发作出来。好在楼昌还有急智，高声道："平原君这话不对！伐伯阳是人谋，黄河决口是天灾，岂可相提并论？"

楼昌这话真是欲盖弥彰，可好歹也算个台阶，赵胜急忙说："楼大夫说的是，我失言了……"可他心里也明白，一句"失言"抵不得自己的过失，缩着头坐了回去，只觉得脖梗子里寒气森森，浑身冷汗直流。

赵王直挺挺地坐在几案之后，先把赵胜狠狠地看了半天，又抬眼逐一扫过殿上的臣子，凡被他眼神触及的人都急忙低下头来。见无人敢与他对视，赵王拉长声音一字一句地说："看来此事还当再议，你们且去拿主意吧。"

几个臣子像避猫鼠一样缩头缩脑地退了下去，只剩下赵王阴沉着脸坐

在彰德殿上，看着案前铜灯里昏黄的火苗一闪一灭，心里盘算着一个主意，却又一时下不了狠心。正在此时，公子赵丹悄悄走了进来。

今天的廷议实在吓人，眼看赵王和平原君竟似要决裂，大臣们又不敢进言，宦者令缪贤急忙命人到东宫把此事告诉了公子丹，请他到赵王面前来打个圆场，缪贤自己又飞跑出去搬请能言善辩之人去了。

听了此事，公子丹急忙赶了过来，看了父亲的脸色也知道事情严重，不觉心惊胆战。不等他说话，赵王却已先开了口："自周天子封土建国七百余年，列国兴衰更替，半是权臣为祸。你记住这句话：强敌之患不过肘腋，家贼之祸方是腹心！人心难测，不可不防。"

听了这话，赵丹知道父亲这是要下狠心了，更加害怕，可他年轻识浅，越慌越乱，竟是张口结舌说不出话来，正在忧急，缪贤疾步走了进来："大王，蔺相如求见。"

在赵王身边，宦者令缪贤倒是个能办事的人，危急之时他先请来公子丹，把事情缓了一缓，随即又搬出蔺相如来劝说赵王，这是在为国事尽力了。情急之下，赵丹也没问父亲就对缪贤说："叫他进来吧。"话一出口才觉唐突，偷看父亲一眼，见赵王并没有责怪之意，这才悄悄松了口气。

片刻工夫，蔺相如弓着身子走上殿来，对赵王和公子丹行礼。赵王却连眼皮也没抬，冷冷地问："廷议之时蔺大夫一言未发，现在来有何事？"

廷议之时，蔺相如确实一言未发。

蔺相如毕竟出身卑微，虽然为赵国立了功，封了大夫，可是和平原君、望诸君以及廉颇、乐乘这些将相名臣相比，他的些许功劳实在微不足道，在赵王面前谈不到"宠信"二字。尤其廷议之时平原君护着乐毅、乐乘，廉颇却顺着赵王的意，专与乐毅为敌，暗中显出"党争"的意思来，蔺相如一个新进的大夫，背后没有靠山，这种时候他更不敢随便说话。

现在重臣们散去了，蔺相如却没有走，在宫廷之前来回转磨，心里拿不定主意，倒是宦者令缪贤抓了个空子飞跑出来扯住蔺相如，说今日廷议关乎赵国兴亡，让蔺相如务必入宫直谏，蔺相如也知道事情重大，这才大着胆子来见赵王，而赵王又正在气头上，话说得毫不客气，蔺相如心里也难免惶恐不安。

但每一位能成大器的臣子必有其与众不同的品性，蔺相如也是如此，在他眼里，为人无非质朴诚恳，处世无非踏实勤勉，只这质朴踏实四个字，便成就了赵国的一代名臣。

现在蔺相如用自己的朴实心思猜度赵王之意，知道这位有心计的君王实是两难。

自权臣李兑死后，平原君赵胜得赵王宠信，把持政事多年，身边亲信众多，各掌军政之权，渐已结成朋党，使赵王起了警惕之心；而平原君的性情刚勇好胜，自大骄矜，又令赵王不满。此番平原君对秦国的挑衅做出了错误的判断，操切误国，坏了大事，赵王似乎已动了废黜平原君的心思。

但抛开这一切不谈，说句实话，赵国的国事毕竟是赵王在拿主意，平原君不过是个出谋划策的人。这次与魏国争从约长，以致兵伐伯阳，水淹魏国，哪件事不与赵王有关？可身为君主，无论如何不能认错，所以赵王大发脾气，多半是恼羞成怒，欲制平原君，也只是想找一个替罪之人罢了。

但平原君可以罢黜吗？又是万万不可。

平原君是赵王的亲弟弟，骨肉相连，赵王连平原君都不信，赵国的大臣们还有一个能得到信任吗？尤其与平原君有瓜葛的臣子们哪一个还敢立于朝堂之上？正所谓"狐死兔悲，恶伤其类"，赵王真若罢黜平原君，赵国臣子们谁不心寒？

再则，平原君才智无双，又有贤名，不论王族诸公子或是殿上众大夫，无一人能出其右，这是位无可替代的重臣，赵王今天制裁平原君为自己掩过，以后肯定还会重新起用他，只是这么一来既折了平原君的威信，又挫了他的志气，以后只怕不敢再为国谋划了。从长远看，赵王为一时之气而打击平原君，实在是明珠弹雀，得不偿失。

蔺相如看事情只看人的良心，他知道赵王是个英明君主，能纳忠言，所以直截了当，就以赵王自己的良心来说动他："大王，臣出身低微，头脑愚钝，只记得孔夫子曾经告诉弟子仲由，事君之道是：'勿欺也，而犯之。'所以臣想在大王面前说几句直率话：大王是位贤君，把赵国治理得好，可赵国自立国那天起，从来就不是个大国，与秦、齐、楚、魏相比，国土子民不及人家的一半，土地荒寒贫瘠，百姓食不果腹，且赵国地势狭长，四面受敌，国家又穷，没有财力物力修筑坚城以御强敌，只好集中一切兵力财力于南北两端，北拒胡人，南防齐魏。可如今齐国已破，魏国已衰，赵国却未能及时调整国策，仍然是南北兵强而西方兵弱，以至于被秦所乘，打了一个冷不防，臣请问大王，天时已变而国策不修，是何人之过？"

沉默半晌，赵王缓缓说道："此是寡人之过。"

仅一个时辰以前，赵国君臣为了推卸责任而弄得势成水火，可蔺相如的一番话却绕过争执，直溯本源，令赵王说出"寡人之过"四个字，片刻之间，紧绷的政局缓解下来了，连赵王自己都大大地松了口气，蔺相如心里也踏实了许多，就顺着这个路子一直说下去："以臣猜想，平时必定有人常在大王面前说赵国已经强大，足以称霸，或许大王心里也是这样想？实则赵国不强。自赵烈侯立国以来，赵国与齐、魏交锋屡屡败北，国土丧失过半，连故都晋阳、中牟都先后失守，邯郸也曾被魏国攻占三年之久。到武灵王胡服骑射，兼并中山国，才有了些起色，可武灵王只强军，却未强国，百姓仍旧啼饥号寒，赵国在诸侯之间也没有威信，加之李兑专权，排挤旧臣，使武灵王之政中道夭折，虽在大王手里又恢复起来，也不过才七八年的工夫。这次伐取伯阳，是武灵王晏驾后十多年来赵国第一次向外扩张，结果南与魏国失和，西被强秦所乘，这只说明赵国并未做好争霸的准备。"

说到这里，蔺相如看了看赵王的脸色，见赵王面色凝重，眉宇间尽是忧急之色，而盛怒已消，知道自己的劝谏有效了，才继续说："话说回来，赵国伐伯阳一鼓而克，魏国不敢反扑，而十万秦军千里奔袭，虽然打下了石城，可从天下态势来分析，正是赵国强大起来，使秦畏惧，才不遗余力冒险犯境，这就是说赵国已有了争霸的本钱。就像一个商人开了间铺子，招牌挂了出去，客人也上门了，虽然算计不周赔了几个钱，并不要紧，明天赚回来就是了，不必为了些许小事大动肝火，大王觉得是这个理吗？"

蔺相如举的是个俗例，可话说得不松不紧，恰到好处，赵王的心情越发松快了："依你说，下一步该如何？"

"秦国毕竟离赵国还远，虽然以势凌人，其意不在赵国，所以赵国对秦人首先不惧，其次不卑，继而不亢，石城之战视如癣疥之疾，不必在意，冷眼看秦人下一步如何。他若兴兵进犯，赵国已经有备，自可拒敌；他若

和谈，便与他谈。魏国方面暂且罢兵修好，缓和局势。至于国内，大敌当前，不可自乱阵脚。"

说到这里，蔺相如总算入了正题："臣以为上大夫乐乘处事沉稳干练，统兵多年，与魏国对峙从未有失，大王调这样的上将去封龙监视秦军，这个布置很妥当，但封龙离邯郸太远，兵马也不足，不如改任乐乘为武安郡守，总制中路兵马对抗秦军。"

在邯郸周边有三处要紧的城塞，南面的武城依赵长城而建，专与魏国对峙，西面的武安本也是防御魏国的要塞，现在却成了抵御秦国的堡垒，东面还有一座要塞称为列人，是对抗齐国的重镇。以前赵国最大的对手是魏国，所以武城防备最要紧，现在赵国的劲敌变成了秦国，武安就显得特别重要了，把乐乘从武城调到武安，不但不挫其威，反而显得更重用他。

重用了乐乘，赵胜和乐毅也就安心了。

沉思良久，赵王缓缓点头："这是个好办法。"

有赵王这句话，在一旁的公子丹和宦者令缪贤都心里暗喜，蔺相如总算放下心来，但他心思缜密，还有很多想法："齐国复国之后国力衰弱，急于向赵国示好，而赵国欲图霸业，也必须安抚齐国，稳住东方，大夫楼昌文武兼备，性情谦和，早年曾数次出使于齐，颇得齐王信任，大王若派楼昌驻守列人，东部边疆当可无事。"

楼昌是赵王的亲信臣子，本想用他取代乐乘去守武城，但此事影响太大，牵涉太多，现在连赵王自己也犹豫起来了。好在蔺相如请赵王改派楼昌去列人，倒是个和缓之策，赵王不由得微微点头。

蔺相如又道："眼下抗秦是关键，对魏国也不可不防，武城毕竟是重镇，

须派一员勇将驻守，臣以为中大夫赵奢英勇善战，足当此任。"

赵奢是武灵王时的旧臣子，又曾在大梁城下击败秦将司马错，果然英勇非凡，足能独当一面，而且此人性情耿直，忠心可鉴，赵王对他也很信任。这赵奢又是平原君一手提拔起来的人，命他镇守武城，对平原君倒是个安抚，一举数得，赵王十分满意，脸上有了一丝笑容，把蔺相如仔细打量了几眼，吩咐："此事寡人有计较，你去吧。"看着蔺相如退出彰德殿，回头问公子丹："你看此人如何？"

在父亲面前赵丹不敢多话，只说："蔺大夫是个能臣。"

"气壮如虎，舌利如锥，有决死之勇，又心思细密，朴实坦诚，是个能办大事的人。"说到这里，赵王抬头看着公子丹，等他说话。

赵丹发了一会儿愣，忽然明白了父亲言下之意是让他出面举荐，以此示恩于蔺相如，培植此人做自己的羽翼，其中意味深长，忙避席而前向赵王拜了一拜："有蔺大夫这样的能臣是赵国之幸，恳请父王委以重任。"

赵王点点头："就依你吧。"回头吩咐左右："传寡人诏：应公子丹所请，升蔺相如为上大夫，加食邑两百户，掌丛台机要，进出东宫不必通禀。"又对赵丹说："你年纪轻，以后凡事多向这些人请教。"公子丹急忙连声答应。

赵国被人牵着鼻子走

廷议之时言语有失，平原君赵胜自觉大祸将临，回府之后立即闭门谢客躲了起来，其后一连几天寝食俱废，惶惶不安，不知赵王要怎么处置他。

哪知等到第三天，王宫里忽然传出诏命，却是命乐乘执掌武安兵马，赵奢接掌了武城防务，楼昌则改管列人之兵，如此一来，却让赵胜猜不透玄机了。正在府里纳闷，宫中又传出旨意，召平原君议事，赵胜急忙入宫。赵王在偏殿设宴相迎，和颜悦色，全不提前几天的事，只以石城被秦军占据之事向赵胜问计。

到这时赵胜才相信这场风暴已悄然过去，眼见兄长宽厚仁爱，不与自己计较，心里既感且愧，也就暂时抛下私心杂念，把心思都用到国事上去了："依臣看来，秦军拔石城不为攻赵，只是立威，此时赵国若惊慌起来，自乱阵脚，会被秦人牵住鼻子，可赵国岿然不动，坚垒以待，时间一长，秦人就将陷入被动。"

赵胜所说的话貌似刚强，其实是一句虚言。赵王已知其言不由衷，却并不说破，笑眯眯地看着他，等着平原君往下说。

老子有言："知其雄，守其雌，为天下谿；知其白，守其黑，为天下式。"赵王何的高明之处正在于此。赵胜刚强多谋，能处置大事，赵王却极善"雌伏"之术，能听言，善权术，知白而守黑，在稀里糊涂中把臣僚们收拾得团团转。现在的情况就是如此，平原君当面吹牛，赵王却揣着明白装糊涂，只管顺着赵胜的话头儿说道："这么看来赵国应向石城增兵以压制秦军。"

以赵国的国力根本无法向石城增兵，赵王一说这话，赵胜有些慌了，赶紧给自己找台阶下："大王说的对，赵国兵马对付十万秦军还够用。但北方有胡人窜扰，代郡、云中郡的兵马难动，应调武安、邯郸之军北上。"

"武安仅三万兵马，够吗？"

三万兵马当然不够，于是平原君又说："齐国虽已复国，其势尚弱，赵国可以从列人、巨鹿、宁晋抽调兵员。臣大略算过，武安有兵三万，列人、巨鹿诸邑可集兵四万，加上封龙、蔓葭、番吾、灵寿各处兵马约有十万，足可与秦军对峙。"

平原君的主意表面看似完满，其实内中有几处漏洞，赵王是个精明的人，既知道漏洞所在之处，也知道平原君为什么要藏私，更知道如何督促平原君把这些漏洞一一补齐。

所谓"将欲取之，必先予之"，君王用臣子，每每欲抑先扬。赵王刚才所说的每句话明是赞同，实是挤对，目的就是从赵胜嘴里挤出自己想听的话来。现在赵胜已经被挤得无处可退，赵王先满面带笑连连称赞："这样最好，有十万精兵抗秦，寡人就放心了。"随即话锋一转："赵军十万，秦军也是十万，若纵兵攻石城，胜算有多少？"

石城的秦军有十万之众，赵军以相同的兵力想夺回城池，其实很难。何况赵国只有三十万精兵，十万用于北，十万用于南，倾尽国力，也只能调兵十万赴石城；而秦国有六十万大军，眼前又未与别国交战，尽可全力支援石城，若赵国真的全力攻打，秦人必然增兵，如此一来，一城之战就变成两国间的大决战，赵国兵马不济，粮草不足，实在应付不起这样的决战。所以平原君提议向石城增兵，表面看似逞强，其实只是在为"示弱"做一个铺垫，最终还是要遣使向秦国求和。

可石城之败平原君责任不小，一旦求和，赵胜在赵国威信扫地，这个面子他丢不起，所以赵胜不愿说出"求和"两个字来："秦国志在伐楚，而伐楚也对赵国有利，若赵秦在石城僵持不下，徒耗国力，延误秦军南下之期，则两利变成两害。依臣之见，赵国可遣使往咸阳说明利害，劝秦王退兵。"

平原君用"伐楚"掩盖了"求和"，虽是自欺欺人，毕竟这个说法保

全了赵国的面子，赵王微笑着问："何人出使较为妥当？"

"大夫楼昌能当此任。"

说到这里，赵胜算是堵上了一个漏洞，可眼前还有一个窟窿也等着他堵。于是赵王把话头儿收得比刚才更紧些："抽调武安、邯郸之兵，必使南长城空虚，此处与魏国接壤，也不可不防。"

魏国的事最让赵胜难受。

赵胜的夫人是魏国的女公子，魏王是他岳丈，太子圉、公子无忌是他的妻舅，这次为了伐魏，内与结发之人反目，外与亲翁失和，现在却又要厚着脸皮去与魏国重结旧好，真是天下第一大尴尬事。可话已说到这里，赵胜只好硬起头皮说道："赵国与秦交战，是替魏国分忧，魏王应该感激赵国，绝不敢发兵来犯。"说完这些吹牛皮撑场面的大话，才又轻描淡写地补上一句："赵国遣使臣赴咸阳，恐怕各国生疑，大王可以同时向齐、燕、韩、楚派出使臣，一则向各国君王问候，二来表明赵国与山东诸国联袂共守之心。"

与魏国修好，比同秦国讲和更重要，也更难堪。赵王话里话外挤对赵胜，就是要让他亲自去办这事。可平原君的话里故意不提"魏国"二字，看来仍想推诿，赵王却也不说什么，只管盯着平原君看。平原君知道这次躲不过去了，只得说："赵国既已向五国派出使臣，也应该遣使赴大梁说明情况。"

"以谁出使为宜？"

赵王这句话问得太快，颇有催促的味道，其意不言自明。到这时赵胜想躲也躲不掉了，咂了咂嘴，皱了半天眉头，终于不得不说："魏国与赵国关系非比寻常，需要郑重些才好，就让臣去走一遭吧。"既然已经表了态，不妨表现得坚决些，于是加上一句："臣明天一早就去大梁。"

赵胜答应亲自出使魏国，赵王这才满意，脸上越发笑容可掬："也好，有劳你了。"

至此，平原君总算从赵王那里得到谅解，一颗心放回了肚子里。可他也知道过失甚重，须得勤谨月事才能将功补过，一回府，立刻吩咐家宰李同备齐车马，又取出黄金数一斤，各类珍玩无数，整整装满了三辆马车，准备拿来向魏国太子、公子和重臣行贿。自己到内宅去见魏夫人。

自从赵国掘黄河灌了大梁，魏夫人就与赵胜失了和气，自己到后院去住，多日不与赵胜相见了。赵胜身边有的是女人，求不着夫人，也就故意不往后院来。可现在他要到魏国去活动，非要魏夫人赏下脸面才好，只得屈尊降贵，跑来巴结夫人，说赵王已经知错，将与魏国修好，伯阳也将归还魏国，至于水淹大梁之事，则赌咒发誓抵死不认。软磨硬泡，好话说尽，总算讨得夫人的一个笑脸儿。赵胜得寸进尺，再三央求，魏夫人被他哄不过，好歹给魏王、太子写了两封家信，又备了一份厚礼。

有了魏夫人的家书和礼品，赵胜俨然又成了魏王的女婿，仗着这份交情，估计到了魏国自己的日子能好过些。又急着在赵王面前补过，不敢耽误时间，立刻命李同收拾车马，再叫上那个舌辩无双的门客公孙龙，主仆三人同乘一辆高车，另有十几乘轻车，三百余扈从，蜂拥而出邯郸，飞奔大梁而去。

不一日，赵胜一行到了大梁，先到王宫递上国书，又把魏夫人的家信和礼物送进宫里，继而带着大批重礼来拜见太子。

魏国大王身患重疾不能视朝，国事都由太子执掌，赵胜和魏太子交情

莫逆，又早准备下整整两车礼品和一肚子的奉承话儿，只想先从太子这里打开个口子，好在大梁城里有个站脚的地方，再四处活动，替赵国讨好儿。却想不到东宫大门紧闭，只有太子府长史出来见了他一面，冷面冷言，说太子染了风寒，不能见客，只接了魏夫人的家信，其他礼物一概不收，硬是把个平原君挡在宫门之外。赵胜没办法，只好厚起脸皮再到南宫来拜访公子无忌，门上却说魏无忌受命视察梁沟水利，不在大梁。

其实魏无忌明明就在南宫之中，只是不愿意见平原君的面罢了。至于"视察梁沟"无非是暗中点了赵胜一下：你赵国人不要太得意，水淹大梁这笔账还没有算完！

平原君是个贵人，一辈子只有人求他，没有他求人，可这次到大梁却处处碰壁颜面尽失，不由得恼怒起来，回到传馆就坐在厅里黑着脸骂人。仆人们都吓得四处乱躲，却见公孙龙走了进来："主公，魏国上大夫范痤到访。"

魏国总算派了个有身份的人来见，赵胜心里好过了些，来到前厅坐下，片刻工夫，家宰李同领着范痤走了进来。

上大夫范痤平时是个笑面人，可今天的面色着实不善，也不行礼，只略拱拱手就在平原君对面坐下，阴沉着一张脸，撇着嘴角，斜楞着眼睛打量平原君，半天才说："魏王命我来问平原君：到大梁有何事？"

"本君专为伯阳战事而来。"

听说是为了伯阳之事而来，范痤的脸色越发难看，口气也更加冰冷："原来如此。赵国无故伐取伯阳，魏王震怒，现已调精兵十万北渡黄河到安阳集结，命上大夫新垣衍为将军，统率河北部众准备夺回伯阳，既而攻打武城。魏赵两国即将交战，君上也不必留在大梁，请回邯郸将此事知会赵王吧。"

范痤的话有一半是真的，另一半却是假的。

若论国力，魏国不是赵国的对手，丢失伯阳也无力夺回，只能忍气吞声。哪知秦国忽然出兵攻下石城，赵国被秦军拦腰截断，处境危急，魏国君臣大喜过望，当然要占这个便宜，立刻调军北上威逼赵国。

但魏国西面疆土受到强秦的威胁，对楚、韩也要设防，加之连年败仗兵员吃紧，实在抽不出多少兵马，只调了五万人马渡过黄河，也并未开赴安阳，而是在黄河北岸的汲邑驻扎，准备一旦有事立刻渡河南返。现在范痤大话欺人恫吓平原君，是吃准了赵人不敢两面作战，必要讨好魏国，所以虚张声势，想来一个"不战而屈人之兵"，让赵国老老实实归还伯阳。

正所谓人在矮檐下，不得不低头，赵胜平时飞扬跋扈，今天却是虎落平阳，被一个大夫呵斥驱逐也不敢动怒，觍起脸来笑着说："范大夫何出此言？赵魏同出三晋，又一起合纵抗秦，本是一家人，魏国兴兵去伐武城，岂不令亲者痛仇者快？"

范痤冷笑道："君上也知道'亲者痛仇者快'？"

确实，赵国伐魏在先，如今回过头来求人，说出话来，一句一句都像是在抽自己的嘴巴。赵胜挠了挠头皮，硬挤出一张笑脸来："伯阳之战，皆是赵国臣子为立军功在大王面前挑拨，我们这些人也糊涂，未能劝谏。孔夫子说：'犀兕出于柙，龟玉毁于椟，皆臣下之过也。'不能劝谏大王，皆是我等之过，来大梁之前大王已有明言：'赵魏同气连枝，实不当伐，伯阳城应归还于魏。'本君这次来大梁就是向魏国归还城池，以修旧好。"

听说赵国要把伯阳还给魏国，范痤心里暗喜。可眼下大势对魏国极为有利，索回一座伯阳城只是底线罢了，范痤早已和太子圉、公子无忌定下

了更大的目标，于是脸色丝毫不动，淡淡地说："赵王果有此意吗？"

范痤明知故问，摆谱充大，颇有欺压赵胜之意。赵胜也有些恼火，冷冷地问："范大夫这是信不过本君之言吗？"

范痤今天是要谈大事的，犯不着在这些小节上与赵胜纠缠，只说："有诚意就好，我当禀报大王，暂缓攻取武城，以观赵国诚意。"说了一句欺人的大话之后，扬起脸来把两个鼻孔冲着赵胜："暴秦为天下公敌，如今赵国也被秦人所害，想必君上感同身受了吧？山东诸国要防备秦人进犯，不知君上有什么好办法？"

要对抗暴秦，唯一的办法就是山东诸国合纵，舍此别无出路。范痤故意这么问，显然是布个圈套给赵胜来钻。可惜赵胜此番赴魏本就钻进圈套里来了，现在想退回去也难，只能硬着头皮顺着范痤的话头儿说道："欲抗暴秦，当以六国合纵为要。"

范痤嘴里大大地"哦"了一声："君上说的是，魏国也是这个想法。六国合纵是大事，只是齐王不义，被五国联袂攻打，破国已有数载，山东诸国群龙无首，该由何人做从约长，重新发起合纵，君上有计较吗？"

到这时，赵胜已经钻进人家的圈套里，被范痤牵着鼻子走了。

从约长虽是虚名，赵魏两国却都趋之若鹜，赵国仗着强兵，在争夺中一直占据上风。可秦国进犯石城以后大势逆转，赵人已无力再和魏国相争，此时唯有推举魏国为从约长才是明智之举。

话说回来，赵国毕竟在争约长的事上花了大本钱，现在反过来推举魏国，对赵人来说又是一件丢脸的事，赵王肯定会像上次一样推卸责任，让臣子来背黑锅。而赵王选定背黑锅的臣子正是赵胜，所以才特意催逼赵胜出使魏国。

在赵国重臣里平原君的地位最尊贵，像这样一个黑锅只有他还背得起，可赵胜不是乐毅，没有那么忠厚老实，打心眼儿里不想担这个责任。于是赵胜当着范痤的面耍起了滑头："本君奉王命出使魏国，只为归还伯阳与魏修好，推举从约长是大事，本君一时不能决断，需要回邯郸报知大王，君臣集议，再做答复。"

平原君这里弄鬼，范痤眼里却不揉沙子，立刻紧紧地逼了上来："君上是赵国贵戚，如此细小之事竟不能决？看来赵王并无与魏国修好的诚意，既如此，别的也不必谈了，君上这就请回邯郸，魏国自会攻取伯阳，到时范某愿与君上会于武城，再议此事。"

范痤不断以战争相威胁，言辞凌厉，步步进逼，赵胜有些急躁起来了："赵国一心修睦，魏国为何不肯偃兵？"

范痤也针锋相对："非是魏国不肯偃兵，实是赵国好战不休！我听说赵军拔取伯阳之时，赵三宫中添膳置酒，群臣祝贺，秦军拔赵石城，赵王素服减食，责备臣属，如丧考妣。无故兴师，闻胜则喜，败则益怒，此是偃兵修睦之相吗？"

赵胜挺起身来厉声道："范大夫要问赵国的国事吗！"

范痤也不客气，立刻回敬一句："赵国的国事范某不敢问，但请赵王拿出诚意，否则不必多谈，就请君上回邯郸吧！"

其实魏国并没有与赵国较量的实力，更不想在此时与赵国开战，让秦人从中渔利。正因为此，范痤才气势汹汹不断恫吓赵胜，必要从他身上榨出油水来，这正是《孙子兵法》中"上兵伐谋，其次伐交"的道理。赵胜也知道魏国八成不敢对赵国动武，可毕竟秦国十万大军就在石城，而魏国"十万大军"又已北渡黄河而来，真要两路齐攻，赵国必然大败，这个险赵胜冒不起，一旦引发战祸，这个后果赵胜更担不起。

推举魏王为从约长，赵胜要丢脸；若一味强硬，引得魏国大军来攻武城、邯郸，赵胜丢的就不止一张脸面了。

沉吟半晌，赵胜终于下了决心：就把推举魏王为从约长的话说出来吧，至于脸面嘛，没有那么要紧，就算掉在地上，日后有机会，也还可以再捡起来。

想通了此节，赵胜的心里反而松快了，脸上也有了笑容："范大夫，本君出使魏国是为修好而来，怎么你我倒争吵起来了？"

赵胜话里带着服软的意思，范痤知道这位刚强多谋的平原君已经打算让步了，顿时也收起怒容，一张胖乎乎的圆脸笑得灿烂无比："范某岂敢与君上争执？只不过六国约长是大事，还请君上拿个主意。"

平原君捻须沉吟片刻，微笑道："魏国是抗秦的中坚，这约长之位本就该归于魏。早年齐王仗着国力强大，把这个名头硬抢了去，如今齐国已衰落，从约长之位自然归于魏王，此谓之名正言顺。"

见平原君吐了口，范痤急忙再敲定一句："这么说赵王是推戴魏王为从约长了？"

"我王早有此意，只是会盟之期还需再定。"

"魏王已向齐、楚、韩、燕派出使臣，各国也都有心拥戴，现在赵国也有此意，这就好办了！"谈成了大事，范痤笑逐颜开，打趣道："在魏国君上是客，可在这传馆里君上是主，范某到君上这里做客，怎么连一碗酒也没有？"

平原君也笑着说："酒是现成的。只不过魏国的酒烈，怕范大夫喝醉了会赖在我这里不走。"两人一起哈哈大笑。家宰李同忙摆上酒肉，赵胜和范痤都不再谈国事，推杯换盏尽兴吃喝起来。

四　屈服于秦

再给赵王一点颜色

　　平原君赵胜在魏国四处赔情道歉，答应推举魏王为从约长的时候，派往秦国求和的使臣楼昌已经到了咸阳。依惯例，楼昌没有立刻进宫去见秦王，而是先到穰侯府上来报到，把赵王与秦国修好的一番美意添油加醋说了一遍，穰侯魏冉听后不置可否，打发走楼昌，立刻把华阳君芈戎和大良造白起找来商量国事。

　　秦国的国事先在穰侯府里商量，等魏冉拿定主意之后再报与秦王廷议，这也是惯例了。魏冉的消息一向灵通，已经知道赵王在向秦国派出使臣的同时也分派使臣到各国游说，表面没有什么明确的意图．内里则是向各国表白赵国仍然与山东诸国一心共抗强秦的意思。这套阳奉阴违的把戏并不稀奇，别说魏冉，就连直肚肠的华阳君芈戎也看得透："赵王何果然是个小人，已被逼到无路可走的地步，还想左右逢源，瞒天过海，看来是秦人给他的教训不够！依我看不妨再向石城增派几万兵马，让王龁攻下井陉塞，把军马真正揳入赵国的腰身，那时赵王才知道进退。"

　　芈戎说的是个硬办法．却并不怎么高明，魏冉只略点点头，并不接他的话，转过来问白起："大良造也说说？"

芈戎是贵戚，又位列君侯，有他的主意在这里，白起是不好去驳的，只能顺着他的意思说："华阳君说的有理，只是不必命王龁进兵，我看可以请下王命，派胡阳领蕞城之兵伐赵，攻打之处也不必放在石城方向，因为井陉塞太过险要，石城失守后，赵军一定会向井陉增兵，我军强攻难保全胜。"

在打仗上头，白起想事情比芈戎明白得多，前面那一句"不必王龁进兵"已经说到了点子上。可白起是武将，有些事他到底看不透。既然眼前都是最信得过的人，魏冉也就不再打哑谜了："赵王何比狐狸还奸，可咱们已经揪住了这条狐狸的尾巴，就不能让他跑掉。现在赵王派使臣来求和，我们不妨先礼后兵，且提个条件给赵王去做，他办不成，再伐赵也不迟。"

魏冉这句话把芈戎和白起的思路领到正路上来了，三个人一块儿动起脑筋来。半晌，白起忽然笑着说："我有个主意：当年赵武灵王与秦国先王订盟时，武灵王曾派楼缓到秦国做相邦，以示秦赵之好。今天咱们就学学先辈的办法，让赵王把相印交给穰侯，拜穰侯做一回赵国的相国，咱们不指望主赵国政事，只要把这颗相印攥在手里，赵王再想左手拥秦右手抱魏，两面讨好，就没这么容易了。"

白起做事向来不拘一格，想出的主意果然有意思，魏冉略想了想，忍不住哈哈大笑："大良造说的好，这么一来赵王就成了瓮里的泥鳅，纵有天大的本事也钻不出一个窟窿来了。"又把话锋一转："只是赵王自恃兵强，绝不会轻易就范，咱们还是要准备对赵国用兵。大良造刚才那话说的对，这一仗不必让王龁去打了……"说着两只眼睛直勾勾地看着白起。

这一次白起却没搞懂魏冉之意，反倒是芈戎先明白过来了，在一旁叹了口气："都说一朝君一朝臣，大王继位时咱们这些人就在身边辅佐，那时候多少人暗里使劲，想和大王争位，若不是穰侯手腕硬朗，狠狠杀了一批人，吓住了这帮兔崽子，大王哪能坐稳江山？可这些年秦国越来越强盛，大王却和咱们这些旧臣越来越疏远，好不叫人寒心。上次大王一句话赶走司马梗，让王龁做了中尉，接掌咸阳的屯兵，这是要削穰侯之势，这次伐赵，前前后后都是穰侯和大良造出谋划策，大王却放着名臣上将不用，偏让一个王龁去立功，照这么下去，秦廷之中还有咱们这些旧臣子的立足之处吗？依我看，下面这一仗还是由大良造来打，倒看看是咱们这些老臣有本事，还是王龁他们这帮年轻人有能耐。"

芈戎这个人脾气太急，一下子把所有的话都说尽了，魏冉也就不必再说了。

到这时白起才恍然大悟。既然是为穰侯尽力，白起自然当仁不让："这一仗就由我亲自去打，一定要做个样子给天下人看！"

白起打仗的本事十分了得，"做样子"的功夫更是秦国第一，天下无双，这上头魏冉很清楚，也很放心，只问："大良造觉得应从何处着手？"

"这些年赵国西面边防不修，尤其石城是个空当，容易攻打。可石城正在赵国当腰处，北边多是荒寒不毛之地，往南才是要紧的所在，这次伐赵当在石城以南。"白起站起身来把地图仔细看了半天，"赵国西面的屏障是太行山，这一带正是以前晋国的上党郡，三家分晋之时上党郡一分为三，其中赵国上党郡地域最大，城池最多。赵上党有两座前出的要塞，一是阏与，一是光狼城。若攻下阏与，可以顺着漳水南下，绕过赵长城袭取武安；光狼城背后是长平城，经此渡过丹水，有大路通往邯郸。这两处不管攻下哪一处，都等于把刀架在了赵王的脖子上。"

说起用兵之道，秦国无人强过白起，一眼就看破了赵国的死穴。所以魏冉一句话也没说，任白起去谋划。白起又坐在地图前琢磨了半晌，这才

抬起头来："此番伐赵，不但要把赵国打疼，更是为了引人注目，若进兵之地离邯郸太远，给赵王的压力不大，对列国的震动也小。阏与有些远了，还是光狼城近，咱就攻打光狼城！"

光狼城是赵国上党郡的门户，在崇山峻岭之中与韩国上党郡的野王城对峙，距离邯郸不过百余里，若秦军能攻陷光狼城，由此东进可以直扑邯郸，即使踞城而守，也如同把一根刺插进了赵国的喉咙，足以让邯郸城里的赵王寝食不安。

但光狼城地势奇险，万山环抱之中，三水交流之地，赵军在此驻有七千精兵，足可与秦军一战，且光狼城后有道路直通邯郸，赵军驰援光狼，也比往石城方向派兵要容易得多。

突袭光狼城确实冒险，但魏冉知道白起的本事，并不劝他，只说："孙武子言道：'夫未战而庙算胜者，得算多也；未战而庙算不胜者，得算少也，多算胜，少算不胜，以此观之，胜负见矣。'大良造再想想……"

魏冉与白起情同父子，说这些话纯是一番好意，白起是个有主意的人，双眼微闭沉思良久，这才缓缓说道："穰侯放心，此战必胜。"

"需用多少兵马？"

"王龁取石城用兵十万，我有五万人就够了。只是破城以后，我军的粮秣要跟得上。"

白起已经下了决心，魏冉还有什么说的："大良造放心，粮道不算什么，只要取了光狼城，我就算拿人命填，也要在太行山里填出一条路来，一定把粮草送到，绝不会让你的部下饿肚子。"

有了粮草，白起后顾无忧了。略想了想又说："我想用司马靳为副将。"

司马靳是司马错的次子，勇谋兼备，平时与白起交情很深。这次秦王命司马错到蜀地练兵，司马靳和长兄司马梗都随父亲去了蜀郡，现在白起想调司马靳回咸阳，这件事并不难办，魏冉当即答应下来。

在穰侯府里商定国事以后，魏冉这才把赵国使臣已到咸阳的消息报知秦王。

嬴则这里也在等着赵国来求和，但他心里也知道，秦赵两国山重水远，赵国君臣胸怀大志，且又兵强马壮，绝不会只因石城之败就此认输，于是问魏冉："赵王虽然求和，却没有诚意，看来赵国还有所倚仗，寡人觉得不妨加一把火，把赵王再逼一逼，穰侯以为如何？"

再把赵王逼一逼，这正是魏冉进宫来的目的，他也早在府里就和亲信们商量出了办法，可这个主意却放在魏冉的肚子里，非要秦王问起才肯说出来。假装想了一想，这才笑着说："臣有个办法可以牵住赵王的牛鼻子，让他退无可退。"

想不到魏冉如此精明厉害，眼睛一眨就想出点子来，嬴则实在是又惊又佩，忙问："穰侯有何计？"

魏冉早已胸有成竹，面露笑意，一板一眼地说："当年秦赵两国交好，赵武灵王派大臣楼缓来咸阳，惠文王就将楼缓封为相邦，以示两国盟好之意。现在赵王向大王求和，提出会盟，大王何不效先王之法，也让赵王封臣做赵国的相国，如此一来秦赵会盟就坐实了，赵王想赖也赖不掉。"

白起灵机一动想出来的这个点子既凶强又诡诈，实在很合秦国君臣的胃口，现在魏冉昧了白起之功，把这个巧妙的主意当作自己的想法对秦王说了，嬴则也十分欣赏，嘿嘿地笑了起来："果然是个好办法，只要把相国之印送到咸阳，赵王就算被寡人收服了。"

拿定主意后，秦王立刻下诏，命赵国使臣楼昌进宫。

楼昌是楼缓的亲弟弟，而楼缓曾在秦国做了一年的相邦，凭着这层关系，楼昌和秦王多了几分亲近，也就好说话些。行礼参拜之后就柔声细气地问："自武灵王与惠文王结好定盟以来，赵国与秦国一向亲善，从未相互征伐，此番大王忽然发兵攻取赵国城池，不知所为何故？"

"赵王无礼，寡人自当引兵伐之。"

嬴则说的自然是和氏璧的事。楼昌赶忙赔起一副笑脸来："大王是指献璧之事吗？其实我王真心与秦修睦，本意是将和氏璧献与秦国，不想使臣糊涂莽撞，把事办错了，触怒了大王，我王已吩咐下臣，愿将和氏璧献与大王，请大王罢兵休战，两国重修旧好。"

"和氏璧何在？"

"请大王先下诏退兵，我王就把和氏璧献与秦国。"

楼昌嘴里说的好听，其实仍然不肯将和氏璧献出，来来回回都是虚话，由此可见赵王虽然向秦国求和，却没有多少诚意，只想拖延时日。秦国劳师以远，赵国坐守坚城，越拖时间，秦国的损耗越大，而赵国的防线越稳。

赵王耍这样的花招真让嬴则心里恼火，扭头看了魏冉一眼，见魏冉脸色阴冷，微微摇头，也是一个"不能答应"的意思，于是板起脸来沉声道："寡人是大国之君，眼里只有社稷百姓，岂会看重一块小小的玉璧？只是赵王言而无信，令人气恼！寡人看你言语虚狡，亦是背信无义之人，与赵王一般！"

从秦王嘴里说出"信义"来，总让人觉得有些好笑。楼昌当然不敢笑出声来，可眼睛里却分明带出了几分笑意。嬴则也知道自己平生轻诺寡信，天下耻之，所以在这上头特别敏感，立刻看了出来，冷冷地问："贵使有什么好笑？"

被秦王一声质问，楼昌赶紧收起笑意，郑重其事地说："大王是仁德之君，我王亦深敬之，愿以和氏璧作礼，与大王会于两周之间。"

所谓"两周之间"，指的是西周国和东周国中间的某座城池。

战国乱世，周王室已经衰弱不堪，灭亡只是时间问题，可周天子还要顾全礼法，死撑门面。一百六十多年前，由于周武王之弟周公旦的后人绝嗣，刚刚继位的周考王决定立自己的弟弟揭为桓公，以延续周公之官职。但周考王手中已没有土地可以分封，无奈之下，干脆把归于天子的最后一点国土分封给自己的弟弟，至此，天下土地分封完毕，周天子手中再无寸土，只能"寄居"在西周公国内。

后来在赵、韩两国的挑唆下，西周公国又分裂成西周、东周两个小公国，西周公国有城邑三十六座，都城就在王城洛阳，东周公国有城邑七座，都城在巩。由于周天子一向厌恶秦国，亲近山东诸国，所以赵国提出与秦国在"两周之间"会盟，如此一来，会盟地和秦国之间就隔着韩国、西周国两个国家，赵王又能得到周君的保护，安全较有保障。

赵王已经正式提出与秦国会盟的要求，秦王倒也有此意，可是会盟之地选在何处，这必须由真正发起会盟的强国——也就是秦国说了算，赵王提出的会盟之地秦王是不会答应的。何况秦军虽然占了石城，却没能压服赵国，此时答应会盟就嫌早了。于是嬴则对楼昌的提议不置可否，仍然咬住刚才的话题不放："秦赵会盟修好也是一件好事。只是赵人无礼在先，此番须有诚意才是。"

秦王紧紧逼住楼昌，一定要他拿出"诚意"，可赵王实在没有诚意，楼昌只能硬着头皮给秦王一个空头承诺："我王自有诚意。"

楼昌把话说到这儿，嬴则觉得可以祭出他的杀手锏了："楼大夫，早

年秦赵也曾定盟，那时赵武灵王遣令兄到咸阳，惠文王就让令兄做了秦国的相邦，从此秦赵交好二十余载。如今寡人欲效先王成例，遣重臣赴赵任相国，不知赵王允否？"

秦王一句话把楼昌吓得目瞪口呆。

赵国的国策是借着天下大势"破齐楚，弱韩魏"，先求称霸东方，再集山东诸国之力对抗秦国，眼下赵王正在与魏国争从约长之位，如果此时让一个秦国重臣——此人只怕就是穰侯魏冉，到赵国来担任相国，赵国在山东诸国面前顿时威风扫地，不但争不得约长之位，只怕还会被各国鄙夷排斥，别说称霸，简直连一个朋友都找不到了！

这样的要求赵王绝不肯答应！所以楼昌想也没想，立刻高声回道："大王此言差矣！赵国的国政由赵王独断，任用臣僚皆出于王书诏命，非外人可以言之！大王竟如此说，是藐视赵国吗？"

楼昌的激烈反应全在嬴则意料之中，冷笑道："看来赵国是没有诚意了。"

"此非赵国无诚意，实是大王没有诚意！"

楼昌竟敢在秦廷咆哮，嬴则本就要发怒的，正好借机大发脾气，厉声喝道："楼大夫言语无状，当知汝处身何地！"

到这时候楼昌早已把生死置之度外，梗起脖子高声道："楼某身为赵臣，一心忠直，却不惧死！"

话说到这儿，也就没必要再谈下去了。嬴则冷冷地说："既然如此，你就回复赵王，寡人早晚必起倾国之兵伐赵！"不再理会楼昌，起身进后殿去了。

　　逐走了楼昌，秦王的心情大好，回到内殿，吩咐摆上酒采与穰侯对饮，魏冉端起爵向嬴则敬酒，笑道："大王好威风，把那赵国使臣吓得魂都丢了。"

　　楼昌是个有胆识的能臣，并没被秦王的气势吓倒，魏冉的奉承未免夸大了。这些话嬴则也早听腻了，根本不放在心上："赵王敢与秦国对抗，凭的是麾下兵强马壮，所以想逼赵王就范，还需再对赵国用兵。"

　　赵使赴咸阳之日魏冉就料定会有今日之事，也早与心腹议定了出战的方略，正等着秦王说这句，赶紧应道："大王说的是。"起身走到地图前看了片刻，"臣以为可以出一支精兵深入太行腹地，攻取光狼城。此城距离邯郸不过百余里，秦军攻克此城，足以震慑邯郸，那时不怕赵王不屈服。"

　　秦王刚动了伐赵的念头，魏冉立刻就提出攻打光狼城，倒让嬴则有些犹豫："光狼城地远路险，这一仗怕不好打……"

　　嬴则满心都是顾虑，可魏冉事先已把整场战事都策划好了，当然成竹在胸，脸上神采奕奕，嗓门也高了起来："大王无须多虑，赵国南与魏国失和，北边要防备胡人，西面又被王龁军马牵制，兵力捉襟见肘，局势困顿不堪，我军只要速战速决，必能压服赵王。"

　　魏冉掌握秦国军政大权二十多年，势力太大，笼络的人太多，已经到了无处不在、无孔不入的程度。每当谈论国策的时候，嬴则常常是以无备对有备，跟不上魏冉的思路。眼看魏冉神情激昂，底气十足，说的话句句在理，嬴则心里没有一点主意，只能顺着他的话头儿问："此战需动用多少兵马？"

　　"太行山绵延数百里，山深路险，大军调动不便，但也正因为此，赵国方面没有防备，只需五万军马就够。"

"以谁为将？"

"可命大良造白起率军出战，以公乘司马靳为副车。"

一说让白起领兵，嬴则又犹豫起来。一则白起位高权重，命他去伐光狼有随珠弹雀之嫌；二则白起与魏冉过于亲密，也让秦王心里不快。

魏冉却是一心要让白起立这场功劳，给老臣们争口气，做个样子给秦王看看，早想好了说服秦王的办法："大王，光狼城一战是小事，本不必大良造出马，可将来伐楚得胜之后，秦国成就了滔滔大势，接着就要击魏破赵，灭六国当在十年之内完成。六国之中唯赵国兵强，秦赵之间早晚有一场大战，而赵国所凭借的就是太行之险，此次大良造亲自攻打光狼城，也是为今后灭赵之役探路。"

魏冉侍奉秦王二十七年，把这位大王的心思摸得很透，最知道用什么样的话能劝动秦王。

灭六国一统天下，这是嬴则心中最大的梦想。现在魏冉以小言大，说出如此气势磅礴的话来，嬴则实在无法拒绝了。

"就依穰侯吧。"

拿定主意之后，秦王即日发下调兵符节，从咸阳、高陵、蘘城征调精锐步卒四万五千，骑兵五千，统归大良造白起调遣，在蘘城建仓囤集粮草，又下诏命，把司马错的次子司马靳从蜀郡调回咸阳，做白起的副将。

白起拔了光狼城

　　光狼城，是赵国上党郡的一处重要关口。

　　上党原为春秋霸主晋国的疆土，韩、赵、魏三家分晋之时各自分得上党的一部分，于是有了韩上党、赵上党、魏上党三郡并立，合称"三上党"。上党郡山多土瘦，是个贫瘠之地，早年魏国称霸时破秦占据河西，南取楚国淮北，夺取的都是膏腴之地，对上党郡的兴趣不大，韩赵两国也不敢进入中原与强大的魏国争锋，于是魏国很少在上党用兵，而韩赵两国却在上党一带连年恶战，各有胜负。后来韩国逐渐衰落，赵国日益强盛，在上党争夺中占了上风，所以"三上党"之中赵国占地最多，韩国次之，魏国最少。

　　光狼城是赵国上党郡前出的要隘，背后有长平城为依托，迎面与韩国的野王城对峙。出长平，过三关隘，即可进入太行八陉之一的滏口陉，有一条大道直通邯郸。

　　光狼城正当许河、马村河、原村河三水合流之处，倚山临河而建，紧紧卡住山路咽喉，形势极为险固。三家分晋之初，韩、赵两国实力不相上下，光狼一带战事频繁，但近数十年韩国不断被秦国征伐，已经日渐衰落，赵国也把注意力放在齐、魏两国身上，上党地区已经多年没有战事，防范未免松懈。加上赵国太穷，光狼城仅有三万百姓，地方又偏僻，所以城防不固，器械不足，唯一可凭仗的，只是十年前在城墙下临原村河筑起的一道五里长两丈高的石砌城郭。

　　好在秦军攻取石城之后赵国西线所有城池都加强了防备。光狼城守军原本只有七千，现在也增加到一万人，其中四千精锐屯于城外石垒之内，

六千驻在城中，而守将也颇为精明，虽不知秦兵将至，却未雨绸缪，已经在抢修城墙了。

赵国已经有备，这个白起也知道，所以他进兵之时不像王龁那么心急，先到蕞城坐镇，等各路兵马调齐，足可供五万大军支用三个月的粮食也运进了官仓，清点明白，装上马车，这才领着大军向东进发。可出乎白起意料的是，在太行天险面前，他所做的准备还是远远不够。

秦国与赵国之间隔着一座险峻巍峨的太行山，峰峦连绵百余里，山路细似羊肠，山间小道如井如匣，很多地方车不方轨，马不并辔，秦军的车驾行进十分困难。遇到高坡，几十个人推一辆车，半日也推不上去，下坡时又要用大绳拴住车栏板，几十个人在后面挣命拽着，有时一个不留神，马车就会带着几个军卒一起跌落深谷，摔成烂泥。就这么走了一个月，日行不过二十里，秦军士卒叫苦连天。白起是个冷面铁心的将军，不会把士卒的苦累生死放在心上，可眼看辎重太多，大军行动迟缓，士卒疲惫不堪，大违孙武子"兵贵神速"之教，白起觉得这样不行，干脆把牙一咬，下令抛弃辎重车辆，所有步卒每人身背够吃五日的锅盔干粮轻装疾行，限五日赶到光狼城下。所有骑兵全部下马，把战马集中起来当成驮畜背运粮食，牵马而行，限七日内到光狼城。

这么一来，秦军带到光狼城的粮食仅够五万人吃十五天的。

白起这个人一向敢于弄险，专在险中求胜。现在他下定决心要在最短时间内攻克光狼城，于是一声令下，沉重的马车全被秦军推下了深谷，如山的粮食弃置路旁，所有士卒每人只背一包烙好的锅盔轻装疾进，只用五天时间就开到了光狼城下。

秦国大军离光狼城还有数十里，城中守军已经得到消息，立刻做好了准备。

此时秦军先锋司马靳领着先锋军五千士卒已经到了原村河岸，斥候渡河哨探，见光狼城下是一条百十丈宽的谷道，左右都是高大的石丘，城里赵军毫无动静，似乎并未发现秦军的踪迹，于是司马靳命令全军渡河。

其实秦军的一举一动都在赵国人眼里，眼看秦军已经开始渡河，赵军瞅准机会，两千精兵打开城门冲了出来，居高临下向秦军发起攻击，欲击敌于半渡。

赵军英勇善战，又占了突袭之利，冲了秦军一个冷不防，顿时把已经渡河的秦军都压到了河边，只要再往前推进几丈就把秦人挤进河里，若能如此，渡河的秦军至少要伤亡一半。然而白起所率秦军都是精锐之士，勇猛敢战，临危不乱，顷刻间就地布成阵势，前队军校挺起长矛竖起盾牌与赵人搏斗，半步也不肯后退，阵后的弩手们有的立在河岸上，有些干脆站在没膝深的河水中，用手□强弓硬弩远距射杀赵军，逼得赵人攻势稍挫，前队将士立刻拼死反扑，把赵军击退了百十丈，河对岸的秦军见岸上有了空隙，立刻解去衣甲跳进河里向东岸抢渡。

眼看渡河的秦军越来越多，形势似要逆转，赵人也发起狠来，都学着秦人的样子以盾牌长矛为元，弓箭继之，居高临下舍命进逼，再次把秦军挤得步步后退，离河岸只剩下十几丈远，眼看就要被赶进河里去了。

这时指挥先锋军的公乘司马靳赶到了。眼看渡河之军危如累卵，司马靳也真是一员勇将，二话不说解去衣甲，硬是一口气游过河来亲自督军死战，手里举着一面飞豹旗，身边四名士卒更用盾牌遮护，渡河的秦军在他身边排成一个紧密的方阵，看旗号行事，豹旗向前一指，所有秦

军齐声吆喝，一起挺着盾牌拼命向前推挤，把赵军挤退十几步，留出一个长矛突刺的空当，前队士卒以铁盾拄地站稳脚跟，后面的举起长矛向前乱刺，阻止赵军反扑，双方相持片刻，看豹旗一挥，秦军再一同向前冲撞。赵军也用了相同的战法，听得队中号令，就挺矛执盾向秦军撞击，两支军马就像两头较力的牯牛在狭窄的谷道上互相推挤，长矛乱捅，箭矢横飞，士卒的吼声如狼嚎鬼叫，盾甲冲撞似石裂山崩，此去彼来，犬牙交错，血战一场。

听说前锋被赵军阻截在河岸上，白起生怕司马靳吃亏，急忙催促部下向前，黄昏时分几万人马潮水般涌出了山谷，城里的赵军看到秦兵已至，忙射出鸣镝，城外赵军步步后退，直撤到石垒之外，垒上赵人用弓箭接应，秦军急切间无法逼近长垒，只能眼看着赵军退回城中。

光狼城下的一场较量，秦人总算渡过原村河，在城下站住了脚。此战赵军折损了五六百人，秦军战死一千有余。

赵国虽穷，百姓却倔强悍勇，不惧生死；赵军不多，却都是能打硬仗的百练精兵，光狼城算不得铁打的城池，可倚山临水，地势奇险，绝非唾手可得。白起对着城郭看罢多时，捻须不语。

这时秦军已有上万人渡河，在光狼城下扎住营盘，司马靳回到军前，见白起脸色凝重，问了一句："大良造在想什么？"

"我在想，要砸碎一块最硬的石头，最好的办法是什么？"

白起的话让司马靳摸不着头脑："用铁斧？"

白起微微摇头，双眼微闭深思起来。

这位百战百胜的将军还是第一次和赵国人交手，可他知道，赵人的脾气秉性很像眼前这座光狼城，虽然贫寒粗陋，却孤倔死硬，就像一块搬不动的巨石，用铁斧去砸不必砸得碎，倒可能把斧子砍豁了，而石头最可怕的地方是：你一不留神松了劲，让它滚动起来，任凭多大的力气也挡不住，反把砸石头的人给轧死了……

光狼城虽固，赵军虽勇，在白起看来还不算什么，秦国朝堂上的事，才是大事。

秦王继位已经二十八年了，这位雄才大略的君主越来越急于掌握权柄，排斥重臣，实现一人独治，浑不顾忌这样的独裁独治可能对秦国大政造成的损害。几年来，秦王为了争权屡屡挫折臣下，穰侯魏冉的相位罢了又复，封地失了又得，虽然他的地位并未动摇，可朝堂之上暗涌的激流每个臣子都感觉得到。

白起是魏冉一手提拔起来的人，已经做了大良造，是武将之首，秦国的内斗少不了他的份儿。如今秦王借着伐赵的机会捧起来一个王龁，左提右挈，加意培植，其实是想用王龁取代白起，白起不是傻瓜，他怎能不知？这次白起率军来攻取光狼城，明里是要压服赵国，暗中却在和王龁较力。

王龁用兵十万，白起就用兵五万；王龁攻敌之不备，白起就来攻打有备之敌；光狼城之险峻坚固也要超过石城。白起就是要攻下这样一座城池，好让秦国人知道，谁才是秦国的第一名将。

既然是争功，白起要顾忌的东西就多了。

秦法有规定：战场上自损士卒一人，须斩首敌军一人，若己方伤亡超过斩首之数，不但无功，反而有罪；围城不克者有罪，克城而己方伤亡重大者无功，只有击破城池，斩首八千以上者方为全功。现在白起要的就是这个"全功"。

　　可想获全功，白起不能不算计清楚，如何才能攻克坚城而伤亡不大，怎么才能斩首超过八千级……

　　沉吟良久，白起缓缓说道："要想砸碎一块石头，最好的办法是把自己变成更硬的石头。先不要急着攻城，给你三万人，三天时间，在光狼城对面修一座土城，在离光狼城一箭之地筑起五座土垒，要高过城墙，挑选善射的士卒，多备蹶张弩，只要看到城头有人，就用弩箭射他！再派人到山里砍伐树木，十日内造吕公车二十座，抛石车一百架，云梯一千架，以备攻城之用。"

　　白起用兵一向迅猛，这次却如此大费周章，倒让司马靳觉得意外："这样太费工夫了吧？"

　　白起指着远处的城墙板起脸来："光狼城十分险要，急不得，一个月内破城即可。"

　　"可咱们的粮食……"

　　"把士卒分成两批，筑城攻战者饱食，守垒军士口粮减半，拿下光狼城再给他们饱饭吃！"

　　白起的将令实在不近人情，可大良造已经下了决心，司马靳也不敢再问，忙传令去了。

　　当天夜里，秦军把营寨挪到距光狼城外郭咫尺之地，一万兵卒持戈以待，防备赵军出城反扑，其他人甩开膀子开始挖壕筑垒，到天亮时，一座土垒已经初具规模。

　　秦军势大兵强，城里赵军无力反击，只等天明之后，就仗着高处的优势以强弓硬弩向秦军乱射，秦军只能举着盾牌遮掩，无还手之力，其他军卒却仍然筑垒不止。

　　两三天工夫，秦营已经筑就，五座高垒也超过了光狼城的城墙，于是秦人带着蹶张弩登上高垒，与城中赵军对射。

　　秦军的劲弩天下闻名，尤其蹶张弩力道更强，需要士卒坐在地上，双脚踏弩，双手挽弦，手臂腰腿一起用力才能开弩。如此强弩，一矢可射五六百步，最远可达九百步，弩机上又设有"望山"，可以瞄准，精确异常。

　　面对土垒上秦军的强弩，守城的赵军反而显得被动，伤亡日增。赵人也有防御之策，立刻在城墙上架起抛石机，用巨石飞打高垒。这些巨石重逾百斤，虽然投射之时取不了准头，可几十块石头抛出来，总有一两块击中土垒，两三天工夫就把土垒打垮了。秦人倒也顽强，土垒被打垮一座，就另筑一座，攻城用的吕公车也纷纷建起，这些攻城器械下有巨轮，上有木寨，大的可容五十人，小些的可以搭二十人，几百秦军推着吕公车迫近城墙，木寨里的弓箭手立刻向城里放箭压制赵军。赵人则把抛石机装上油坛向吕公车抛打，等吕公车上浸了火油，就在箭镞上涂油点火，引燃火油焚烧吕公车，一天工夫就烧毁了两三辆，逼得秦人不敢靠近城池。

　　眼看筑垒造车都不能奏效，秦军似乎无计可施，也学着赵军的样子开始建造抛石车。很快，高大的抛石车在秦军营中纷纷树立起来，将几十斤重的巨石抛向城垣，打在城墙上就是一个豁口，若击中人马，立时断头折足，死于非命。

　　秦军坚韧，赵军也顽强，双方各依城垒日日交攻，每天都有上百人伤亡，光狼城的内墙外郭被巨石打得创痕累累，却也屹立不倒。两军相持了二十多天，城里的守军得到消息：邯郸方面已命上大夫乐乘率军两万来救光狼城，守城赵军士气大振。与此同时，细心的赵军也发现一件

怪事，秦军营中断了烟火。

自围城以来，每天正午、黄昏秦军大营中必定炊烟四起，从城墙上可以看到军卒们在营垒之后就食，可七日前，秦军中午已经不再举火，士卒们只在黄昏时才有一顿饭吃，到最近一两日炊烟更少，由于赵城秦营相距很近，赵军分明看出，秦军士卒每晚只能喝到一碗稀粥了。

光狼城位于太行山深处，离秦国又远，秦军有五万之众，又把大半辎重粮草扔在了半路上，所带的粮食并不多。到现在围城二十多天，仍然不能破城，秦军随带的粮食已经吃得差不多了。

没有粮食，再勇猛的军队也坚持不下去。只靠喝粥糊口的秦人攻势一天比一天弱，到后来，土垒上已经不见了弩手，吕公车也闲搁在那儿，士卒们都在营里坐着发呆，打不起精神来了。

这天一早，秦军在大营后列起队来，既而当着赵军的面，秦国士卒一队队开到河边，开始渡河西撤。整整一天，只看见秦人不断渡河而去，当夜光狼城外人喊马嘶闹了一夜，赵军担心有诈不敢出城，等天亮再看，秦军大营已空无一人。

秦军撤了。

到这时赵军才大着胆子出城哨探，只见秦营四门大开，兵马已经尽数退去，前几天竖起的抛石机还孤零零地立在地上，准备用来向城中抛打的石块成堆成垛，全被弃置，那些巨大的吕公车都被秦人破坏，推倒在河里，半浮半沉，原本准备用来攻城的云梯也被胡乱扔在河边，河岸上一片狼藉。赵军斥候一路悄悄尾随秦军，一直追踪了一整天，眼看秦军头也不回地往西走了，这才放下心来。

苦战二十余日，终于打退了秦国大军，光狼城里的赵军总算松了口气，休整兵马，掩埋死者，派人向邯郸报捷，这天夜里，城里不分军民都睡了个好觉，直到四更将尽，天色微明，忽然，寂静的暗夜里传来一声凄厉的号角，光狼城东南两面同时响起喊杀声，无数秦军从夜幕中冲杀出来，扛着云梯直逼城下，不顾生死往城头扑来。

孤军深入，长途奔袭，这才是白起拿手的本事。这次伐赵虽然不能成奇袭之功，但白起用兵诡诈，一虚一实之间，仍然达成了突袭之效。

眼看光狼城里的守军十分顽强，硬攻城池虽然能胜，秦军必然伤亡重大，白起表面上用了保守的战法，营城筑垒与赵军对峙，暗中却早就做了布置，从五万人中拣选出两万精锐士卒，让他们每天在营中休整，不必作战，另外三万人则轮流上阵，和光狼城的守军对耗。秦军携带的粮食确实不多，白起却把有限的粮食都集中起来，让三万人喝粥度日，而两万锐卒却天天饱食，养精蓄锐，攻城时多造云梯、吕公车，看似耗时无用，其实是在为日后的奇袭做准备，撤退之时，白起又故意命军士们把吕公车推倒在河里，实则是为回师之时当成桥梁使用。

和赵军磨蹭了二十多天，白起已经把戏做足了，估计从邯郸来的救兵也已在路上，这才摆出一副撤军的架势。退军之后，秦军在山中略作休整，天色刚黑，白起和司马靳立刻亲率两万锐卒回过头来直扑光狼城。

这次进兵之前，白起传下两道军令：一日之内不能破城，校徒、士卒罚俸，屯长以上受鞭刑，大夫夺爵；若能一战破城，光狼城中不分兵民百姓一律屠灭，秦卒凡取得首级者，无论杀死的是兵是民，一律以"首功"论功行赏，一切财物任秦军收取。

"首功"，是商鞅创下的一道恶法，也就是士卒们得胜回营之后献上自己斩获的首级，以人头的多寡论功行赏。秦法残暴，不能破城的将军要

受重罚；而秦国的军功之赏却最丰厚，只要杀一个人，砍到一颗头颅，士卒就可以加官进爵，得到田地、奴隶，或者用这份"军功"替家里人赎罪。而破城后鼓励士卒屠城，以百姓首级冒认军功，对白起而言，早就不是第一次了。

天下最凶悍的军马莫过于秦兵，为了获取"首功"，这些凶残的恶魔可以成千上万地屠杀平民百姓，老幼妇孺，甚至去谋杀自己的同袍，只为了从另一个秦兵的腰间偷取一颗人头。而秦国自商鞅变法以来，大将之中杀良冒功最多的莫过于白起。自从白起领军以来，每战斩获的"首功"少则数万级，多则十余万，数十万，这堆成山的骷髅，不知有多少是被秦人冤杀的百姓。

为了获取军功而纵容兵士屠城杀人的白起，和那些为了受赏发财而亲手滥杀百姓的秦卒，从来就是同谋。而暴秦所立的"首功"之制在中华大地上一直存在了千年之久，造就了无数杀人不眨眼的屠夫，残虐天下，败坏人心，流毒无穷，那些老实憨厚的农民一当了兵，知道军队里竟有"首功"之赏，立刻丧了良知，变成一帮杀人的魔鬼，于是在中华古国就有了"兵匪一家"的说法，甚至兵不如匪，这恶根，是秦人种下的。

这次攻打光狼城，白起恩威并施，不胜要受重罚，破城则允许杀百姓冒功请赏，秦兵顿时发起狂来。两万锐卒连夜向光狼城冲杀过来。这时秦军已经在太行山道上来回走了两遭，把道路情况全摸清了，白起所用的又是蓄养了二十余日的生力军，而且传下严令，所有士卒卸去盔甲，扔下一切多余的东西，每人只带一壶酒，一方肉，一件长兵，一柄短剑，轻装疾行，一夜工夫就杀回了光狼城。

秦军，是七国之中最嗜酒的，为了给士卒们提供足够的烈酒，秦国甚至把酿酒当成了一项国策。每当大军进发之时，除粮食之外，必须带足烈酒，每逢恶战之前，秦军士卒都要大量饮酒，先让士卒们喝个半醉，然后借着酒劲上阵拼死。

喝得烂醉杀人，砍下人头记功，这就是秦国军士所向无敌的秘密。可怕的是，在后世的军队中，以杀人多寡记功，用酒精激发士卒们身上的兽性，竟成了两项不变的通例。

孔夫子说："唯上智下愚不移。"下愚之辈喝了酒会发疯，上智之人把野心当成酒来饮，当他们因贪功求赏而起发狂来，那副丑态倒是一样的。

四更时分，两万秦军到了原村河岸，在黑暗中稍事休息，喝光了酒，吃完了肉，立刻对光狼城发起突袭。秦人的狂野脾性、对军功赏赐的贪婪再加上酒肉的催发，这些士卒一个个浑身燥热，双眼通红，在渡河时很多人干脆剥光了衣服，就这么赤条条地提着剑戟、扛着云梯，狼嚎鬼叫蜂拥而来。

此时的光狼城被秦军围了二十多天，城郭的石墙上被抛石机打过来的石头砸出了无数豁口，已不如早先那样险固，而赵军以为秦人退了，心里轻松下来，这一夜防备比平时懈怠了。等他们从睡梦中惊醒过来，冲在前面的秦军已经登上城郭，与赵军混战在一起，后面的秦人几百人合力，把早先在城外筑起的几座高大土垒一一推倒在地，这些土垒本就离城墙不远，倒下后正好把光狼城外的石墙埋低了数尺，无数秦军立刻踩着土堆拥了上来，不大工夫已经抢占了外郭，密密麻麻的人群爬向城头。

白起站在废弃秦营的二墙上，看着他手下的虎狼之师潮水般漫上城头，光狼城下杀声震天，血肉横飞，赵军渐渐失去了还手之力。终于，光狼城里升起一团烟火，接着传来一片惊呼惨叫之声。

秦军已经突破城防，先入城的秦人开始屠城了。

心满意足的白起走下土墙，司马靳已经等在这里。白起吩咐："拟一道奏章，派人回咸阳向大王报捷。"

"斩首数还不清楚，不如明天再报？"

"不必。"白起翻起眼睛想了想，"你就写：此战获首功三万级，我军损失一千人，就这么报吧。"

王龁攻破石城，仅斩首四千，白起斩首三万级，远远大于王龁的战果，折兵一千，则与王龁军的损失相当，如此，白起的战功自然压倒了王龁。

其实司马靳分明知道，此战秦军的伤亡不止一千，可他不是傻子，不会在白起面前问这样的蠢话，因为秦军中还有一个不成文的规矩：打了胜仗的将军往往会瞒报自己军中的伤亡人数，甚至砍下战死秦军士卒的脑袋当成"首功"报上去。反正所有死人都就地掩埋了，有没有脑袋，谁会知道？

所以白起说斩首三万，就一定是三万；说折兵一千，就一定是一千。在这上头没什么可含糊的。

赵国屈服于秦

光狼城失守，赵王真的惊慌起来了。

光狼城不同于石城，这里距邯郸只有百余里，又在赵长城的侧背，如果秦军由此东犯，赵人只有一座长平城可以据守，稍有不慎，秦军十日内就能杀到邯郸！获知秦军进犯光狼城的消息，赵王一天也没敢耽搁，立刻命武安郡守乐乘为将军，调两万兵马去救光狼城，犹恐不足，又在邯郸城里集结了一万精兵，交由上大夫燕周率领去支援乐乘。然而援兵还没到达，光狼城已经陷落，乐乘只能领军退守长平。

此时赵国已经侦知攻取光狼城的秦军有五万之众，而统率这支秦军的竟然是秦国的大良造白起。

大良造是秦国武将之首，这样的人物亲自到了光狼城，确实耐人寻味，而秦军在石城、光狼两处的兵马加起来已有十五万众，这是一支足以灭亡赵国的强大力量。面对如此危局，赵王忽然觉得平原君和所有臣下献的计策都错了：秦人哪里是要伐楚？他们分明是想灭亡赵国！

赵王何虽然聪明睿智，毕竟这年不满三十岁，亲理政事才九年工夫，而这九年间赵国东和于齐，南睦于魏，对外没有大的征伐，也没遭遇过强敌的入侵。现在秦国这样一头吃人的虎狼派出一支强大的军队逼近邯郸门口，有生以来第一次面临恐布的生死危机，赵王何顿时乱了方寸，未与臣下商议就下了诏命，在高邑、宁晋、鄗邑、隆尧、柚人、巨鹿、沙丘、平乡直至列人、武城各地征集青壮男子入伍，一月之内务必征调十万之众，又命令列人郡守楼昌、武城郡守赵奢各率精兵一万立刻到邯郸集结，尽归亚卿廉颇统率，廉颇也奉命在邯郸调兵一万，随时准备出征。诏命一出，半个赵国都动了起来。

赵国虽然是四战之地，可这些年东方诸国之间并没有什么恶战，赵国常备之兵三十万，足够应付一般的战事，也已经多年不从百姓中征兵，现在忽然下了这样的诏命，又见邯郸城门大开，快马如飞，羽檄纷驰，一队队顶盔贯甲的士卒从街头开过，往城西集结，百姓们不知就里，邯郸城中顿时谣言四起，有说秦军已到武安，甚而传言武安已失，秦军将至邯郸，这一下百姓们全都被惊扰起来，成千上万的赵人携家带口往乡下逃难，在城里做买卖的各国商人也纷纷逃离邯郸。

城里的一片混乱居于深宫的赵王是看不见的，可上大夫蔺相如却把这混乱场面看在眼里，知道发生了大事，立刻坐了车赶到王宫，刚下车，迎面又有一乘轻车飞驰过来，车里跳下一个人来，正是楼缓。

蔺相如是赵国刚晋升的大夫，而楼缓虽得赵王器重，却没有官职，又好野趣，平时住在邯郸城外的庄院里，无事不进邯郸，又时常郊游，有事的时候他找得到人，人找不到他，所以两人并不认识，这时迎面撞见才互相报了姓名，还没等说别的，宦者令缪贤已经飞步迎出来了。

缪贤和蔺相如的关系非比寻常。这次赵王未与臣下商议就连下诏命调动兵马，缪贤不敢阻止，却也觉得不妥，正要派人去找蔺相如，不想他自己赶来了，急忙迎出来，见楼缓也在，知道这也是个能劝说赵王的人，就把两人拉到一边，将秦军攻克光狼城的事大概说了一下，让两人心里先有个主意，自己跑进去通报去了。

片刻工夫，宫里传话，命蔺相如和楼缓觐见。两人忙进了彰德殿，赵王居中而坐，脸上难掩惊恐之色，见两人进来立刻说："两位来得好，且说眼前事该当如何。"

在宫门外蔺相如已经知道秦军进犯的消息，这一路走进宫，脑子里已经大概有了主意，现在赵王问他，蔺相如并不回话，却直看着赵王的脸郑重其事地问了一句："若秦军果真到了邯郸城下，大王可有决心与之一战？"

蔺相如这话问得赵王一愣，连一旁的楼缓都觉得有些错愕："秦人尚远在……"

蔺相如抬手打断了楼缓的话头儿，仍然问赵王："若秦军到了邯郸城下，大王可愿一战？"

蔺相如把同一句话连问了两遍，语气咄咄，声色俱厉，赵王心里隐隐有了感觉，琢磨了片刻才缓缓地说："邯郸左近有几座城塞，兵马加起来有六七万人，赵国百姓忠直勇猛，民心可用，寡人也非怯弱之君，若秦人果然到了邯郸，寡人必与之决死一战。"

蔺相如等的就是这句话，忙避席拜伏，高声道："大王明决！"

人心首先是个态度。

刚才赵王慌了神了，可现在被蔺相如迎面问出一个"必与决死"的主意来，赵王的心气立刻沉稳了下来，再回头一想，这才觉得秦人还远在太行山里，迎面尚有长平、武安各处城塞，赵国还有几万精兵可用，局面并没发展到不可收拾的地步。

想到这儿赵王何掩住口低低咳了一声，再抬起头来，脸上已经恢复了往日那副温和迟缓甚而有些慵懒的神气，坐直了身板儿，说话的语调也慢了下来："寡人不畏秦兵，只是不明白，光狼城如此险塞，怎会一月内就被秦人攻克？"

赵王的问题让臣子难以回答。可蔺相如和楼缓都是明白人，听出了赵王的言外之意，蔺相如笑着说："大王，光狼城虽险，毕竟是座小城，而且多年不经战事，城池破败不修，可就是这么一座小城，面对秦国虎狼之师也照样守了一个多月，依臣算来，秦军在光狼城下的伤亡没有一万也有八千。"转过头来问楼缓："楼先生觉得呢？"

蔺相如果然聪明，赵三的疑问到了他的嘴里，顿时变成了一颗宽心丸，这时候楼缓当然要奉承，忙也笑道："蔺大夫说的有理。臣久居秦国，知道秦人军法残酷，将军为夺城池每每督促士卒死战，与山东诸国征战常常杀敌一千，自损八百，回云以后又虚报战功，隐瞒折损，所以秦国上将每有杀敌数万、十数万的战绩，都不可信。赵国兵马经武灵王整训，又有大王加意培植，精勇冠于六国，秦军虽克光狼，损失也必定不小。"接着话锋一转，揣摩赵王的心思，又送上另一颗定心丸来："光狼城之后是长平城，据臣所知，长平城依山而建，方圆十五里，坚不可摧，又有武安郡守乐乘亲领数万精锐镇守，乐乘其人沉稳多谋，最擅守城，莫说五万秦军，就是十万人，攻一年，也撼动不得。"

楼缓毕竟是赵国旧臣，对赵国的山川地理、城池兵马都有了解，所说的句句在理，赵王的心越发稳了下来。

蔺相如在一旁察言观色，知道赵王已经稳住了神，又有了主见，这才试探地说："臣以为邯郸以西有长平、武安两道城关，且长平已有四万兵马，武安尚有两万人，足以抵御秦军，邯郸之兵不必调动了。"说到此处故意缓了缓，才又说："列人在邯郸之东，离得远，武城是赵长城的锁钥，极为重要，现在邯郸无忧，此两处兵马也不必立刻调动。"

蔺相如这话表面说的是调动兵马，内里却在说别的事，所以他话里那一停一顿都有深意。赵王也是个深沉多谋的人物，现在心中已定，再把蔺相如的话往深处一想，立刻明白了他的意思。

原来赵王在慌乱中调动兵马，各项部署多有失当之处，最不合适的就是命廉颇总率邯郸、武城、列人之兵去防守长平。

廉颇是赵国亚卿，熟知兵法，忠心耿耿，最得赵王信任，在军中也极有威望。可廉颇这个人有一身武夫脾气，刚直暴躁，能悯弱而不畏强，只知忠于赵王，对平原君却有些傲慢冷淡，和上大夫乐乘更是素来不和。自乐毅入赵以来，廉颇又对这位无功无劳却得封君侯的望诸君颇为轻视，得个机会就挤对乐毅，这么一来与乐乘更加交恶。现在乐乘的军马已到长平，赵王忽然又命廉颇统大军去长平助战，这两个互不服气的将军撞到一起，真不知要闹出多少事来。

好在蔺相如心细，又善于言辞，不经意的几句话把一件麻烦事化于无形，赵王丝毫不伤体面，心里十分满意，煞有介事地点点头，顺着蔺相如的意思说："也好，三处兵马暂且不动，在赵国南部各郡县征调青壮从军的事也缓一缓，待看清秦军下一步动向再定。"在一旁伺候的缪贤忙去誊写诏命。

片刻工夫诏书已经拟就，赵王审看一遍，用了玺，看着缪贤把诏命捧了下去，到这时，赵王的心神彻底稳住了。

天下事有一半是这样的，初看极大，越分析就越小，到最后大事化小，小事化无。但是真想把一件大事变为小事，再于无形间将其化解，却非有一番大智慧不可。

蔺相如和楼缓这两个能臣言来语去，不大会儿已经把一件天大的国事变成了"小事"，到这时，赵国君臣们才真正开始商议国事。赵王慢悠悠地问楼缓："先生觉得秦人屡犯赵境，究竟有何阴谋？"

秦国进犯赵境，是要逼着赵国就范，与秦人会盟，为比，穰侯魏冉强逼赵国拜他为相，可赵王对秦人的讹诈却摆出一副不畏惧的架势，结果引来秦人更凶猛的进犯，此事是明摆着的。但赵王是一国之君，总不能当殿承认赵国想与秦国争强，却又实在争不过人家，所以赵王拿话来问臣子，就是把难堪的话让下臣们去说。而他不问蔺相如，偏问楼缓，又因为蔺相如是他器重的大夫，楼缓却是闲人一个，赵王当然舍不得让蔺相如难堪，就把话题丢给楼缓去说了。

眼下楼缓这个无官无职的人确实更容易说上话来，于是拱手奏道："大王，秦人屡犯赵境，是因为秦王畏惧赵国。"

楼缓果然厉害，一句话说到了要害之处。赵王却还在装糊涂，故意满

脸疑惑地问："楼先生这话是何意？"

"秦王嬴则有吞并天下的野心，继位以来年年对外用兵。自五国伐齐之后，强齐衰落，秦国征服天下的对手只剩赵、楚两国，以臣在秦国多年所见所闻，秦人的国策当是先破齐，再破楚，继而伐魏，由此并吞中原，所以当下秦人似有伐楚之意。可是赵国兵强，数年间两次援救魏国，击退秦军，现在秦军跨越千里来袭赵城，臣以为这是想用武力威逼赵国与秦会盟。但赵国何以拒绝会盟？下臣却百思不解。"

楼缓是个闲人，说话自然直率，赵国所有臣子中也只有他敢质问赵王为何拒绝与秦国会盟。一听楼缓这话，赵王立刻虎起脸来："山东六国合纵抗秦，此是大义！先生以为赵国应和虎狼之国会盟吗？"

像秦国那样的霸主之国行的是霸道，所以秦王说话做事根本不顾脸面，无耻得很。但国力强盛却尚未称霸的赵国却还谈不到"称霸"二字，所以赵王不敢像秦王那样无所顾忌，平时总抱着"仁义"二字不放，虽然只是假仁假义，他自己却当成是真的。现在赵王拿一个"义"字来质问楼缓，楼缓知道赵王嘴里强硬，心里却在盼着他这个"闲人"把那些不顾脸面的丑话说出来。既然如此，楼缓就说些"丑话"出来吧："大王，天下不义之国并非秦国一家。齐、楚两国也与秦国一般无二。齐国当年为了称霸，屡屡胁迫赵国，为了兼并宋国，不惜出卖魏国的安邑。楚国为了称霸，首鼠两端，忽而合齐抗秦，忽而联秦拒齐，毫无信义可言。纵观天下各国，只有赵国才是真正讲求仁义，也唯有赵国这样的仁义之邦才有资格统率山东诸国对抗暴秦。但赵国要想脱颖而出，必得先使齐楚两国衰落。现在秦人表面攻赵，其实意在伐楚，大王何不顺势而为，就让秦人去伐楚，待楚国破败，赵国有了号令诸国的实力，那时大王合纵六国，高举'仁义'之旗除残去暴，就是大势所趋了。"

先与秦合谋出卖楚国利益，再高举"仁义"之旗合纵六国，这种话亏楼缓说得出来……

楼缓这个人说起话来一向气势磅礴，就连这么一套毫无廉耻的"丑话"也让他说的高亢激昂。而蔺相如坐在一旁低头不语，这叫做默认。

战国七雄皆是法家，皆行霸道，只不过秦国的变法比其他国家搞得更彻底而已。可要说到"变法"二字，始作俑者却是赵国的先祖晋国大夫赵鞅，史称其为赵简子，后有魏国的魏文侯和名臣吴起，与之相比，秦国的公孙鞅只是后生晚辈罢了。所以赵国是一定要行霸道的，赵国的臣子们也都一心一意支持霸道，即使蔺相如这样朴实的人，心里也一样装满了霸术权谋。所以蔺相如一声也不言语，尽管让楼缓把话说下去。

到这时楼缓终于可以说出要紧的话了："上次赴秦的使臣是舍弟楼昌，他回来以后我问了问，楼昌说秦国提了一个条件，想请大王拜穰侯魏冉为赵国的相国，赵国却拒绝了。其实臣以为这事可以早办，大王何不就拜魏冉为相，然后找个机会与秦国会盟。"

赵王沉声问道："这是什么话！赵国与魏、韩同出三晋，唇齿相依，如今赵国与秦会盟，将魏、韩两国置于何地？"

楼缓微微一笑："大王，韩王咎两年前就与秦王会于新城，两国早已订盟，韩国背弃赵国已久！至于魏国，实在不识好歹，几年来赵国两次兴兵救难，魏王不知感激，反而与赵国争做从约长，如今两国已经失和，大王何必替魏国打算？"

赵王冷冷地说："先生此言差矣。孔夫子有言：'君子怀德，小人怀土。'魏国虽然不仁，寡人不可不义。"

给赵王连驳了几句，楼缓这里有些词穷，一时接不上话儿来了。蔺

相如在一旁缓缓地说："大王是仁义之君，此赵国之幸。可赵国与秦会盟实有不得已处。大王试想：若秦军西进之时魏国发兵助赵，秦军哪能猖獗至此？可魏国不但不派兵助赵，反而增兵河北，威胁邯郸！此等不仁不义之辈大王不必姑息。"说到这里略停了停，又转了个腔调："然而从长远看，赵魏联合抗秦是大计，亦不可坏，大王何不同时做两手准备：一边答应拜魏冉为相国，与秦国修睦；同时也把伯阳城归还给魏国，借机向魏王示好。"

归还伯阳是平原君出使大梁以前就商定的事，但那时赵秦两国间还有很大的回旋余地，现在局势已经发生变化，赵王也有些犹豫："一边与秦会盟，一边向魏示好，会不会反使秦、魏生疑，弄巧成拙？"

蔺相如略想了想："不会。封魏冉为相国，这是赵国的国事，与魏国无关。至于归还伯阳，又是另一回事，这两件事不能放在一起看。现在咱们可以先把相印送到咸阳，稳住秦人，然后派人到大梁去，把国事通报给平原君。君上本与魏国太子交好，大可以把赵国的困境说与魏太子，同时将伯阳归还魏国。这么一来赵国既结好于秦，又不使魏国生疑，是个两全其美的办法。"

蔺相如的办法果然是两全其美，但赵王还有些不放心，又问了一句："这么说暂时不必召平原君回国？"

"不必，君上在魏国稳如泰山，若急召他回来，反而使魏王生疑，实在没有必要。"

自从蔺相如在赵国脱颖而出，赵王对这位上大夫的信任已经超过了群臣，对他言听计从："就依你。只是寡人当派谁到咸阳献出相印呢？"

"一事不烦二主，上次楼昌大夫去咸阳不辱君命，此番还是请楼昌大夫再走一趟吧。"

蔺相如话音刚落，坐在一旁的楼缓却接过话来："大王，楼昌办事倒还稳妥，可他毕竟是赵国的大夫，太惹眼了。赵国任用魏冉为相虽是国事，传出去却有损赵国在山东列国间的威信，最好低调一些。臣是个闲散的人，又在咸阳住过几年，多少识得几个权贵，就让臣把这颗相印送到咸阳去吧。"

楼缓这个说法倒对。赵王也正不想张扬此事，派一个无官无职的楼缓，比往咸阳派使臣要好看得多，且赵王对楼缓的本事也信得过："既然楼先生愿意为赵国尽力，寡人这里就先谢过了。不知先生何时动身？"

"臣在邯郸孑然一身没有牵挂，说走就走，用过午饭就起程。"

手下有这样忠诚勤谨的臣子，赵王很是高兴，笑着说："如此，楼先生就在宫里吃这顿午饭吧。蔺大夫也留下，陪寡人一起用膳。"楼缓和蔺相如一起谢恩，宦者令缪贤忙出去安排午膳，君臣三人又把事情的细节商议了一遍。

用罢午膳，缪贤从宫里捧出一个檀木印盒交给楼缓，里面盛放的是从乐毅手里收缴回来的赵相国之印，楼缓双手捧着印信出了王宫，连家都没回，立刻登上安车绝尘而去。

平原君仓皇出逃

自从和魏国大夫范痤商定归还伯阳，并答应推举魏国为合纵的从约长以后，赵胜在大梁的日子比早先好过了些。先是相国田文到传馆来拜访他，

陪着吃了一顿酒，说了些闲话，随后上卿芒卯也来拜访，可太子魏圉和公子无忌却始终没有露面。平原君也知道这两位王孙故意避而不见是在做样子给自己看，非要等赵国归还了伯阳，才肯真正与赵国和解。此时就算登门拜访多半也要吃闭门羹，所以先不去见这两个贵人，只把与范痤商谈的经过报回邯郸，等着赵王定夺。

接下来的日子赵胜一得空就向传馆里的人打听大梁城里有哪些贤才，传馆里的魏国人却都防着他，什么也不肯说。赵胜闲着没事，就换上便服，和公孙龙、李同一起到大梁城里游逛，好在大梁远比邯郸繁华得多，赵胜倒也并不闷得慌。

就这么闲散了十来天，这天中午赵胜又和公孙龙一起到外面去喝酒，黄昏时分才回来，刚进传馆，家宰李同已经迎了上来，脸上变颜变色："君上，邯郸来人了。"

听说邯郸方面派人过来，赵胜忙跟着李同进了内室，一个穿着布衣麻鞋的汉子上前行礼。赵胜却不认识此人，微感诧异，问他："大王有诏命吗？"

那人凑到赵胜面前压低声音说："君上，赵国发生大事，大王命君上即刻返回邯郸，不必与魏王辞行。"

赵胜是一国使臣，持有赵王所赐符节，代表着赵国的尊严体面，既要得到魏王的尊重，他自己更要自尊自重。现在赵王命他即刻回国，不向魏王辞行，自然也拿不到魏国的关传文书，这是犯了"私逃"之罪，既有损赵国体面，又等于羞辱了魏王，非同小可。赵胜忙问："到底出了什么大事？"

"秦国大良造白起亲率精兵攻克了光狼城，秦军距邯郸仅有百余里，大王已经急命上大夫乐乘率军三万到长平布防，准备迎击秦军。同时秦国使节也到了邯郸，请大王封魏冉为赵国的相国，大王迫于时势已经答应，并将相印秘密送往咸阳。秦赵一旦会盟，与魏国便是敌国，此事被魏王知晓，恐怕会扣留君上要挟赵国，所以大王请君上速回邯郸！"

听说光狼城失守，赵胜简直不敢相信自己的耳朵："光狼城何等险固，又已增兵布防，怎么会被秦军袭破！"

"秦国大良造用兵如神，仅用二十日就破了城，武安援兵救之不及……"

光狼城已失，再说什么也没用了，赵胜只能咬着牙根再问一句："相印果然已经送往咸阳了？"

"楼缓先生携带赵国相印，已于七日前动身赴咸阳。"

赵胜摆摆手，有气无力地说："你去吧。"等信使退下，这才一屁股坐在榻上半天说不出话来，公孙龙和李同也都傻了眼。

还是公孙龙第一个反应过来："大王的顾虑有道理，赵国拜魏冉为相，两国会盟已成定局，此事一旦被魏人知道，随时可能扣留君上。既然大王命君上回邯郸，我看事不宜迟，君上明天一早就动身吧。传馆这里由小人留守，多了不敢说，两三天时间还拖得过去。"

赵胜对公孙龙极为看重，哪肯留他一人在大梁冒险，忙说："不妥，我等一走，魏人必迁怒于先生，只怕有性命之忧，还是一起走的好。"

公孙龙却是个不怕死的人，笑着摆摆手："君上不必担心，小人只是君府里的一个食客，无官无爵，人微命贱，这颗脑袋比荸荠儿还轻三两，魏国人能把我怎么样？最多就是挨几下打，再囚禁几日，等君上回到邯郸，拿几个钱把小人赎回去就是了。"

公孙龙说的倒是实情。

自周天子封土建国以来，公卿大夫与士人平民贵贱有别，等级森严。

虽然到了战国，社会已不像原来那样固化，有本事的士人照样可以做公卿大夫，可那些没本事的士人门客在贵人眼里还是像草根一样低贱。公孙龙是个舌辩之士，没有齐家治国的本事，他不肯做赵国的大夫，只愿做平原君府里的门客，其实就是利用了这一点：办大事的时候，公孙龙仗着平原君的势力，谁也不敢小看他；可到了危难之时，公孙龙身份卑贱，贵人们根本不拿他当一回事，更不值得专门去砍他这颗下贱的脑袋，公孙龙正可借此避祸。

现在公孙龙让平原君先逃，他自己留在传馆遮掩，败露之后最多吃点苦头，倒真没有性命之忧，赵胜也就不再犹豫了。

当下赵胜先让李同换上便装出了传馆，在大梁城外准备车马，赵胜又在传馆里住了一夜，第二天一早，换上一身随从穿的布衣从后门出来，看看没人注意，就一路走出了城北的夷门，李同早已在夷门外等候，把赵胜扶上马车，一声鞭响，顺着向北的官道疾驰而去。

赵胜私逃回赵国后的第三天，魏国方面已经得到消息，赵王拜穰侯魏冉为相国，即将与秦国定盟，最先得到这个消息的正是上大夫范痤，大吃一惊，急忙来找公子无忌："赵国人又在要诡计，一边派平原君来大梁出使，好话说尽，答应归还伯阳，同时却已拜魏冉为相，马上要与秦国定盟。倘若秦、赵会盟是针对魏国，那时赵军自北来，秦军从西来，两面夹击，魏国危矣！"

面对惊人的变局，连魏无忌这样刚毅勇决的人也慌了手脚："赵国与秦定盟！这消息确实吗？"

范痤瞪着眼叫道："当然是真的，我就是发了疯也编不出这样的谎话来！赵国使臣已经赶赴咸阳了。"

范痤带来的消息实在吓人，可慌张并不能解决问题。魏无忌双手攥成拳头，闭上眼深深吸了几口气，强迫自己冷静下来，凝神细想，渐渐理出个头绪来了："范大夫，我看赵国无论如何不会与秦国结盟，就算真有此事，内里也必有隐情。咱们先不要急，且把大事当小事看。"说了一个"不要急"，自己先稳住了心神，又想了片刻："赵国有什么事，平原君一定知道，我去见平原君问明此事。"

到这时范痤也不像刚才那么慌张了："这次平原君到大梁，公子一直避而不见，现在忽然去见他，倒好像魏国先怕了，有些不妥，还是我去见平原君吧。"

范痤说的有理，魏无忌也就答应了。于是范痤带了几个随从坐上马车到传馆来拜访平原君。平原君的门客公孙龙迎了出来，笑着说："范大夫，君上饮了些酒，醉了，暂不见客，请大夫晚些时候再来吧。"

"我有重要国事要见君上，片刻也耽误不得，无论如何还请通传一声。"说到这里，范痤又故意追问一句，"几天前赵国出了变故，君上知道吗？"

"不知道，有什么变故？"

公孙龙是个诡辩的高手，说起谎来眼睛也不眨一下，脸上的笑容也不减一丝，要换作旁人绝看不出破绽。可范痤和这些狐鼠之辈打了半辈子交道，越看公孙龙的脸越觉得信不过，干脆把心一横，宁可弄错了得罪平原君，也要闯进去！对公孙龙笑着说："原来君上喝醉了，这怕要伤身体，我这里正好有解酒的良药，服一剂就好了。"说着就要往传馆里走，公孙龙忙上前阻拦，范痤一把推开，只管大步往里闯，公孙龙眼看阻止不住，只得硬着头皮跟在后面，嘴里叫着："范大夫怎么如此无礼！"范痤也不去理他，转眼工夫把传馆里的几间上房转了一遍，根本不见平原君的影子。

到这时范痤已经隐约猜出端倪，厉声问公孙龙："君上在何处？"

"君上吃过午饭就到城里闲逛去了……"

听了这话，范痤已经全明白了："原来如此。大梁城里鱼龙混杂，君上一人出游只怕不安全。"回身吩咐随从："你们跟着公孙先生到城里去找，一定要把君上请回传馆。"

听范痤说派人去城里找，公孙龙觉得正好可以再拖延半天的时间，也就领着那些人走了。

公孙龙刚出传馆，范痤已经唤过手下："速去报知太子和公子，就说平原君已经逃回赵国，看来秦、赵会盟攻魏确有其事！现在只有扣留平原君，才能让赵王有所顾忌。请太子派人到安城传令，封锁黄河渡口，无论何人一律不准北渡。另外调骑兵一百，车十乘，我即刻北上，无论如何要把平原君追回来！"

范痤做事雷厉风行，既然猜到赵胜已经出逃，片刻没有耽搁，立刻追赶上来。

两天后，这一行人马赶到了安城，这里的守军已经得到太子魏圉的命令，封锁了黄河渡口，军士们在城里和四乡到处盘查，可并没发现平原君的踪迹。安城守军不由得疑惑起来，以为平原君大概还没到安城。可范痤却是个精细的人，立刻说："以平原君的本事，只怕已经在封锁渡口之前过了黄河。"

当天，范痤一行人渡过黄河，这才发现太子的诏令只传到了安城，黄河北岸的魏国城邑都未得诏令，城门大开任人通行，范痤急忙命人乘坐驿站传车向北传令，所有城池严查进出人等，他自己一刻也不歇，领着一百骑兵向北穷追而去。

　　此时平原君和他的家宰李同果然已经渡过了黄河。

　　平原君走得急，魏国人诏命来得也快，赵胜刚到安城，太子的诏命也到了，正好把赵胜堵在了黄河渡口上。可此时诏命初至，渡口守军已经得报，所有渡船全部停驶。沿河的百姓却还没得到消息，赵胜一眼瞧出这个空子，趁着魏军只顾盘查渡口，扔下马车，换上一身布衣混出关卡，进了乡村，和李同两人连夜沿河岸往西走出十几里，找到一个村落。进村时天已经黑了，迎面碰上一个瘦小黧黑的汉子，穿着一身破烂的短褐，光着两只脚，肩上扛着一副船桨走过来，李同忙迎上去问："是摆渡的舟子吗？"

　　那人看了李同一眼："咱是个打渔的。"

　　"我们主仆是安阳城里的商人，有急事要渡河北上，能否渡我们一程，事成必有重谢。"

　　那渔人愣头愣脑地说了句："天都黑了，这时候过河不是找死？"脚下不停一股劲往前走。李同急忙追上来一把扯住，左手已经从钱袋里掏出一块拇指大小的金饼塞到渔夫手里："这块金子你先收了，过河后再给你三两。"

　　这渔夫穷了一辈子，从没见过黄白之物，手里攥着一块黄澄澄的金饼却不认识，昏头昏脑地问："这是个啥？"

　　"金子你都不认得？"见这渔人朴直憨傻，是个容易收买的人，李同干脆又从钱袋里掏出几块金子一并塞到他手里，"都给你，这些钱够你置百十亩地再娶个老婆了！"

　　所谓没吃过猪肉，也见过猪走，渔人再傻也知道金子值钱，手里捧着几块金子，两只眼睛都瞪圆了。

　　自古以来钱能通神，战国乱世，人命如同草芥，为了一块金子，不知

有多少人愿意去死，那渔夫被几块金饼哄得飞上了天去，连自己是谁都忘记了，更顾不得小船夜渡的风险，当夜就驾起渔舟把两人摆渡过河。

船一靠岸，李同立刻在集市上买了一辆车，挑了一匹好马，主仆二人一气不歇连夜北上，一连走了五昼夜，出了汲邑、朝歌，渡过淇水，过了荡阴、防陵，眼前已经到了安阳大城，离赵国不远了，平原君的身体也实在有些撑不住了。

赵胜是个贵人，一辈子没受过颠沛之苦，这一次逃命心急如火，日夜奔波，身子已经吃不消，待出了防陵，走上去安阳的大路，心知离大梁已远，魏国人再也不会追上来了，心里一松快，忽然觉得胃中嗝逆，就在路边呕吐起来，吐了一回，只觉头昏眼花，天旋地转，站也站不稳了，李同忙搀扶着他在路边坐下，见赵胜已经面如黄纸，精神委顿，伸手一摸，额头上全是冷汗，知道不能再撑下去了，只得劝道："君上，咱们找个村落歇息一晚再走吧。"

赵胜还想逞强，嘴里只说："我没什么。"可是挣扎了两下，却双腿酸软站不起身来，只得在路边又坐了小半个时辰，总算缓过几分，这才又上了车，缓缓前行数里，见路边有一座小村，就在农户家里借宿，赵胜累得饭也吃不下，只勉强喝了碗粥，早早休息了。

第二天一早，赵胜觉得精神多少恢复了些，肚子也知道饿了，叫农人杀了只鸡，熬了一锅稠粥，饱餐一顿，就连声催着李同上路。李同眼看劝阻不住，只好把赵胜扶上车，赶着马车往安阳行来，中午以前进了安阳城。

到这时，赵胜主仆二人已经跑到了魏太子诏令的前面，安阳城里根本没接到大梁方面的命令，城门大开任百姓进出，于是李同赶着车顺顺当当出了城，眼看已经没什么风险，赵胜身体又不好，就把车子越发放慢下来，一个下午只赶了十几里路，天已黄昏，还没走到洹水，忽然听得背后车声辚辚，人喊马嘶，回头看去，只见官道上扬起一带烟尘，有一队车马正在这里追赶过来。

这是范痤的人马赶到了。

不管赵胜还是李同都没有想到，魏国的上大夫范痤竟有如此耐力，不但在安城封了渡口，又亲自渡过黄河，在宁邑、共邑、汲邑、朝歌、中牟、荡阴、黄城、防陵处处设哨盘检，命令守军闭城严查，而他自己却并不在这些城邑停留，只管马不停蹄一路向北，直奔安阳而来。进了安阳立刻下令闭城盘查，仍然没有平原君的踪迹，范痤还不死心，又带着人马继续向北，打算一直赶到洹水，在进入赵国的最后通道上再设一道卡子。

本来赵胜主仆已经挣脱罗网，想不到半路生了一场病，耽搁了两天时间，竟在安阳城外被范痤追上了。

好在赵胜是个有胆识的人，眼看身后烟尘大起已经觉得不对路，忙叫李同停了车，吩咐他："后边来的不知是什么人，我找地方躲一躲，你赶车先走，记着，千万不要催马，车子走得越慢越好。"说完跳下马车，钻进路边的树丛缩着身子藏了起来，李同一个人赶着车慢悠悠地继续往前走。

转眼工夫身后的人马已经赶了上来，李同跳下车，把马车拉到路旁，闪开大道让军马先行，自己用眼角偷瞄着，只见百余骑兵拥着几辆马车从面前驰过，其中一辆安车在李同面前停下，一个圆滚滚的脑袋从车窗里伸出来，正是上大夫范痤，把李同上下看了两眼。李同也是个有胆量的豪杰，想着范痤和自己也就见过一两面，这几天不分昼夜驾车疾驰，早就弄得蓬

头垢面，脸上又是泥又是土，范痤八成认不出他，所以面不改色，只管做出一副呆头呆脑的样子，愣愣地看着范痤的车马从面前过去，不大会儿工夫已经走远了。

侥幸逃过一劫，李同长长地松了口气，又怕魏人去而复返，自己赶着车慢腾腾地往前走了三四里，见路上再无一个人影，这才急忙回到与平原君分手的地方，赵胜早已在路边坐等了，李同忙将赵胜扶上车，赶起车顺着大路往北行来。

行不多时，天已经黑了，赵胜刚病了一场，身子虚弱，李同肚子也饿了，停下车子，只见四处荒野，渺无人烟，正在发愁，正好看见一个乡下人肩上扛着锄头走过来，李同忙叫道："借问一声，这附近可有村落？"

那乡农倒是个热心人，站住脚，指着前面说："前头三里之外就有村子，我领你去。"不由分说上前帮李同牵马。李同忙道了谢，跟着农夫往前走不多远，隐约已经看到路边有处村落，紧靠大路正是一家客栈，挂着酒旗，大门半开半掩，飘出一股烤肉的香气。乡农把马车一直牵到客栈的大门前才松了手，李同扶着赵胜下了马车，走进店门立刻叫道："店家，烤一条羊腿，烫一壶酒……"烛影里却见一个穿着锦袍的矮胖子迎了上来，笑眯眯地说："君上这时才到？羊腿已经烤熟，酒也烫好了，请君上用膳。"

听人家叫他"君上"，赵胜吓了一跳，这才看到店里坐着几十个魏国士卒，那迎上来的正是上大夫范痤。

范痤是何等人！半路相遇之时，他一眼就认出了李同。

可范痤办了一辈子大事，心思极细，眼看平原君不在车上，知道必是见到追兵躲起来了。此时若令手下到地里去搜，也能搜得到，可平原君身份高贵，若被一群士卒从庄稼地里揪出来，不但平原君颜面扫地，而且有辱赵国的国体，若两国由此交恶，对魏国实在没什么好处，倒不如装一回糊涂，让平原君自己冒出头来。于是假装没有看破，自顾走开了，却又派人回身在暗中监视。

果然，平原君以为骗过了范痤，也就毫不提防，继续沿官道北上，而范痤早算定平原君要在小村旦歇脚，先在此处等着，又派手下扮成农夫去迎，一直把赵胜迎到了自己正前。

眼看已经到了国境附近，想不到还是被这个狡诈的范痤坏了好事，平原君满心沮丧，可当着魏人还要逞强，装出一副不在乎的样子，嘿嘿一笑，说了声："有劳范大夫。"迳上前席地而坐，倒了一碗酒喝，又拿起铜匕割下一块羊肉吃了起来。

范痤在平原君对面坐下，看着他饮酒食肉大吃大嚼，知道这位君上是在死撑面子，忍不住笑道："久闻君上是浊世翩翩佳公子，俊逸非凡，天下仰慕，今天却换上了乡野鄙夫的粗衣短褐，蓬头垢面的，不知做的是哪一出戏？"

赵胜实在没话可答，只管低头吃喝，不理范痤。范痤又笑道："君上九天之内赶了八百里路，也难怪弄得面目如鬼，只可惜魏国太大，君上再有本事也走不出去，到底还是差了这么七十里。"

赵胜本就沮丧得很，范痤又不断用言语挑衅，终于被激得恼羞成怒，嘭地把酒碗蹾在案上，冷冷地说："我与范大夫并无私怨，纯为国事，大夫何必盛气凌人？"

范痤哪肯示弱，立刻回敬了一句："赵人伐我伯阳之时，赵王难道不曾盛气凌人吗？"

不想范痤这句话，竟深深地刺激了平原君。

赵国伐伯阳之时，范痤曾经出使赵国，在赵王面前挑拨离间，说了平原君不少坏话。赵胜是个手眼通天的人，早已从心腹耳目那里知道了此事，只不过两国相争，钩心斗角在所难免，赵胜心里也没多想。现在赵胜失算被拘，又羞又恼，范痤偏偏说起了赵王的"盛气凌人"，顿时让平原君想起了对范痤的旧恨！气得脸色铁青，半晌才冷笑着说："范大夫说此地离赵国仅有七十里？"

"对。"

赵胜恶狠狠地瞪着范痤，咬紧牙根一字一句地说："范大夫，你且记住：有朝一日，本君必用七十里土地买你的人头！"

此时此地，范痤是不畏惧平原君的，也冷笑道："范某的头能值七十里土地吗？君上抬爱了。"

平原君又把范痤死死地盯了两眼，却也没再说别的。

须贾取宠太子

赵国背弃盟约，平原君私逃回国，多亏范痤反应快，一鼓劲直追到安阳城外，又把平原君截住了。知道这个消息，大梁城里的公卿大夫们额手相庆，只有一个人气急败坏，此人就是中大夫须贾门下的舍人范雎。范雎慌慌张张来见须贾："主公，听说赵国拜魏冉为相，欲与秦国会盟，平原君想逃回赵国，被范痤追回，囚在传馆里，现在太子想以平原君为人质索取伯阳，有这事吗？"

　　范雎这个人平时总是阴森森冷冰冰的，喜怒不形于色，今天却急成这个样子，倒让须贾觉得奇怪："赵国是否与秦定盟还不知道，不过平原君被范大夫追回倒是真的。伯阳本是魏国的城邑，赵国也答应将伯阳归还魏国，有平原君在大梁，这件事办起来更稳妥些。"

　　须贾的脑袋里不知在想什么，满嘴都是不着调的废话，范雎又急又气，高声叫道："万万不可！赵国与秦结盟是因为秦军夺了石城、光狼，赵王不得已而为之。待退去秦军之后必背弃盟约，联魏抗秦，平原君是赵国第一勋戚贵人，名动列国，非同小可，魏国若扣押平原君为人质，两国间必然闹到势成水火，大家都没有台阶可下！从长远来看，实在是祸国之计！"

　　须贾没有理政之才，对范雎又十分信任，听他说的有理，也有点着急了："依你之见该如何？"

　　"趁事情还没闹大，尽快送平原君回赵国。"

　　"平原君一去，伯阳还能收得回来吗？"

　　魏国的臣子们有个通病，脾气暴躁，眼界又窄，都只把心思放在"伯阳"二字上了。范痤这些人尚且如此，何况须贾是个无能之辈，只贪小利，不知大局，两只眼睛只在一城一地上打转。

　　可这平庸的须贾毕竟是范雎的主子，范雎不得不忍住脾气，轻言缓语地说："主公，伯阳只是一座小城，并没有什么大不了的。赵国为秦军所败，不得已与秦定盟，已经失了体面，被山东诸国耻笑，此时他们一定急于向魏国示好，以便给将来留下余地，找机会摆脱秦人，重新与诸国定盟。且伯阳之事两国早已有约在先，赵王必会归还伯阳。现在的魏国就像一个放债之人，若对方抵赖不还，我们去逼讨也还说得通，可对方明明是诚心诚意要还钱的，咱们何苦非要打上门去呢？"

　　常言道："见什么人说什么话，见什么神烧什么香。"这并不是教人讨好取巧，而是指要想说服别人，就必须找他听得进去的道理来讲。眼下范雎就是这样，他侍奉的主子是个庸人，高谈阔论讲述天下大势，须贾听得糊里糊涂，于是范雎打了个最粗俗的比方，这下须贾立刻就听懂了："这话有理。可惜范痤已把此事禀明太子，我再去说，岂不是要得罪人吗？"

　　眼看须贾政事上如此无能，只知道算计自己的利益，范雎又急又气："范痤性刚气躁，见识短浅，他的主张未必高明。太子性情柔弱，一时被范痤蛊惑罢了，只要主公用心劝说，太子必会醒悟！"说到这里又把话峰一转："主公想想，依太子的脾气，本就不想为难平原君，得罪赵国，只是被范痤说住了。主公此时进言，正好给太子解围，太子不但会听主公之言，还会认为主公有见识，必定会赏识你。"

　　得到太子赏识，这是须贾梦寐以求的事，听范雎这么说，立刻来了兴趣："这样倒是好，只怕会触怒公子无忌……"

　　"公子无忌刚直无私，现在或许不乐意，但平原君归赵后，赵人一定归还伯阳，公子知道自己错了，也会高看主公一眼，绝不会挟私报复。总之主公此时劝谏，于国有利，在太子、公子面前也必得好评，有百利无一害。"

　　范雎是个深谋远虑的人，见识异于常人，而且此人出身寒微，从小吃苦受穷，被人欺凌，学会了一套察颜观色、因势利导的手段，一件国家大事说来说去，全都变成了须贾个人的私利，这些话一句句都说进了须贾的心坎里。

　　要说国家大事，须贾没有这么热衷，可说到"私利"二字，须贾就像一只闻到腥味的猫儿，急着要扑上去了。等范雎退下之后，自己又把事情前后想了想，仔细备好了一篇说辞，在家里先偷着演练了几遍，这才进宫来见太子，却听说太子去了如茵馆。须贾一刻也等不得，立刻坐着马车赶到如茵馆去。

须贾到如茵馆时，太子魏圉正和石玉坐着闲谈，几案前放着一大筐黄澄澄的柑橘。见须贾进来，魏圉指着身边的几案说："须大夫坐吧。"又从案上拿了一个橘子递给他："这是刚从楚国九江郡运来的柑橘，你也尝一个吧。"

须贾心里有事，随口谢了一声，接过橘子却不剥开，略一沉吟，正色对魏圉说："下臣今天来见太子，是有一件大事要说。"

"是平原君的事吗？"

"也是，也不是。"

须贾的答复模棱两可，魏圉有点摸不着头脑。须贾要的就是这股子神秘劲儿，于是凑到太子身边，故意压低了声音："臣自幼曾追随高人学得伏羲观天之术，近日夜观天象，见东方青龙、西方白虎相胁不下，而东方七宿之中，房、尾纠缠，角、亢倒执，晦然莫名，臣心中惶恐不安，今天来，就是想和太子说一说天象……"

须贾满嘴胡言乱语，可他说的每一句话都是花了无数心思琢磨出来的，在魏圉听来这些话大有深意："须大夫觉得天象纷乱，究竟何意？"

"东方青龙、西方白虎相持不下，正应六国与秦对峙之势，今东方星宿散落纠乱，角亢倒执，是天下大势将有变数，魏国当早绸缪。"

须贾说的话石玉一个字也听不明白，魏圉却隐约懂得其意。

古人将天宫星宿分成四个方位，东方青龙，西方白虎，南方朱雀，北方玄武，每一方有七宿，合称为二十八宿。战国七雄之中秦国在西，应白虎之象，山东诸国在东，应青龙之象。东方青龙七宿是角木蛟、亢

金龙、氐土貉、房日兔、心月狐、尾火虎、箕水豹，若将这些星宿与山东列国相比，则魏国似在角木蛟之位，赵国似在亢金龙之位，韩国似在氐土貉之位，燕国似在房日兔之位，齐国似在尾火虎之位，楚国似在箕水豹之位，心月狐之位上是那个仅存濮阳一城的小小的卫国。须贾说的房、尾纠缠是指燕、齐之间的经年苦战，而角、亢倒执，则在暗示赵国想要压倒魏国……

想透了这些，魏圉忙问："赵国野心人所共知，大夫觉得魏国当如何应对？"

见魏圉对自己的话有了几分信服，须贾心中窃喜，但时机不到，他还却不肯把要紧的话说出来，仍然在"天象"之中转圈子："太子可知角宿有星二，亢宿有星四，皆刚而善斗，顺而各为其能，逆则互相冲犯，角宿位当天关，又名'维首'是苍龙之角，东方七宿之首；亢宿为仲夏之月，'昏亢'，勇而不明，若不愿角亢相争，则须角宿自晦，而使亢宿独明，如此天势顺遂，青龙跃然，可执白虎。"

听了这些话，魏圉的脸色沉了下来："大夫之意，是想让魏国向赵国低头吗？"

"正是此意。魏国居于中原，独挡强秦，经年苦战，军马亏折，粮石损耗，城池摧破，百姓涂炭，必难持久。赵国兵强马壮，君臣又有野心，太子当顺应时势，联赵军以抗秦，魏赵两国合兵有七十万众，加上魏武卒之勇，赵骑兵之锐，秦军再想东进，就没有这么容易了。"

须贾所说的也正是魏圉心中所想，早前他就打算推举赵国为从约长，借赵国强兵巩固魏国的领土，可惜那时没人支持他，事情终于办不成。眼下时机已变，再说这些又有什么用？魏圉叹了口气："魏国本有此心，可赵王已经背弃旧盟，反与秦国定盟，让我怎么办呢？"

　　须贾并不回答魏圉的问话，却反过来问了一句："太子以为赵王是明君还是昏君？"

　　"自赵王何亲政以来，军力日强，政事修治，颇能任人，算是个明君吧。"

　　须贾冷笑着摇了摇头："下臣以为赵王是个昏君。"

　　"怎么讲？"

　　"赵王继位已有十九年，亲政也有九年多，对内只知休养，对外不能攻伐，尤其这一两年，东接弱齐而不能破，西临强秦而不知守，以至于被秦国所乘，半年之内连破赵国石城、光狼城，腰断其国，威胁邯郸，逼得赵国背弃山东诸国而与秦会盟，如此无谋之辈，自然是个昏君。"

　　魏圉心里正对赵国有气，须贾斥责赵王是个昏君，魏圉听了觉得十分舒服，微微点头。

　　须贾是个一心钻营投机的人，这样的人说话办事往往以逢迎为先，博取别人的好感以后，再钻进话缝儿下蛆。现在他借着责骂赵王的机会把自己想说的话说了出来，见魏圉面露微笑，显然是把这些话听进去了，于是峰头一转，又说出另一套话儿来："赵国虽是小国，自武灵王胡服骑射，倒也练成了一支强兵，赵王虽然昏庸，却有称霸的野心，且赵国又有平原君、乐毅、廉颇等人，皆是虎狼之性，刚而善搏。当今天下战乱纷繁，诸侯之间不过纵横连横而已，赵、魏两国同出三晋，实力相当，唇齿相依，最该结为盟友，而赵、秦两国实力相差悬殊，定盟之后，赵国就成了秦人的仆从，以赵国君臣的性子，怎肯屈居人下？此正应古人所言：'宁为村夫之冠，不为大夫之履。'所以臣觉得赵国与秦国定盟只是权宜之计，将来一定会背弃盟约重新与魏国修好。"说到这里，故意盯着魏圉问了一声："太子觉得呢？"

　　须贾这句话又说到魏圉心里去了。

这些年魏国与秦国交战屡屡挫败，自安邑失陷以后，魏国西面的疆土已经损失大半，而魏国面对强秦，早没有了还手之力。太子魏圉秉性柔弱，自从魏王患病，魏圉执国政，魏军在秦国面前几乎没打过一个胜仗，所以魏圉内心深处对秦国产生了畏惧，一直想从赵国得到支持。可偏偏赵国君臣恃强威逼，要与魏国争从约长之位，朝堂上又有魏无忌、范痤等人固执己见，寸步不让，弄得魏赵失和，面对如此危局，魏圉心里本就不踏实。现在来了这么一个须贾，提出魏赵两国早晚要联手抗秦，正合魏圉的心意："须大夫能断定赵国必结好于魏而与秦国反目吗？"

魏圉这一问正在须贾的预料之中，故意抬起头来捻须笑道："下臣并无未卜先知之能，怎敢说出'断定'二字？"说完故意缓了一缓，等魏圉脸上有了几丝愁容，这才又说："但臣有个计策，可以试出赵王的心思。"

魏圉忙问："是什么计策？"

"赵国与秦定盟之事传出之后，平原君想私逃回赵，却被截了回来，现在困在传馆，太子不妨把平原君送回赵国去。若赵国有心与魏国结好，则平原君归国之后，赵王会立刻归还伯阳，若赵王无心与魏交好，必不肯归还伯阳。这么一来太子就知道赵王的心思了。"

"若赵王一意孤行，魏国岂不是丢了伯阳？"

魏圉这句话问得好不小气，实在没有人君的气魄。有意思的是须贾在范雎面前也问过同样的话，可知魏圉和须贾的眼界心胸倒是差不太多，单从这上面看，魏圉和须贾倒很可以成为一对知己。

但此时的须贾已经被范雎点醒，自然也就知道怎么劝说魏圉："早先秦军攻克石城之时，太子已将新垣衍大夫调到安阳，又往黄河北岸的汲邑增兵五万。现在赵国与秦交兵连连失利，又丢了光狼城，形势危急，邯郸左近精兵都调往封龙、武安去了，若赵王不还伯阳，魏国就联合燕国从北面攻赵，再命新垣衍出安阳攻打赵军，夺回伯阳又有何难？就算一举攻下邯郸也不是办不到！"

沉吟半晌，魏圉终于缓缓点头："这么说来，扣留平原君就没有用了。"

眼看说服了魏圉，须贾急忙又加上一把火："如今赵国方面还不知此事，太子应该当机立断，今天就送平原君回邯郸，赵王那里才有面子。否则等魏国扣留平原君的事传开，魏、赵两国必然伤了和气。无论如何总不是好事。"

须贾说的话极有道理，魏圉皱起眉头想了半天，终于拿定主意："你拿我的符节去传馆，亲自把平原君送出大梁城去。"

虽然说动了魏圉，可须贾却还有个心眼儿，知道传馆那里必有范痤的手下把守，自己去传这样的令，只怕要和范痤冲突起来。范痤是魏王宗亲，为人刚直不阿，在朝堂上极有威望，又与公子无忌深相结纳，须贾可不愿意得罪了他，急忙笑着说："平原君是赵国的勋戚，这次在魏国又受了气，下臣只是个中大夫，我去送平原君，实在显不出敬意来，臣觉得还是太子亲往比较好。"

须贾的话听起来句句在理，魏圉也觉得亲自去见平原君更好些，笑着对石玉说："你看看，烦人的事太多，我得去走一趟。"石玉笑道："国事要紧，你去忙吧。"一直把魏圉送到大门前，魏圉正要登车，又想起来，回身嘱咐下人："那些橘子从楚地运来，不能久放。这屋里用的纱也旧了，记得到东宫去取绢纱，把这换的地方都换上。"这才登车而去。

须贾跟在魏圉身后，见太子忙着处置国家大事，却还不忘把这些宫中琐事唠叨不休，忍不住回头把石玉多看了两眼。

　　须贾也知道如茵馆里住的是巨子的女儿，却从未见过面，只听说此女箭法如神，勇力胜过男子，秦军来袭之时又曾保着魏无忌到邯郸求援，救了魏国。在须贾想来，既是墨家弟子，又如此勇武，必是个健悍粗鲁的莽妇，想不到今日一见，竟是这样一位柔婉秀丽风姿绰约的好女子。

　　说到政事，须贾没有多少才干，可他也有聪明过人的地方，最懂得钻营投机。见太子对巨子之女如此看重，须贾心里一动，忽然想到一个好主意。

魏国要做仆从了

　　听取了须贾的主意后，魏圉片刻也没耽搁，立刻把公子无忌请到东宫，把放平原君归赵的事对他说了。果然，魏无忌立刻表示反对："赵国伐伯阳于前，背盟降秦于后，毫无信义，且平原君是赵国使臣，未得封传文书，竟欲私逃回国，简直不把魏国放在眼里！魏国今天扣留平原君，就是要向赵王问个原由，赵国没有答复之前绝不能放平原君归国。"

　　"赵国盟秦是不得已，日后必然背盟，咱们的眼光要放远些，不可因小失大。至于平原君私逃之事，说大也大说小也小，大事化小也就是了。"

　　赵国与秦交好确实是不得已，日后也必会背弃盟约，与秦国交恶，这个魏无忌当然知道。可魏无忌是个明白人，从赵国的无信无义中看出了赵王称霸的野心，这才是他真正担心的事："赵王为了私利，可以背叛山东诸国而与秦定盟，这样的人什么事做不出？魏国若不想办法制约赵国，赵王就会把背信弃义当成理所当然，以后只要利益所趋，就会不择手段背盟害人，咱们魏国还能再相信赵人吗？"

魏圉微笑道："你说的有理，可赵国居于东方，必与山东诸国合纵而与秦为敌，这是变不了的。老子有言：'信者信之，不信者亦信之，德信也'……"

魏圉一句话还没说完，魏无忌已经打断了他："'信者信之，不信者亦信之'是说君王要善于纳天下之谏，听万民之声，不可只听好言而规避批评，绝不是说可以相信那些无义之徒的鬼话！"

魏无忌是个聪明人，可他毕竟年轻，阅历尚浅，还相信那些君王心中尚有公道正义，对赵王存着一丝幻想，看法显得天真了些。魏圉却只拿定一个主意，要放平原君归赵，以此向赵国讨好，免得引发两国间的冲突："扣留平原君只会激怒赵王，只有放平原君归国，才能保全赵王的脸面，赵王也必归还伯阳，向魏国示好。"

"太子还要深思！"

魏圉是个性情软弱没主意的人，可这样的人偶尔拿定了主意，就会变得非常执拗。眼看魏无忌又在争闹，魏圉不由得急躁起来："此事我已想好了，今天就送平原君回邯郸。主意已定，不必再说了。"

太子忽然说出这句硬话来，魏无忌心里有些慌了。

魏无忌虽然是魏国的公子，但和太子并非一母所生，且魏无忌自幼聪明干练，被魏王器重，曾有过将他立为太子之意，但魏无忌深知权力之争于国无益，从此不敢再问政事。而魏圉性情温厚，对魏无忌手足情深，关爱有加，更让魏无忌十分感怀。正因为心中有对权柄的忌讳和对兄长的敬爱使得魏无忌警醒再三，日常恬淡自居，循规蹈矩，不敢稍越雷池。现在

太子面色严厉，言语凿凿，说他主意已定，魏无忌暗暗心惊，也不敢再说别的了。半天才慢吞吞地问了一句："是否再与范大夫商议一番？"

"不必。范痤行事鲁莽，日后我必问他的罪！"

其实魏圉倒未必会为了平原君的事向范痤问罪，可他这样的口气更让魏无忌惶恐，再也不敢多说，立刻退出了东宫。

既然拿定主意送平原君归国，魏圉也就立刻准备起来。首先撤去了传馆外的守军，早先被扣起来的门客公孙龙也放了出来，接着魏圉亲到传馆问候平原君，回来之后，又派出太子府长史来请平原君到东宫用膳，席间把前面的事一个字也不提，只是弹唱歌舞，饮酒作乐，宾主尽欢之后，才问起平原君准备何时归国。

见魏太子对自己如此客气，平原君知道事情有了变化。此时的他身在大梁，心里当然不踏实，只说赵国与秦国战事紧张，自己在魏国的国事已毕，希望尽早回邯郸去，魏圉立刻答应第二天就送平原君回赵国。

第二天一早，平原君进宫向魏王辞行，太子魏圉替魏王接待，回赠赵王玉璧十双，绢两千匹。国礼已毕，平原君回到传馆刚刚坐定，魏圉已经亲至传馆相送，随带来的各色礼品堆满了庭院。

这天魏圉陪着平原君一起用过午膳，出了传馆，只见太子的车驾仪仗排满了大街，魏圉挽着平原君的手同登车辇，大梁城的夷门大开，禁军执戟静街，又有两千骑士在城外相候，太子的车仗加上平原君赴魏时带来的车马足有两百余乘，前后排开十几里，浩浩荡荡往北行去。

赵胜本以为魏圉把他送出大梁也就罢了，却想不到魏圉十分殷勤，一路陪伴赵胜北上，竟不说何时分手，赵胜也不好问。就这么一连走了十天，车驾进了安城，却又不急于渡河北去，而是在城里住了下来。

　　此时的赵胜归心似箭，眼看到了安城却忽然不走，心里不由得打起鼓来，却又不敢冒问，每天都和魏圉来往应酬，见魏圉神态和悦，亲切有礼，态度上丝毫没有变化，只是绝口不提渡河之事，赵胜真有些摸不着头脑。

　　就这么糊里糊涂地在安城住了六天，这天中午，魏太子那里终于发了话，要送平原君渡河北归，平原君大喜，急忙和太子同乘一车出了安城，直抵黄河渡口。

　　此时黄河渡口上也早已停满了大小船只，准备为平原君的随从车马摆渡，离渡口还有老远，赵胜就看到栈桥边停着一艘巨大的楼船，这条大船长约七十丈，宽二十丈，高十五丈，上下三层，配桨百副，柚木为骨，杉木为桅，楸木为梁，楠木为枋，大漆雕栏，银嵌桅楼，黄金兽首，华丽无比，桅杆顶上高高挑着一面巨大的旌旗，两条盘卷的青龙圈出一个金丝织绣一人多高的"魏"字，在阳光下亮灼灼的，几里之外就能得清清楚楚。

　　这艘楼船非同寻常，本是魏王出巡时乘用的王船，因为魏王邀病重不能出巡，这条王船已经多年不用，一向停在大梁城外的梁沟里，想不到魏国太子为了奉承平原君，竟然动用了几千名纤夫把王船从梁沟一直拖进了黄河，又顺流而下到安城听候调用。也就是因为王船从大梁逆水北上行动迟缓，魏圉才陪着平原君在安城多住了六天。

　　上次平原君北归之时，只有主仆两人，坐着一条破烂渔船乘夜冒险偷渡黄河，今天回国之时竟是乘着魏王的坐船渡河北上，威风气魄真不可同日而语。魏太子如此厚意，赵胜半是心里感激，半是脸上做戏，当着魏太子的面着实掉了几滴眼泪，再三向太子道谢，与魏圉依依惜别。魏圉手挽手一直把平原君送到栈板前，看着他登上王船，这才命令王船解缆离岸，

自己立在岸边，目送大船驶入黄河。待楼船驶到河心，赵胜回头看去，太子魏圉仍然直挺挺地站在码头上。

公孙龙凑到赵胜身边，冲着码头方向努了努嘴，压低声音问："君上有何想法？"

公孙龙这个精乖的辩士和平原君倒是心有灵犀。现在赵胜已经脱却桎梏，好似蛟龙入海虎归山林，再也不必假装谦恭了，听公孙龙这一问，忍不住嘿嘿地笑了起来，反问一句："你说呢？"

"有这样的太子，魏国是要做仆从了。只看将来是臣服于赵，还是臣服于秦吧。"

平原君冷笑道："这还用说吗？魏人臣于赵则生，臣于秦则死。"

以魏国目前的态势，臣服于秦必被吞并，若与赵结盟还有生机，平原君这话说的实在有理。可他这副志骄意满的嘴脸都落在公孙龙眼里了。公孙龙是个明白人，陪伴赵胜也有几年工夫了，知道这位平原君才高气盛，最大的毛病就是得意之时容易忘形，忙在他耳边问了一句："敢问君上，石城尚有秦军十万，如何退之？"

公孙龙的话真像一盆冷水迎头浇下，赵胜浑身一颤，顿时醒悟过来，半晌才说："只有与秦国会盟，方可退去秦军。"

"与秦定盟之前呢？"

"……先把伯阳还给魏国。"

说到这里，赵胜终于想起赵国被秦军大败，石城、光狼失守，不得已拜魏冉为赵相，屈辱求和，又不得不向魏国归还伯阳，自己因为思虑不周受赵王重责，乐毅为了替罪而失去兵权，出使魏国又遭范痤欺辱，私逃之时被魏人截住，像个囚徒一样被押解回大梁，如今刚刚脱困，自己竟然……

想到这里，平原君悚然而惊，转过身来郑重其事地对公孙龙深深一揖："赵胜愚鲁狂嚣不知进退。先生要多提点才是。"

赵胜虽然狂傲些，却有纳谏之贤，容人之量，在各国贵人之中，如此人物是凤毛麟角。能追随此人，也算公孙龙这类谋士说客的运气了。现在赵胜刚刚脱困，心情大好，公孙龙深觉自己的话虽然有理，却难免扫了平原君的兴头，忙拱手赔笑道："君上是飞天的真龙，小人不过燕雀，欲攀附君上而逞名罢了。"

"赵国才是飞天真龙，你我皆附其上，一同逞名！"赵胜走上船头，迎着河面的疾风四下望去，只见黄水滔滔如龙鳞翻卷，在数十条大小舟舸簇拥下，王船百桨激扬，行驶如飞，长风荡荡，旌旗猎猎，果有"飞龙在天，利见大人"之势，兴致勃发，忍不住高声吟道："'同声相应，同气相求，本乎天者亲上，本乎地者亲下，各从其类'，大吉，大吉！"

公孙龙也在旁吟道："'水流湿，火就燥，云从龙，风从虎，圣人作，万物睹'，赵国已现乾象，我大事当在于斯！"

平原君拊掌大笑，抬头看去，只见红日西斜，黄河北岸已经隐然在望。

平原君突然从大梁返回邯郸，倒让赵王觉得惊讶，忙把赵胜召进丛台询问缘故，上大夫蔺相如因为掌管丛台机要，也在一旁陪坐。见了赵胜，赵王张口就问："卿此番入魏是商谈国事，大事尚未议妥，何故回邯郸来？"

平原君忙说："不是大王召臣速归吗？"

"寡人何时相召？"

"月前有一使者秘密到大梁，至传馆见臣，说大王已将赵国相印许给秦国魏冉，恐魏国知情后扣留臣下，命臣立刻潜回邯郸，臣受命后即日起行，不想在洹水被魏人阻截，后魏太子圉顾及两国交好，又亲自送

臣回来的。"

赵胜一番话说得赵王和蔺相如面面相觑。蔺相如说："大王确实将相印交与秦人，可大王与臣计议，此事当告之魏王，以免两国失和，君上正在大梁，所以想请君上代为解释，传话的使臣尚未派出，哪会有什么召君上回邯郸的'密诏'？"

这些日子蔺相如在赵王面前极得宠信，平步青云，可平原君对此人却并没有多少重视，加之赵胜因为赵王的一道"秘诏"弄得往来奔波，受辱于人，本来就憋了一肚子火气，现在蔺相如竟用这些话问他，赵胜顿时提高了声音："蔺大夫是何意！依你说，本君此番竟是无故私逃回邯郸吗？"

平原君盛怒之下当着赵王的面大发脾气，弄得蔺相如十分尴尬，赵王脸色也不好看，在一旁伺候的宦者令缪贤忙说："君上所说的秘使是何人，所传之秘诏又在何处？"

那使者是个陌生人，所传的也只是个口信，只是秦国拔光狼城，赵王将相印送往咸阳，这些消息实在惊人，赵胜大惊之下只顾得赶紧脱身，竟没多想。现在缪贤问他，赵胜无言答对，半天才说："那使者我并不认识……"

众人吵作一团的时候，大殿上只有蔺相如一个人还保持着冷静。这时插进话来："赵国与魏国先已失和，所以此番出使魏国十分不易，好在君上有过人之能，终于说服魏王，维持了两国交好，使命已经达成。如今赵国正有国事难决，还请君上为大王解惑。"

蔺相如是个聪明人，先把平原君捧了几句，消了他的气，又绕开了那团扯不清的乱麻，却拿国事问他。赵胜也知道自己没得诏命就擅自回国，实在是思虑不周，在这上头争吵没什么好处，忙也转了话题："秦军虽然夺了光狼城，可臣以为光狼城不比石城，那里当面有长平、泫氏、武安诸城，秦军难以突破，背后又是韩国的野王，对秦人是个威胁。且光狼城在太行山深处，道路难行，秦军粮草不济，必难久守，更不可能威胁邯郸。所以大王对光狼城之秦军要防，但也不必太过在意。眼下当务之急，是推举魏国为山东列国的从约长。"

赵王一愣："可赵国和秦国会盟之局已成，这时候出来拥戴魏国为约长，时机不合吧？"

平原君还没答话，蔺相如已经笑道："自齐国垮台之后，山东诸国成了一盘散沙，急需有人出来挑头。眼下秦人威逼赵国，各国在此时合纵，对赵国正好是个策应。"转身对赵胜拱拱手："君上所言极是，臣愿附议。"

蔺相如这个人谋略深长，心地厚道，在赵王面前能言敢谏，对霸气十足的平原君又顺势合情，不与抵触，有他在，王廷里上下顺遂，一团和气，比先前的局面好多了。赵国出了这么一位上大夫，真是福气。

平原君要推举魏国为从约长，这话有理，可赵王还有疑问："会盟山东诸国需要时日，可赵国与秦国会盟在即，这事还来得及吗？"

赵胜忙说："来得及！魏国早前为了争约长之位，已经向各国派出使臣，各国也有心推举魏国，只是赵国没有松口，所以列国不愿轻易表态。现在赵国不必出头，只要默许，魏国自然能够成事。三个月之内当可完成会盟。"

"赵国默许六国合纵，秦人会怎么样？"

"这也好办，赵国的心思魏国自然明白，所以列国在大梁会盟之时，赵国不参与其中，秦国就说不出什么来了。"眼看赵王已经拿定了主意，

243

平原君拱手奏道，"大王，事不宜迟，臣想尽快回大梁去，先把合纵的大事办了，好让赵国腾出手，全力应付秦国。"

平原君自告奋勇再到魏国出使，赵王心里当然高兴，嘴里却说："你刚回来，累了，歇息一月再说吧。"

赵胜慨然道："国事为重，臣明日就起程赴大梁。只是臣还有一个请求：请大王把伯阳城的印信交给臣，此番赴大梁，就把伯阳交还给魏国。"

说到把土地城池还给魏国，赵王心里还真有些舍不得："何必这么急呢？"

"赵国要成霸主，就先得有霸主的气魄，不计较一城一地，一切只为长远打算。"

赵胜的话里又带上了这副教训人的腔调，赵王听了很不受用，可赵胜为了国事不辞劳苦，对这么一位任事的能臣，赵王也实在说不出什么来，只是摆摆手说："就依你吧。"赵胜随即告退而去。

赵胜走了，蔺相如却没有走，看着平原君下殿去了，这才一脸凝重地说："臣有一事和大王商议。"

议了半天国事，赵王已有些倦了，可蔺相如有话说，他又不得不听，吁了一口气，慢吞吞地问："何事？"

"刚才平原君说有人到大梁传诏，使得平原君连夜逃回邯郸，此事大王不生疑吗？"

蔺相如要是不说，赵王已把这事淡忘了："寡人并未传诏，平原君也拿不出诏命来，是不是他听说国事有变，心里慌乱，就想逃回邯郸……"

赵王何深通权谋，精于算计，可做起事来欠了些胆魄，在这方面他不及平原君。现在赵王以己之心度人之腹，竟以为平原君是胆怯私逃，又在王廷上当众撒谎，这显然是会错了意，也让蔺相如有些意外。在蔺相如看来，事情可没这么简单："平原君胆识过人，绝无畏怯私逃之理。依臣想来，必是有人假借王命，私派使者向平原君传话，故意要使君上离开大梁，不管君上能否顺利回到邯郸，魏国必然对赵国起疑，既而生怨，这是要破坏赵魏两国邦交，用计之人其心歹毒！"

蔺相如是个稳重深沉的人，一眼看出了事情的内幕。赵王这才紧张起来，忙问："何人敢行此毒计！"

"此事关系重大，臣不敢妄言。只是当日参议此事的臣子并不多……"蔺相如说到这里，抬起头来眼巴巴地看着赵王，却不再说下去了。

赵王是个聪明人，听出蔺相如话里有音，回头一想，那天商议国事只有两个臣子在座，一是蔺相如，另一个，就是楼缓。

可楼缓是赵国的国戚，先王驾下重臣，这是个极可靠的人。而且楼缓当天就自告奋勇带着赵国相印到咸阳去了，似乎没有时间做这些事。

可若说不是楼缓，知道此事的又没有旁人。

自楼缓归赵以来，所献的计策颇为高明，可真正实行起来，不管兵伐伯阳，还是水淹大梁，都并未达到预期的效果，与魏国争从约长也没争到手，反而闹得赵魏失和，又被秦国打了个措手不及，丧师失地，受制于强敌，贻笑天下，如今连从约长之位也拱手让人了。楼缓归赵这一年来，赵王用他的计谋，没得到任何好处，反而吃了大亏。

难道这楼缓竟是……不可能，绝对不可能！

赵王委决不下，心烦意乱，蔺相如看了出来，在旁低声说道："臣也觉得此事太过离奇，斗胆妄猜，所言未必有据。但事关重大，不可掉以轻心，大王心里一定要有个主意，不可再重用那个人了。"

蔺相如把话说得过于直率了。

倘若楼缓真有奸谋，中计之人就是赵王，蔺相如把话说得太直，赵王脸上有点挂不住了，摆摆手让蔺相如退下，自己坐在昏暗的烛光下又把楼缓入赵前前后后都了一遍，越想越觉得不对劲。

诚如蔺相如所言，不管事端是真与假，赵国再也不能重用这个楼缓了。

五
出
卖

石玉割断情丝

　　半个月后，平原君赵胜又一次坐着驷马高车进了大梁城。

　　这次出使，赵胜手里拿着宝贝，一心取悦魏王，心情气势都和上次不同了，魏国也不再慢待这位赵国权臣，魏王当天就在王廷之内接见平原君，太子魏圉、两位公子魏无忌、魏齐以及相国田文、上卿芒卯、亚卿晋鄙、上大夫范痤、中大夫须贾都在廷前正襟而坐，每个人脸上都笑容可掬。

　　平原君上殿之后先拜魏王，再献夏山玉璧十双、东胡骏马二十驷为方物，既而托出一只大漆金嵌朱云狻猊纹木匣来，匣中盛着一颗巴掌大小的虎钮铜印，正是被赵人夺去的伯阳城官印。宦官忙接了印信送到太子手中，魏圉捧着这颗失而复得的大印，禁不住满脸喜色。

　　数日之后，魏国上大夫新垣衍得到诏命，从安阳大城派出两千士卒渡过洹水，顺利地从赵军手里收回了伯阳。同时，在大梁城里的平原君也去拜会了太子圉，大诉其苦，说明赵国与秦交好之不得已处，接着奉赵王之名，表示愿意推举魏国为山东合纵的从约长。

　　但平原君也同时替赵三向魏国表态：由于受秦威逼，形势艰难，赵国不能派使臣参与会盟。把一切都说清之后，又在魏国多留了一两日，等伯阳城防交割明白，军报送到大梁，就此完成使命，带着魏王所赐的丰厚礼物回邯郸去了。

赵人不来会盟，早在魏国意料之中，赵胜滑如泥鳅，摇头摆尾说了一堆虚话，又溜得飞快，也一点都不稀奇。对魏国人来说，只要赵王不在此事上掣肘就已经知足了。于是太子魏圉派出使臣到齐、燕、韩、楚四国商议会盟之事，想不到很快就得到一个坏消息，韩国拒绝来大梁会盟。

韩国是七雄中最弱小的国家，韩宣惠王晏驾后韩咎继位，长年任用国戚重臣公仲朋为相国，公仲朋是个善于弄权的人，掌权的这十几年间排斥异己，逐走名将韩聂，韩国的国力越发衰弱，屡遭秦国攻伐，先败于武遂，又败于夏山，折兵十余万，再也不敢与秦国正面冲突。公仲朋死后，韩王咎任用上卿陈筮为相。陈筮上任之后立刻着意打击公仲朋的亲信，这一下却把韩国最后的能臣猛将也扫荡得精光，公仲朋培植起来的名将暴鸢弃国出走，韩国实力更加不堪。眼看亡国的危机已在眼前，陈筮不得不力主韩国与秦定盟，于是两年前韩王与秦王嬴则在新城会盟，韩国做了秦国的仆从。现在魏国想重行合纵之策，会盟诸国，韩国哪里还敢应承？

合纵抗秦本是山东诸国的大事，可惜赵、韩两国都因故不来，楚国虽然答应会盟，也派了一位上大夫庄辛到大梁来，但早先山东诸国合纵之时楚国就始终首鼠两端，一时与山东各国合纵，一时又与秦国会盟反对合纵，贪利忘义，左右摇摆，现在魏国的威信远不如当年的齐国，会盟时又少了赵、韩两家，齐国、燕国都已遭到大败，衰弱不堪，楚国对这场会盟态度毫不积极，只是敷衍而已，就连那位上大夫庄辛，也是因为在楚王面前直言劝谏惹怒了君王，被从郢都踢出来参与这次"合纵"的。可见楚人实在不看重这次会盟。

合纵大事终于搞起来了，魏国也如愿做了从约长，可事异时移，今天的山东诸国实力已经大不如前，赵、韩、燕、齐各怀鬼胎，各行其是，魏国的从约长之位名存实亡。面对这么个残破的局面，就连魏无忌这样最热衷的臣子也觉得扫兴。

可会盟毕竟是一件能充门面的大喜事，尤其今天的魏国更需要找些喜事来充充门面。于是魏太子下了决心，倾其国力办好这场会盟大典。

为了举行会盟大典，魏太子在大梁城外圈地七十里，从府库中搬出百万金银，从全国征调十万民夫在大梁城外的梁沟之畔大兴土木，专门建起一座离宫，内有宫室二十多座，房舍七百余所，连山盈野。离宫中叠石成岳，架木为泉，遍植松柏，多养獐鹿，又专门模仿魏、楚、齐、燕四国王宫形制各建大殿一所，配殿三间，供四国君王贵人歇息。

离宫中特意开挖了一处方圆九百余亩的池塘，取名"梁池"，引梁沟之水灌入，池内遍种青莲，投入鲤鱼数千尾。梁池正南建起一座高大的明堂，高三丈，方圆百余丈，外圆内方，取天圆地方之象，中有天井，左右各建一处配殿，左为青阳之殿，暗合昊皇鸾凤之形；右为总章之殿，正应舜帝骀虞之象，南北各设一处宽阔的天井，南入天井为明堂正殿，北出天井为玄堂后殿，在后殿外又架起一座画彩描金的廊桥，直通会盟台下。

在梁池之畔，离宫的正中心筑起一座七丈高台，上下三层，墁地青砖都在岸门的窑厂里用王宫规制精心烧成，筑台的条石远从八百里外的舞阳采来，在大梁城外打磨成形，上榫下柳，条条契合，严丝合缝针插不入。又用奇巧工匠取昆山之玉雕成虎、兕、熊、豹、麒麟、猰㺄诸般神兽，皆

高与人齐，嵌于条石之上，沿路盘旋，温润华滋，光可鉴人。盟台之顶是取自吴会的八株金丝楠木，每株皆可四人合抱，四株为梁，四株为盖，建成一座会盟亭，以金、银、珠、翠嵌成青龙、白虎、朱雀、玄武之形，分悬于盟亭四角，被阳光一照，金碧辉煌，几里之外就能看到。

为了办好这次会盟，魏国真是不惜功本，单是布置这处离宫，竟将王宫里的食器用具、绢帛绸缎搬运一空，仍嫌不够，又在贵戚重臣府中四处挪借，为了供给离宫饮食，甚至专门成立有司，拨出黄金往齐、楚各国采买酒食，每日花费千金有余，真正是倾一国之力结各国之心。

终于会盟之期将至，除了楚国早先已命庄辛到大梁外，燕国的相国公孙操并未出席，只派来一位上大夫栗腹，齐国相国田单也没到大梁，只派来一位上大夫貂勃。

合纵抗秦是天下大事，魏国费了这么多心血，到最后却只迎来三位无足轻重的臣子！到了会盟之期，魏王、太子、诸公子、列位重臣悉数到场，设太牢之礼，奏中和之乐，可与魏王同登盟台的却只是三个大夫！如此一来魏王和太子岂非颜面扫地！

诸国合纵是天下最盛大的会盟，可魏国没得到丝毫荣耀，反有一种受辱的感觉。对魏无忌而言，这已不是扫兴，而是愤怒了。

可来大梁的都是贵客，那些不肯来的，魏无忌想冲他们发火也发不出来，没办法，只好强打精神硬充场面，办下盛宴招待三国使臣。宴会一罢，魏无忌多吃了两爵酒，更觉得心里憋闷无处宣泄，想来想去，只有一个去处，就是如茵馆。

不管天下大事如何，这如茵馆里永远绿竹茵茵，静雅宜人，巨子的女

儿也永远温柔和悦，笑靥盈盈："今天一早就听到宫墙里吵闹得很，我就想宫里一定有什么喜事，大概太子又迎娶了一位夫人吧？"

如茵馆和魏王宫一墙之隔，宫里有什么事，石玉当然早听说了。可女孩儿家个个聪明剔透，先已知道韩赵两国不来会盟，今天又看到魏无忌的脸色，更明白魏国的会盟大典一定办得不顺遂，于是故意不问典礼的事，倒拿一句玩笑来打趣。魏无忌本来一肚子怨气，可进如茵馆这一刻，怨怒已经消了一半，现在被石玉一逗，不由得笑了出来："太子不是这样的人。宫里吹吹打打，是庆祝魏国做上了山东诸国的从约长。"

石玉点头道："这是好事，将来秦军再来，魏国就能召集六国之兵抗秦了。"

"那倒未必，但有了这个虚名，总会比以往好些吧。"说到这里，魏无忌觉得有点扫兴，不如说些别的，"我弹琴给你听吧。"

石玉并不通音律，平时偶尔听一曲也就罢了。这段时间魏无忌事忙，多日不来，石玉也很寂寞，倒想跟他多说说话儿，就娇嗔道："听得太多，不想听了。"

"那你教我射箭的功夫吧。"

在石玉眼里，魏无忌一向是个软弱无用的人，骑不得马，见不得兵刃。忽然听他说想学射箭，不禁笑道："公子也想领兵上阵杀敌吗？"

"现在用不到，将来或许有这么一天。"

魏无忌一说，石玉倒想起来了，回身从弓架上取下那张弓捧过来，指着弓臂上画的"商人射鹿图"给魏无忌看，边笑边说道："你看，好好一张弓，不知哪个傻瓜在上面画了这么一幅图，用的还是金粉，用它射箭，岂不是把图案磨掉了？"

石玉手中的这张宝弓是当年大梁解围之后，公子无忌命人送过来的礼

物，相识几年了，这也是魏无忌送给石玉唯一的礼物，可惜此物毫无用处，只能在弓架上闲摆着。现在石玉拿这个和魏无忌开玩笑，魏无忌也笑了起来："这弓上的图画是我早年亲手画上去的，本是取个偃兵息战的意思，不想用它伤人。你若嫌画得不好，把它磨去就行了。"

商人射鹿是战国漆器上常见的图案，意指天下无战事，贵人闲来田猎消遣，确有息战之意。石玉是个直率的人，想不到这些事，现在魏无忌一说她才恍然大悟，又想起刚才说画画的人是个"傻瓜"，觉得有点不好意思，脸上一阵发烧，笑着说："想不到公子还有画画的本事。"

魏无忌在旁人面前颇为矜持，可进了如茵馆就像变了个人，谈笑随性，信口胡吹道："本公子果然多才多艺，琴瑟诗画无不精通，只可惜没有上阵杀敌的本事，在旁人眼里就是个无用的废物了。"

魏无忌这里说的"旁人"其实是指那些大夫贵人，可石玉听了却觉得像在说她，顿时有点不自在。魏无忌也感觉到了，忙解释道："十年前韩国使臣到大梁，献上一对服靡宝弓，父王把这两张弓分别赏给太子和我，意思是让我勤练武艺，将来也能做个领兵的人才。可我心里实在不想打仗，就故意在弓臂上绘了这么一幅图，使此弓闲置无用。有一次太子命我去御苑射鹿，我心里不愿意，就故意拿了这张弓去，根本上不得弦，射不得矢，还被太子数落了几句，说我是个无用的人。我当时引孟夫子之言和太子争执起来……现在想来，那时说的都是些幼稚的话。"

石玉忙问："孟夫子之言是什么？"

"有一次孟夫子去见齐宣王，齐宣王说：'听说当年周文王有一处御苑，方圆七十里，百姓还觉得太小；可我也有一处御苑，方圆只有四十里，百姓却觉得太大，这是为什么？'孟子说：'文王的猎苑虽有七十里，却让百姓们都随便进去砍柴，猎野兔，也就是说这七十里猎苑是与百姓共享的，百姓们待在御苑里比自己家里还自在些，所以觉得七十里的御苑太小了。可大王这四十里的猎苑却是个禁区，有人在猎苑射死一头鹿，就要犯死罪，结果这四十里的猎苑成了齐国一处害人的陷阱，谁不小心进去了，就把性命送掉，百姓们怨声载道，当然嫌这鬼地方太大了'。"

石玉最喜欢听魏无忌讲这些热闹的故事，哧地笑出声来："你这是讥讽太子，怪不得吵起来了。"

听了这话，魏无忌忍不住又叹了一声："太子有仁德，从小就知道让着人，可我这人偏偏不懂事，脾气一上来，说话不管不顾的。也怪，我本来一心想过平淡的日子，谁知脾性不好，总是好争吵，孔夫子说：'勇而无礼则乱，直而无礼则绞。'这个'绞'就是偏激的意思。我这人就是'直而无礼'，常为此悔恨不已，却改不了……"

魏无忌性情刚烈，甚至有些偏激，这个石玉早知道了，可她却喜欢魏无忌这种刚强直倔的脾气，就借着魏无忌的话头儿问："公子说的'孟夫子'是大贤人孟轲吗？"

"对。孟轲是继孔夫子之后最有名的儒者，出身于鲁国贵族，听说是孔子门生孟何忌的后人，早年魏国强盛之时，孟轲曾来大梁拜见魏惠王，谈论'义利之辩'，天下闻名。"

"什么是'义利之辩'？"

"孟夫子说的'义'是人的良知；'利'则是指人的贪婪和野心。夫子说：'王曰：何以利吾国？大夫曰：何以利吾家？士庶人曰：何以利吾身？上下交征利，而国危矣！'这话真是一点不错。自古君王都想称霸，权臣们又想弑君称王，士人为了干官发财甘愿为虎作伥，结果君杀臣，臣弑君，一杀就是一千年！究其根源，全是霸道私利引发的野心，这些人为了心中的贪婪，杀人祸国无所不为，天下败坏，都是从君王权臣的野心上败坏起

来的！所以孔夫子说'克己复礼'，不是让百姓克己，更不是让百姓复礼，而是要逼着君王权臣们克己，如果君王权臣能够克制私欲，天下秩序自然恢复，这就是孔子说的'复礼'了。"

石玉点头道："孔夫子、孟夫子都说的很好。"

"说的是好，可也有不足。孔夫子、孟夫子都想用道理劝说君王，可他们忘了，君王手掌生杀大权，根本就不听人劝。所以孔、孟一事无成。要想让君王听劝，只有一个办法，就是百姓们都站出来，百万人一起呐喊，才能逼着君王权臣'克己复礼'。可惜百姓们愚顽不灵，不知'克己复礼'是单指君王而不指庶民，反而自己一个个在那里躬身反思，自轻自贱，都在自己身上'克己复礼'起来了。结果是：该克己的不克己，该督促的不督促，君王越发纵容私欲，百姓越发糊涂软弱，如此一来，哪还有'礼'可复！"魏无忌说到急处，忍不住站起身来高声道，"孔夫子的道理是好的，可世人糊涂，不肯'克'君王，不敢'克'君王，反而把罪责推在孔子身上，真是岂有此理！"

魏无忌的话石玉能听懂一大半，也知道这些话都是对的，尤其一个王孙贵人竟能说出这些话来，实在了不起。魏无忌这副激越昂扬的气势也让石玉喜欢，只管笑眯眯地看着他。

越是平凡的人活得越幸福，那些聪明颖悟、心气正直、情感激烈的男人，却活得太孤独也太痛苦了，所以上天可怜这些好人，就会造一个女人来抚慰他，只看他有没有这个福气，能不能遇得到。

今天在如茵馆里当着石玉的面，魏无忌把压在心底的话一气说出，痛快淋漓，这才又坐下来，见石玉满脸笑容，两眼一眨不眨地看着自己，不觉脸上发热，心里慌乱，不知说什么好，拿起桌案上的那张弓在手里摆弄，忽然心里隐然升起个念头来，抬起头看着石玉，一句话已到了口边，却欲言又止。

见魏无忌神色古怪，石玉笑着问道：“公子怎么不说了？”

魏无忌什么都好，可惜书读得太多，像孔夫子说的“文胜质则史”，太拘泥于俗礼了。平时说话办事极有胆气，可到这关键时刻却比寻常男子更加拘谨怯懦，现在被石玉一问，更是慌得说不出话来。正在窘迫之时，一个仆人走了进来：“中大夫须贾求见。”

如茵馆是个僻静的地方，魏国臣子们多数不知有此处，就算知道也不会贸然来访，所以几年来从无外客，今天忽然来了个须贾，倒让石玉觉得奇怪。可这么一位中大夫到访不见也不好，只得请他进来。

片刻工夫，须贾手里捧着一只漆匣走了进来，见公子无忌也在座，忙先向魏无忌行礼。魏无忌笑道“为山东诸国定盟之事大梁城里正筹办盛典，须大夫主持国礼，诸事繁杂，怎么有工夫到此处来？”

须贾这人政务平庸，魏无忌并不重视他。可这一次范痤扣留平原君，是须贾跑到太子面前力谏，终于放平原君归赵。当时魏无忌对此颇为不满，想不到平原君归赵以后，赵国立刻归还了伯阳，又愿意推举魏国为从约长，魏无忌才知道是自己把事情看错了。

正如范雎所说，魏无忌这个人刚直无私，丝毫不怨须贾，反而因为此事对这位中大夫格外重视起来，言语神情间也十分客气。须贾忙赔笑拱手：“魏国做了从约长，显名列国，是大喜事，下臣今天来说的又是一件喜事，到时大梁城里双喜同庆，正是锦上添花。”捧着漆匣转向石玉笑着说：“这里有两件礼物，姑娘且收下，再听我说这件喜事。”

须贾这话其实说的挺明白，石玉是个女孩儿家，当然听得出他话里的

意思，心里着实一惊。待须贾打开那只黑漆木匣，只见匣里放着两块羊脂玉璧，又有一串拇指大小的明珠，取的正是一个"珠联璧合"之意，一时竟愣住了。半天才闪闪缩缩地问："须大夫这是什么意思？"

须贾笑道："姑娘久居魏国，当然知道魏太子宽厚体爱，仁孝明理，睿智高古，秉政治军，于民有惠，魏国君臣百姓交口赞誉，列国王公无不宾服。巨子是显名七国的前辈，侠心义胆天下知闻，姑娘是巨子之女，名门后裔，居魏已有四载，太子久慕清名，愿以金册玉符聘于东宫，臣特转达太子美意，并向姑娘贺喜。"说着向石玉深深一揖。抬起头来，只见石玉满脸错愕，花容失色。

天下事真开不得玩笑！刚才石玉拿太子取笑，说东宫里今天迎娶新夫人，哪知这无聊的笑话应验到她自己身上来了！可石玉心里却根本没起过这个念头……

在须贾想来，石玉的惊愕畏缩都不过是女孩儿家的娇怯罢了。如此美事，天下哪有一个女子会拒绝？现在他的一片心思都放在石玉身上，更没注意到坐在一旁的魏无忌已经面色铁青，两眼冒火。

自从石玉随父亲到大梁，太子魏围对她心仪已久，只是未及言明。上次须贾到如茵馆来和太子议论国事，意外看破了太子的情愫，就想玉成此事以讨好太子。可这件事还牵涉哪些人，其中又有多少隐情，须贾哪里知道？今天他竟当着魏无忌的面替太子向石玉求亲，这一下真是好不尴尬，更把石玉逼得左右为难，不知如何应对。

女孩子本就天性软弱，善有余而勇不足，世事人情又对女子不公，让她们处处说不得话，做不得主，加上魏围身份非比寻常，又郑重其事下了聘礼，此时此际，石玉实在没有办法推托，可又不能不推辞。石玉咬着嘴唇想了半晌，终于缓缓地说："太子美意小女心领，可我父亲被恶人所害，此仇未报，小女怎敢谈婚嫁之事？小女早已发下誓愿：谁替我报得父仇，自当以身相许，但若父仇未报，则终身不嫁。"

石玉说的真是天下第一傻话。

巨子石庚失踪已有四载，至今连仇人是谁也不知道，这个仇如何去报呢？石玉当着须贾和魏无忌的面说出这番话来，实则是情急之下，用一句决绝之言断送了自己一世的姻缘。

须贾本以为今天来办的是一件顺遂的好事，想不到石玉竟一口回绝，而且所用的借口如此强硬，竟是难以劝说，一时也不知说什么好，只说："姑娘何苦如此……"

石玉已经不想再和须贾多说了，抬手打断了他："须大夫事忙，这就请便吧。"须贾只得收拾起礼物灰溜溜地走了，可魏无忌还像块石头一样呆坐在一旁，面色如土，动也不动。

看着呆呆发愣的魏无忌，石玉忽然觉得满心都是怨气。

难道男人都是些木头？现在才知道摆出这副嘴脸，过去的四年却做什么去了！

石玉越想越气，再也不愿理这个人，扔下魏无忌起身进了内室，越想越觉得气恼，满心想把屋旦的东西全砸个稀烂，或者找个人来狠狠骂一顿出气，却又觉得身上没了力气，在榻上坐下，心里的怒气一泄，忽然觉得十分委屈，忍不住落下泪来。

当年就不该留在大梁！留来留去，到今天，竟被一句傻话毁了自己的一生。

从如茵馆回来，这一夜魏无忌辗转难眠，心中愧悔交加，烦闷欲死。

一直熬到天光放亮，再也待不住了，也顾不得扰人清梦，立刻到如茵馆来向石玉赔罪，却见石玉也已早早起身，又换上了早先那一身男装，把一头青发挽成男子的发髻，手里握着一柄杉木弓，腰间的箭箙里插着满满的羽箭，正在院中习射，见魏无忌来了，老远就笑道："你来得好，且看我的箭法有没有退步。"

石玉是个率直大气的人，一夜工夫已经把前事丢开，既不怨，也不恼，言笑如常，这样的胸襟真是比男人还强。魏无忌又是惭愧又是佩服，也不敢再说昨天的事，站在一旁看石玉射箭。果然是墨家弟子，技巧精熟，虽然久不习练，仍能百发百中，魏无忌不禁连声赞叹。

石玉一连射了几十箭，额头上见了汗水，这才收起弓矢，问魏无忌："听说各国已经公推魏国为从约长，马上要在大梁城里举行大典了？"

"对，齐、燕、楚都派使臣前来，可韩赵两国却不派使臣。"

"为什么？"

"韩王已屈服于暴秦，赵王则是在耍滑头。这两国不来也罢，没有他们的响应，魏国照样做从约长。"

石玉点头道："也对，公子是个要强的人，什么事也难不住你。这段时间你的事忙，就不必常到如茵馆来了。"说到这里又把魏无忌深深地看了两眼，忽然笑着说："公子今天有雅兴吗？我想听一曲琴。"

魏无忌正不知怎么讨好石玉，忽听她说要听琴，忙说："不知姑娘想听哪一曲？"

"就弹那支《文王操》吧，我喜欢那个曲子，虽然听不太懂……"

石玉所说的《文王操》其实是一曲《流水》。当时魏无忌拿俞伯牙、钟子期的典故来打比方，将石玉认作自己的知音，就把《流水操》假充《文王操》弹给她听，石玉虽然不懂，却就此喜欢上了这支《流水》，在魏无忌想来，这情形和当年的伯牙、子期果然差不多。

于是魏无忌放下一切不管，沉下心来细细地为石玉演了一曲《流水》，又在如茵馆里坐了小半个时辰，嘴里谈古论今，留心察言观色，见石玉谈笑如常，确实没有生气的意思，这才放下心来，又忙他的国事去了。

一月之内，魏国尽其所能筹办会盟大典，十月初九正是大典之期，魏王亲率各国使臣到梁沟会盟，太子魏圉替魏王主持祭祀，杀青牛黑豕祝告天地，与各国使臣刺血为誓，重新订盟，合纵抗秦，各国公推魏王遫为合纵的从约长。

这一个多月魏无忌忙得两脚不沾地，也没工夫想别的事了。直等忙完了这些事，总算抓了个空子抱着一张琴到如茵馆来，仆妇却告诉他："会盟大典那天主人独自出行，迄今已经十几天没回来了。"

魏无忌大惊失色："她说过要到何处去吗？"

"没说。主人临走时吩咐：如果公子再来，请把那张弓带回去，不能上弦的弓留着也没意思。"

听了这话，魏无忌顿时明白，石玉竟是走了！而且自此以后，怕是不回魏国来了。

墨家弟子只为天下解战，要救黎民苍生，所以眼里无国，心里无家，四海漂泊，居无定所，像石玉这样居于宫馆，衣华服享美食，整日碌碌无为，其实坏了墨者的规矩。而石玉愿意留在如茵馆也绝非贪图享乐，只是心中有情，不能自已。如今情丝已被割舍，与贵人们再无半分瓜葛，心中没了牵挂，富贵安逸反而成了拖累，石玉当然要走。只是魏无忌这个糊涂人想不到这里罢了。

一时间魏无忌只觉得如冷水浇身一般，心房里一下下地刺痛，忍不住

要落下泪来，急忙回身就往外走，逃出如茵馆，一头钻进车里瘫坐下来，心情颓丧已极，烦闷欲死。

这一刻，魏无忌恍然明白了俞伯牙摔琴悼子期的心境。此时的他怀里也正好抱着一张琴，可古人已经摔过琴了，自己再摔，还有什么意思？

失信与得宠

赵国一边拜魏冉为相国，同时又推举魏国做了从约长，这两件大事竟然同时发生，简直不可思议。赵王左手拥秦，右手抱魏，对秦背信，对魏弃义，可秦国却并不责备赵人背信，魏国也未责备赵国弃义。赵人的无信无义，却造就了一个皆大欢喜的局面，也真是战国年间才会发生的稀罕事。

私欲野望使人心败坏，而世间最大的私欲莫过于兼并国土，奴役百姓。战国乱世正是天下君王们大逞私欲鲸吞天下的时代，所以这个时代的道德沦丧人心败坏，也达到史无前例的程度。

得了赵国的相印之后，秦王随即命中大夫王稽出使赵国。

中大夫并不是个要紧的职位，王稽也属寂寂无名之辈，用此人为使臣，是秦王挟两战两胜之威，有蔑视赵王之意。可赵王无能，西邻强敌而不知守，被秦人连破两城，十五万大军叩门击之，犯下如此过失，理应受辱于秦使，当然不敢挑理。反而对这位中大夫王稽极为看重，当天就在彰德殿设下朝会召见使臣，王稽行礼之后，赵王第一句话就问："楼缓先生是否与贵使同来邯郸了？"

自从蔺相如一语点破楼缓的心机，赵王对这位"先王旧臣"疑心重重，如鲠在喉，于是楼缓到咸阳献出相印之后是否立刻归赵，成了赵王眼下最想知道的事。今天急切切地问了出来，不免唐突些。王稽瞠目不知所云，半天才说："下臣不知此事。"

这么说楼缓果然留在秦国不敢回来了。

到此赵王也就明白了，这位深受武灵王器重的老臣竟变成了秦人的走狗，回过头来咬了自己的主子！

世间最险恶的莫过于人心，而天下最难测的也正是人心。此前赵王对楼缓何等信任，到今天才看透这位赵国的国戚重臣到底长了一副什么样的肚肠。

终究是年轻啊，事情经得不多，对人太过轻信，吃了大亏……

赵王只觉得一股怒火从丹田升起，烧得胸口一阵阵疼痛难耐，可当着一殿臣子和秦国使臣的面实在发作不得，横过身子倚着几案，双眼微闭深深地吸了几口气，总算把这怒气压了下去，冷冷地问："贵使远道而来有何事？"

王稽忙说："我王命下臣禀明大王：赵武灵王伐灭中山之时，惠文王与武灵王也曾会盟设誓，定百世之好。自那时起，秦赵两国一向交好，素无征伐，然近年来两国因璞事而起纷争，以致陈兵对垒，我王心中不忍，将心比心，乃知赵王亦然。故我王遣下臣来拜赵王，愿与大王会于渑池，重修盟好。"

王稽说了一大套话，赵王却连眼皮也没抬，简直像睡着了一样。

秦王简慢赵国，赵王却不敢简慢秦使，礼数不能有亏，但态度上却

绝不会热情。现在赵王何坐在廷上闭目装睡，故意不理睬王稽，赵国臣子们都在一旁偷笑。王稽也知道赵王是故意如此，却毫无办法，等了老半天，实在有些忍不住，挺直身子正想把原话再说一遍，赵王终于缓缓地开了腔："偃兵修睦是寡人所愿，然寡人有疾不能远行，会盟之事当容后再议。"

赵国已在军事上失利，赵王也拜魏冉为相国，赵秦会盟水到渠成，绝不该再有变数了，所以赵王的回复实在让王稽摸不着头脑，还以为赵王只是故意刁难他，忙赔笑拱手道："我国会盟之意甚诚，大王当再思之。"

"秦王诚意寡人知道，可身体有恙如之奈何？请贵使回禀秦王，会盟之事明年再议吧。"赵王慢吞吞地说完这些话，也不搭理王稽，自顾起身退入后殿去了。

赵王竟然拒绝与秦国会盟，就连老谋深算的秦王嬴则也被弄糊涂了。

为了压服赵国，秦人着实费了一番工夫，为了拉拢赵王，秦国又装聋作哑，任凭赵国和魏国互相勾结，暗中组织合纵，也算很给赵王面子了，可到最后赵王还是不肯就范，这是赵国一心要与秦国作对到底，还是赵王另有所图？

论年纪，赵王何只有秦王则一半的岁数。可要论诡诈心机，诸国君王之中也只有这位年轻的赵王是秦王的对手。现在赵王运起心机和秦王斗法，嬴则一时犹疑难决，只好把魏冉召进宫中问计。

依往日惯例，使臣王稽还没回到秦国，就先派快马将出使经过禀报穰侯，所以魏冉知道赵王的主意比秦王要早了三天。有这三天的工夫，魏冉当然猜透了赵王打的哑谜："大王，赵王何不是不愿意会盟，而是不敢与秦会盟。"

"寡人之意甚诚，赵王还有何顾虑？"

无信无耻之人有时候会一时大意，忘了自己无信无耻臭名远扬。现在嬴则就犯了这个毛病，魏冉忍不住嘿嘿地笑了起来："记得大王继位的第十年，曾与楚怀王会于武城，大王设下巧计在城中捉了楚王，将其扣作人质，最后楚怀王老死咸阳。如今秦国两败赵师，大王召赵王会于渑池，距秦国近而离赵国远，赵王心里害怕，所以不敢来会盟。"

确实，赵王对于两国会盟本就有顾虑。早先他提出会盟之地在"两周之间"，可秦王提出的会盟之地却在渑池，这渑池虽是韩国城邑，却在河西之地，秦王只需出函谷关，渡漹水，出淆塞，就到了渑池；而赵王却要穿越魏、韩两国疆土，远行八百里来与秦王会盟。这么一来，秦王尽可随带几万大军到渑池来，而赵王会盟之时却必须轻车简从，若秦王真想效法当年的"武城故事"在渑池劫持赵王，赵王何也只能束手就缚而已。

说了半天，原来赵王不肯会盟只是因为害怕，这倒让嬴则有几分瞧不起了："寡人本无意伐赵，更不想扣留赵王，惹这无用的麻烦，难道赵王如此糊涂，不知寡人意在楚国吗？"

"赵王奸诈，应该明白大王的心意，但赵弱秦强，又有楚王的先例在，赵王心里毕竟不踏实。臣以为想让赵国就范，大王还要给赵王一颗定心丸吃才好。"

魏冉把话给说透了，秦王这才恍然大悟："穰侯的意思是秦军先在楚地打一仗，拿下几个城池，让赵王确信秦军必要伐楚，不会与赵国缠斗，然后再约赵王会盟？"

魏冉忙说："正是。司马错入蜀两年，巴蜀之兵已经练成，大王可以命司马错调一支兵马伐楚，也为来年大举攻楚做个准备。"

"可楚国地大兵多，是个劲敌，秦军攻楚应以奇袭为上，现在就攻拔楚城，会不会过早惊动了楚国？"

嬴则问出这句话，是因为魏冉到现在还没把伐楚的全盘计划上报给他。结果一位堂堂的秦王倒被相邦给蒙在了鼓里，问出一句糊涂话来。

到这时魏冉觉得该把伐楚之事向嬴则和盘托出了，这才拱手奏道："大王英明，所见极是。楚国积数百年国力，地方七千里，带甲百余万，实在是个劲敌，但楚国的弱点也正在于地方广大，江河纵横，大军行动异常迟缓。现在楚国精兵一大半集中在东边窥视齐国，在鄢陵、郢都附近也集结了三十万兵马，另有五万水师，战船千条，实力非同小可。若要伐楚大获全胜，秦军非得攻克郢都不可，这么一来就得想个办法把郢都附近的三十万兵马调到别处去。"

在和魏冉商议之前，嬴则自己也悄悄做过伐楚的计划，攻打的目标同样定为郢都。但他的主意却没有魏冉的计划这么复杂周密。现在魏冉说出自己的主意来，嬴则不得不问一句："如何调动楚军？"

"秦军兵分两路，一实一虚。实的一路由大良造白起统率，其兵马皆由咸阳、蕞城、栎阳、泾阳、高陵征调，大约可以调动七万人马，这是秦国最精锐善战的卒伍，足可以一当十。这支兵马的目标是夺取郢都；而司马错已将巴蜀之兵练成，足有十万之众，另征调陇西之兵又有十万，共二十万人马，此路是虚。司马错的大军率先从西面攻打楚国的巫郡、黔中郡，这两处正是楚国防御薄弱之处，以二十万大军攻打自能取胜。楚人性情暴躁，一旦黔中郡被秦军攻占，他们必发大军前来争夺，要想击退二十万秦军，楚王就非得尽发郢都之兵不可！待楚军精锐出郢都西进以后，大良造的精锐军马就从邓邑入楚，沿汉江而下，先破夷陵，再取郢都。"

　　周天子分封天下时，楚国只是一个方圆七十里的子爵之国，后来靠着几百年不间断地征伐开拓，才成就这旷世第一大国的版图。夷陵正是楚人的发迹之地，也是历代楚王陵寝所在，其地位与郢都同等重要，夷陵、郢都两城也是秦军伐楚的最终目标。但以区区七万兵马就想攻克夷陵和郢都，嬴则还是觉得太过冒险："太良造的兵马太少了……"

　　"大王刚才也说，伐楚之役奇袭为上，既然出奇兵远道奔袭，兵马就不能太多。"魏冉走到地图前略看了看，手指秦国的邓邑，又从这里沿着汉水一路向南，"大王请看　出邓邑就是汉江，江面宽阔可行巨舟，白起的七万大军乘坐舫船顺江而下，先拔鄢陵，再转而东进，过漳河、潍河驶入长江，沿江而下攻破西陵，则夷陵、郢都两城就在百里之外了。臣已计算过，楚军被司马错调到黔中之后，鄢陵、西陵、郢都所余兵马加起来也不会超过二十万，楚军素来兵多而不精，纵有二十万众，也当不得大良造的七万精兵。"

　　魏冉在这里指手画脚，口若悬河，秦王嬴则先是惊，再是喜，既而沉思不语，终于心里渐渐有了一丝怒意。

　　魏冉是个治国安邦的大才，尤其精于战略谋划，所定的伐楚大计虚实相扶，奇正相生，精准厉辣，大军尚未集结，嬴则已经觉出有七成胜算了，不由得心中窃喜。可嬴则绝不是个傻子，眼看魏冉这一路滔滔不绝地说下来，嬴则忽然明白了，原来魏冉早就在私下订好了伐楚的计划，可他却直到今天才把这一套国策大计说了出来。

　　君王的心是最自私的，他们靠着流血杀人夺得土地人民，就永远把这些土地和人民当成自己的私产。当年嬴则的祖宗非子只是周天子驾下的大夫，手里只有西陲城这一座城池。其后几百年是嬴则的先人一刀一枪拼杀

出来一个大秦国来，这大秦国的一山一水一草一木都只是嬴则一个人的，绝不是黔首百姓的，更不是他魏冉的！可魏冉老糊涂了，仗着位高权重竟敢独断专行，把秦国的国事当成自家私事来处置！莫说凡事与嬴则商量，就连定计之后也不肯上报，非要到该动兵的时候，他才肯把心里的主意说出来。

魏冉这是要欺天吗？！

想到这儿，嬴则再也没心思听魏冉夸夸其谈，掩着嘴打了个哈欠，有气无力地说："寡人已经全明白了。穰侯不必多言，只说眼下秦军该攻打何处就好。"

魏冉这里正说得热闹，丝毫没弄懂秦王"明白"了什么事，更没有想到，只在这一刻，自己这个辅佐秦王二十多年的老臣子已经失去了秦王的信任。只是被秦王打断了话头儿，还有点意犹未尽的意思。又把地图看了半天，这才伸手指向楚国的上庸城："上庸正在秦国汉中郡与楚国巫郡、南郡相交之处，北面是汉水，南面是长江，其间河流纵横，可以沟通江汉，若夺得此城，将来秦军攻楚之时，从水路南下可以直捣巫郡、黔中郡，西进，可以威胁鄢陵、郢都。眼下我军可以先夺取上庸，在这里经营起来，将来大举征伐之时，粮草兵马都由此处周转。"

魏冉一路说，嬴则一路看，果然，上庸靠近秦国的郇阳，秦军由郇阳出发攻打上庸，路途顺畅，粮草供给无忧。郇阳背后又有蓝田、商县、栎阳，都是秦国重镇，调用当地之兵就足够打这一仗。魏冉的见解很有道理，加上嬴则现在满心不痛快，已经没心思和魏冉商量国事了："穰侯要如何便如何吧。传寡人诏命：司马错集兵五万，即日攻打上庸。"

魏冉这个人小事精明，大事上糊涂，一辈子也没学会看秦王的脸色，只听嬴则准了他的主意，就兴冲冲地下殿去了。嬴则一个人枯坐在殿上，两眼愣愣地看着挂在殿角的地图，心里却空落落的，说不出是什么滋味。

　　宦者令康芮悄悄走进来，见秦王盯着地图发呆，以为他在思谋国事，不敢打扰，在一旁垂首而立。好半天嬴则才回过神来："有何事？"

　　"太后想请大王去凤阁殿坐坐。"

　　太后，太后。

　　平日里嬴则对太后十分孝敬，可今天他却有些吃不准，太后到底是自己的母亲，还是穰侯的姐姐？

　　嬴则知道华阳君芈戎不是自己的舅舅，只是穰侯的弟弟；高陵君、泾阳君不是自己的弟弟，只是穰侯的外甥；白起、司马错不是自己的将军，只是穰侯的家臣。以前自己和穰侯每有冲突，太后总是护着穰侯，责备自己，如此看来，太后只有一小半是自己的母亲，一大半倒是穰侯的姐姐……

　　这么一想，嬴则实在没有什么话可以和太后说了。

　　"取酒来。"

　　嬴则是个勤政的君王，现在他的案头上还堆着成捆未批阅的竹简，那是秦国各地送来的奏报，往常嬴则一定会把这些简都批复了才罢，可今天还不到午时，嬴则却要饮酒……

　　康芮是个陪伴嬴则二十多年的老奴才，对大王的心思多少知道些，且不忙着献酒，而是压低声音劝道："古人说'君明臣直'，秦国的臣子忠直，皆因大王贤明。自孝公用商君变法至今已历四世，秦国大势将成，大王当以'剪除六国一统天下'的国策为本，凡事多以秦国霸业为重。"

　　康芮的话劝不了嬴则，也宽不了他的心，但嬴则还不至于对这个忠心的老奴发作，只说了声："你懂什么？"就不再言语了。

见嬴则气色不对，康芮不敢再劝，也不敢提太后的事了，只得献上酒食，弓着腰悄悄退去了。

周赧王三十五年，也就是秦王嬴则在位的第二十七年初冬，眼看与赵国会盟已成定局，伐楚之战也迫在眉睫，秦王嬴则一连发出三道诏命：调大良造白起回咸阳商议国事；调五大夫王龁回咸阳仍任中尉，执掌禁军；命客卿司马错出兵攻取楚国上庸城。

得到诏命后，白起将光狼城的防务交给司马靳处置，自己轻骑赶回咸阳；王龁也急忙把石城防务交给先锋张唐，与公大夫王陵一起回咸阳去了。

与此同时，司马错命蜀郡郡守张若率蜀郡"虎蛮"新卒五万人伐取上庸。

上庸是楚国的重镇，以前曾被秦军夺取过，后又被楚人收回，从此楚国在上庸苦心经营，把这里变成了一处坚固的要塞。张若是个能打硬仗的将军，他的五万军马也十分勇悍，可上庸这块硬骨头实在不好啃，苦战三个月，士卒折损六七千人，仍然不能破城。司马错只好又派自己的儿子司马梗率两万兵马助攻，一直打到第二年春天才攻克上庸。

一座上庸城，秦军足足打了半年，待克城的消息传到赵国时，果然已经到了赵王所说的"明年"——也就是赵王何继位的第二十年了，这时赵王的"病"当然已经好了。

赵王何与秦王则一样奸诈，这两位大王其实是知音，互相都能了解对方的心思，到此时，这两位大王更是心有灵犀，秦国要做的事，赵国支持；赵国想要做的事，秦国纵容，两个正在互相杀伐的敌国，暗地里竟处得比盟友还要亲密。

正如魏冉猜测的那样，赵王拒绝会盟，实则是想先让秦王表态，现在秦王果然伐了上庸，这是做样子给赵国看，赵王对"秦欲伐楚"再也没有疑虑，这才把平原君赵胜和上大夫蔺相如召进宫来，商量下一步的行动。

赵王何的心机如同秦王，平原君的谋略恰似魏冉。这位飞扬勇决的君上心里已经拿定了主意："秦国伐取上庸，南下攻楚的意图已明，估计秦国使臣也快来了，此番大王当下决心与秦国会盟，尽快促成秦人伐楚，赵国便可从中取利。"

平原君说的"从中取利"是实话，但赵王何是个仁义之君，素来只喜欢听仁义之言，不爱听这些奸诈诡计："这些且不谈，石城、光狼的秦军尚未退去，寡人如之奈何？"

"十五万秦军占据石城、光狼已有一年，并未得到半点好处，只是白白损耗粮秣，秦国伐楚之时更需要这些兵员和粮草，所以臣估计秦人也急着退兵，只盼两国会盟，到时大王可以向秦王索取两城，只要会盟成功，秦军必退。"赵胜略一沉吟又说，"臣现在想的是另一事：秦国东取赵地，南伐楚之上庸，数战皆捷，锐气太盛，我王与之会盟，只恐为秦王所欺，臣觉得不妨趁着秦使未至的空当出动一支精兵，先打一场胜仗，壮壮赵国的声势，这样于会盟有利。"

自从秦国十五万大军杀入国境，赵王寝食难安，一心只想着如何退去秦军，哪里还有攻伐的念头？现在平原君忽然提出要打一仗，赵王有些犹豫："强敌虎视，寡人却分兵攻伐，只怕不是上策。"

平原君忙笑道："臣已侦知，大良造白起已经回国，光狼城留给司马靳驻守；秦将王龁也已离开石城，可知秦国在东方的兵势已尽，大王不必理他。至于赵军出战一事，身边就有一头天赐的肥鹿等着大王去捉，春秋时越国人范蠡说道：'天与弗取，反受其咎。'大王应该当机立断才好。"

　　平原君这副得意扬扬的架势最让赵王看不惯，没好气地问了一句："早春时节林萧水瘦，草木未萌，哪里来的猎物？"

　　赵王这话里颇有责备平原君的意思，可惜平原君正在兴头上，竟然一点也听不出来，反当成一句打趣的话，也就跟着嘿嘿地笑了两声："赵国的猎物就是齐国。齐国虽然复国，然其国力已衰，赵国早该趁机攻取齐国城池。早先赵军被秦军缠住无暇他顾，现在机会来了。"走到殿角指着地图对赵王说："大王请看，齐国的麦丘在徒骇河以北，马颊河以南，离赵国的平原县不过百里，正当齐燕交界之处，这一带土地肥沃，河流纵横，人口稠密，若能夺取麦丘，可以东向扩地数百里，得百姓十余万人，对赵国十分有利。"

　　听说要伐齐，赵王略显犹豫："魏、齐、燕、楚刚刚合纵，赵国于此时攻伐齐国，只怕不妥吧？"

　　平原君又嘿嘿地笑了起来："大王怎么忘了？当年五国伐齐之时早就商定，由赵国割占齐国的平阴、茬平、阳晋、昔阳、麦丘一带共七百里土地，可齐人击退燕军之时，竟将赵国兼并之地夺了回去，其后廉颇将军率兵马取回阳晋、昔阳，现在赵军又取回麦丘，仍然是践'五国伐齐'之约，与他国无关。"

　　赵胜说出的话霸道至极，毫无廉耻，可战国乱世行的就是霸道，赵国的强兵就是廉耻，赵王听了平原君的话只觉得言辞坦率，顺理成章，又转向蔺相如。蔺相如也说："君上之言有理。赵国与秦国会盟之时，需防魏、齐、燕三国与赵反目。现在君上赴大梁安抚了魏国，夺下麦丘可以震慑齐国，而麦丘正在燕国边界，夺占此地就切断了燕国南下的通道，从东南两面对燕国形成合围之势，燕人必然有所顾忌，不敢轻易犯境，这是个一举三得的好主意。"

平原君和蔺相如两人的主意加在一起，赵王就信服了："麦丘有多少齐军？"

"约有一万人，但齐国自破国以来兵势衰落，已不复当年之勇，赵军在黄河西岸可集三万之众，兵力上占有优势，粮草供给无忧，拔取麦丘应该不难。"

既然伐取麦丘有这么多好处，兵马粮草又不成问题，赵王也就不再犹豫，问平原君："以谁为将？"

一听这话，平原君几乎脱口说出"乐毅"两个字来。

自从石城失守以后，望诸君乐毅一个人承担起伐伯阳的罪责，从此失了兵权，闭门谢客，已经好久不在朝堂上露面了，赵王也对乐毅不闻不问，把这位望诸君扔在脑后。可赵胜知道乐毅是人中龙凤，赵王如此待他，万一乐毅离赵另投他国，对赵国的损失就太大了。

但赵胜也是个明白人，心里知道赵王之所以冷落乐毅，一大半因为这位战无不胜的望诸君是他赵胜从燕国拉拢过来的，两人交情非比寻常，而整个赵国得封君位的也只有赵胜和乐毅两人，若这两位君侯一文一武掌得赵国实权，赵王怎能安心？所以赵王不用乐毅，分明是在防范他赵胜……

这个时候，若不保举乐毅为将，赵胜心有不甘；若保举乐毅，赵胜心里又怕。

平原君刚才口若悬河，现在却忽然沉默不语，蔺相如在旁边看着，已经猜到了他的心事。

战国乱世，一个强盛的国家一定要靠有威信的权臣来支撑，可自周天子封土建国以来，权臣作乱的事太多了，所以君王既要用权臣，又要防着权臣。赵王对平原君就是如此，既用他，又防他。在这方面蔺相如不敢多

273

说话，害怕自己一句话说过了头，被赵王当成平原君"党羽"，会立刻失宠。但平原君眼下有难处，若没人帮他一把，平原君也太可怜了。

想到这里，蔺相如决定还是折中取势为好，对赵王道："大王，臣以为武城集中数万精锐，郡守赵奢勇猛善战，如今赵魏和解，武城无忧，可命赵奢提一万精兵开赴平原，率领大军攻打麦丘。"

赵奢也是平原君提拔起来的将领，但这是一条直肠肠的好汉，不懂政事，不知党争，一心只管为国效命，平原君喜欢他，赵王也信得过他，蔺相如举荐此人，是想让每个人都能满意。至于乐毅，这位战无不胜的君侯在赵国的地位实在太敏感了，蔺相如只是个新得宠的大夫，实在不敢提他的名字。

平原君也知道蔺相如举荐赵奢已经是给他台阶下了，自己这时再提乐毅，未免显得不知进退，咂了咂嘴，也只好把"乐毅"二字咽回肚里去了。

到这时，平原君和上大夫蔺相如已经达成共识，两人都偷看赵王的脸色，却见赵王双目微闭，神情淡然，似乎不置可否。

以赵国精锐之师攻齐国乌合之众，麦丘之战实在并不难打，谁能统兵出战，就会捞到一份实实在在的战功。至于到底使用何人？赵王心里另有打算，只是赵王深通人君之道，每每后发制人，自己不说，且让臣子们表态。刚才平原君的犹豫他已看在眼里，蔺相如出来做和事佬，他也看透了。

赵王何喜欢的是那些既有深谋远虑，而又朴实规矩毫无野心的臣子。平原君身份尊贵，权柄在握，羽翼丰满，脾气又急，赵王拿他没什么办法，也不抱什么希望了。现在赵王摆出这么一副莫测高深的神态，是打个哑谜给蔺相如去猜，若猜得中，蔺相如就成了赵王身边第一宠臣，若猜不中，赵王对此人也就看轻了。

蔺相如是个极聪明的人，看了赵王的脸色，再把赵国各位名臣大将都在脑子里梳理一遍，恍然醒悟过来，偷看了平原君一眼，小心翼翼地斟酌语气："其实武城方面还是动不得……臣想麦丘一战，或许可以命亚卿廉颇亲自统兵？"

半晌，赵王懒洋洋地说："廉颇？他在邯郸统率禁军，此人一走，邯郸就空了。"

赵王这句话实在深不可测。

邯郸是赵国都城，当然重要，可邯郸周边有长城环绕，又有武安、武城、列人各处重镇，精兵加起来十万有余，加之与秦国会盟在即，魏国已经和好，齐国不堪一击，哪有一股力量会来威胁邯郸呢？所以赵王说的其实是一句反话，他的本意分明就是要用廉颇统兵伐齐，好给这位亚卿一个立功的机会，可是刚才蔺相如没能领会到这层意思，当着平原君的面推举了赵奢，这时赵王若反过来再用廉颇，平原君心里一定不痛快。

所以赵王要提拔的人是廉颇，可事情既已发展到这个地步，他又不得不先用赵奢伐齐来安抚平原君。至于蔺相如，既然已经举荐廉颇，说明他猜透了赵王的哑谜，并且对赵王表了忠心。

对赵王来说，用哪位将军攻打齐国并不要紧，蔺相如已经表了忠心，这就够了。

——也就是说，蔺相如靠着举荐廉颇，已得到赵王信任，现在他又可以回过头来再次推荐赵奢为将了。

把赵王的权术都看明白以后，蔺相如终于知道自己该说什么，再说话时底气也足了："大王考虑得对，邯郸才是关键，廉颇将军不可轻动，臣

以为还是赵奢大夫领兵伐齐最为妥当。至于武城兵马，可暂交上大夫燕周统率。"

到这时蔺相如的答复才完全符合了赵王的心意，赵王遂道："就以赵奢为将，提兵三万攻打麦丘。"

伐齐立威

赵军攻打麦丘，比秦军夺取上庸要容易得多。

五国伐齐是一场残酷的浩劫，把齐国这个东方大国彻底拖垮了，现在的齐国臣民穷苦，百业萧条，临淄被燕军一把火烧成白地，陵寝宫室正等待重建，不知要花费多少金钱，北与燕国有灭国之恨，南与楚国有弑君之仇，都等着齐王去报，可曾经的六十万雄师尽被荡平，新组建的四十万军马衣甲不全，兵刃不齐，没有战车，没有骑兵，无法与强敌抗衡。齐王田法章倒也贤明俭朴，在宫中节衣缩食，相国田单也能治国，处处怀柔，与民休息，可齐国成了这么个烂摊子，没有十年时间是恢复不过来的。为了恢复国力，齐国人忍着屈辱与燕、楚一起到魏国会盟，只希望能得到一段时间的和平，却想不到会盟刚刚结束，赵国大军就攻进了麦丘城。

赵人伐齐，完全出乎齐王田法章的意料，赵国拥有山东列国中最强大的军队，也远不是齐军所能对抗的，更要命的是，齐王吃不准赵国为何在此时伐齐？急忙把安平君田单找来商议国事。

面对赵国的进犯，田单比齐王还要紧张："大王，赵国素有野心，早年齐国强盛之时，赵国表面依附于齐而心怀怨恨，现在齐国处于困苦之中，赵国极有可能趁势伐齐。齐国周边诸国以赵国为最强，倘若赵军从麦丘杀入齐境，长驱直入，齐国危矣！"

自田法章继位为王以来，先是困守危城，好容易复国，又被赵、楚、魏诸强邻威逼，坐上王位这几年一直如履薄冰，心里恐慌得很，被田单这么一说更慌了神，忙问："安平君觉得该如何？"

"臣以为赵国大军不会止步于麦丘，徒骇河以北的城池恐难坚守，应该立刻增兵十万至黄河一线，在商河、禹城各驻军五万，长清、卢邑各驻军三万，以防赵军东进，另外将临淄之兵调至齐长城内作为后援。同时在国内征新军十五万备战，以笃万全。"

田单是个老成持重的人，他的谋略也以稳重为先，几十万大军沿黄河一线层层设防，兵力集中，态势严谨，齐王听了也觉得有理："赵国是个劲敌，实在不能疏忽，安平君去拟一个奏章递上来，尽快沿黄河部署兵力。"田单急匆匆地走了。齐王正看着地图发愣，却听身后脚步声响，回头一看，王后怀抱着不满周岁的太子建走了进来。

齐王的王后姓太史氏，本是大夫太史敫之女，说起这段姻缘却也是段佳话。

早年燕军攻破临淄之时田法章还是齐国太子，齐王逃去鲁国时，田法章与齐王走散了。此时燕军已夺取临淄，二十万大军横扫齐国，田法章无路可逃，又孤身一人，不敢暴露身份，只得混进乡野，到一个大户人家做帮工，不想这家人主是齐国大夫太史敫。

太史敫早年因为直言取谏，得罪了齐王田地，被逐出朝堂在乡下闲居，

膝下只有一个女儿，年轻貌美，聪慧异常。现在田法章逃到太史敫家做工，太史敫的女儿一见之下觉得此人气宇非凡，必非常人，于是对他加意照顾，田法章身在难中得人扶助，感激莫名，就悄悄把自己的身份告诉了太史敫的女儿，并约定：他日脱却大难，必娶太史敫之女为太子妃。后来听说齐王已到莒城，太史敫之女就背着父亲取了家中的钱财车马和田法章一同南下，历经千辛万苦终于到了莒城，使田法章坐上了王位，不但拯救了齐国的国运，更救了田法章一条性命。

继位之后，田法章不忘前盟，立刻迎娶太史敫之女为王后。齐国复国之后，齐王立刻命重臣亲往乡间邀请太史敫来临淄，却想不到太史敫是个固执的人，认为女儿不告父母与人私逃是坏了礼法，虽然追随的是当今齐王，且已受封为王后，富贵至极，太史敫还是无论如何不肯原谅女儿，更不肯到临淄来。这一下弄得王后太史氏颜面无光，田法章心中也有愧意，特颁诏命封太史敫为君侯，太史敫仍不奉命，终老乡野，到死也未与女儿女婿相见。

太史敫虽不奉诏，但齐王诏命已发，臣僚百姓们却是承认的，于是宫中人都尊称王后太史氏为"君王后"。这年太史氏又生下一位公子，取名为建，齐王对她更是宠爱倍至，不但后宫专宠君王后一人，平时有了国事也多与她商议。现在齐王正在发愁，从王后手中接过儿子放在膝上逗弄，愁容稍解。君王后小心察看齐王的脸色，柔声问："刚才安平君与大王说了什么？"

"赵国无故伐齐，已经攻取麦丘，安平君认为赵军来者不善，准备集兵黄河南岸固守，以备赵人大举来犯。"

君王后略一沉吟，又细声细气地问："兵马都集中在黄河南岸，河北之地难道任由赵国攻伐？"

"赵军来势凶猛，齐军当蓄势以待，看清赵人动向再做打算。"

"攻麦丘的赵军有多少人？"

"约有三万。"

听说赵军只有三万，君王后脸上有了笑意，抬手抚弄着儿子的头发，仍旧细声细气地说："赵军只有三万，如何来势凶猛？依我看赵人之意根本不在攻齐。"

世上的男人多有个怪脾气，明知道夫人聪明睿智，也肯听她们的主意，可心里总有一点看不起的意思，脸上也总要装出不屑一顾的样子来，好像不这样就贬了他们做男人的威风。齐王就是这么个人，明明对王后言听计从，偏偏嘴上却说："你懂得什么！"

齐王这副幼稚嘴脸君王后看多了，也早不当一回事了："大王也知道，秦国大军夺了赵国的石城，把赵王压得喘不过气来，可两国却并未在石城大举交兵，这次魏国招集合纵抗秦，赵人又未参与，现在忽然出兵伐齐，这三件事放在一起看，大王不觉得奇怪吗？"

君王后把话说得挺明白。可齐王顺着王后的思路琢磨了半天，却越想越糊涂，不得不问："哪里奇怪？"

"秦军攻赵，两国却未大举交兵，可知秦之伐赵分明另有图谋。前一年赵王还派使臣到临淄来游说，希望由赵国发起合纵，现在忽然默许魏国发起合纵，而赵国居然自己不来参与，这与赵王一年前的所作所为大相径庭。按说秦军正在攻赵，赵国应该全力迎敌才对，却不与秦军恶战，反来夺齐国的土地，这三件事放在一起，我觉得赵王分明是要舍弃合纵大计，私下与秦国会盟。"

赵国与秦会盟之事魏国已有所闻，但齐国尚不知情。现在君王后三言两语猜出了赵王的动向，倒让齐王暗吃一惊："你是说赵国打算先与秦会盟，

再发兵攻齐？"

赵国先与秦国会盟，再发兵攻齐，这个想法果然有趣。

早年齐王为了灭掉宋国而与秦国私下订约，拿魏国的利益交换宋国的国土，这个卑鄙的伎俩最终造成了五国伐齐的悲剧，毁了强大的齐国，也断送了齐王田地的性命。现在赵王为了一己之私与秦国暗通款曲，一边出卖楚国，一边准备攻伐齐、魏，这番行径与当年的齐王田地毫无区别。

一样的私心，一样的行径，弄到最后，只怕会是同样的结果吧？

齐王法章未尝不是个英明之君，终于看透了赵国的用心，君王后也就问他一句："既然大王看出赵王的野心，那咱们该怎么应对赵人的攻伐呢？"

一句话问得田法章目瞪口呆。

法章继位之时齐国已经衰落，强敌四伏，所以齐王处事有些畏首畏尾，这样一位没有魄力的君王，想要强兵富国重兴大齐恐怕很难。君王后心里暗暗叹气："我给大王讲个故事吧：早年曾有一位周天子喜穿狐裘，喜食野味，就与狐狸们商量，愿用千金买狐狸身上的毛皮，又和野羊野鹿商量，用千金买它们身上的好肉，哪知一言刚罢，狐狸们全都钻进深洞，野鹿全逃进了大泽，以至于周天子十年难得一裘，五年难食野味。"说到这儿看了齐王一眼，见他还是一副呆相，不得不把话说得更直白："秦王就像那位周人，赵国就是那只狐狸，秦王要与赵定盟，无非是先稳住赵人，抽出手来攻伐别国，等得手之后，还是要回头攻打赵国，这就叫做'与狐谋皮'。赵王精明得很，哪肯把自己的身家性命出卖给秦国？现在勉强答应，无非是先退去秦兵，等缓出手来整固了西部边防之后，再借山东诸国之势与秦国较量。至于攻打麦丘，我觉得这是赵王不愿示弱于秦，又欺我国兵弱，故意为之，无非展示军威而已。"

君王后的话极有道理，齐王心里有些动了："若真如此，赵国之意不在伐齐，齐国也就不必大动干戈了。"

君王后摇了摇头："大王，赵国既有称霸的野心，就一定会举师伐齐，可咱们要看透赵王的心思，认定赵王必与强秦决战，那时就需要山东诸国的支持。所以面对赵国的征伐，咱们一定不能畏惧，要敢战，能战，顶得住压力，绝不示弱于人，直到有一天赵王求到咱们头上，那时齐国就度过了危局。"

顶住压力，绝不示弱，君王后这话说的好，稍有骨气的人都会赞同她的话。齐王忙问："你觉得麦丘这一仗该怎么打？"

"以齐国的力量也许夺不回麦丘，可咱们也不必固守黄河北岸，应该调精兵渡河在麦丘周边设防，与赵军针锋相对，同时遣使臣赴邯郸责备赵王。"

"可安平君已经……"

君王后从鼻子里哼了一声："大王宠信安平君，只因安平君退去燕军，光复齐国，立了盖世奇功。可自从安平君做了相国，我在旁边看着，觉得此人稳重清廉，礼贤下士，又善理财税，也算是个能臣，但军政大事上却平庸得很，这相国之位他似乎并不胜任。"

君王后心思敏慧，一双眼睛真能把人的心看透。

田单本是个小吏出身，性格谦和温存，处置大事的时候却沉稳有余，果决不足，与秦国魏冉、赵国赵胜、魏国公子无忌这些英才相比，田单的能力确实平庸了些。可田单功劳太大，人缘又太好，敢在齐王面前说田单不是的，也只有王后一人罢了。

当然，君王后随便一句话，齐王是听不进去的，也不接这个话茬，只说：

"寡人自有主意。"刚说了这么一句有主意的大话，却又马上问王后："你看何人出使为妥？"

"貂勃是先王旧臣，又在莒城辅佐大王，忠诚可信，有胆有识，可以出使。"

对君王后之言齐王无不听从，待王后退下，立刻把田单找来重新商量，终于改变诏命，改命亚卿齐明率军五万渡过徒骇河进驻商河城，迎面与麦丘的赵军对峙，又命北面庆云城的守军调一千轻骑南渡马郏河在麦丘至平原之间袭扰赵军粮道，但不与赵国大军交锋，以示齐国不惧赵国之意。

安排下两路军马之后，齐王又下诏书，命上大夫貂勃出使邯郸。

巧得很，就在貂勃进入邯郸的同一天，秦国中大夫王稽也带着秦王的国书进了邯郸城。

到这时秦赵两国已经暗通款曲，背着天下人做成了一笔对两国都有利的好买卖，赵王又抓住时机夺了齐国麦丘，扩地数百里，正在扬扬得意，听说两国使臣一起到了，就决定先召见齐使，待逐走齐使之后再与秦使会面。于是高坐在彰德殿上，命齐国使臣进见。

片刻工夫，貂勃气昂昂地走上殿来，向赵王行了个礼朗声道："赵王安好。我王命臣下来问大王：齐赵两国向来交好，大王忽然发兵攻打齐国城邦，是何道理？"

貂勃当年追随齐王田地颠沛流离，九死一生，什么事都经历过，是个有胆量的人，现在当殿质问赵王，摆出的架势倒也不俗。赵王知道这次伐齐实在没什么道理，若与貂勃争论，说出话来未免不中听，有损他的仁义之名，因而故意不发一言。坐在身侧的平原君赵胜领会了赵王之意，冷笑道："赵国并未伐齐，大夫何出此言？"

　　天下强词夺理的人多了，可强词夺理也要有个底线，如今赵军已经攻占麦丘，平原君却说"并夫伐齐"，真让貂勃感到惊诧："君上此言有趣得很！难道攻打麦丘的并非赵军？"

　　到这时平原君才摆出一脸光然大悟的表情来："原来大夫说的是麦丘？说起此事，本君就要与大夫论一论长短了：当年五国伐齐之时，诸国公议，已将平阴、茌平、昔阳、阳晋、麦丘诸城割与赵国，不想麦丘竟被齐军夺取，现在赵军只是收取麦丘罢了，与齐国有什么相干？"

　　平原君的话真是无耻到了极点！一副不折不扣的强盗嘴脸。貂勃气得满脸通红，瞪着眼吼道："麦丘古来是齐国之地，天下间哪有几个国家坐在一起，随便瓜分别国领土的道理！若依君上之言，齐王是不是也可以会盟诸侯，一起瓜分赵国领土？若诸国把邯郸划给了齐国，齐王是否也要派兵来'收取'邯郸？"

　　蔺相如在一旁斥道："贵使之言实在无礼！难道当年齐国不曾与秦国密谋，纵容秦人割取魏国安邑吗？"

　　"哪有此事，蔺大夫拿出证据来！"

　　这一回又变成貂勃死不入账了。蔺相如笑道："齐国出卖魏国之事，乃五国会盟之时孟尝君田文当众告知诸国，天下共知，大夫怎么倒不承认了？"

　　当年齐王为了自己的利益，与秦王暗中勾结出卖魏国的安邑，使秦军能够渡过黄河大举东犯，就此改变了天下大势，此举不但损害了魏国的利益，于山东诸国也是大害！现在蔺相如拿这事质问貂勃，貂勃一时竟不知如何回答，只好把话锋一转，对赵王发问："大王，齐赵两国一向交好，当年魏国攻取邯郸，几乎灭亡了赵国，是威王发兵救赵，逐退魏师，难道大王竟忘了昔日之情吗？"

到这时赵王才第一次开了口："逝者已逝，言之无益，大夫还是说眼前的事吧。"

赵王的一句话，算是给这场争吵收了尾。

战国七雄个个都是背信弃义的虎狼，哪一家不曾出卖过别人的利益？正是这背信弃义的卑鄙嘴脸，才使这七国成为最强大的诸侯；也因为这副邪恶的心肠，又使得战国列强一个个破国倾家，化为齑粉，七国贵族大半被天下人所灭，不得善终。秦国统一天下之后，也仅仅立国十五年就被推翻了……

诚如赵王所说，眼下齐国、赵国互相指责，其实没有什么意思。赵国实力强大，夺了齐国的麦丘，齐人无力夺回，又有什么办法？貂勃赴邯郸之前就知道这次出使不会有什么成果，现在该说的都说了，也只能如此而已，于是冲赵王冷冷说道："大王既然不讲道理，下臣无话可说了，只盼赵国永远兵强马壮，不要有一时一事求到齐国头上来。"对赵王深深行了一礼，头也不回地下殿去了。

逐走了貂勃，赵王略事休息，立刻命秦国使臣上殿。

这时秦使王稽早在殿外候着了。刚才他眼睁睁看着齐国大夫气呼呼地从自己眼前走过，已经隐约猜到大殿上发生的事，心知这一次会盟再也不会有差错，走上大殿对赵王问了安，笑嘻嘻地说："我王命臣告知大王：秦赵两国同出一姓，血脉相连，本不该厮杀，却为一些小事竟至失和，我王心中不安，故约请大王会于渑池，不知大王意下如何？"

王稽在这里说的倒是个巧话儿。

相传赵国的先祖造父与秦国的先祖大骆是一对亲兄弟，都出于嬴姓。后来造父和大骆都做了周天子的大夫，造父被封在晋国的赵城，大骆被封在西陲城，两人的后裔各自成事，终于立国，大骆的后人建立秦国，造父的后人建立赵国，若从这里论上来，秦赵两国还真是血脉相连了。

这些巧话自然都是虚言，说出来无非好听罢了。赵王早已拿定主意要与秦国会盟，就顺着王稽的话说道："秦王果是仁德之君，既然秦王有此善意，寡人也愿与秦国会盟。只是去年寡人与秦王所约定的会盟地在两周之间，为何又移到了渑池？"

其实去年赵王想把会盟之地定在西周国与东周国之间，但秦国并未答应。上次王稽出使之时又已告知赵王，秦国打算在渑池与赵国会盟。只是渑池离赵国太远，两地相距八百余里，离秦国的函谷关却只有一百多里，赵王对此很不放心，现在赵王这样问是在装糊涂，逼着秦国为改换会盟地一事找个借口，若借口找得不合适，赵王就可以再想办法更换会盟地点。

王稽早料到赵王有此一问，忙赔笑道："西周国、东周国本出一家，然西周君昏暴，与东周国攻伐不断，两周之间不甚太平，又有传言：西周君联络别国有意伐秦，我王因此不悦，故移会盟之地于渑池。渑池是韩国城池，韩王素慕大王仁义诚恳之名，愿意主持盟会。"

西周国、东周国虽是手足，却互相攻伐，而秦国势力不断东进，也威胁到了周天子的利益，所以住在西周国内的周天子有意联络各国伐秦。只是天子式微，西周国弱小，没有哪个国家听命于他，但西周君的心思赵王却是知道的。现在王稽拿这些话来做借口，赵王一时竟找不到话来驳他，又沉吟片刻，只得说道："既如此，贵使可回报秦王：寡人于九月初一与秦王会于渑池。"

赵王终于答应会盟，王稽总算完成了使命，喜滋滋地回咸阳去了。

伐破强楚，本是秦赵两国君王共同的愿望，可就为了伐楚，秦王则、赵王何钩心斗角各出诡谋，秦、赵两国兵连祸结死伤无数，经过多少轮算计、威逼和妥协，到现在伐楚大事终于水到渠成。但赵王是个战败的小国之君，远行千里去侍奉如狼似虎的秦王，心里总难自安。好在此时才是夏天，离会盟尚有两月之期，赵王有足够的时间为会盟做好准备，于是赵国君臣齐集于彰德殿，商讨渑池会盟的大事。

接见秦国使臣之时赵王何神态淡定自若，可现在面对赵国臣子却满脸忧色，愁眉不展。一殿臣子都在偷看赵王的脸色，暗中打着自己的主意，好半天没人说话。

还是平原君最有胆色，第一个对赵王拱手笑道："秦赵会盟是两国各趋其利，臣料此行诸事皆顺，不会有风险，大王不必担忧。"

平原君说的纯是废话，赵王只装作没听见，看也不看他一眼。

平原君本想说讨巧的话，想不到吃了个瘪，愣在那里。群臣之中却有两个人知道赵胜这话错在何处，这二人就是亚卿廉颇和上大夫蔺相如。

在这两个聪明的臣子之中，论功劳论爵禄廉颇都在蔺相如之上，与赵王也最亲近，自然由他第一个发话："臣以为秦人如同虎狼，毫无信义，当年楚怀王故事，大王不可不警惕。但赵国是正气之国，大王是仁德之君，绝不能畏惧秦王。臣请大王下一道诏命：若从会盟之日算起，大王三十日内不回赵国，则立公子丹为赵王，以绝秦人之望！"

廉颇这话说的好大胆，可这又是一句必须要说的话，所以这句狠话只有赵王最信任的重臣、宠臣才敢说。赵国臣子之中敢说此话的仅有廉颇一人，其他臣子——包括赵胜和蔺相如，不要说提出此议，就连附议也不敢。

于是大殿之上鸦雀无声，所有人都屏息凝神等着赵王发话。良久，赵王缓缓说道：“此言甚是！传寡人诏命：以寡人至渑池后三十日为期，逾期不还，众臣即拥立公子丹为赵王，有异议者，群臣共诛之！”

赵王采纳了廉颇之议，这是给了廉颇一个天大的面子，廉颇兴奋得满脸通红，满殿臣僚都偷眼看他，有的羡慕，有的妒忌，只有平原君一个人缩着头坐在旁边，心惊肉跳，额头上满是冷汗。

到此时平原君才明白，原来赵王赴渑池会盟，最怕的根本不是秦王，倒是他平原君！所以廉颇才会请下这样的诏命来，而赵王又故意在诏命之后加上一句“有异议者，群臣共诛之”就是说给他赵胜听的。

赵胜这个人真是聪明一世，糊涂一时，在要紧的时候不知闭紧嘴巴，居然对赵王说什么“诸事皆顺，不会有风险”，真是不着调的傻话！幸亏赵王宽宏，并不与他计较，可平原君就此打定主意，今天的廷议，打死他也不再瞎出主意了。

到这时，该知情的人都知了情，该识趣的人也都识了趣，廷议就变得简单多了。蔺相如第二个躬身奏道：“大王赴渑池会盟，国内不可无主。臣以为大王可命公子丹监国，平原君专摄政事，邯郸之兵由亚卿廉颇统调，其余各处之兵无王命虎符不得轻动。”说到这里飞快地把赵王和平原君都看了一眼，见赵王神态平和，面露微笑，平原君也明显放松下来了，这才又加上一句：“然国事繁冗，平原君日理万机未免操劳，臣以为可命公子豹与君上共同摄政。左师触龙为三世老臣，学识渊深，熟知经义礼法，可命触龙入宫辅弼公子丹，若公子豹与平原君有事难决，皆可问于触龙。”

赵国的公子赵豹是赵王和平原君的弟弟，这是个老实厚道没有主意的人，胆子也不大，虽然参与廷议，却不爱议论政事，坐在大臣中间像个没嘴的葫芦，蔺相如让赵豹和平原君共同摄政，显然是用这个平庸之人牵制

平原君，却又不使平原君难堪。而左师触龙是位德高望重的老臣，先后追随赵肃侯、武灵王和赵王何，现在年过七旬，早就不再上朝了，蔺相如把这位元老重臣搬了出来，提出"有事难决皆问触龙"的话，自然是对平原君赵胜的又一道牵制。

邯郸城里有廉颇执掌兵权，政事上有赵豹分庭抗礼，王宫中又有老触龙坐镇，公子丹的地位已经稳如磐石，赵王也就什么都不担心了："蔺大夫所言有理，就照此办吧。"说完又故意问平原君："你看如何？"

赵王准了蔺相如所奏，却又回头来问平原君，这摆明了是让平原君锦上添花，向赵王举荐蔺相如随王赴渑池。蔺相如虽然不是平原君的亲信，可做起事来极有分寸，一点也不惹人讨厌，平原君没必要与他作对，当即指着蔺相如对赵王高声笑道："自蔺大夫完璧归赵入朝为官以来，对国事多有建树，是个能臣！大王与秦王会盟，身边正需要这样的能臣，臣以为蔺大夫随君赴渑池会盟最为合适！"此言一出，那帮自始至终都没吭过声的大臣们也都兴奋起来，纷纷赞道："蔺大夫能担此任！臣等附议。"

追随君王主持会盟，这对臣子而言是极高的荣誉，通常能担此任的都是一国的执政之臣。赵国的执政重臣当然是平原君赵胜，但明眼人都看得出，自赵国被秦所败以后，赵胜的地位大不如前了，现在平原君推举蔺相如赴渑池主持会盟，说明平原君这个人很识趣，而众臣蜂拥附议，正表明蔺相如在赵国王廷中的地位已被所有人承认了。

既然众臣都无异议，赵王也就顺水推舟："好，就命上大夫蔺相如随寡人赴渑池之会。"

渑池之会

渑池，是韩国境内的一座大城，此处位于黄河南岸，穀川之侧，距周天子的王城洛阳有一百七十里，距秦国重要关隘函谷关也有一百六七十里，是韩国腹地，驻有强兵。但渑池南有宜阳，北有武遂，皆被秦军占据，如果秦王真想在会盟之时加害赵王，秦国大军从宜阳、武遂、函谷关三个方向冲到渑池都只是顷刻之间，秦王嬴则选这么一座城池与赵王会盟，其威逼之意不言自明。

威逼愈甚，反而更说明秦王意不在赵，所以赵王对会盟之事反倒坦然。既然渑池离赵国遥远，又被秦军三面包围，多带兵马也是无用，所以赵王只随带禁军精骑一千名。贴身随侍的宦官宫人却有三百余人，车百余乘，所有服饰饮食器具车马无一不是精挑细选，赵王披隋珠带夏玉使金尊食熊豹，就连贫寒出身一向朴实的蔺相如也是穿金衣着银履佩玉剑，极力摆出奢华的架势给天下人看。因为赵国远而秦国近，为了不比秦王早到渑池，赵王在八月初就早早出了邯郸，路上却是走走停停，日行不过三十里，八百里路足足走了一个月工夫，直到八月二十九日才进了渑池城。

赵王到渑池的时候韩三咎和相国陈筮早已在此相候，可秦王嬴则却还没露面。这时离会盟之期只剩一日，秦王却还不至，赵王心里不太痛快，又不好直说，暗中叫蔺相如去问陈筮，陈筮悄悄告诉蔺相如：据韩军哨探，秦王的车驾根本未出函谷关。

会盟之期已近，秦王竟然不来！这似乎是想故意延误会盟之期。但会

盟大典不能守时，与其说是羞辱赵王和韩王，倒不如说是秦王嬴则自取其辱，秦王这么做真让赵国君臣摸不着头脑。好在还有一天时间，赵王只能先在渑池城里住了下来。

一天时间转眼就过了，秦王却还不见踪影，来为两国君王主持会盟的韩王咎不知所措，赵王何却已经有些恼了，眼看夜色已深，正和蔺相如商量对策，忽听得西面天际传来一阵雷声，地面隐隐震动，蔺相如心细，一眼看出金爵中的水酒微漾，大吃一惊："大王可听到这响动了？难道是秦军到了！"

话音未落，那隐隐的雷声已到了近处，分明听得出铁蹄动地车声辚辚，人喊马嘶，统率禁军的赵国千人飞跑进来："大王，无数秦军从西方而来，已将渑池四面包围，请王定夺！"

赵王何智计深沉，胆气却并不壮，本来心里就有怯意，听了这话更是吓得脸色苍白说不出话来，蔺相如倒还冷静："韩军何在？"

"韩国军马已上城据守。"

"秦军攻城了吗？"

"尚未攻城。"

蔺相如略一沉吟，转身对赵王说："大王不必惊慌，臣料定秦王必是用兵马威吓大王，秦人不敢攻城，我王无忧。"

蔺相如这话一半是他心里的推断，另一半也是走投无路之下硬着头皮替赵王宽心。此时赵王已被困在孤城之中，除了相信蔺相如的话，又能如何？赵王强自稳住心神，咬着牙说："秦王卑鄙，恫吓寡人，寡人却不惧他！"挥手让将领退下。蔺相如又跟了出来，在他耳边吩咐："把所有人集合起来，车驾准备好，万一有变，你们就算都死绝了，也要保护大王冲出城去。"说完这话才又回到赵王身边坐下，搜肠刮肚找些安慰人的话来说，君臣二人一起等着看秦人下一步的动向。

这一夜，渑池城外没有片刻安宁，无数秦人呐喊如雷，不知多少战车铁骑在绕城驰骤，蔺相如陪着赵王孤坐了半宿，到四更已尽，秦人始终没有攻城。

到这时连赵王也已经认定秦王果然是在恫吓，想到第二天要与秦王相见，不能满脸倦容，就倚着几案左手支颐好歹打了个盹儿，蔺相如却一刻也不敢松懈，右手按剑跽身正坐，在赵王身边守了一夜。

天色终于大亮了。随着第一缕阳光照进房里，城外的喧闹戛然而止。听不见吵闹声，赵王也醒了过来，觉得精神尚可，命随侍的宫人熬了些稠粥，取几片鹿脯，叫蔺相如陪着随便用了早膳，刚吃完，韩相陈筮已经飞步走了进来，他身后跟着一人，头戴远游冠，身穿一件光闪闪的黑锦鹤羽百虎纹深衣，腰悬长剑，身材壮硕如牛，浓眉虎目，步履沉重，满脸带笑，正是身佩秦、赵两国相印的穰侯魏冉。

昨天被秦人吓唬了一夜，现在见了魏冉，赵王只有冷笑而已。蔺相如上前向魏冉拱拱手，笑着说："难怪昨夜渑池城外好像天塌地陷一样，原来是穰侯到了，不知秦王在何处？"

蔺相如这个人牙尖嘴利，脸上带着笑，说出的话却实在难听。魏冉也不与他计较，笑道："我王尚武，出游之时总带些兵马，昨夜只是先锋陆续赶到渑池，称不上天塌地陷吧。"说了几句大话，又冲赵王躬身道："我王已到会盟台下，命臣来请赵王一同登台会盟。"

赵王与秦王虽然约定会盟，但因为秦王迟迟未到，会盟台尚未建起，现在魏冉忽然请赵王登台会盟，赵王一愣："盟台在何处？"

"盟台就在城外五里，渑水、羊河汇流之地，开阔清朗，林木丰泽，

正合秦赵会盟之用。"魏冉弓起身子手指着门外，"大王请行。"

秦人搞的鬼太多，赵王也懒得一一去猜了。反正今天正是九月初一，魏冉又亲自来请，礼数倒是无亏，于是退入后堂，故意慢腾腾地换上朝服衮冕，拖了足有一个多时辰才出来，在魏冉和陈筮的陪伴下出门登上王辇，余人也一起登车，一千禁军左右遮护出了渑池城。只见城外秦军大阵一直排到了天边，衣甲鲜明的骑兵足有三四万人，铜毂铁轮四马参服的战车有千乘之多，衬得赵王身边这一千禁军好不寒酸。

出城不远，已经看到渑水旁边原本光秃秃的台地上不知何时竟筑起了一座高台，通高七丈，砌台的黄土都被夯打得结结实实，高台四周以青砖为墙，方广三百步，砖墙上涂抹的泥浆尚未干透。高墙四面各建一门，门里用青条石筑起了宽阔的台阶，直通盟台之顶，会盟台顶居然还用粗大的紫檀木搭起了一座亭子。

秦人果然了得，他们是在八月二十九日这天夜里才出了函谷关，一昼夜工夫驱驰一百多里，三十日入夜时分到了渑池，又抢在天亮之前来到渑水岸边，硬是用一夜工夫在平地筑起如此宏大的会盟台，真不知动用了多少人力！至于铺路的条石、搭亭的巨木更不知他们是怎么弄来的了。

面对这样一个似乎无所不能的强大对手，赵王心里暗暗惊恐，可脸上丝毫也不露出来。在会盟台前下了王辇，秦王嬴则和韩王韩咎已经在此相迎，三位君王各自施礼，韩王在前引路，秦王和赵王并肩执手登上高台，各自行礼落座，穰侯魏冉、上大夫蔺相如坐在君王身侧，赵王只随带了几名侍臣，秦王身后却坐了几十位大夫，黑压压地坐了一大片，气势上自然又压过了赵王。魏冉对赵王高声笑道："大王远道而来，想必辛苦，我王已安排歌舞，请大王一观。"说罢也不等赵王回答，把手一扬，会盟台下顿时有人亮起高高的嗓门唱起歌来，唱的却是蛮方土音，赵王一句也听不懂。正在侧耳细听，歌声忽止，紧接着传来一片粗狂的吼叫，只见无数蛮人头插雉羽、脸涂红泥、身披短甲、手持矛戈高声呐喊，一阵风般冲到台下，剑弩齐列，戈矛乱舞，把赵三何着实吓了一跳，半天才反应过来，原来这是秦军中的"虎方之蛮"跳的战舞。

这虎蛮之舞名叫"巴渝舞"，相传当年武王伐纣之时，巴人的始祖也随军出征，上阵之前士卒们荷戈持矛先歌后舞，歌声直入云汉，舞风刚猛异常，被武王赏识，于是巴渝舞就一直在巴蜀之地流传下来。

秦地民风强悍，可秦人性情木讷，虽有激越之歌，却无昂扬之舞。直到秦惠文王征服巴蜀之地，秦人见到了当地人跳的"巴渝舞"十分喜爱，便将此舞引入宫廷。这次秦王到渑池会盟，一心要压倒赵王，出行之前着实动了不少脑筋，这凶悍如虎的巴渝舞和前一夜兵围渑池、抢筑盟台一样，都是专为恫吓赵王而设。

看着台下面目狰狞的武士，狂挥乱舞的矛戈，赵王心里确实有些发慌，可这位年轻的君王却是个深藏不露的人，不管心里如何，脸上毫无表情，静静地看着秦人献舞。直到舞曲终了，一群虎蛮都退下去了，才鼓了两下掌，对秦王笑道："久闻虎蛮之舞雄浑刚健，今日方一睹为快，甚好。"

见赵王毫无惧色，秦三也摸不透对手的底，于是笑道："久闻赵王精通音律，果然名不虚传，寡人有个不情之请：今日三国君王会盟共祭，盛况难得，赵王可否鼓瑟一曲，让寡人与韩王领略赵地清音，不胜荣幸。"

想不到秦王竟会如此客气，当着众人奉承自己，赵王心里倒很高兴，对方把一顶高帽戴上来了，也不好拒绝，于是点头应允。早有侍从捧过瑟来，赵王略一凝神，将袍袖微拂，轻拢慢捻弹奏起来。一曲终了，盟台上的各国君臣一起拊掌赞叹，赵王也颇为得意，满脸都是笑意，坐在秦王下

手的魏冉站起身来正要对赵王致谢，冷不防秦王嬴则高声道："史官何在？且记下：渑池之会，赵王为秦王鼓瑟。"

只这一句话，高台上下秦赵两国百余臣子全都变了脸色！

两国会盟，折冲樽俎，胜负高下只在一言之间。本来此番会盟，秦国实欲攻楚，赵国却有心纵秦破楚，两国君王心照不宣，而秦国兵强国大，本就势压赵国，会盟之前又先发兵攻取石城、光狼，虽然未获其利，两座城池离秦国太远也难以久守，毕竟占了赫然威势。为了这次会盟，秦国布置军马，抢筑盟台，先后动用了十几万人力，不知花费多少金钱，总算在气势上压倒了赵王，眼看会盟十分顺利，两国各得其利，想不到秦王忽然闹出这么一件事来，无缘无故折辱了赵王！若赵国因此与秦决裂，则秦军南下之时赵国必然掣肘，伐楚之役就难打了……

当然，赵国也有一番霸业私心，暗里是愿意让秦国伐楚的，可毕竟伐楚于秦事大，于赵事小，所以赵国敢与秦反目，秦国却不敢与赵国闹僵。若赵国臣子中有一位能臣看出秦王的破绽，在此时站出来力斥秦王，只怕一句话就把秦王喝住了！若是如此，秦国对赵国使出的无数心机，还有几千战死的将士、花费的百万金钱尽付流水，反而在渑池会上被赵人压倒，颜面尽失！

想到此处，魏冉忙侧身对着秦王连使眼色，可嬴则却侧着头看宦者令康芮为他斟酒，故意不理睬魏冉。

转眼工夫，秦国史官已将嬴则之命记于竹简上，捧着简高声诵道："秦赵会于渑池，秦王命赵王鼓瑟！"话音刚落，赵王背后已有人厉声喝道："下臣听闻秦王善作秦音，请秦王即席为赵王击缶！"

顷刻之间，赵国上大夫蔺相如已经看透了秦人的虚实，知道秦王失算，将一个天大的把柄送到赵人手里来了！如此良机哪能放过？刻意等到秦国史官诵读书简之后，立时起身发难。见秦王瞠目不答，蔺相如趋步从赵王背后抢出，直逼到嬴则面前，躬身行礼，朗声说道："请秦王为赵王击缻，以相娱乐！"

到这时嬴则才发觉自己弄巧成拙，势成骑虎，而眼前这个发难的赵国臣子正是前次到咸阳来献和氏璧的蔺相如，不觉得又羞又恼，沉声道："寡人不识音律。"

蔺相如早知秦王不肯轻易就范，也不管他说些什么，回身从赵王身边的侍者手中取过一只盛酒的陶缻，顺手把酒浆倒在地上，双手捧起陶缻跪在秦王面前，两只眼睛却直直地瞪着嬴则："风拂柳叶，雨扫竹节，山泉滴石，皆自成音，大王贵为人主，弹指都是雅乐，请秦王为赵王击缻。"

眼看蔺相如捧着一只酒器逼到面前来，嬴则不觉又羞又恼，一拍桌案吼道："你是何人，如此无礼，不知死吗！"

秦王以死相胁，蔺相如却天生是个不知死活的硬骨头，挺起脖子高声道："臣距王五步，大王若诛下臣，臣之颈血必溅大王矣！"

"武士何在？"

听得秦王一声召唤，台下的秦国武士齐声答应，声如雷霆，秦王身侧的大夫们纷纷按剑起身，可这些人都知道眼前情势于秦国不利，只是虚声恫吓，并不敢上前来。蔺相如见这些人不敢上前，心中更有了底，冲着他们吼道："两国君王会于渑池，真心修睦，雅乐相娱，汝辈意欲何为？妄动兵刃者死！"

此时此境，秦国臣子们都知道秦王失言在先，史官妄记于后，墨笔书于汗青，想赖都赖不掉，一个实实在在的把柄落在人家手里了。这时候把剑拔出来容易，插回鞘里却难，真要是闹得太凶，秦王那里反倒更失体面，

无地自容之下，回过头来拿自己的臣子出气下台，这帮秦国大夫可就真是窝囊到底倒霉到家了。现在蔺相如这一声斥喝虽然扫了秦人的面子，却也是个台阶，大夫们都是精明的人，赶紧趁机下台，一个个老老实实地坐了回去。

没有臣子呼应，秦王势单力孤更显窘迫，蔺相如心中暗暗高兴，又向秦王面前靠了两步，厉声道："请秦王为赵王击缶！"

嬴则不是个糊涂人，知道蔺相如闹得越久，自己这脸丢得越大，眼看无路可退，不让步也要让步，无奈之下，只好皱起眉头拿起箸来在那只瓦盆上胡乱敲打了几下。蔺相如忙回身高叫："史官且记下：渑池之会，秦王为赵王击缶！"赵国史官早就等在一旁，赶紧把这几句话记了下来，也学着秦国史官的样子高声诵道："秦赵会于渑池，赵王命秦王击缶！"

嬴则这一辈子还没这么丢脸过，当着赵、韩两国君王和会盟台上下这么多臣子真不知如何下台，心中气恨难言，却又不能发作，憋得一张脸都紫胀起来。坐在嬴则左侧的华阳君芈戎急着想替秦王挽回颜面，也没细想就高声叫道："下月初十是我王寿辰，请赵王献十五城为秦王祝寿。"

这是一句耍无赖的话，说了不如不说，可华阳君已经开了口，秦国大夫们也不得不帮腔，都乱哄哄地应和起来。赵王根本不屑回答，只装作没听见。蔺相如在赵王身后笑道："当得，当得！下月初一是我王寿诞之期，请秦王献咸阳城为赵王祝寿！"

这话一出，赵韩两国臣子哄堂大笑，连一向深沉阴冷的赵王也忍不住嘿嘿一声笑了出来，秦国众臣一个个面面相觑，哑口无言。

秦赵会盟本是大事，想不到秦王言行不谨，平白无故搞出这么个枝节来，害得秦国君臣好没面子。可事情已经闹出来了，魏冉等人都知道嬴则这人没有气量，得罪不起，无人敢责备他，嬴则自己也明白闯了祸，丢了脸，心里有愧，从这天起也变得老实稳重，知道尊敬赵王，依礼行事，循规蹈矩，再也不敢任性胡来了。

其后秦王与赵王在渑池又住了六天，期间宴饮三次，酒宴间只有歌舞清谈，一句话也不涉及国事，所有要紧的话都交给穰侯魏冉、华阳君芈戎和赵国上大夫蔺相如私下会商，继而回报君王以示定夺，翌日再议，反复如之，直到会盟的第八天，魏冉和蔺相如共同拟就一份盟书，其中共议四条：

其一，秦赵两国永誓交好；

其二，为示其诚，秦国送王孙一人往邯郸为质，赵国送王孙一人往咸阳为质；

其三，秦军自赵境退兵，将石城、光狼城以及所占据蔺阳、离石等城邑悉数归还赵国；

其四，自盟誓之日起，秦之所欲为，赵必助之；赵之所欲为，秦必助之。

这份盟书最关键的就是第四条。从这天起，秦国和赵国结成了盟友，或者说，成了一对同谋。

拟就盟书之后，两国使至再无异议，于是分别抄呈秦王、赵王阅罢，各自认可，会盟之事这才最后定了下来。

九月初九是会盟大典之期，天还没亮，韩国禁军四千人披金甲，持仪仗，从渑池城外直到会盟台下列队十里以迎诸王，秦赵两国臣子皆峨冠博带，悬长剑着深衣在城门外肃立。五更时分秦王、赵王、韩王的车驾一起驶出城门，公卿大夫上前迎驾，各自登车随后而行，直至会盟台下。此时旭日初升，光华耀目，秦王嬴则、赵王赵何、韩王韩咎皆着龙纹玄衣，戴九旒冕，

在宦官搀扶下缓缓登台，左右奏中和恬平之乐，作八佾之舞，群臣皆在台下舞蹈叩拜。

会盟台上已摆设青牛、白羊、黑豕三样牺牲，此为太牢之礼。另有盟书三本，外形内容一字不差。赵王、秦王相对稽首而拜，韩国相国陈筮代为司盟，取铜盘、玉敦于侧。盟台正中掘好一个土坎，将青牛置于坎侧，赵王的戎右力士（贴身卫士）取刃割断青牛之喉，放血于坎，大夫蔺相如以刀割青牛左耳置于盘，又接取牛血于玉敦之内，用桃枝拂之再三以避邪祟之气，才将盘、敦献与赵王，赵王捧盘与秦王共观，继而捧玉敦献与秦王，秦王嬴则看了玉敦，复转归赵王，赵王再交给蔺相如，将敦、盘献于几上。韩相陈筮捧起盟书高声宣读，秦王、赵王各自聆听，待宣读完毕，一字无误，乃手指盟书对天宣誓："有违此盟，明神殛之！俾坠其师，无克胙国！"蔺相如复捧玉敦献与赵王，赵王再献与秦王，嬴则以手指蘸敦中血涂于唇上，复献与赵王，赵何亦以指涂血于唇，以成"歃血"之礼。陈筮亲捧盟书置于坎内，以青牛牺牲覆于其上，掩土埋之，另两本盟书捧与秦王、赵王分执，回国后祭于祖庙，以完此誓。

"坎牲加书"已毕，会盟大功告成，秦王、赵王相对而拜，台下群臣望台叩拜，山呼万岁，大典乃成。

渑池会盟异常顺利，回赵国的时间还有富余，可赵王赴会是来与秦王媾和，在会盟台上又亲自持盘、捧敦服侍了秦王，脸上无光，心里别扭，所以归心似箭，会盟大典一毕立刻要回邯郸，秦王一心念着伐楚之事，也不愿逗留，于是九月十一这天一大早，赵王、秦王各自与韩王辞别，登上车辇回国去了。

这一路上赵王始终阴沉着脸坐在车里，不与臣子们交谈。直到一行车驾进入赵境，过了铜鞮，赵王忽然传诏，命蔺相如登辇与自己共乘。蔺相如诚惶诚恐，急忙赶来奉承。赵王神色忧郁，半天才说："此番会盟，多亏蔺大夫有急智，不然寡人必被秦王欺辱了。"

蔺相如忙说："大王过奖，这是臣当为之事。"

蔺相如一向是个谦恭朴实的人，赵王也很欣赏他的个性，在蔺相如面前，赵王比任何时候都放得开，能说的话也多："自武灵王胡服骑射以来，赵国日强，寡人久有称霸之心，然力所不及，此番挫败于秦，心中痛切尤深，不知今后应该如何。"

赵王是个极有城府的人，却能说出这些坦率实在的话来，可见对蔺相如信任之深。蔺相如本是个出身微贱的士人，能得赵王眷顾，也着实心存感激，忙拱手奏道："大王有称霸天下的雄心，必能成就大业。臣这些日子想了几个粗浅的主意，愿意献与大王。"

听说有称霸之策，赵王的眼里顿时闪出光亮来："蔺大夫快说吧。"

这是蔺相如第一次单独向赵王献上国策，自己也有几分不安，又在心里酝酿一番，这才缓缓地说："臣以为秦国伐楚会用几年时间，大王可以利用这段时间做三件事：第一件事，在西边国境沿石城、阏与、光狼一线筑起雄关险隘，再不给秦人可乘之机。第二件事，三年内征募精壮之士，再练精兵十万，使赵国兵力达到四十万，有了四十万大军，赵国才有实力问鼎天下。第三件事，赵匡地僻民穷，被齐、魏两国三面包围，大王应该趁着两国衰弱之机开疆拓土，拔魏国之房子、几县、安阳，齐国之昌城、高唐，扩地千里，兼并子民百万，有了这些富庶的土地，赵国才有粮食，有人力，可以与强秦抗衡。"

蔺相如说的是极要紧的话，赵王何双目微合，在心里把这些话翻来覆去仔细品味了十几遍，这才缓缓点头："大夫言之有理。"

早先平原君与赵王制定的是一个"韬晦之策"，不与齐、楚、魏、秦争强，而是韬光养晦待机而作。可现在五国伐破了强齐，秦国又即将伐楚，此战若胜，则齐、楚两强均已衰落，魏国也早已不是赵国的敌手，赵王称霸的时机终于到了。蔺相如提出扩军备战，四面征伐，兼并百姓，囤积粮食，先称霸山东，再寻找机会与强秦一战，这个激进的称霸之道，从这一刻起，成了赵国新的国策。

而蔺相如，也由此跃升为赵国的执政之臣了。

各取所需

渑池之会好歹没出差错，赵王顺利会盟回到邯郸，王宫里一切如常，什么事也没发生。赵王还驾之日群臣都来道贺，这些臣子当然奉承君主，于是把赵王侍奉秦王之事略过不提，只称赞赵王不惧暴秦，在渑池与秦王针锋相对的勇气。而这一赞，自然就赞到了蔺相如头上。

渑池之会是赵国被秦军所败，赵王不得不为，实在没什么体面，唯一算得上露脸的就是蔺相如当着三国君臣的面逼着秦王为赵王击缶，给赵王争了些面子。现在赵王正准备重用蔺相如，就借着臣下盛赞的机会当廷宣布，蔺相如有大功于赵，即日升任赵国上卿。

周天子封建天下之时，原本规定天子身边有上、中、下三等卿位，诸侯国内也可任命三卿，其爵凌驾于诸大夫之上。战国乱世天子式微，各国不再依周礼行事，任意加封臣下官爵，像秦、齐这样的大国，一国之中列卿位者可有多人，尤其秦国，其左庶长、右庶长、左更、中更、右更、少上造、大良造、驷车庶长、大庶长皆等同于卿爵。但赵国是个小国，在赵肃侯时尚不闻一名，到武灵王兼并中山国之后才逐渐兴旺起来，国力不能与大国相比，朝堂上只设上卿、亚卿各一席。现在蔺相如得赵王宠信，一年之间从舍人而大夫，又进上大夫，继而受封上卿之爵，地位仅在赵王、公子、君侯之下，而居群臣之首，赵国臣子有的暗暗羡慕，也有的极不服气，其中最恼火的就是亚卿廉颇。

自渑池会之后，赵王已把蔺相如视为与平原君比肩的主政重臣，授予他的权力在诸臣之上，爵位当然要与权柄相当，赵国臣子也明白赵王的心思，就算心里嫉妒，嘴里却不敢争执。偏偏廉颇是个武臣，不谙政事，看不透这些。在这位将军看来，蔺相如出身卑微，虽有功劳，却也没什么了不起，实在不配与王廷中的名臣上将比肩，尤其不能和他廉颇相比。

廉颇十八岁就在赵武灵王驾下随征，三十岁已得上大夫之爵，权臣李兑专权时廉颇一心辅佐赵王，十年未得升迁，李兑死后赵王何执政，立刻将廉颇升任亚卿，至今已有十年光景。其间廉颇也曾率赵军参与五国伐齐，又趁齐国衰弱之机领军攻破阳晋，替赵王开疆拓土，资历、战功在赵国臣子中都是第一流的。在廉颇想来，功名爵禄应该论资排辈，按部就班，赵王要破格提拔臣子，让蔺相如做上大夫，廉颇无权过问，也不敢去问，可上卿之位非比寻常，当然该由廉颇拜领才对。想不到赵王却让蔺相如这个卑贱的人升任上卿，不但位压群臣，甚而爬到他廉颇的头上去了！着实让廉颇又惊又气。

廉颇是个忠诚的臣子，不敢抱怨赵王，对蔺相如却是一百个瞧不起，只是这话无法到人前去讲，全闷在心里了。

赵王回国后的第五日，升蔺相如为上卿的诏命正式发出。蔺相如在王廷上领了诏命，接受了上卿印信，当日即在府中设宴，赵王命宦者令缪贤来贺，公子丹平日受教于蔺相如，自然亲自到贺，平原君、望诸君也都到了。这种情况下，赵国臣子们不管心里怎么想，面子上却不敢有亏，于是凡有官爵的士大夫都带了礼物到上卿府中祝贺，邯郸城中只有一位亚卿廉颇没来贺喜，连礼物也没有送。

廉颇是个要紧的人物，他不来道贺是故意要扫蔺相如的面子，与会之人都看出这一层来，只是无人说破，蔺相如心里也明白，嘴上却只字不提，尽心招呼宾客，热闹了大半天，众人尽欢而散。

蔺相如本就是个勤谨的人，上卿又是群臣之首，责任重大，更不敢稍有怠慢，第二天早早起身用饭，梳洗之后换上从宫里送来的上卿冠冕，头戴金丝纱笼七梁进贤冠，身穿红锦金绣麒麟纹深衣，脚穿缀有明珠的无忧履，腰悬长剑手捧玉珪在从人搀扶下登上高车，七名骁骑手执长戈在旁护卫，出了府门向王宫而来。

此时天交五鼓，邯郸西长街上的商贩们正开早市，行人车辆乱糟糟的，车马走得很慢，蔺相如在车里坐着，想着第一次率群臣向赵王行礼，步速，手势，眉眼表情，一叩一兴，起坐之间的诸多规矩，虽然早前在家里已经演练过几次，心里还是说不出的紧张。正在满脑子想这些礼数的事，忽然车子一晃停了下来，从人轻叩车窗，低声说："大人，前面有一乘车马挡住道路，不知是何缘故。"

蔺相如一愣，推开车窗向外望去，果然看到长街当中停着一乘驷马安车，正堵在大路当中："是何人？"

"车旁有五骑随从，似是亚卿的车驾。"

听说是廉颇的马车挡住去路，蔺相如心里一动，又把那辆安车看了半

天，皱眉不语。驭手问："小人是否上前问一声？"

"不必，"蔺相如又想了想，吩咐驭手，"街上人多杂乱，恐怕误了时辰，转到偏街上去吧。"

此时天色尚早，车马虽然走得慢些，还不至于误了进宫的时刻，但主人下了令，驭手也不敢问，于是扈从们上前开路，安车转而向南拐进了偏街。

长街上挡住去路的正是廉颇的马车。他今天这么做也是故意而为。

廉颇是赵王宠信的人，可赵王却让蔺相如做了上卿，于是廉颇不肯去给蔺相如捧场，想不到群臣一个不少都去捧了这个场，这么一来倒显得廉颇人单势孤，脸上无光，越想越窝火，终于下决心要与蔺相如闹一场，把失去的面子争回来。

于是这天一早廉颇就命人到蔺相如府前打探，看着蔺相如的马车出来，自己故意赶到前面，让车马横在路上，本意是想逼着蔺相如主动下车与他相见，好当着邯郸百姓的面显显自己的威风，想不到蔺相如既不与他争执也不下车拜见，只是命车马转到偏街上去了，这么做虽也有示弱之意，毕竟不能让廉颇满意，抬手敲了几下车板，吩咐："跟着他，也转到偏街上去！"驭手一甩鞭子，四匹骏马一起调头，车声辘辘拐进了偏街。

廉颇是个征战沙场的将军，他的驭手自然也是个驾车的好手，比给蔺相如驾车的驭手高明得多，待他的车驶入偏街又等了半天，蔺相如的车马才慢腾腾地转了过来，却见亚卿的高车已经堵住去路，驭手忙在几十丈外停住车马："大人，廉将军的车又把路挡住了。"

赵人天生脾气孤倔，好胜争强，受不得气，蔺相如虽然有涵养，毕竟

也是赵人，自忖受命朝堂以来与廉颇从无宿怨，却无故受他逼迫，心里也有恼恨之意，更何况自己初封上卿，职位已在廉颇之上，又正受赵王宠信，也难免几分骄矜，对廉颇毫不畏怯，吩咐驭手："既然亚卿要走偏街，你回大路上去！"随即又补上一句："无论如何只管向前，不必再报！"啪的一声合上车窗，挺直身子坐在车内，心里想着若再被廉颇阻拦，自己该怎么和他争执。

见蔺相如的车马又调头往回走了，廉颇的驭手却以为这位上卿不敢与自己的主人争闹："大人，对面的车又退走了，我看他们不敢再上前来了。"

驭手的头脑到底简单，廉颇却知道一个赵国上卿不会这么容易对付，低头一想，已经猜到蔺相如只怕是回到大街上去了，弄不好此人已下了决心要与自己的车仗冲突，要是这样倒遂了廉颇的愿，立刻吩咐驭手："再转回去，看他怎样！"驭手忙又驾车驶回大街，半天才见蔺相如的马车从后面拐了出来，却并未向前，而是头也不回地往西驶去了。驭手笑道："大人，蔺相如果然不敢与咱们相争，他回去了。"

蔺相如真的退了，这倒让廉颇觉得意外，打开车窗向外看去，蔺相如的车马果然往西而去，廉颇不禁嘿嘿地冷笑起来："果然是个无能之辈。"抬手敲敲车板，车驾转过头来径自向王宫驶去。

这天的廷议上卿蔺相如没露面，赵王微觉诧异，却也没有动问，好在并无大事可议，朝会散了之后廉颇径自出来，正要登车，上大夫贾偃从后面赶了上来："将军留步。"廉颇忙停下脚步："贾大夫有事吗？"

贾偃神色间有点讪讪的，拱着手对廉颇笑道："此事也不知如何说起……我进宫路上恰与蔺卿的车驾相遇，当时蔺卿正要回府，我就问：'廷议之时已到，怎么回府呢？'蔺卿却说，有一个霸……有人拦路不让他的车马前行，他却不与此人一般见识，既然不能入宫，干脆不去也罢。我想蔺卿如此地位，何人敢阻他的去路？不知此事将军知道吗？"

原来蔺相如被廉颇拦住去路，本已恼火，正欲和他相争，却又一想，自己在赵国初执政事，与廉颇这样的人争执实在无益。蔺相如是个有急智的人，顷刻之间就压住了火气，既然不能前行，干脆调头回府。可毕竟生了一肚子气，半路又遇到贾偃过来问他，蔺相如就当着贾偃的面说了几句气话，只是话里并没提廉颇的名字。贾偃自然好奇，和同僚们打听，才知道蔺相如是和廉颇起了争执。贾偃这个人一半是热心，一半是好事，急忙跑来追问。

在这件事上廉颇没有什么好遮瞒的："贾大夫，今天是我拦了蔺卿的路，本是有几句话想当面对他说，谁知蔺卿小气，为些许小事恼怒起来，竟不参与廷议，这样实在不该。你也知道，廉颇是个直肚肠的人，心里有话放不住，既然蔺卿不肯在路上与我说明白，早晚有一天我会在朝堂上当众问他！"撂下一句硬话，也不再理贾偃，自顾上车而去。

廉颇是个倔强暴烈的人，本来就不服蔺相如，现在事情闹到人尽皆知，他就更加不肯转圜，下定决心必要在王廷上和蔺相如大闹一顿才罢。于是第二天一早憋着一肚子火气进了王宫，不想蔺相如又没来参与廷议，这一次却是请贾偃替他在赵王面前告了个病假。

蔺相如不肯进宫，又托贾偃代为告假，廉颇当然知道这是贾偃嘴快，把自己的话传了过去，蔺相如就此不来廷议。在廉颇想来，蔺相如分明是在赵王面前撒娇，想让赵王过问此事，由此对蔺相如更加恼恨。而蔺相如也一连五日足不出府，到后来，赵王也不知是对蔺相如的"病情"关切还是隐约听到了风声，派宦者令缪贤到蔺相如府上去探视。

缪贤与蔺相如的关系非比寻常，听说此人被赵王派到蔺府探病，廉颇

已经预感到事情再这么往下发展会对自己不利。可廉颇生就一副硬骨头，撞了南墙也不回头，就在府里坐等，且看赵王会为了一个蔺相如，如何处罚他这个辅国二十年的大功臣。

就这么别别扭扭等了一天，王宫里全无消息。直到天色已晚，下人来报：左师触龙的车马到了门外。

左师本是天子身边的执政重臣，职衔等同于卿位。赵国原来没有左师之位，因为触龙是三世辅臣，年纪已老不能理政，赵王对他十分尊敬，特设了一个"左师"之位，好让触龙养尊处优。

自拜为左师之后，触龙本已在家颐养天年，多年不入王廷了，只因赵王要赴渑池会，朝中缺少有威望的臣子坐镇，蔺相如对赵王献计，把这位老臣请出来为国事操劳了几个月，赵王回国后触龙又回府休养，不再参与廷议。赵国上自君王下到臣僚，对这位年高德劭的老先生都极为敬重，廉颇也是如此，听说触龙到了，忙亲自出迎，触龙慢吞吞地从车里爬出来，一边说："今天老夫闲得难受，想到将军府上讨一杯酒吃。"廉颇忙说："大人到访，酒肉是现成的。"

触龙挽着廉颇的手眯着两只眼睛笑道："酒要温热的，肉要炖得稀烂，你看我这一嘴牙只剩四五颗喽……"嘴里絮絮叨叨，被廉颇挽扶着进了正厅，从人忙摆上酒食。

触龙此时到访，当然是有要紧的事。廉颇也猜到他为何而来，只是触龙不说，他也不问，只管陪着触龙说些闲话。

喝了几杯酒，触龙把爵置在案上："自从武灵王被奸臣所害，困死沙丘，奸臣李兑专权，毒害群臣，欺压大王，那时大王年幼，身边又没有亲近的人，地位朝不保夕，多亏有将军这样的忠义之士辅佐，每到临难之时总是不顾生死对王尽忠，好歹保得大王平安，我们赵国这些老臣子都知道将军之义，也承将军之情。"说着向廉颇拱手致意，廉颇忙避席回礼："大王是贤明之君，自然得万民拥戴，李兑之流岂敢加害？此事廉颇并无功劳，大人过奖了。"

廉颇嘴里说自己全无功劳，可脸上却全是得意之色。触龙知道廉颇性刚气躁，桀骜不驯，仗着辅立赵王之功，常有自傲之意。今天他来之前也已想好说辞，先把廉颇捧了一捧，让他高兴起来，再想办法激起他的怒火，然后好下说辞。于是长长地叹一口气："大王亲政这些年赵国实在艰难。东有强齐压迫，西有暴秦为患，南与魏国争雄，北边胡人犯境，年年有战事，偏又天时不利，旱涝无时，兵士疲惫，百姓穷苦，好容易借着平原君之力请来一位能臣乐毅，杀伐有功，夺下一座伯阳城，却偏不逢时，赵国又被秦人所乘，不得不委屈求和　还要回头巴结魏国，夺来的城池又还给人家，丢尽脸面呀……"

一听乐毅两个字，廉颇心里老大不痛快："大人不要提这个乐毅了。此人本是赵臣，却私逃至燕国十余载，燕王职一死，乐毅又生异心，为燕王所不容，逃回赵国来，这样一个不忠不义之人，平原君却如获至宝，大王也倚同股肱，竟封他一个望诸君！老大人说说，乐毅哪里配得上这个衔头？"

触龙说那些话本就是要惹恼廉颇，见廉颇果然有了怒意，心中暗笑，忙摆着手说："话不能这样说。将军也要想想，武灵王晏驾已有十多年，赵国对外攻伐却只有三场大胜仗，一是将军会同五国伐齐；二是三年前将军率军攻克齐国阳晋；三是望诸君攻取伯阳，这三场胜仗有两场却是乐毅打的。五国伐齐时乐毅任上将军，天下军马都听他一人调遣，将军不也在乐毅麾下吗？伯阳之伐，一日两胜，破坚城于反掌之间，何其了得！将军

难道不佩服吗？"

乐毅是当今天下第一名将，其能当与孙武、吴起相仿，廉颇虽然勇猛，可若说到战场杀伐，真未必强过乐毅。廉颇这个人傲气些，却诚实无欺，不会说昧心的话，现在触龙问到面前，廉颇也不得不承认："乐毅确是名将，廉颇不如他。"紧跟着又加上一句："可乐毅为臣不忠，两弃其主，怎能为社稷之臣？"

廉颇所说的"为臣不忠，两弃其主"是指乐毅先背赵赴燕，又离燕归赵之事，其实这个说法十分牵强。可触龙正要廉颇如此说，捻须笑道："此话有理。在赵国若论'忠诚勇武'四个字，非将军莫属，乐毅不能比。"

廉颇是个直肚肠的好汉，这样的人最吃捧，给触龙一夸，顿时满脸喜色。触龙趁着廉颇高兴，赶紧又问了一句："将军侍奉赵王二十年了，今年也有四十一岁了吧？"

触龙这一问，竟让廉颇哑口无言。

廉颇这一年四十一岁，对战国时代的人来说，这个年龄已经算是老人了，在赵国名将之中廉颇的年纪也确实最大。可触龙忽然问廉颇的年岁，其实话里还暗含着一句话：廉颇年纪已经不小，追随赵王时间也久，又得赵王宠信，升了亚卿，可赵王继位这二十年来，亚卿廉颇究竟立过哪些功劳？

是啊，赵武灵王晏驾之后赵国实力衰落，被齐、魏、秦、楚这些强国压得抬不起头来，所以赵王一直用韬晦之策，这些年既无强敌入侵，也未对外征伐，廉颇身居高位，荣宠已极，却并没立过什么像样的战功。可以称道的只有两场胜仗，一是参与五国伐齐，率领赵国大军夺取了齐国七百里土地，二是从衰弱的齐国手里攻夺了一座阳晋城，此战堪与乐毅伐伯阳之功相比。可刚才触龙说了几句巧话儿，引得廉颇把乐毅好一通贬损，却想不到贬人者如同自贬，廉颇这一贬损乐毅，等于把他自己伐齐的战功也一起否定掉了。

如此说来，位居赵国武将之首的亚卿廉颇竟没有什么像样的战功！

一向话多的廉颇忽然说不出话来了，触龙知道自己的话点中了他的痛处，故意先不吭声，只顾喝酒，把廉颇晾了片刻，让他深自反省。直到廉颇彻底收敛了骄气，触龙这才淡淡地说："将军不要介意，是老夫把话说错了。武灵王晏驾以后赵国衰弱了，对外无力征伐，只知休息养民，可是国越休越弱，民越养越穷，二十年来能够为国立功的仅有两人：一是乐毅，一是蔺相如。诚如将军之言，乐毅其人不足道，可蔺相如以一介士人出入秦廷，完璧归赵，又在渑池会上面斥秦王，使赵国不受强秦之辱，终于退去十万秦兵，收回石城、光狼，不知在将军眼里这样的功劳算不算大？"

高傲的廉颇自己贬低了自己，可蔺相如的功劳却是实实在在的。话说到这儿，"毫无功劳"的廉颇脾气也没有早先那么硬了，可嘴里还不肯服输，硬撑着说了句："蔺相如不过口舌之能罢了。"

"蔺卿绝非只有口舌之能，自受大王提携升任大夫以来，国事屡屡献策，料无不中，计无不遂，王公重臣交口称誉，若非如此，大王怎能命蔺卿出入东宫做公子丹的太师傅呢？"触龙看了廉颇一眼，见他神情凝重，脸上并无怒色，才又说，"将军的意思老夫明白：战国乱世，国家当以勇将为柱石，将军本是一头猛虎，却困于笼中无处建功，心里难免着急，就说这次赵军取麦丘，本来也是要用将军的……"

触龙的话还没说完，廉颇已经抢过话头儿："大人还没听说吗？伐麦丘大王本欲用我，蔺相如却一心奉承平原君，故意举荐赵奢为将。"

原来廉颇早从别人那里打听到了廷议的事，这也是他对蔺相如不满的

一个重要缘故。触龙忙正色道："将军这是听何人说起？老夫却知道，廷议之时蔺卿是举荐将军去伐麦丘的，只是大王怕邯郸空虚，不放将军出征罢了。"

触龙这话一半是假的。

廷议之时蔺相如先是想在赵王和平原君之间调和，所以举荐赵奢，后来又揣摩赵王的心思转而推荐廉颇，最终却还是举荐赵奢为将，这里尽是权术，大有曲折。可廉颇毕竟不知就里，只是听旁人议论，就此对蔺相如生怨，现在触龙一说，他也吃不准了。

把这件事遮掩过去，余下的就好办了。触龙推开面前几案凑到廉颇面前："老夫想问一句：是将军厉害，还是秦王厉害？"

这句话问得太明白，廉颇想也没想顺嘴答道："自然是秦王厉害。"

"那蔺卿屡次面斥秦王，毫不畏惧，却为何单惧将军一人？"

廉颇虽然耿直，脑子却不糊涂，早明白了触龙话里的意思，一时无言以对。触龙笑道："将军是个直爽的人，老夫有话就直说了吧：齐国败落之后，赵国霸业将兴，马上就要四出攻伐，正是用着将军的时候，将军想立军功，显名于世，其实容易。但大王驾前除了勇将，也还需要谋国之臣，现在蔺卿一则有功，二则有能，被大王器重，而蔺卿又对将军敬重有加，屡次举荐你率军出战，将军因为些许误会与蔺卿争闹，他也不仗着受宠而在大王面前诋毁将军，反而屡屡避让，这分明是有心与将军结纳，一文一武，共为大王膀臂！如此诚朴厚道之人，又真心愿意和将军结交，将军何必一心与他为难？我想请问将军：结交蔺卿，于公于私，对将军有利还是有害？"

到这时廉颇的心思已有些活动了，可这个倔强的人脑子却一时转不过弯儿来。见他不答话，触龙又把声音抬高了些："赵国民穷国弱，想称霸东方谈何容易？此番与魏国争从约长，连遭挫败，受辱于人，大王每想即此就在宫里痛哭！可赵国臣僚谁能为王分忧？如今大王信得过的只有将军和蔺卿二人，将军与蔺卿又不和，让大王怎么办？赵国的霸业还能成吗？老夫实在不敢想啦……"

触龙先摆功劳，后讲道理，私有私情，公有公义，说到这儿，也算是把话都说尽了，廉颇也全听明白了。

廉颇是赵王最宠信的武将，蔺相如是赵王最宠信的文臣，正如鸟之两翼，车之两轮，相辅相成，并无抵触，与蔺相如交好，于国有利，于己有利；若一味与蔺相如作对，只会被赵王认为不识大体，责备疏远，对廉颇没有任何好处。

更重要的是，触龙话里已经挑明，今天他来和廉颇说这些话，内中全是赵王之意。廉颇要是再固执下去，就真的没意思了。

廉颇到底是员武将，脾气直率得很，既然把事情想通了，也就不再遮掩什么，冲触龙拱手道："廉颇受教了。我是个粗人，不知如何补过，还请大人赐教。"

廉颇到底认了错，触龙也算不虚此行，笑着说："将军知错就好，至于旁的事嘛，先贤自有榜样，将军依此而行就是了。"说完起身告辞。廉颇把触龙直送出大门，这才回到厅上坐着发起呆来。

到此时廉颇已经真心悔悟，也想补过，但触龙的话并没说透，所以廉颇心里犹豫不决。

触龙所说的"先贤榜样"廉颇是知道的。古代贤君为迎士人往往吐脯握发，做出种种姿态以示敬重之意，致歉之时又会披发跣足，肉袒

往拜，以显其诚，现在触龙让廉颇效先贤榜样，无非也是此举，廉颇自忖是一条敢做敢当的好汉，既然决心悔过，就照着先贤的样子做一场又有何妨？

想到这里，廉颇终于拿定了主意，就在堂上脱去深衣，赤着上身，披发跣足，昂头挺胸要往外走，又一想，先贤之举不过如此，自己若不做出些新意来，怎能表示诚意？皱着眉头想了半天，终于有了主意，命人去后院取了一根荆条背在身上，也不带随从，一个人出了府邸大踏步往蔺相如府上而去。

这时蔺相如已经知道赵王为调解他和廉颇的矛盾，派左师触龙去说动廉颇，只是不知结果，正在府里发愁，下人忽然来报：廉颇身背荆杖到府门前谢罪。蔺相如又惊又喜，也顾不得披衣，急忙飞跑出来，只见府门前人山人海围得水泄不通，廉颇赤着上身，挺着一副黑紫的胸膛，正高声大嗓地对围观的百姓们说自己如何不知进退，得罪蔺相如的事。见蔺相如从府里飞跑出来，廉颇几步抢上前去高声叫道："蔺卿宽仁厚道，是廉某不知进退，得罪高贤，今特来领罪，请先生责罚！"当着众人的面就向蔺相如叩拜。蔺相如忙也跪倒在地，双手扶住廉颇颤声道："将军国之柱石，竟屈尊至此，蔺某怎么敢当。"两人就这么面对面各自拜了几拜，蔺相如好歹搀起廉颇，两人手挽手进了府门。身后百姓们见了如此场面，都觉得这两位赵国的大贤士奇伟高古，非比寻常，无不高声喝彩，一时间邯郸城里哄传开了，都说蔺相如胸襟宽广，廉颇知错就改，真比上古传说中那些贤人义士丝毫不差！

廉颇蔺相如的一番做作由此流传开去，成就了一段千古佳话。

这一边蔺相如把廉颇让进堂上，急忙取过衣服给他披了，又命人置酒，与廉颇反复推让，闹到最后，到底被廉颇强按着坐了主位。廉颇自己在下位坐了，高声道："末将是个武夫，粗鲁无知，行事乖僻，还请先生宽恕。"蔺相如忙双手连摇，嘴里说："怎么敢当！"

廉颇不再争闹，蔺相如这里如释重负，自然不会与他计较，一场大事顿时消于无形。廉颇饮了一爵酒，借着酒劲对蔺相如笑道："难得蔺卿宽厚，不计前嫌，廉颇有个不情之请：某比先生痴长几岁，愿与先生当庭结拜，从此兄弟相称，刎颈相交，蔺卿意下如何？"

廉颇有此意，蔺相如真是求之不得，忙命人牵一只白羊做少牢之礼，两人就在厅前院落里歃血为盟，廉颇年长十岁为兄，蔺相如为弟，又重新拜见了，这才回到堂上喝起酒来。

到这时蔺相如与廉颇已经推心置腹，不分彼此。蔺相如向廉颇敬了一回酒，笑着说："兄长可知秦王即将兴兵伐楚？"

"知道，大王打算怎么应对？"

"秦人伐楚于赵有利，且此战必然旷日持久，至少也要用三四年工夫，这段时间赵国应该加练新军，对外展开攻伐，兄长马上要忙起来了。"

说到打仗，廉颇的两只眼睛都亮了起来："赵国要攻打何处？"

"欲攻魏之房子、安阳，齐之昌城、高唐，若能得手，赵国扩地千里，兼并子民百万有余，当可称雄山东。只是大王还没下定最后的决心。"

廉颇忙说："赵国兵强马壮，早该四出攻伐！有贤弟这样的能人，大王很快就会下决心。"

廉颇发脾气的时候倔强得很，平时说话却直通通的毫不作伪，称赞蔺相如之能实出于本心，蔺相如却不敢平白受他的捧，忙笑着回了一句："天下都知道兄长是赵国第一名将，以后征伐之事都要仰仗兄长了。"

被蔺相如奉承了一句，廉颇心里十分痛快，高声笑道："廉颇生平无

所好，只以战事为乐，只要有仗打就好！这些年在家闲居，憋得胸膛都要炸开了。"

正如触龙所说，赵国即将走上称霸之路，果然有很多仗要打，正是廉颇一显身手的时机。现在廉颇希望得蔺相如之助领兵出战，蔺相如也想得廉颇之助进一步取信于赵王，两人地位相似，需索相当，正是各取所需，这一对刎颈之交结得极好，既是赵王之福，也是蔺相如、廉颇二人之幸。

但赵国从此走上称霸之路，却未必是山东诸国之幸，更不是赵国百姓之福。

六

强楚化为烟云

虎狼之师入楚

与赵国在渑池会盟，秦国去了后顾之忧，终于可以放开手脚大举伐楚了。

从渑池回到咸阳，嬴则立刻召集穰侯魏冉、华阳君芈戎、大良造白起、左更胡阳以及王龁、王陵诸将到咸阳宫商议国事，在蜀中练兵的司马错也奉诏星夜赶回咸阳议事。魏冉又受宣太后之命与嬴则商量，让嬴则的两个弟弟高陵君嬴悝、泾阳君嬴市一同参与国事。

早在与赵国会盟之前，魏冉就已经和白起等人议定了伐楚的全盘计划细节。嬴则自己也对着地图琢磨出一套伐楚的方案来，朝堂上君臣人等一个个胸有成竹，都鼓着气要在这一刻显显本事。魏冉第一个出班高声奏道："自穆公称霸至今，我大秦国已历二十一代君王，皆胸怀大志，以江山一统解民倒悬为己任。孝公用商君之法以来，秦国日新月异，国力强盛，惠文王善政谋兵，大有作为。大王继位以来勤政睿智，破齐克魏，收服韩赵，秦国已成滔滔大势。今大王有诏，发秦国虎狼之师南下平楚，务必伐取郢都，扩千里之地，取百万黔首，既而东伐韩魏，北取赵燕，克齐灭楚，席卷天下！秦国威武，大王万岁！"当先率领殿上臣僚一起向秦王行叩拜礼，山呼万岁。

祝颂已毕，众臣各归其位，魏冉转向秦王说道："大王，楚国是天下第一大国，土地七千里，带甲百余万，称雄一时，人莫可敌。然自楚怀王以来，楚国不图变法，不思进取，内不知修政养民，外不能攻伐扩地，怀王死后，继位的楚王熊横昏庸无能，国力渐不能支，黔首怨声载道，伐楚时机已经成熟，臣等奉王命定下伐楚之策：先命客卿司马错率巴蜀之军十万出上庸，伐楚之巫郡，陇西兵十万继进，渡过长江伐楚之黔中郡，此战不在攻城略地，而是要吸引楚王的注意，将郢都、夷陵方向的楚军精锐尽量调到西面，为大良造率精锐大军伐楚创造时机。"

在秦国众将里司马错年纪最大，且人品方正，极受敬重，嬴则对这位老将军也很客气，微笑着对司马错说："老将军这一仗不好打。"

确实，司马错指挥的这一仗不太好打。

楚国虽然腐败，毕竟是个大国，地广人稠，兵员数量十分惊人，单在巫郡、黔中两郡就有二十多万大军，若郢都之兵真的西进增援，只怕也有二十万，兵力将是秦军的两倍。司马错手中虽然有二十万人，可巴蜀之兵是新近练成，伐上庸时的表现并不尽如人意，而陇西兵远道而来，对南方炎热潮湿的气候恐怕难以适应，且又不习水战，真正上了战场，不知会有什么表现。

司马错打了一辈子恶仗，向来百战百胜，这一次也照样信心十足，笑着说："多谢大王，臣此番入楚是做饵的，这一仗分成两截来打，一开始尽力攻城略地，惊动楚人，待楚国大军真的来了，臣就退进巫城、扞关、鱼复、巴子、武陵几处城邑坚守不出，老臣的骨头硬得很，足够楚人啃上两年，还要崩落他几颗牙齿才罢休。"

司马错的话引来群臣的一片哄笑。嬴则也点头笑道："老将军是个常胜将军，从未让寡人失望过。只是此番入楚还需小心，多备粮草，万万不可有闪失。"

"臣已备下军粮六百万斛随带入楚，足可支大军一年之用。"

司马错这一路兵马准备周全，嬴则放下心来，又转向魏冉。魏冉忙奏道："臣已先调水师两万人，配舫船一千艘，运粮船一百五十艘，粮米十万斛到邓邑待命。等老将军的大军入楚，吸引楚军西进之后，大良造就集结关中精锐军马五万人出武关，在邓邑与水师会齐，共七万大军沿汉江南下，直击楚国重镇鄢陵。待攻克鄢陵之后，大军出汉水，转向西南，经漳水、潍水入长江，夺占西陵，切断鄢都与黔中郡之间的联系，使楚国西进大军不能回援，再沿江而下攻克夷陵，直取鄢都，必要生擒楚王才罢。"

楚国地方广大，山泽纵横，人口稠密，白起仅率七万大军入楚作战，沿途所攻取的又多是名城大邑，这一仗实在有些冒险。嬴则把整个计划在心里又想了回，这才问白起："大良造觉得这一仗最难打的是何处？"

白起忙说："臣以为最难攻打的有三处，一是鄢陵，这里是楚人苦心经营的要塞，城池险固，兵力集中，若是强攻，只怕一年半载也未必能破城。但臣想到一个主意：鄢陵城建在江边，地势低洼，城东是山，在山谷里有条夷水，地势较高，水流甚急，臣打算围住鄢陵之后一方面围城攻打，同时在山谷中筑起一道堤坝，将夷水蓄高，再挖一条长渠直抵鄢陵城下，用夷水灌入城中，快则数日，久则一月，城池必破。

"第二个难打之处是百陵。此处是长江水陆咽喉，楚军必集中水师精锐在此设防，陆上也有精兵筑城坚守。楚地江河纵横，楚人颇擅水战，可

这些年楚王怠惰，国事不修，战船陈旧，器械过时，兵员也不足，何况臣的军马南下之时，楚国大军可能已被调往黔中，剩下的水师就更少了，在长江上交战，他们绝非秦军之敌。至于陆上的步卒，却不足道。

"第三个难打之处当在郢都附近。臣夺取西陵之后，大军逼近夷陵、郢都，夷陵是楚国历代君王陵寝所在，郢都是楚国王城，立国之本，楚王必调集一切军马来与秦军决战。臣估计这支军马或有二十万众，此时就看臣有没有本事以七万人破楚国二十万大军了。"

楚军不精，白起的七万人却是秦军的精华，虽然以寡击众，胜算仍然很高，嬴则对此倒不担心，只问："大良造率军千里奔袭，深入楚国腹地，粮草供应不便，要随带多少粮食，用多少船只装运？"

"除了军士随身的口粮锅盔，其他不必携带。"见嬴则一脸惊讶，白起忙解释说，"楚国地大而富，到处都是城邑村落，秦军所到之处皆可就地取食，填饱肚子并不是问题。"

白起说的其实就是一个字：抢。

秦军是一支虎狼之军，素以杀人著称，在战场上杀俘屠城，连老幼妇孺都不放过，对这样一支军队来说，抢点儿粮食算得了什么？秦王听了丝毫不以为意，反而觉得白起的主意实在很妙，于是点头笑道："大良造若能一鼓而克郢都，寡人必封你为君侯！"白起赶忙谢恩。

听完两路伐楚的计划，嬴则第三次把脸转向魏冉。魏冉忙又奏道："秦国虽然压服韩国，又与赵国定盟，但对山东诸国还是不可不防。两路大军南下之后，当另派一员上将领十万大军至函谷关驻守，以塞诸国西进之道，同时在蕞城集结五万精兵，若东边有事，蕞城之兵立刻驰援，如此可保万全。"

"函谷之兵由何人统率？"

说到函谷关的统兵人选，魏冉略微犹豫了一下："蕞城是咸阳的屏障，极为险要，可由五大夫司马梗驻防。至于函谷关，臣以为左更胡阳最为适合。"

嬴则双眼如炬，魏冉的犹疑哪逃得过他的眼睛？且魏冉说的话也很明白：函谷关确实太重要了，必须有名将镇守才好，而与白起、司马错齐名，又得魏冉信任的上将只有左庚胡阳了，函谷关当然交给胡阳去驻守。可胡阳原本身当重任，执掌蕞城兵马屏障咸阳，现在胡阳一走，蕞城就要交给别人，在秦国这些名臣上将中，除了白起、胡阳、司马错这"三足鼎"之外，魏冉能信得过的也就是司马错的两个儿子司马梗、司马靳，现在他提议司马梗驻守蕞城，等于把自己的亲信都安插在要紧的位置上了。

嬴则要治国兴师成就大业，离不开魏冉，可魏冉这个人有时候真的很讨厌。

沉吟半晌，嬴则缓缓地说："老将军攻黔中郡，仗不好打，应该有个副手才好。"

嬴则忽然转了话题，又去说伐楚之事，魏冉也只得顺着他的话头儿说道："大王说的是，可以命蜀郡郡守张若为司马错副将。"

"大良造那里呢？"

"公乘司马靳为大良造副将。"

嬴则又是半天不吭声，终于又说："张若？还是让他留在蜀郡接引陇西之兵，为大军置办粮草，要做的事很多……老将军年纪大了，身边该有个人照应，寡人觉得还是让司马梗随老将军入楚吧。"

嬴则和魏冉一问一答，表面听来平淡无奇，其实暗中却像两个力士在

扭打较力一般，大殿上的群臣都屏住呼吸，不敢多说一句话。

嬴则在位已经二十八年了，这么些年来，秦国的臣子们无形中分成了两派，一派是以魏冉为首的旧臣，一派是嬴则新近提拔起来的王龁、王陵、张唐这些新人。在朝堂上，魏冉总是尽力维护旧臣们的地位，嬴则却想让自己的亲信尽快升至高位，这样一来，旧臣、新臣间就有了摩擦。

当然，这些旧臣子本事了得，遇上大事，嬴则也确实离不开他们，所以不得不迁就魏冉，凡事先照顾老臣们的利益。可魏冉有时候也太跋扈，就像这一次，他摆明了是想借着伐楚一役巩固手中的权柄，强化自己的地位。现在嬴则一连问了几句，语言和缓，面带笑意，其实是在向魏冉步步进逼，逼他让出几个要紧的位置给那些少壮派的将军，更要提醒魏冉：你只是一个臣子，在秦王面前，任何时候都不能无所顾忌。

嬴则伸手来讨，魏冉不敢不答应，现在他要考虑的是：把哪个职缺让出来，是蕞城、还是函谷关？

片刻工夫，魏冉心里已有了算计：蕞城是咸阳的门户，一向驻扎精锐之师，若咸阳有事，蕞城兵马呼之即来，这个地方太要紧了，万万疏忽不得。至于函谷关，虽然驻军多达十万，毕竟只是一座城关，地位虽然险要，离咸阳却远，无足轻重。

于是魏冉赔上一个笑脸，低眉顺眼客客气气地说道："还是大王想得周到，就命司马梗随老将军入蜀吧。至于函谷关，当由一员勇将镇守，臣以为五大夫王龁勇谋兼备，自调入咸阳执掌屯兵以来，忠于职守从无疏漏，若命王龁镇守函谷关，当可万无一失。"

魏冉这点儿斤斤计较的鬼心思嬴则全看透了，可大战将临，实在不是争长论短的时候。嬴则就势说道："也好，就命五大夫王龁即刻赴函谷关坐镇。公大夫王陵驻守石城有功，晋爵一级，升为公乘，与王龁一起赴函谷关。"随即又补了一句："由公大夫张唐接任中尉一职，入咸阳执掌屯兵。"

秦王的独裁之权到底比穰矣的心机更管用，只一句话就把自己的亲信都提了上来。对此众臣谁也不敢多言。于是朝会已毕，群臣退出咸阳宫，各自忙自己的事情去了。

五天后，司马错和司马梗离开咸阳回到蜀郡，立刻赶到上庸，开始调集军马，安排粮草，准备战船。三个月以后，巴、蜀两郡十万大军会齐，司马错登上一艘大船，他的十万大军也一起上船，万船齐发驶入长江。

战国时代几大强国各自都有了自己的水师，其中尤以秦、楚、齐三国水师最强。但此时的水师，战船并不先进，器械也很简陋，水师官兵只是些受过训练的步卒。此次司马错率领伐楚的水师就是如此，士卒虽有十万之众，不会水的倒占了一大半，精良的大战船总共不过十余艘，其余成千上万配备的全是些太白船。

秦军所用的太白船其实和江上的渔船差不多，只是打造得更坚固些。长四丈五尺，宽六尺，船体狭长，每船配桨三副，有水手六名，斗士两名，弩手一名，什长一名，共十人，正合于步军编制中的"一什"之员额。船上配有长兵六件，弩机两副，船首有铁斧一具，用来砍断敌人抛投过来的钩杆长绳，远则以弩射，近则用长兵与敌船格斗。每十条太白船编成一队，设百将一员。

秦军的太白船胜在轻快迅捷，转动灵巧，这些快船水战能先登，陆战敢抢滩，而且建造简单，也花不了几个钱，所以司马错入蜀之后立刻督促工匠大量建造太白船。但这太白船太小太轻，又窄又长，若遇激浪乱流极易翻沉。加之船上不设底舱，十分脆弱，禁不住敌船的冲撞，也承受不了抛石机的击打，只要挨上一下子，立刻就会倾覆江中，所以单靠太白船与

楚国水师的战船较力，就显得太单薄了。

司马错率巴蜀之兵攻打楚国的巫郡、黔中郡只是佯攻，目的是吸引楚国精锐西进，好给白起腾出空子突袭郢都，所以司马错的打法是先快后慢，先攻后守，突入楚境之后尽量占据城池，造出一个秦军大举进攻的声势，待楚军西进后，立刻转入防御，就地死守，那时候他需要的只是城垣、粮草、箭矢和足够的兵员，至于水师战船，可有可无。

既然司马错伐楚用不上水师，这位老将军干脆把全部十万人马以及两年来为出战而囤积起来的六百万斛军粮全部装上了太白船和各种杂七杂八的破船，就这么带着十万人出了上庸，趁着楚军没有防备，连取巫城、扞关，冲入长江，继而攻克鱼复，渡江南下，前锋直抵清江。

短短两个月工夫，司马错的大军势如破竹，连克楚国十六座城邑，几乎占据了整个巫郡，大军前锋已经揳入江南，杀进了黔中郡，消息传出，郢都震动。

水漫鄢城

就在司马错全军入楚大张杀伐的同时，秦国水师配备的所有舫船已经全部调往邓邑，大良造白起麾下的七万精兵也在此聚齐，登上战船悄悄驶入汉水，准备向楚国都城郢都发起致命的攻击。

舫船，其实就是"方船"的意思。顾名思义，这种秦国战船形制短阔，长七丈五尺，宽三丈三尺，方首平底，看上去像个长方形的盒子。因为船体较宽，吃水又浅，最适于在浅急江流中行驶。舫船分为上下两层，上有甲板，下有底舱，每船配桨十五副，水手三十名，持戈之士十五名，操橹三名，专门击鼓传令协调桨速的鼓手一名，另有屯长一名总率全船，共五十人，正合于步军的"一屯"之员额，船上配长兵三十件，蹶张弩十副，铁斧、钩杆各两副，火油罐二十只。每十条舫船编为一列，设五百主一员，五百主的战船上建有专门的槛屋，内有战鼓、金钲，击鼓则进，鸣钲则退，桅杆顶上设一刁斗，有一名水手专看帅船旗号，在五百主船上悬挂相应旗帜，指挥部下战船进退。

秦国是天下最富庶的国家，且全民皆兵，全国为战，在兵刃器械的制造方面不惜工本，秦人的战船也都选材精良，船板多用杉木、柏木、榆木、楸木，船底厚三尺，周帮厚四尺，坚实厚重，足能承受敌船的冲撞击打。

舫船的缺点是速度不快，转动也迟缓些，为了防范敌人的抛石和火攻，大约一半的舫船在甲板上又加装了四面船板，上有顶盖，形制像一间简陋的木屋，所以又称为"宅船"，船板四面都有射孔，可以向敌船射弩，其他的舫船只在船首立了一块木板，抵挡迎面而来的箭矢，其他再没什么防护了。

这些舫船是秦国水师的中坚力量，在七雄的水师之中，舫船也算是第一流的精锐战舰了。白起统率的七万秦军本就是逐一精选出来的精兵强将，再加上专为这支精锐之师配置的舫船一千艘，太白船两千条，无论数量还是质量都已经压倒了在郢都附近布防的楚国水师。何况穰侯魏冉还走了一步妙棋，以司马错的二十万大军为饵调动楚国大军西进，如果此计成功，则郢都必然空虚，所以白起大军击楚，兵员虽然不多，却有志在必得之势。

周赧王三十七年，也就是秦王嬴则在位的第二十九年，三月末，就在司马错巴蜀大军夺取扞关，在长江北岸集结准备渡江的同一天，白起统率五万关中精锐大军开出武关，由丹水进入汉江，到达边疆重镇宛城，司马错的次子司马靳已率领水师在此等候，所需粮草也会办齐备。白起即命司马靳领精兵一万为先锋，计有舫船二百艘，太白船百余条沿汉江南下。在司马靳身后，白起亲率六万大军，舫船千艘，太白船两千余条，携带粮米十万斛沿江而进，顿时，宽阔的汉江上塞满了秦军战船，前呼后拥，鼓角相闻，顺着江流直扑鄢陵。

鄢陵是楚国的名城大邑，号称"别都"，城池方圆二十余里，驻军五万余人。自秦军攻取穰城、邓邑、宛邑之后，兵锋直指江南，楚人也在鄢城精心布防，内墙外郭均已加固，夯土城墙高至七丈，城郭之外又筑起一道石垒，一直延伸到江边，石垒之后立起数百架抛石车。这些抛石车都架设在巨大的木车上，车有四轮，每车由二十名士卒用人力推拉，可以进退自如，车上竖起一座两丈多高坚固的木架，木架顶上有一根五丈长的巨木横杆，拦腰固定在木架上，一端装着个巨大的铜盘，另一端绑着一条结实的长绳，使用之时先将巨杆平放，把磨成圆球的大石头放在铜盘里，然后二十名士卒拽住长绳尽力向后猛扯，巨杆瞬间扬起，把石头抛打出去，远的可及五六百步。

秦军战船逼近鄢陵之时，楚人早已侦知，待秦舰蔽江而下到了鄢陵城外，老远就看到石垒后面万头攒动，无数楚卒奔走忙碌，一架架抛石车已经装上巨石，待秦军战船逼近江岸，只听一声令下，几千士卒一起扯动绳索，数百块大石同一时间被抛到空中，排山倒海一般冲着秦军打了下去。顿时，汉江面上嘭嘭的巨响不断，约有半数石头打了个空，扔进江里去了，却也有不少巨石击中了尚未散开队形的秦舰，打上就是一个窟窿。

早在出兵之前秦人已经把鄢陵的情况摸得一清二楚，知道城外有石垒护住江岸，可石垒只是护着鄢陵城下江岸平坦之处，只要绕过石垒顺江而下，三十里外还有一道缓坡，却没有壁垒防护，于是秦军大舰上升起号旗，命令战船不得近岸，整支水师退到汉江东岸，远远避开鄢陵的石垒，顺着水流往下游而去。

不到半个时辰，秦军先锋已经到了早先选定的登陆点，却见岸上密密麻麻站满了楚卒，端着弓弩挺着长戈，正准备与秦军厮杀。

楚人出了名的蛮勇暴躁，每遇战阵总是当先冲杀，不肯处于被动。现在楚人明知道秦军精锐尽出，硬拼难以取胜，可天性使然，不斗不快，硬是集结了上万人出城，在江岸边秦军可能登岸之处布下阵势，打算面对面与秦军死斗一场。

楚人勇悍如斯，秦人也不示弱。眼看岸上楚军阵势紧密，弓弩密集，若以太白船先登势必伤亡惨重，当先锋的司马靳立刻下令水军变阵，太白船划向汉江东岸，一百艘舲船排成"一"字阵形率先逼近西岸，秦军隐身在舰屋之内，护板之后，端起弩机向岸上的楚人放矢。

秦人的弩机制作精良天下无双，除了强韧的弩臂和九股羊肠捻成的弩弦，每只弩机上都配有一套用青铜铸成的机件，内设望山、钩牙、悬刀、钩心、轴销。开弩之时，先用双脚踩住弩臂，腰臂合力拉开弩弦，弩弦向后推动望山，带动钩牙上升，其下的钩心也一同被带起，下齿正好顶在悬刀的刻口上，于是整个弩机固定不动，升起的钩牙正好挡住了弩弦。这时将箭矢装入弩道，左手托住弩机前端，右手食指正好放在悬刀上，用望山瞄准目标之后，食指扣下悬刀，钩心回缩，带动钩牙下沉，劲矢疾射而出，又远又准，最强的蹶张弩可射九百步，普通的也可以射到五百步开外。

　　水战与陆战不同，不斗力，不斗勇，只看哪一方船大人多，器械精良，所以秦军舫船体量巨大，用材厚实，船上特意多备蹶张弩，每船多达十副。现在舫船向前抢滩，可江滩处尽是淤泥，水深不足三尺，这些大船笨重迟缓，吃水又深，根本靠不了岸，只是迫近江岸两百步内，弩手们一起向岸上发矢，顿时箭如飞蝗，近岸处的楚卒纷纷被射倒。楚人也忙一起挽弓搭箭向江中射去，可他们的弩箭射程远不如秦军的强弩，射出的箭大半落入江中，就算射中舫船，其力已衰，伤不到秦卒，只能有气无力地钉在护板上罢了。

　　这一轮对射楚人吃了大亏，江岸上的士卒伤亡不断，片刻工夫，江面上已经漂了一层尸体，可秦军的损失却微乎其微。眼看这么斗下去不是办法，楚军慌张起来，前推后挤，纷纷往岸上退却，秦军舫船越发逼近江岸，同时阵后一声呼哨，无数太白船从舫船的缝隙里钻了出来，仗着有强弩的遮护，水手们奋力划桨直冲上江滩，就搁浅在滩头上，太白船上的斗士水手举着兵刃跳上江岸，直冲进楚卒的人海之中。

　　在太白船后面，舫船也缓缓靠了上来，这些大船或在滩头强行搁浅，或停在太白船旁，以小船为跳板，其他舫船又贴靠在前面的船上，在江岸边挤成一团。舫船的造型方方正正，看似笨拙，其实拙中有巧，一旦互相挤靠，顿时船船相通，大批秦卒齐声呐喊一拥而起，有的经太白船跳上岸去，更多的秦人干脆直接跳进齐腰深的江水中，踩着淤泥爬上江滩，与楚军面对面地肉搏起来。

　　眼看秦军已登上江岸，虽然上岸的士卒还不算多，可后面的战船蜂拥而来，此时再不退却，等秦军尽数上岸，出城迎战的一万楚卒只怕一个都回不去了！

　　就在这时，只听远处城头金钲鸣响，在江岸上拼杀的楚卒且战且退，抢在秦军大队抢滩之前退回鄢陵去了。

击退楚军之后，白起大军夺了江岸边的石垒，在鄢陵城下站稳脚跟，白起一刻也没耽搁，立刻带了几十人去寻找计划中用来淹没鄢陵的那条夷水。这一行人从鄢陵向西而行，走走停停，竟一直走了一昼夜，到天亮时摸进一处山谷，眼前出现了一道白浪翻滚的急流，向当地土人打听，知道此处就是夷水。

原来这夷水又称"蛮水"，源头起于保康，至郢都附近并入汉水。白起所到之地名叫思安，正在夷水当腰之处，夷水至此水深流急，山谷中地势又高，超过鄢陵足有百丈，由此引水当可向东直灌进鄢陵城里。只是有一点，到这时白起才发现，原来夷水距离鄢陵足有百里之遥！

夷水离鄢陵如此之远，白起再精明也算不到这一点。可秦军已经到了鄢陵，面对高大的城墙和五万守军，七万秦军想攻下鄢陵不知要花费多少时间，眼下唯一的办法就是照原订计划，不惜一切代价截断夷水，再挖一条百余里的长渠，将夷水引到鄢陵城下。

秦人有一项大本事，就是精通水利，善做工程，早前在蜀郡建成的都江堰至今两千年仍然完好无损，可见其能。现在白起下定了决心，随行的匠师们立刻在夷水上下勘测起来，数日内就提出计划：先在夷水旁掘一条明渠，把夷水引入山外的旧河道，然后依山筑坝，同时调兵士挖掘长渠，待长渠完工就截断导流渠，在坝前蓄水，然后引水入长渠，直灌鄢陵。挖渠改道以及修筑石坝至少需要兵士一万，至于修筑长渠，人力越多越好。

白起打了一辈子仗，杀起人来从不手软，办起事来决心也大，立刻依计调动兵员动起工来，先在夷水西侧挖开一条侧渠，使夷水改道出山注入

下游，又有几千士卒拿着铁斧进山伐木，把木柴堆在山中的巨岩之下引火，把这些大石头烧得滚烫，再用冷水一激，岩石崩裂，被秦人一块块采了下来，堆在河道里，又从山里伐来毛竹砍来藤索，就在河岸边用毛竹和藤索编成一个个巨大的竹笼，将几百斤的大石十几块一组装进竹笼，每个竹笼都有数千斤重量，足以挡住水流巨大的压力，有这千斤竹笼为基础，再以巨石堆叠其上，层层加高，外层用黏土夯打，足足花了一个月的工夫，夷水中的大坝渐渐成型。

可水坝易就，长渠难成。

夷水离鄢城实在太远，有多少人投入其中都嫌不够。白起先是调了两万人挖渠，可进度太慢，心急之下又从鄢陵城下调兵两万投入长渠，可这一来七万秦兵有五万人成了苦力，围困鄢陵的仅有两万人了，楚人十分机灵，也看出了破绽，趁夜出城猛攻秦垒，司马靳率领营中留守将士死拼了一夜，总算把楚军击退，可秦人在鄢陵扎下的营盘也险象环生，司马靳急忙向白起求援。

左右为难之下，白起倒想出了一个主意，将修渠的四万人分成四队，每队筑渠二十多里，前两队由西向东往鄢陵城下掘进，后两队相距四十里，一向东一向西面对面掘进，这么一来就有两队秦军可以在最短时间内赶到鄢陵。又在长渠和大营之间修了几座桩台，上置烽火，离鄢陵最近的秦军白天休息，夜里开工，一旦大营有警，白天烧烟，夜间举火，最东边的秦军见了警报立刻回营参战，如果兵力仍嫌不够，另一万秦军也可以回营助阵。

从这天起，司马靳紧守大营，每天都与楚军交战，在城外修渠的秦军遇警即还，往来奔波，疲惫不堪，好歹顶住了楚人的攻势，一条长渠也在秦人的坚持之下不断向前延伸。到秦军围城的第七十天，渠首已经修到秦军大营背后。白起留下五千兵士在夷水边堵塞明渠，使大坝蓄水，自己亲率大军回到营中，又将鄢陵死死围住，长渠也一直挖进了秦营之内，离鄢陵城只剩最后的两里路了。

几天后，夷水的军士回报，蓄水已毕，可以放水灌城了。白起下令军士们做好准备，入夜之后，上万人拿着锹镐潜出营盘，万臂齐挥，不到两个时辰已将长渠挖到鄢陵城的西门外。

也在此时，远远听得西边天际传来一片骇人的声响，如同千百头牤牛齐声怒吼，接着隆隆巨响卷地而起，顷刻间，只见一条雪白的浪头沿着长渠直扑下来，由于水力太强水流太猛，浪峰竟比渠岸高出两尺有余，从秦军营中穿过，轰然一声猛砸在鄢陵的城门上，厚重的城门给冲得歪歪斜斜，夷河之水挟着万钧之力直入城中。

看着夷水直灌鄢陵，听着城里的一片惊呼喊叫，白起脸上浮起了一丝冷笑。

秦人引夷水灌入城池，这是楚军做梦也想不到的事。鄢陵建在江边，地势低洼，被水一灌尽成渊泽，平地水深数尺，百姓军士纷纷逃上城墙躲避。夷水之力源源不竭，城中之水越灌越深，不过几天工夫，民房宅院已经纷纷垮塌，原本高大厚实的夯土城墙也内外崩溃，摇摇欲坠。

大水灌城，房宅倾覆，仓廪尽毁，士卒无食，旗甲箭矢尽没于浊流之中，楚军的斗志也就瓦解了。眼看再死守城池已是徒劳，城中守将派出信使向秦军请降。

面对鄢陵的信使，白起只说了一个字："斩！"

鄢陵是白起入楚攻打的第一座大城，依秦人的军法和白起的脾气，他

是绝不会受降的。

秦军不肯受降，楚人只好死战到底了。可此时的秦军根本不再攻城，就像一群狼在城外死死围困，等着猎物自己流血过多倒地不起，这才上前撕咬吞食。

在凶猛的夷水和狼一样的秦军面前，鄢陵城并没有支持太久。进水后的第十天，城墙的东北角崩塌了，等在城外的秦军立刻蜂拥而上，一场血战夺了东城，接着一路向南一路向北，沿着城墙动起手来，不分兵民人等、男女老幼见人就杀，鄢陵城里的浊水污流尽被人血染成一片腥红。

屠灭西陵

单在鄢陵一城，白起和他的部下就砍了十万首级，相当于每个参战军士都得到一个"首功"，可对秦军来说这还远远不够，白起的目标是攻克郢都，生擒楚王，秦军士卒们只想多取"首功"，发财扬名，于是这支大军仅在鄢陵休整了三天，立刻全军南下渡过漳水、睢水直入长江，准备攻打西陵。

长江之水来自天际，浩浩荡荡无边无尽，秦人生在北地，面对如此水势心里也茫然起来。好在秦军中还有两万精锐水师，这支水师长年在汉江上与楚军交战，熟习水战，白起的副手司马靳久驻蜀郡，也是个水战的行家，白起就命司马靳领水军一万为先锋，沿江东进直取西陵。

西陵是楚国腹地的一处重镇，长江在此转而南下，再折向东就到了夷陵，这里是楚国历代先王陵寝所在，地位与郢都同等重要。若西陵失守，夷陵就暴露在秦军面前了，白起和司马靳也早就料到，楚人必在西陵布下强兵和秦军拼命。

两日后，秦军水师迫近西陵，远远已经看到长江东岸上密密层层布满了鹿砦尖桩，离岸五十步外是一道两人多高的栅栏，栅栏顶上站满了手持弓弩的楚国武士，估计当在万人上下，虽然离得还远，也能看到楚军营垒中每隔百步就布设一支巨大的车弩，这种强弩的弩臂有三丈多宽，装在特制的木车上，需要两名士卒转动绞车才能开弩，所发射的弩箭长一丈二尺，粗如儿臂，箭镞装着三股狼牙倒钩，箭尾系着一根长绳，射中樯枋立时摧折，射中舫船的板屋，一击即毁，若射中船身，狼牙钩会紧紧钉入船帮，岸上的楚兵扯动绳索，就可将秦人战船从江里直拖到岸边，垒后的楚军集中油罐弓箭猛打，如此一来，船上的人当然难以活命。

在楚营之内又有无数抛石机，这些抛石机除了抛打巨石之外，更配有无数装满火油的陶罐，由于陶罐不大，分量又轻，一次就可抛出四五枚，落在秦人的战船上，火油四处飞溅，不管船板还是士卒的衣甲，只要沾了火油，立刻就被浸透，待这些战船近岸抢滩之时，楚人以火矢齐射，战船只要中一枚火矢，立刻就会燃起大火，烧毁在江中。

秦军攻鄢陵靠的是大水漫城的奇计，这一招在西陵完全用不上，秦军要想登上江滩，只有奋身死战了。

此时秦军先锋的战船已经麇集江面，两百条舫船摆开一个两翼斜掠的雁型阵，做好了抢滩的准备，司马靳站在船头向上游眺望，只见江水茫茫，还看不到大军的影子。看着江岸边楚人壁垒森严，司马靳不禁犹豫起来。

司马靳长年追随父亲司马错、兄长司马梗在巴蜀驻扎，是秦军中少有

的精通水战的将军，尤其对楚人的战术颇有认识，知道楚军脾气狠倔，战法蛮勇，按说他们知道秦军顺江而下，应该组织水师迎敌才对，可现在上万楚人坚垒以待，江边却看不到几条战船，真是怪事。

战场之上，最怕的就是出这样的怪事。司马靳对着楚人营垒琢磨了好久，终于得出一个答案：楚军水师一定在江上设了埋伏。

想到这儿，司马靳也就有了主意，亲自爬上楼船的桅顶四下眺望，只见长江西岸下游七八里外是一眼望到边的苇荡，在苇荡后面似乎有个湖湾。

楚国的西陵接近云梦泽之北。这云梦大泽方圆数千里，除了长江、汉水之外，又有夏水、沧浪水、漳水、睢水、涔水、沱水、澧水、沅水、资水皆注入其中，尚有洞庭湖与之相连，浩渺如海，水道千重，人莫能测。如今秦军沿江南下，走到西陵，已不知前方路径，但若像司马靳猜测的那样，西边江岸有个湖湾，以云梦之巨，一个湖湾或许就有万亩之阔，楚国水师的战船也许就埋伏在那里。

此时东岸上楚人严阵以待，秦军若抢滩登陆，与楚人战到酣处，楚国水师从西岸杀出，抄秦人之背，秦军前锋必遭大败，中军气为之夺，再与楚人交战，仗就不好打了。

片刻工夫，司马靳已经拿定了主意，暂不抢滩，宁可拼着受军令责罚，也要先探明楚军的虚实再说。如果楚国水师真在西岸埋伏，凭着自己一万水军，两百条舫船，足可与之拼杀一场。

想到这儿，司马靳立即吩咐桅楼上的水手："中桅挂白旗，桅顶起飞鱼牙旗！"

水师战船行动全靠旗帜为号，秦军水师的号旗有青、白、赤、黑四色，上应青龙、白虎、朱雀、玄武，下对东西南北四方位置，又有飞龙、飞虎、飞豹、飞鱼诸多牙旗，虎旗横列搣战，豹旗梯阵急冲，龙旗圆阵自保，鱼旗雁型进发。此时大船上挂起一面白旗，又以飞鱼旗指引，指挥各队的五百主战船上也都升挂相应的旗号，几百条战船同时奉令，一起转向长江西岸，仍排雁型阵势，直向那片苇荡湖湾冲了过去。

秦军这一举动真让东岸上的楚人措手不及。眼看秦人战船越行越远，岸上的楚人顿时鼓噪起来，暴躁的楚国士卒再也忍耐不住，运起抛石机向江中的战船飞打，可秦人船只已经驶向北岸，这些石头大半打不到战船，全都掉进江里去了。

不大会儿工夫，秦军船队已经逼近长江西岸，司马靳站在高处，只见苇荡深处隐约立着桅杆刁斗。

原来楚国水师果然在此！

识破了楚人的诱敌之计，司马靳再无片刻犹豫，立刻下令升起豹旗，秦军以舫船为核心，当先八十条舫船排成两列，前后相距五十丈，其余舫船集结成左右两翼，每翼有战舰五六十艘，前后相距百丈，左右相距三百丈，列成了一个庞大的梯阵，太白船在侧后掠阵接应，船上的鼓手狂摧战鼓，舱底的水手们应着鼓声把大桨搬得如风车一般，战舰破浪迎风直向湖湾逼来。

司马靳的意图很清楚，他已经看出这道湖湾肚大口小，出路狭窄，楚国战船皆在湾中，如果秦人率先赶到堵住湾口，楚国水师就成了瓮中之鳖，所以催船急行要来堵口。

到这时楚人再也藏不生了，只听芦荡中一声鸣镝，顿时鼓声如雷，无数"先登"快船疾冲而出，当面迎击秦舰，在快船后面，硕大的楼船一条接一条驶入了汉江。

楚国水师的主力战舰称为"大翼"，每艘长十一丈，宽两丈五尺，也分上下两层。每艘大翼配桨二十五副，水手五十人，掌橹三人，持戈的斗士二十人，持钩杆者五人，持斧二人，弓箭手十人，另有长官一名，全船共九十一人。小船名叫"先登"，其形制兵员和秦国的太白船相仿佛。

楚人的大翼比秦军的舫船更加庞大，而且船体狭长，配桨也多，所以船速更快，转向更灵便。加之楚国地方广大，林木丰泽，好木材遍地皆是，所以战船多用杉、楠、樟、梓、桧这些上等木材打造，虽然楚人为求轻便快捷，把战船造得较轻，船板较薄，没有秦国舫船那么坚固结实，但楚国的大翼却有一样舫船没有的武器，那就是在船首装着一只五尺多长的青铜冲角，当大翼凭着桨速从侧面飞撞过来时，一下就能在舫船上撞出一个大窟窿来。

楚国的水师战舰犀利，士卒凶猛，熟悉水性，各方面皆不输于秦人。可眼下汉江中的楚师却有一个致命的问题：兵力不足，战船太少。

到这时，楚人终于露出了他们的短处。

原来楚王到底还是中了秦国的计。原本布置在鄢都、西陵方向的楚国大军已经西入黔中去和司马错交战了，当白起的大军沿汉江南下直扑鄢郢的时候，楚王手里能用之兵仅有数万，虽然仗着地大人多，在当地紧急招募兵员，可募兵再急也赶不上秦军南下的速度，而调往黔中郡的大军也来不及回师。眼下西陵的楚军水师仅一万人，大翼不足三十艘。步卒一万七千余人，两军加在一起不到三万。

想以这三万楚军迎击白起亲率的七万秦国精锐之师，楚人当然毫无胜算，唯一的机会就是步卒筑垒，水师设伏，希望能在江边打个胜仗，重创秦军先锋，挫败秦人的锐气，然后尽力死守，等着郢都方面新集结的大军赶到。想不到水师的伏击被司马靳识破，不但未能克敌，反而被秦人死死咬住。现在秦楚两支水师在汉水东岸迎面交锋，楚国的三十来艘大翼，面对的是秦军先锋两百条舫船。

猛虎难斗群狼，何况交战之后楚人才明白，他们的大翼也并非猛虎。

楚国这个南方大国懈怠得太久了，对秦国这个最强劲的敌人根本就不了解，也没有花心思去琢磨对手的虚实，只管自以为是，闭门造车，给自己的战船安装了五尺长的冲角，本以为凭这件武器足以克制对手，却万万想不到，秦国舫船的船板不是柏木就是榆木，厚度足有四尺！不知虚实的大翼凭着速度优势向舫船猛撞，确实在舫船上凿出一个窟窿，可柏木和榆木都有一个共性，不但坚硬异常，而且韧性十足，冲角撞进去容易，再想退出来却难了。结果楚国战船一撞之力并不能使舫船倾覆，反而像一颗钉子结结实实地钉在了舫船上！

楚人的船大，一条船上的战士比舫船多出一倍，眼看大翼无法退开，士卒们立刻跳帮登舰与秦军肉搏。可秦国的舫船数量却足足是楚舰的七倍，一旦大翼被舫船困住，其他秦国战舰立刻蜂拥而上，几条船围攻一条楚舰，真如群狼争食一般。一旁的先登小艇急忙来救，可大翼和舫船都是上下两层，加上船弦的护板，高出水面两丈有余，楚人的小船只有数尺之高，水手们想登上秦船，必须把钩杆绳锚搭住舫船的船帮，再攀住绳索手脚并用往上爬，而秦人居高临下，五六个人挺着铜戈，顿时就把几十个楚人打落江中，几个油罐抛掷下去，再用火矢一引，先登小艇立刻烧成一团火球。

转眼工夫，楚人的小船已被舫船冲散，腾出手来的秦军死死围住楚人的大舰，弩箭齐发，火罐乱投，大翼的甲板上火光冲天，斗士死伤累累，

底舱中的水手提着兵刃上来助阵，却被秦人的弩箭压得抬不起头来。混乱中，成群秦卒口衔短剑跳帮抢船，面对面地和楚人拼杀在一起，到处是疯狂的喊杀声和兵刃击碎头颅刺穿肉体的钝响，楚人的战船一条接一条被秦军焚毁，无力迎战的楚卒只能跳进江中拼命向岸边游去，却被在外围策应的太白船从后面赶上，秦兵都是靠割取人头立功发财的，当然不肯放过任何一个夺取"首功"的机会，箭射矛搠，穷追猛打，落水的楚人上天无路入地无门，只能哭爹喊娘，嘶声哀嚎，想乞求杀人凶手饶他命。

可惜，楚人面对的并不是活人，而是一群食尸的恶鬼，不论漂在江中的是死人还是伤者，都一个接一个被秦军用钩杆搭上太白船，割了首级之后再把无头尸体抛下船去，汉水之中血流汩汩，方圆几里的江水都被染成一片腥红。

也就用了两个时辰，秦军先锋舰队已将楚国水师尽数歼灭，总共焚毁了两百余艘大小战船，士卒们砍下了几千颗人头，眼看江面上已经没有战利品可捞，而江边营垒中还有数不清的敌人，刚打了一场恶仗的秦人狼性大作，战船上的斗士水手赤膊提戈狂呼乱叫，百将、五百主们纷纷到帅船请战。

刚刚经过一场恶战，立刻登岸攻打楚垒并非易事。可看到手下如此士气，司马靳又觉得或有可为，正犹豫不决，却听桅楼上的水手高叫："大良造的船队到了！"司马靳抬头看去，只见汉水上游无数战船正顺流而下，直向西陵而来。

大军已到，司马靳再无疑虑，立刻下令舰队转向逼近长江东岸。

眼睁睁看着水师被秦军所败，江面上到处漂着燃烧的战船，守在岸边的楚人气红了眼！不等秦军战船靠近江岸，楚营中已经响起战鼓，楚卒吼声如雷，几百架抛石机此起彼落，几十斤重的大石雨点般抛打过去。秦人的战船纷纷被石头打中，虽然这些舫船多半加了一个顶盖，可被石头一砸照样打个窟窿，若打在甲板上，立时就将甲板击穿。好在舫船上下两层，虽然上面被打得到处是洞，倒还不至于进水倾覆，秦军水手只能拼命划桨，希望用最快的速度靠岸。

眼看舫船驶到离岸两里之内，楚营中一声吆喝，弓弦响处，百副车弩一起发作，无数巨矢呼啸着飞向秦军，冲在前面的舫船纷纷被巨矢射中，狼牙铁钩穿透船身，岸上的楚人立刻猛扯绳索，舫船就像上了钩的鱼儿一样，一条接一条被扯出船队，歪歪扭扭地向岸边漂去。这些船只已经失控，任水手怎么划桨也无济于事，一旦靠近楚垒，楚军立时万箭齐射，油罐乱打，这些船只不是被烧成一团火球，就是被射成刺猬一般，船上的秦卒不顾性命跳水逃生，运气好的被后面的战船搭救，运气不好的或被急流卷走，或者中了箭，沉下江底喂了鱼鳖。

战场上每每如此，除了鲜血就是尸首，想求活命，只有《吴子兵法》的一句话管用，叫做"必死则生，幸生则死"。

眼看前队战船伤亡不断，江上的秦军也都发起疯来，大船上战鼓狂催，舫船、太白船上的水手不顾一切拼命划桨，甲板上的士卒也拿手中的矛戟铜戈当桨用，在水中乱划，但求战船能快一步抢到滩头。

眼看秦人不顾生死拼命抢滩，已经近到岸边三百步内，再用抛石机飞打很难击中，楚垒后梆声响成一片，营垒顶上顿时人头攒动，弓箭手引弓发矢，如飞蝗一般向秦军乱射，其中更夹杂着无数点燃的火矢，钉在船帮立刻烧了起来。

白起统率的七万人马是秦军中最精锐的部伍，司马靳的一万先锋军又是伐楚大军的精华所在，每个士卒都是打过硬仗的老兵，屯长、百将无不

身经百战，舫船上又有一面护板可以遮避弓箭，秦人的手擘弩也比楚人的弩机更精准有力。于是秦军弩手不慌不忙，只管隐在护板之后，从箭孔里用望山向营垒上的楚卒瞄准，虽然射出的箭矢远不如楚人密集，可命中率极高，几乎每一弩射出，就有一个楚卒惨叫着倒下。

终于，第一条秦军的太白船抢到了滩头，士卒们举起盾牌护身，挺着兵刃直往楚垒扑去。在他们身后，成百条战船纷纷到岸，秦军像一片黑色的洪水轰隆隆地往楚垒猛攻上来，几十名士卒围成一团，举着盾牌遮掩箭雨，隐在盾牌阵中的是手持铁斧钩镰的健壮力士，一旦迫近楚垒，这些力士马上挥起大斧，几下就在木栅上劈出一个洞来，钩镰顺势插入砍出来的空隙连钩带扯，不大工夫就把绑栅栏的棕绳割断，秦人立刻把一大片木栅推倒在地，向打开的缺口扑去，楚军也不顾生死上前迎战，双方各持长兵隔着栅栏向对手乱刺，楚垒上下血肉横飞。

此时秦军先锋已尽数登岸，白起亲率的大队战船也顺着江流源源而至。白起立在帅船之上，看着无数秦军在江边弃船登陆，蚂蚁般的人群在楚垒之下翻翻滚滚，远远只见木城中火光四起，秦军已经突破多处壁垒，顽固的楚军还在拼死搏杀。

司马靳乘着一条太白船靠了上来，白起迎上前去拍着他的肩膀高声笑道：“你在江上打得好！这一下五大夫的名爵是跑不掉了！”

司马靳笑道：“等大良造封了君侯，末将才敢做这个五大夫。”回手指着岸上的楚垒：“我看楚人已经顶不住了，大良造再给我一万生力军，天黑之前拿下楚垒！”

“给你五千人！攻克楚垒之后不要停留，连夜攻打西陵，破城之后，西陵城里所有‘首功’都是你的。”

　　凶悍的白起又下了屠城之令，司马靳像条舔到血的狼一样，顿时红了双眼，冲白起一拱手回身跳下太白船，对等在周边船上的一群百将、五百主高喊："大良造有令：烧毁西陵，全城屠灭！所有首功尽归先锋军所有！"十几条小船立刻箭一般向岸边划去，到处传来先锋军将领的吼声："杀尽楚人，屠灭西陵！"登陆的秦军不顾一切向楚垒猛攻。

　　天黑之前，秦军终于攻下了汉江边的楚垒，一万多楚国士卒都做了秦人的刀下鬼。司马靳立刻领着一万五千精兵直奔西陵，天不亮就到了城下，开始攻打城池。

　　这时的西陵城中已经没有多少兵马，而在秦人眼里，这座城池装满了财富和"首功"，连续恶战一整天的士卒们虽然疲惫不堪，还是毫不犹豫地发起了夜袭，因为秦国人在严刑酷法的压迫下一个个卑贱如狗，要想勉强活出个人样儿来，就必须立军功，立了功才能荣耀乡里，赏赐田宅！要想成名发财，唯一的办法就是打仗，夺城，杀人。

　　面对如此凶狠的敌手，西陵守军连一夜也没能坚持下来。天刚蒙蒙亮，秦军已经从西门突入西陵城内，立刻闭门大杀，西陵城里血流成河，数万百姓几无幸免。

白起拔了郢都

　　秦军用一昼夜的工夫夺取西陵，又用了一天一夜把整座城池杀成一片血海，直到城里再也找不到一个活人，这才扔下空城全军登船沿长江而下

直扑夷陵。哪知迎面遇到的竟是一处绝险之地。

出了西陵，过香溪口，秦军水师驶入了著名的西陵峡，长江在这里忽然收窄，只见江流如沸，浊浪排空，卷着战船向下游奔泻而去，船上的橹桨根本控制不住，两面山壁怪石嶙峋，如狼似鬼，狰狞恐怖，江水中到处都是一堆堆的礁石，大如房，小如牛，利齿尖牙横躺坚卧，只等着吞食从上游漂来的船只。

秦人本就不是使船的好手，面对如此险滩恶流简直束手无策，眼看着一条条舫船在尖利的礁石上又刮又碰，好在这些战船粗大坚固，又都是平底船，吃水较浅，江中礁石困不住它们，硬着头皮在嘭嘭的撞击声中顺流而下，秦军士卒都知道一旦落水必难生还，一个个吓得蹲伏在甲板上动也不敢动，放眼看去，只见石岸阴森，漩流激荡，惊险万状。秦人足足花了三天的时间，经过破水、米仓、白狗、镇山诸峡，钻过青滩、泄滩，一路上已经损失舫船十余艘，太白船撞毁了六七十条，兵士折损数百，本想着恶滩险流总有个尽处，却想不到刚出泄滩，水流忽然一转，两岸山峡像两只攫人的巨手伸向江心，江流骤然缩减，最窄处只剩十几丈，江水本就狂性大作，再遇上这处狭滩，顿时发起疯来，翻吐着白色的泡沫发出一片鬼哭狼嚎，驶进峡湾的舫船一个个横过身子在激流中乱转，黄浊的江水在船头飞溅起几丈高，水声如雷，当先的舫船顺着急流漂不多远，忽然哗啦一声巨响，整条船翻扣过来！后面的来船收势不住，直端端地撞了上去，在船头上碰破一个大窟窿，江水直灌进舱里，这条舫船歪歪扭扭往前挣扎了几十丈，终于也侧翻在江中，倾覆的战船仍然被急流裹着箭一般冲向下游。

秦军所经之处正是青陵峡的绝险崆岭峡。

西陵峡本就以滩险流急著称，这崆岭峡更是长江中的一处"罐子口"，江岸最窄，水流最凶，秦人的战船一条接一条在此处倾覆，这些倾覆的战船倒成了后面战船的依托，舫船挤在一处，前后相抵，总算减缓了速度，就这么连滚带爬漂出西陵峡，秦军水师已经损失了大小战船百余条，成千名士卒沉入了江底，其他人也都吓得脸色惨白，浑身战栗。

这时秦军水师已经驶出了南津口，眼前的视线忽然开阔，两岸壁立的山峰变成了和缓的丘陵，江面瞬间宽至数百丈，江流也稳了下来。白起从帅船的槛屋里走了出来，只觉得头晕眼花，脚下好像踩着棉花一样，低头看去，江水已由混黄转为碧绿，长江西岸露出了一片平缓的江滩，青山翠水，鹭飞猿啼，好一番江南景致，白起到底不比常人，胆气过人，又有雅兴，忍不住对着眼前美景高叫一声："好山水！从今天起，这江山美色尽归秦人了！"

听白起在甲板上吆喝，司马靳忙强打精神从槛屋里摇摇晃晃地走出来，脸色有些发青，眼神还是呆愣愣的。见部将们都吓得失魂落魄，白起倒觉得头也不晕了，脚下也比刚才稳实些了，指着江岸对司马靳笑道："都说楚国的夷陵是'山至此而陵，水至此而夷'，我看这片山水倒像，大概快到夷陵了。"

司马靳刚才着实呕吐了几场，还没缓过劲来，一时答不上话。白起也不再理他，指着一条长长的江滩吩咐左右："就在此处弃船登岸吧。"

秦军士卒们早就受够了船上的苦，一听说弃舟登岸，不由得都欢呼起来，舫船靠在江滩上，士卒们披起铠甲，拿起随身兵刃，背起箭箙弩机跳上江岸，在江边列队，载着金鼓的革车和大将乘坐的几辆战车也被抬上江岸，套好马匹，白起、司马靳各自登上战车挥师向前。江上的舫船也重新排列阵势，七万大军分成水旱两路夹江而进，逼近夷陵。

才向前走了二十里，忽然听得马蹄声响，一支千余人的楚军骑兵自东向西而来，远远望向秦军大阵，急忙驳转马头向东退却。

这骑兵显然是楚军的斥候，白起当即下令秦军就地停下脚步，军士们每五百人排成一个方阵，每五千人列一座大阵，长牌掩阵，弩手前趋，戈矛继进，辎重在后，层层布置，排成一个紧密严实的鱼鳞阵，准备迎击楚军。

半个时辰之后，凄厉的号角从远处传来，接着东面隐隐传来低沉的雷声，隆隆不绝，地面也为之颤动起来。白起站在车上向远处眺望，只见旷野中旌旗蔽日，一支十数万人的大军正向这边开了过来。

向秦军迎面开来的是楚王熊横亲自率领的十五万大军。

楚国不愧是旷世第一大国，国家富庶人口众多，遭到秦国突袭之后，楚王仅在郢都附近就迅速招集起十五万兵马。可这十五万大军是楚王所能征调的最后一支兵马，面对连战连捷的七万秦军精华，十五万临时招集的楚军没有丝毫优势可言。现在楚人能依仗的只有两个优势：一是保卫家国的勇气；二是楚王亲征的锐气。

楚军杀到之时秦人大阵已成，面对比自己多出一倍的敌军，白起丝毫也不着急，只命军士们严守队列，并不出战，眼看着楚人在秦军对面列开阵势。

当今世上三个强国，国人的脾气各不相同。赵人强项孤倔死不回头；楚人蛮勇好斗每事争先；秦人却是肚里狞狠，脸上木讷。现在面对急切求战的楚人，白起打定了一个主意，以稳克躁，以缓制急，严阵待敌，后发制人。

这时楚军已经列好阵势，十五万大军漫山盈野，一眼望不到边。楚王熊横立在王车上，先把自己的阵势看了一遍，再看秦军大阵，觉得毕竟优势还在自己一方，于是扬手指向西方，喝令身旁的将军："起鼓！"

楚军阵中鼓声震天，在前锋将领的驱使下，阵前的一万楚军挺起盾牌稳步逼近秦军大阵。

秦军阵中金鼓不闻，七万士卒静寂无声，只有沙场上的风声猎猎，偶尔传来兵刃的撞击，驾着战车的服马突突地打着响鼻，这静寂和整肃真叫人不寒而栗。这骇人的玉抑感连进攻的楚人也感觉到了，前队后队互相吆喝，为同袍们助威打气，所有人都不由自主地加快了脚步，很快进至秦军面前三百步内，只听对面阵中一声令下，当面的秦军端起弩机，瞬间，几万支箭矢一起向楚军射来。

秦人的脾性与山东诸国不同，从来不惯张扬，只会闷头做事。但当世装备最精、战法最狠的军队无疑正是秦军。眼前这支七万人的秦军竟配备了四万张手擘弩和一万张蹶张弩，五万劲弩一起发箭，振弦声沉闷阴森好像千只猛虎同声咆哮，漫天箭雨黑压压的如同蝗虫卷地，五万支羽箭破空之势竟将战场上的冷风撕成了碎片，汇成一阵沉沉的雷鸣，轰轰隆隆地传了开去。攻上来的楚人被这风雷之声惊呆了，所有人都停下了冲锋的脚步，那些有盾牌的，完全凭着本能迅速蹲下身来，把盾牌举过头顶，没有盾牌的楚军也莫名其妙地模仿别人，一万余人全都龟缩在沙场上，等着凶狠的死神从天而降。

眨眼间，万矢千镞如雨点般落下，只听得一片扑扑的声响，这是弓箭射中盾牌，或者射穿肉体的声音，秦军阵前传来一片惊呼惨叫，但这凄惨的哀号却远不如楚人冲锋时的呐喊响亮，因为大群士卒在中箭的一刹那，已经丢了性命。

秦军的弩阵太厉害了，楚人要想活命，唯一的机会就是突入敌阵与秦人肉搏。于是借着秦兵上弩的空隙，阵前的楚人齐声咆哮，将领们亲身冲

在前面，领着军士向秦人大阵狂奔而来。

与此同时，秦军阵前的革车上，那面索命的红旗又举了起来，几万秦卒在同一瞬间弯下腰，双脚踏住弩臂，双手扣弦借腰力开弩，抬臂取矢搭上弩机，同一时间举起弩来，借着弩机的望山瞄准自己的猎物，一切井然有序，整齐划一，几万人的动作如同一人。随着一声号令，第二轮弩箭射向楚人，只听阵前哀声四起，又有上千楚卒被射倒在地，没死的士卒全慌了神，一起停下脚步，却和后面冲上来的兵士们撞成一团，前推后挤，阵势大乱。第三轮漫天箭雨直接泼洒在乱成一团的楚人身上。

随着一片哀号惨叫声，已经冲到半路上的楚卒全被秦军的弩机压制住了，冲锋的狠劲一退，剩下的就是害怕，楚人再也无力冲击，一下子又全部蹲在了地上——只有已死的人是躺着的。

秦人阵型太密，弩机太多，放箭太快，面对如此凶狠的弩阵，失掉了勇气的楚人别说继续进攻，就连转身逃回本阵也办不到了。眼看楚军已经丧胆，秦军阵中号令声声，弩手们平端弩机，冲着阵前的楚卒一轮接一轮不停地施放起来。

这已不再是战斗，而变成了一场屠戮。在秦人面前，冲阵的楚军已经彻底失去了还手之力。眼看革车上的红旗一次又一次举了起来，秦军像一群上了发条的机器，开弦，上矢，瞄准，发射，楚人进不能进，退无可退，片刻工夫已经伤亡过半。

忽然间，阵前传来一片尖叫声，仅剩的一群楚卒彻底被恐惧压倒了，这些绝望的人同时跳起身扔下兵刃转身就逃，然而尾随他们的却是一轮又一轮密集的箭雨，已经吓掉了魂的楚卒成群成片被射倒在地，那些持着蹶张弩的秦军跃阵而前，用可射六七百步的劲弩瞄准最后的幸存者放箭，眼看逃命的楚人越来越少，终于，最后一个逃亡的楚卒也被射倒在地。

面对秦人的箭阵，一万楚卒，竟没有一个能活着回去。

在这一刻，大战其实已见分晓，面对这样一支装备精良训练有素的冷血大军，楚人根本就毫无机会。可楚人的军阵还在，因为那面两丈多高的王旗还在阵后飘扬，于是楚国士卒们也就不知道逃命，而是为了他们那根本看不见的主子继续拼杀。

但他们再也不敢向秦军发起冲击了。

眼见楚人气势已竭，白起知道，现在轮到秦军出击了，于是抬起手来，用秦王所赐的节杖指向东面的楚军大阵。

在白起身后，二十辆革车上的四十面大鼓同时敲响。这鼓声沉稳迟缓，节奏分明。随着战鼓声，秦军中传来一连串的号令，在前排射弩的士卒纷纷收起弩机闪到一旁，从他们身后拥出一支上万人的队伍，每五十人凑成一屯，每二十屯排成一列，前后共分十队，屯长、百将皆与士卒一起行进，当先的一队秦卒每人举着一面巨大的长牌，这种盾牌高六尺，宽三尺，盾面上包着铜皮，长牌正中开着一个不大的箭孔，士卒可以从这里向外张望。其后的两列士卒每人手举一面团牌护住头顶，余下的军卒尾随在盾牌之后，整个大阵面对楚人缓缓而来。

眼看秦人冲击的阵型与刚才楚人所用的阵法极为相似，所不同的是秦军一意求稳，士卒行进特别迟缓。楚人虽没有秦军那么多精良的强弩，可弩机也有几千张，长弓则有数万，既然秦人以同样的队列冲阵，楚人就以其道还治其身，不等秦军逼近，楚阵中梆声急响，无数羽箭飞射过来。

秦军行动迟缓，然而这迟缓也有它的道理。当先士卒所执的长牌十分沉重，对付弓矢却极有效，楚人迎面射了几轮，对秦军的杀伤有限，丝毫不能打乱对手的阵式，于是改了主意，故意装弓箭的准头取高，把箭矢一

齐射向空中，落下来的时候，正好是后阵士卒的头顶。这一下果然有效，远远可以看到秦人的阵列中人仰马翻，不断有人中箭倒地，可这些秦卒就像着了魔一样，每个人都死死守着阵列，既不慌乱畏惧，也不向前突进，只是踏着鼓点一步一步稳稳地逼近楚军。

世上没有不怕死的人，但秦国的酷法明文规定，不但逃兵要被斩首，甚而全队都可能被处死，就连远在秦国的家人也要连坐受罪。这残酷的军法扭曲了秦人的灵魂，让他们宁愿去死也不敢违抗军法。就算进攻途中伤亡再大也绝不会溃阵而逃，宁愿在阵前送死，也不敢怯战求活。

既然秦人愿意送死，楚军也不客气，一轮接一轮的箭雨不断泼洒在秦军的头顶上，这样一来秦人伤亡惨重，不大工夫已有上千人伏尸沙场，可是疯狂的秦卒仍然紧守队形，前面的士卒被射倒在地，后面的人立刻补了空位，整个大阵严整如初，不管楚人的箭雨如何密集，总也打不散秦军的铁阵。

眼看这些不要命的秦人已进至楚军大阵前五十步之内，楚人不禁有些慌乱起来，勇敢的齐声鼓噪，挺起戈矛，拔出柳叶短剑，打算上前冲阵，胆怯的纷纷左右张望，想着是不是该向后退却，正在慌乱之间，忽听得秦阵中传来一声凄厉的号角，走在队列最前面的秦卒抛下长盾，他们身后的士卒在同一时间挺起了手中的兵器，顿时，楚人阵中响起了一片惊呼。

原来隐在长盾之后的秦卒手中没有短剑长戈，而是每人托着一根足有三丈的长矛！这些长矛是由两根细长的杂木杆子凑接起来的，木杆顶上安了一只比普通矛尖大一号的铜矛，样子粗糙难看，而且沉重异常。如此长大笨重的兵器莫说用来劈刺击杀，就算用双臂之力把它端平也不容易，所以冲阵的秦卒除了手中之矛，再没携带任何武器，为了减轻重量，省点儿力气，他们甚至不披铠甲，每人只穿着一件黑布棉袍，一旦中箭非死即伤，难怪他们冲阵时伤亡那么惨重。

秦军中向来有一种"陷阵之士"，凡担此任者不必计算首功，只要参战就记功赏爵，如果战死，抚恤也在普通士卒之上。陷阵之士有几种，或恶战决死，或破城先登，或轻装长驱袭敌粮道，或军马败退时为全军断后。今天白起所使用的一万士卒就是典型的陷阵之士。这些秦卒无盔无甲，舍死忘生，把笨重的长矛扛在肩头，紧守阵列稳步前进，直至逼近楚人阵前十丈之内，这才尽力挺起长矛平端在手，千万根巨矛汇成一片明晃晃的枪林，千万人的脚步如同一人，这种排山倒海般的气势，任何人都抵挡不住。

只听得轰然一声巨响，秦军的铁阵揳入了楚军阵内，退避不及的楚人纷纷被长矛刺倒，更多的楚人却是被秦军大阵挤到一边，或者被这股一往无前的恐怖气势吓倒，凡是看得见秦军铁阵的楚人全都失去了战斗的勇气，前军几万将士纷纷向后退缩，整个楚军大阵乱作一团。

眼看陷阵之士已突入敌阵，白起这才又一次举起了手中的节杖，顿时，战鼓声密集起来，三万秦军斗士喊杀震天，扑天盖地赶杀过来。这些格斗之士个个都是百里挑一的勇者，久经沙场，技击精湛，浑不畏死，一冲入敌阵，立刻挺着戈戟把楚卒杀得如砍瓜切菜一般，三万人皆取穿凿之势，向楚军大阵深处冲杀。

此时的楚军已经失去了阵型，失去了队列，士卒们失去了接战的勇气，而最要命的是，楚人已经失去了他们的君王。

眼看败局已定，楚王熊槐扔下还在战场上拼杀的楚人率先逃走了。

眼看那面巨大的王旗向东疾驰，楚卒们终于知道自己被抛弃了，于是

战场上的楚卒彻底失去了抵抗的勇气，整个大阵四分五裂，楚人像被赶散了的鸭子四处奔逃，在他们身后，七万秦人全军杀出，如同一道黑烟迅速漫延开来，所到之处血肉迸溅，鬼哭神嚎，夷陵城外的旷野变成了一片阴惨惨的杀人屠场。

这一天，七万秦军杀了十万楚人，直到战场上已经无人可杀，这才从一片血海中站起身来扑向夷陵。此时的夷陵早已无人驻守，秦军唾手而得城池，白起立刻点精兵两万连夜东进，直取郢都。

这一路上秦军未遇到任何抵抗，第二天下午大军到了郢都城下，只见楚国都城四门大开，静悄悄的空无一人。

楚王熊横并没回到郢都。眼看兵败如山倒，熊横带着太子和一群重臣贵戚落荒而逃，把楚国的都城和城里的百姓都扔给了秦军。

秦军一路南下，连续屠灭鄢陵、西陵，已经震惊了楚人。得知夷陵战败楚王西逃之后，郢都的百姓们像一群受了惊的麻雀哄的一声全都闹腾起来，也不管东西南北，只求先逃出城去，那些有马车的富户沿路狂奔，或西去竟陵、潜江，或南逃夏首、涔阳，普通百姓无车无船，无处可去，十几万人一起逃进了云梦泽，在苇荡荷塘中到处乱钻，蹲在污泥里瑟瑟发抖，祈求老天爷发个慈悲，别让他们被秦军发现，能够留下一条活命。

此时白起已经率军进了郢都，只见都城之内混乱不堪，沿街商铺全都敞着大门，各种商货、箱笼杂物扔得满街都是，大路上全是新鲜的车辙印子，街上见不到一个百姓，秦军立刻冲进王宫，这里堆满了来不及带走的金银珠玉，锦绣罗绮，有势力的贵人们早已逃走，只剩下些已经吓傻了的宦官宫女，抓了几个来问，才知道楚王亲征夷陵之后并未回宫。

"楚王大概逃到竟陵去了。"白起叫过司马靳，"你带一万人马向东面追击，沿途不得休息，一直追到竟陵，抓到楚王就是盖世奇功！"司马靳立刻带着兵马出城而去。

司马靳走后，白起在郢都等了整整两天，终于一匹快马带来了消息："公乘大人领兵直追到竟陵城下，发现竟陵守军已经弃城而逃，据捉到的俘虏说，楚王入城当天就逃出竟陵，登船驶入云梦泽，往东逃到夏邑去了。"

楚王熊横别的本事没有，逃命的本事却是一绝。云梦泽太大，楚王一旦逃入其中，就再也无处搜寻了。

至此，白起已经攻取了楚国的郢都、夷陵、西陵、鄢陵、秭归、竟陵等地，这一带正是楚人发迹之地，是楚国的命脉根本，现在尽被秦国占有，再加上司马错夺取的巫郡、黔中之地，占地两千里之广，战果之大足以震惊世人。虽然未能擒到楚王是件憾事，可白起毕竟满足了。

秦王曾经说过，攻下郢都就封白起为君侯。现在白起急着要回秦国受封了。

"传令：司马靳在竟陵就地驻守，提防楚人反扑。"白起回身吩咐手下，"给我把郢都的财物全部运回秦国，城中百姓不论男女贵贱一律屠灭！再派五千人去夷陵，焚毁历代楚王陵寝，将楚国重器送回秦国，然后把郢都和夷陵全部烧毁，拆除城墙荡平房舍，我要让楚人永远断了收复郢都的念头。"

随着白起一声令下，郢都、夷陵到处燃起冲天大火，楚王数百年兴建的宫室陵寝全被秦人烧成了灰烬，士卒们把楚国都城劫掠来的无数宝藏搬上战船，直到把上千条舫船全部塞满，逆流北上运回秦国去了。在白起的督促下，秦军士卒又一鼓劲拆除了郢都的城墙，把城内城外所有房舍全部夷为平地，被俘的几万楚国百姓尽被秦军屠杀，都变成了秦卒的"首功"。

短短一个月工夫，曾经的楚国都城变成了一片狼烟蔽日、瓦砾没膝、尸横遍野的人间地狱。

郢都，永远不复存在了。

地方七千里、带甲百余万的天下第一大国，曾经称霸一方的强楚，从此以后，再也不是一个强国了。

狂野时代来临

就在白起屠灭郢都的同时，楚王熊横带着太子熊完、左徒黄歇和一班重臣贵戚已经穿过云梦泽，从夏浦经溾水北上，度过黾塞直向城阳而来。城阳守庄辛听说楚王逃难至此，立刻领五千兵马出城三十里亲迎楚王车驾。

城阳只是一座小城，楚王来得又匆忙，庄辛这里接应不暇。何况几百位贵人、上万名随从追随楚王，更有十多万百姓从郢都、夷陵逃出来，都一起到了城阳，街头巷尾城里城外到处挤满了逃亡的人群，庄辛实在照应不过来，只能把自己的官衙给楚王做了行宫。

此时的楚王蓬头垢面，脸无人色，对着庄辛第一句话就问："秦军到了何处？"

庄辛忙说："大王，秦军还远在竟陵，并未渡过云梦泽。现在景阳大夫已经率五万人马进入黾塞，堵住秦军东进的道路，同时封闭直辕、大隧两处隘口，黾塞左有五峰山，右有凤凰岭，两山对峙，山谷宽仅四十丈，扼桐柏天险，为天下险塞之首，秦军纵有百万之众也不能突破关城，大王至此可以放心了。"

　　庄辛说的倒是让人宽心的话，可楚国遭此惨祸，楚王熊横的心哪里还宽得下来？逃难之时狼奔豕突一夕数惊，倒没有时间难过，现在逃过秦军的追截，熊横反倒想起了破国倾家的惨痛："自周成王分封立国，楚国雄霸天南八百年，历四十任君主，未有如此惨败！郢都失陷，夷陵被焚，自文王以下二十代君王陵寝俱毁！尸骨暴于郊野，重器掳去咸阳，楚国自此不复为国，寡人还有何面目生于人世！"说到这里再也忍不住心中的惨痛，当着太子和一众臣子的面放声哭嚎起来。

　　楚王之言摧肝裂胆，陪伴身旁的太子熊完、左徒黄歇也都忍不住失声痛哭，殿上臣子、殿外武士宫人以及杂坐在庭院中的贵戚大夫们无不痛哭，那些父兄罹难无家可归，千里追随楚王逃难的百姓听到离宫中哭声大作，也都在宫墙之外捶胸顿足哭了起来，城阳百姓虽然未遭兵劫，可楚都被焚，秦军将至，灭顶之灾就在眼前，百姓们惊惶惨痛，也都阖家倚门而泣，十几万百姓和数万士卒齐声痛哭。

　　几十万人中只有庄辛一人没有落泪，冷冷站在一旁看着楚王和众人一起嘶声哀嚎，既不从众而哭，也不上前劝解，直到楚王终于收了泪水，所有人也都哭够了，这才冷冷地说："古人说：'君王一人笑，未必天下人皆笑；君王一人哭，必使天下人皆哭。'今天才知这话不假。大王因为破国而痛哭，这是好事，可大王知道楚国为何落到今天这个地步吗？"

　　楚王熊横脾气暴躁，不是个能纳谏的君主，可今时此地，就算一块木头也要长出耳朵来听别人说话了。楚王抬起袍袖在脸上胡乱抹了两把，打起精神对庄辛道："大夫畅所欲言，寡人无不听从。"

　　楚王这话说得客气，可庄辛早年也试着做过忠臣，当面劝说楚王，

结果却是被派去魏国、赵国出使，接着又逐出郢都赶到城阳这个偏远之地做官，现在楚国遭遇惨败，楚王没有了早年的骄气，可庄辛还是犹豫再三才试探着说："大王一定见过蜻蜓吗？这虫儿长着四只翅膀，尖牙利嘴飞行如电，低头食蚊虫，抬头饮甘露，无忧无虑，自以为与天下无争，哪想到路边的顽童正张网以待，结果蜻蜓被顽童捕获，弄死于股掌之间，残躯被蚂蚁吃掉。"说完这个比喻，悄悄看了楚王一眼，见楚王脸色凝重，并无丝毫怒意，才又说："蜻蜓是小虫罢了，大王可见过枝头的黄雀？黄雀食草籽，栖茂林，伶俐精明，自以为无事，哪想到王孙公子早看中了它，正要用弹弓打它，这黄雀白天还在林中飞舞，晚上就被关进笼中成了王孙的玩物。黄雀或许不算什么，大王再看那鱼鹰，俯身可获江心鲤鱼，振翅可上千仞高空，本以为天下无人奈何得了它，哪知早有猎人引弓持箭瞄准了它，只听一声弓弦响，鱼鹰就从高空坠落，成了猎人的盘中餐。"

庄辛说了一堆话，却还没指向正题，楚王脾气虽暴，却不糊涂，也知道庄辛有顾虑，不敢直言，于是坐直身子两眼直盯着庄辛，平心静气听他说话。

到此时庄辛也看出来了，楚王惨败之后果然清醒了不少，自己可以进言了，这才渐渐转到正题："黄雀、鱼鹰都是小事，大王还记得这城阳曾是蔡国旧地吗？当年蔡灵侯继位时，蔡国势力方强，南至高陂，北到巫山，蔡灵侯自恃无忧，朝欢暮乐，哪想到楚人早已起了灭蔡之心，结果蔡灵侯身死国灭，世子被楚人杀了祭神，也只是顷刻之间。"说到这里又顿了顿，终于下定决心向楚王进言："蔡国人的事不算什么，可大王自己也是一样！楚国先王被秦王劫持，薨于咸阳，大王继位二十三年却不能为先王报仇，自以为楚国地大兵多，高枕无忧，内不修政养民，外不攻伐并地，每日只与州侯、夏侯、鄢陵君、寿陵君这一班谄媚小人共处，哪想到秦人早已暗中盯上了楚国！魏冉之辈一声令下，几十万秦军杀入楚境，转眼工夫就把大王逐出黾塞，半壁江山亡于秦人之手！大王若能幡然悔悟，请即仿效当年楚庄王故事，诛杀州侯、夏侯、鄢陵君、寿陵君这班小人，从此一飞冲天，一鸣惊人，成一代明主，重兴楚国大业。若大王不能听臣之言，请即杀臣！臣的话都说完了，死亦无怨。"抢上两步拜伏于地，等着楚王发落。

庄辛的话十分大胆，他这是在拿自己的性命做赌局，依着楚王暴烈的脾气，一旦反目，实在没人能救自己的命。太子熊完一脸惶恐不知如何是好，左徒黄歇倒有些胆气，正想着一旦楚王动怒自己如何解劝，却听楚王熊横缓缓说道："大夫言之有理，此四人误国多矣。鄢陵君已死于军中，寿陵君、州侯不知所踪，唯夏侯随寡人到了城阳。"抬手解下腰间长剑递到庄辛面前："大夫可执此剑先诛夏侯，悬首示众，使天下知寡人之心。"

楚人蛮勇，做起事来往往凭着一腔热血，一片激情。楚王熊横昏庸半世，直到今天才下了振作的决心。庄辛忙膝行而前从楚王手中接过剑来，心中大喜如狂，冲着楚王连拜了五拜，忽然鼻子一酸忍不住落下泪来，忙抬手掩面飞步走了出去。

楚王熊横脸色阴沉一言不发，熊完、黄歇也不敢说话，所有人都静静坐着，等着庄辛的消息。

大约过了半个时辰，忽然，行宫门外人声骚动，似乎有无数人向这边奔跑，楚王面色微变抬起头来，黄歇忙在一旁说："大王，这是百姓……"话没说完，楚王把手一摆，黄歇忙闭了嘴。只听得一墙之隔的长街上人声如沸，百姓们越聚越多，吵吵嚷嚷不知在说些什么，接着渐渐沉寂下来，以至于鸦雀无声。

又过了好一会儿，忽然　长街上传来一声响亮的欢呼，接着整座城阳

都沸腾起来，百姓们鼓掌踏地，欢声如雷，庄辛捧着宝剑快步走了进来："奉大王诏命，夏侯已诛！"

其实楚王早已猜到，百姓们奔走欢腾，只是因为庄辛诛了夏侯。

在郢都的时候，楚王居于深宫，和百姓之间隔着两重天地，哪知道民间疾苦，更不解人心向背，逃难的时候才明白什么叫冷暖饥饱，今天坐在这破败的行宫，听着城阳百姓们欢呼雀跃，才知道自己糊涂到什么程度，任用了什么样的奸臣。

天下事其实很明白，君王的昏与明，臣子的奸与忠，都在百姓们心里装着，所谓"劝君不用镌顽石，路上行人口似碑"，只要君王肯放下骄横，收起私心，走出深宫听一听百姓的意见，治理天下也未必很难。可君王们都是些执拗的糊涂人，只要深宫里还藏得住，他们就不肯走出来和百姓相见，多少君主就这么腐烂在宫闱之中，死后落一个昏暴奸恶的骂名，又或者因为自己的昏暴奸恶毁了江山社稷，弄得天下皆反，被敌手从宫墙里揪出来，或杀或辱，亡国灭族，死得比谁都难看。

可真到了那一天，又会有多少无辜的百姓在战乱中丧生，为这昏暴奸恶的君主殉葬。

楚王熊横运气还好，虽然被秦人赶出宫闱，也害死了几十万楚国百姓，可至少还有半个国家给他统治，有黾塞雄关为他遮护，有黄歇、景阳这些人追随左右，有庄辛这样的臣子敢直言劝谏，而熊横也算及时醒悟，杀了一个奸臣，挽回了一片民心，想到此处自己也觉得侥幸，深深地叹了口气："亏得大夫指点，寡人知错了。"

听楚王说出"知错"二字，庄辛的眼里又落下泪来，左徒黄歇在旁高声道："大王是仁德之君！孔子有言：'为政以德，譬如北辰，居其所而众星共之。'王有此德，何愁楚国不兴！"与太子一起对着楚王稽首而拜。

面对臣子的赞颂，楚王平生第一次有了几分愧疚之意："寡人讳疾多年，愧对卿等，不知眼前危局，寡人该怎么办？"

庄辛忙说："城阳百姓有一句俗话：'见兔放犬，未为晚也；亡羊补牢，未为迟也。'臣听说当年商汤、武王只有百里之地，但得人心，即取天下；夏桀、商纣广有四海，不得人心，照样灭亡。楚国虽然吃了败仗，可土地还有几千里，民众还有几百万，比商汤周武强些，只要大王振作精神，勤奋政事，'举直措诸枉'，十年之内可以兴楚。"

听说能振兴楚国基业，楚王的眼睛立刻亮了起来："大夫有计吗？"

眼看有了献上国策的机会，庄辛推开面前几案郑重其事地对楚王、太子拜了一拜："臣这些天一直在想，楚国失了郢都、夷陵，的确撼动了国本，可若把天下土地和百姓分成四份，则秦、楚各居其一，余者在山东诸国手中。山东诸国中有韩、魏、齐三国与楚接壤，三国之中齐国实力最弱，其莒城诸邑正在楚国嘴边，只要大王能抓住机会，从齐人手里夺取莒城应该不难。除了齐国之外，楚国还可以伐魏。早年魏王击败楚军，夺取淮北之地，然而魏国日渐衰落，楚军当可借机收复淮北。如果东取莒城，西收淮北，就从三个方向包围了鲁国，鲁国虽是小国，却也有千里国土，楚国若能灭鲁，不但把损失的土地补了回来，更可借灭国之力重振声威。"

左徒黄歇在一旁问道："若能灭鲁当然好，可鲁国夹在魏、齐两国之间，离赵国也不远，此三国素来视楚国为南蛮，怕不会坐视楚国灭鲁而不救吧？"

左徒黄歇虽然年轻，却是楚臣中少有的俊杰，考虑事情十分精到，庄辛忙转身对他笑道："左徒想得周到。中原各国一向歧视楚国，鲁国的位置又极重要，如果楚军贸然攻鲁，齐、魏、赵都会发兵来救，其中赵国之

军最难对付。可是话说回来，所谓'一鸡死，一鸡鸣'，纵观天下大势，齐、魏衰落之后赵国必然兴起，而赵国一旦强盛，秦人必然伐之！只要秦赵两国起了纷争，赵国就顾不上管鲁国的闲事了，没有赵军接应，魏、齐两国军马不是楚军的对手。"说了这些话之后又转向楚王："郢都被焚，大王应该尽快迁往新都，重建王廷，号令楚国将士，实行兴楚大计。"

"依大夫之见，新都迁往何处？"

庄辛走到殿角指着地图说："欲伐齐魏，大王应该迁都于陈。此城与魏国相邻，沿颍水出鸿沟就到了大梁，大王可以坐镇于此，督率大军就近伐魏。"

此时此际，楚王不用庄辛，还能重用何人？

"庄辛，寡人封你为阳陵君，令尹，主楚国国政！传寡人诏命：即日迁都于陈。"楚王熊横取过那柄斩了夏侯的长剑又一次递到庄辛手上，"令尹可持此剑号令军马，咱们君臣同心，重兴楚国社稷。"庄辛忙双手捧过剑来，两眼含泪对楚王重行叩拜之礼。

从这天起，已经苟且偷安三十年的楚国也加入了争霸的行列。

虎狼之国要统一天下，"仁义"之国想称霸东方，旧的霸主也准备东山再起，寡人独夫们为了私欲野心各自以国运做赌注，战国乱世中最狂野的时代来到了。